한 국
현 대 문 학
전 집

6

태평
천하

채
만
식

작
품
선

태평천하

채만식 작품선 · 김경수 엮음

현대문학

학교 교육에서 문학 교육이 차지하는 비중은 대단히 크다. 초등학교, 중학교, 고등학교 국어 과목 안에 '문학'이 한 영역을 차지하고 있으며, 고등학교에서는 심화 학습으로 문학 과목을 배운다. 문학 교육의 비중은 갈수록 커져가고 있어 '2009년 개정 교육과정'에서는 문학 1과 문학 2로 과목이 확대되었다.

게다가 인문학 교육의 중요성이 강조됨에 따라 대학 교육에서 문학 교육의 위상이 갈수록 높아지고 있음은 모두가 아는 사실이다. 인간과 세계의 진실을 정신과 감각의 차원에서 통합적으로 파악하고자 하는 문학에 대한 넓고 깊은 이해가 중요함은 새삼 말할 필요도 없다. 모든 학문의 바탕이며 동시에 종합인 문학에 대한 올바른 인식이 확산되면서 그동안 실용 학문에 밀려 주변부를 맴돌았던 문학 교육이 다시금 제자리를 찾아 교육의 중심으로 돌아오고 있다. 따라서 지금이야말로 문학 교육에 더 많은 관심을 기울여야 할 때이다.

새로운 현실은 새로운 문학 전집을 요청한다. 문학 교육의 중요성이 갈수록 더 강조되고 문학 교육의 위상이 갈수록 높아지는 새로운 현실의 요청에 응하여 여기 〈한국현대문학전집〉을 펴내고자 한다.

우리는 몇 가지 원칙에 따라 이 전집을 엮고자 하였다. 〈한국현대문학전집〉의 편집 원칙은 다음과 같다.

첫째, 국문학계에서의 연구 성과에 근거하여 한국현대소설사를 일구어온 대표 작가의 대표작들을 엄선하여 수록함으로써, 이들 대표 작가 개개인의 문학 세계와 한국현대소설사의 구체적 전체상을 담아낸다.

둘째, 문학 교육의 비중이 갈수록 높아지는 현실에 따라 문학 교육 과정에서 중시되고 있는 작품들을 수록한다. 문학 교육 과정에서 중시되는 작품들은 곧 한국현대소설사에 솟아 있는 우수한 작품들이니 이는 첫 번째 원칙과 통한다.

셋째, 작가의 최종 수정판을 수록하는 것을 원칙으로 하되, 명백히 잘못된 부분은 다른 판본과의 대조를 통해 수정함으로써 비평적 정본을 제시한다.

넷째, 전문 연구자의 해설을 붙여 독자가 해당 작가의 문학 세계를 깊이 이해할 수 있도록 한다. 해설은 작가의 삶과 문학 세계에 대한 비평적 개괄과 수록 작품들에 대한 정밀한 분석 두 부분으로 구성한다.

다섯째, 작품들 뒤에 그 작가의 문학 세계를 이해하는 데 도움이 될, 그 작가와 관련된 수필 또는 비평문을 두세 편 수록한다.

〈한국현대문학전집〉이 학교의 문학 교육 현장을 비롯한 문학 생활의 공간 곳곳에서, 학생들에게 그리고 문학을 사랑하는 모든 사람들에게 널리 읽히기를 바란다.

2010년 가을
〈한국현대문학전집〉 편집위원회

차례

일러두기

1. 이 책은 작가 생존 시 마지막 간행된 것을 정본으로 삼았다. 단, 최초 발표본이 의미 있다고 판단되는 경우 이를 정본으로 하였으며, 그 출처는 각 작품 끝부분에 밝혀두었다.
2. 이 책은 현행 한글 맞춤법에 따르는 것을 원칙으로 하였다. 다만 방언이나 구어체 표현, 의성어, 의태어 등 작품의 분위기에 영향을 미친다고 판단되는 경우에는 그대로 두었으며, 특히 대화문에서는 옛 표기를 최대한 살렸다.
3. 외래어는 현행 외래어 표기법에 따라 바꾸되 작품 분위기에 영향을 미치는 어휘는 가능한 한 그대로 두었다.
4. 원본의 한자는 한글로 바꾸고 작품 이해에 꼭 필요한 경우가 아니면 한자를 병기하지 않았다.
5. 대화나 인용은 " ", 생각이나 강조는 ' '로 표시하였다. 이외에 책 제목은 『   』, 단편 소설이나 시 등은 「   」, 잡지나 신문 등은 《   》, 영화나 연극, 노래 등은 〈   〉로 통일하였다.
6. 독자들의 이해를 돕기 위해 국립국어원의 표준국어대사전과 『채만식 어휘 사전』(임무출 저, 토담), 『소설어 사전』(최동호·김윤식 저, 고려대학교출판부)을 참고하여 뜻풀이를 달았다.

채만식의 삶과 문학

김경수

1

백능白菱 채만식蔡萬植(1902~1950)은 누구보다도 날카로운 현실 인식과 풍자 정신을 가지고 식민지 시대를 증언했던 사실주의 작가들 가운데 한 사람이다. 1902년 전라북도 옥구군에서 부농의 아들로 태어난 채만식은 시골에서 보통학교를 졸업하고 한학을 배운 후, 서울로 올라와 1918년 중앙고보中央高普에 입학하여 신식 교육을 받는다. 중앙고보를 졸업한 후에는 일본으로 건너가 와세다早稻田 대학 부속 제일와세다 고등학원에 입학하였으나 학비를 내지 못해 제적당했으며, 이후에는 고국으로 돌아와 신문 기자 생활을 하면서 작가의 길을 걸었다. 그의 문학 생활은 1924년 단편 「세 길로」가 춘원 이광수에 의해 《조선문단》에 추천되면서부터 시작되었다. 그리고 1950년 타계할 때까지 약 25년 동안 활발한 창작 활동을 펼쳤다.

그가 문학에 뜻을 둔 것은 비교적 이른 시기였다고 판단되는데, 이는 사후에 발견된 중편 소설 「과도기」(1923)를 통해서도 알 수 있다. 한국에서 부모의 강압으로 조혼하고 일본으로 유학 간 젊은이들의 고뇌를 주제로 하고 있는 이 소설에는 중앙고보 재학 시절 부모의 강권으로 구여성과

결혼한 채만식의 고뇌가 고스란히 반영되어 있다. 물론 이후 숙명여고를 나온 신여성과 함께 생활을 영위하지만, 조혼으로 대표되는 구도덕의 폐해를 몸소 겪은 채만식은 여성 문제에 깊은 관심을 갖게 되었다. 그 증거를 우리는 채만식이 1933년에 발표한 첫 번째 장편 소설『인형의 집을 나와서』에서 확인할 수 있다. 식민지 시대 초기 유학생들에게 이른바 자유 연애는 근대성의 가장 구체적인 실천이었고, 이런 자각에 적잖은 충격을 준 작품이 바로 입센의 희곡『인형의 집』이었다. 채만식의『인형의 집을 나와서』는 바로 이 입센의 작품 줄거리를 그대로 이어받아, 새로운 이야기를 창조하기보다는 이미 존재하는 이야기의 후일담을 썼다는 측면에서 채만식의 초기 독서 체험의 폭과 깊이는 물론 습작 과정에 대해서도 일정 부분 시사해주는 바가 많다.

채만식의 문학 세계는 이처럼 독서 체험과 긴밀한 연관성을 지니는데, 그 가운데 하나가 우리의 고소설과 전통적인 연희 형식인 판소리 장르와의 상관성이다. 1937년 발표한『탁류』는 가난한 농민의 딸로 태어난 '초봉'이라는 가련한 여성이 살인자로 전락해가는 과정을 그린 작품으로, 아버지가 눈을 뜨도록 하기 위해 자신의 몸을 팔아 인당수에 몸을 던진 심청의 이야기를 패러디하고 있다. 1936년「심봉사」라는 희곡을 쓰고, 1943년에는 장편『배비장』을, 그리고 1947년에는 중편『허생전』 등을 썼다는 사실을 고려하면, 채만식은 식민지 시대의 부조리함을 우리 고전 소설의 이야기 전통을 빌려 적극적으로 담아내려 했던 것으로 보인다. 조금 뒤에 살펴보겠지만, 대표작인『태평천하』는 판소리의 연행演行 구조를 소설로 끌어들여 신랄한 현실 풍자를 감행하고 있다.

식민지 시대 채만식의 문학 세계는 현실에 대한 날카로운 고발과 풍자가 특징이다. 독자들에게 많이 알려진 것처럼,「레디메이드 인생」(1934)

은 취직할 곳이 없어 룸펜으로 살아갈 수밖에 없는 식민지 치하의 사회 현실을 고발하고, 「치숙」(1938)은 하루하루 생존에 급급한 조카의 눈을 통해, 현실의 부조리에 대해 고민하는 지식인의 존재가 얼마나 시대착오적이며 허황한 존재로 비치는가를 그리고 있는 작품이다. 이렇듯 채만식은 식민지 사회의 불평등과 모순을 고발하고 풍자하는 데에 남다른 재주를 발휘했는데, 그 같은 현실 비판과 증거의 욕구는 해방 후의 혼란한 사회상이라고 해서 예외가 아니다. 일제가 물러가고 나서 그 자리를 미군이 대신 차지함으로써 식민지 청산을 올바로 하지 못한 조국의 현실을, 채만식은 「맹순사」(1946)와 「미스터 방」(1946), 「논 이야기」(1946) 같은 작품을 통해 생생하게 증거하고 비판한다. 해방된 조국에서 자신의 죄과를 반성해야 할 친일 모리배들이 여전히 사회 지도층의 위치에 앉아 있고, 영어 한마디 안다는 이유만으로 출세가도를 달릴 수 있는 현실 등을 식민지 시대와 견주어가면서 조목조목 비판한다.

채만식의 현실 비판 속에는 식민지 말기에 일제의 강요에 못 이겨 전국을 돌며 젊은 조선 청년들로 하여금 일본을 위한 전쟁에 나가도록 독려했던 자신의 친일 행각에 대한 반성도 포함되어 있다. 식민지 시대 작가들의 친일 행각은 우리 문학사에 지울 수 없는 오점으로 남아 있는데, 채만식은 이태준과 더불어 그 치욕의 과거를 스스로 밝히고 용서를 구한 극히 예외적인 경우에 속한다. 「역로歷路」(1946)와 「민족의 죄인」(1948)이 그런 작품들이다. 「민족의 죄인」에서 채만식은 자신이 1943년 총독부와 총력연맹이 주도한 '미영격멸米英擊滅 국민총궐기대회'에 가담하여 시국 강연을 한 일이라든지, 총독부 기관지인 《매일신보》에 일제의 검열 지침을 따르는 소설을 연재하고 더 나아가 전국의 산업 현장을 다니면서 일하는 사람들을 격려한 사실 등을 고백하면서, 해방된 조국에서 당당하게 살아가기 위해서라도 과거의 죄과에 대한 단죄는 분명히 있어야 한다고 말한다. 이 점에서 「민족의 죄인」과 「역로」 같은 작품들은 친일 세력의 엄정한 자기반성이야말로 해방된 조국에서 함께 살아가기 위한 중요한 전제임을 역설하는 문제작이라고 할 만하다.

이처럼 채만식은 식민지 치하 조선 사회의 어두운 현실을 자신만의 비판 정신과 신랄한 풍자 정신을 바탕으로 증언한 작가였다. 그는 『탁류』에서 볼 수 있듯이 미두米豆와 같은 식민지의 왜곡된 경제 구조를 고발하였으며, 『금의 정열』을 통해서는 중일 전쟁을 전후한 황금광 시대의 열풍을 비판하였을 뿐만 아니라, 해방 후의 시대적 혼란상과 남북 분단으로 치닫는 이념 대립의 현실까지를 꿰뚫어 보고 소설화함으로써 우리 근대사의 가장 암울했던 시대를 올곧게 증언한 작가였던 것이다.

2

앞에서 언급했듯이, 채만식의 대표작 『태평천하』는 우리 고유의 판소리 연행 구조를 소설로 끌어들여 식민지 말기의 현실을 풍자하고 있는 작품이다. 중일 전쟁이 진행 중인 식민지 말기의 서울을 배경으로 하여 만석꾼 부자인 윤두섭의 하루를 그리고 있다. 부친인 윤용규가 돈놀이를 하고 곱장리를 놓아가며 남긴 재산을 바탕으로 부친 못잖은 치재治財의 솜씨를 발휘해 만석지기 부자가 된 윤 직원은, 벼락부자들이 항용 그렇듯 그 부를 토대로 자신과 집안의 사회적 입지를 보다 단단하게 하기 위해 혈안이 되어 있다. 이 과정에서 그는 필생의 사업을 도모하는데, 예를 들면 보소譜所를 만들어 조상의 족보를 꾸미고, 시골 향교에 돈을 내놓아 직원 직함을 받는가 하면, 자식들을 근본 있는 양반가의 자식과 혼인시키는 등 가문을 빛내는 일에만 골몰한다. 뿐만 아니라 손자들을 경찰국장과 군수를 만들

요량으로 장손은 고향의 군서기로 내려보낸 후 군수가 될 운동비를 다달이 대주고, 그 아래 손자는 동경의 사립대학 법학과에 유학을 시킨다.

나라가 망한 것에도 아랑곳 않고 자신과 가족의 입신, 영달에만 혈안이되어 있는 윤 직원의 이런 의식과 행동은 작품 여러 군데서 확인할 수 있다. 그는 고리대금과 수형 할인을 통해 돈을 버는 행위가 사회적으로 지탄받아 마땅하다는 사실을 납득하지 못하며, 사재를 털어 학교를 짓는 선각자들의 행위도 이해하지 못한다. 또한 지주로서 소작을 주는 것 자체를 대단한 자선 행위로 인식하고, 도조를 올리려는 지주의 횡포를 막기 위한 법적 제도가 왜 필요한지도 알지 못한다. 관심사는 오로지 부를 온전히 지키고 자식들이 잘되어 가문을 빛내는 데 있을 뿐이다. 그리하여 그는 일제가 벌이는 전쟁마저 자신의 재산을 지켜주기 위한 명분 있고 의미 있는 전쟁으로 간주하는 정신적 파탄을 드러낸다.

그러나 윤 직원의 소망은 이루어지지 않는다. 정작 자손들은 그의 희망에는 아랑곳하지 않고 저마다 자기 잇속을 챙기거나 비윤리적인 치정 놀음에 몰두하는 까닭이다. 가문의 영달을 위해 소임을 다해야 할 윤 직원의 장남 윤 주사는 이미 본가나 본처와 담을 쌓은 채 첩살림을 하면서 시도 때도 없이 보증을 서 윤 직원의 돈을 빼내는 데 혈안이 되어 있는가 하면, 종손인 종수도 군수가 되는 것에는 관심이 없고 단지 윤 직원의 돈을 빼내어 기생 놀음과 술에 탐닉하는 일에만 골몰한다. 이런 윤 주사와 장손인 종수의 행위만으로도 윤 직원의 집안은 그 비정상성을 드러내지만, 둘째 손자 종학이 사회주의에 연루되어 경시청에 피검됨으로써 식민지 치하에서 삶의 거점을 더욱 공고히 하고자 했던 윤 직원의 현실적 욕망은 여지없이 부서져버리고 만다.

『태평천하』는 이처럼 일제가 강점한 식민지 시대를 정사政事가 공정하고 치안이 안정된 태평천하로 여기는 윤 직원의 시대착오적인 인식 혹은 왜곡된 윤리 의식을 고발하고 있다. 이 과정에서 우리가 눈여겨보아야 할 것은 윤 직원의 시대착오적인 행태가 작품을 이끌어가는 서술자에 의해 제시되는 동시에 조목조목 비판되고 있다는 사실이다. 이 작품이 판소리 연행으로부터 일정 부분 영향을 받았음은 이미 언급한 바 있는데, 작품이 시작되는 순간부터 독자들은 이런 측면을 확연하게 인식할 수 있다. 서술자가 윤 직원의 면모를 소개하는 한 대목을 인용하면 다음과 같다.

초리가 길게 째져 올라간 봉의 눈, 준수하니 복이 들어 보이는 코, 부리가 추욱 처진 귀와 큼직한 입모, 다아 수부귀다남자壽富貴多男子의 상입니다.

나이? ……올해 일흔두 살입니다. 그러나 시뻐 여기진 마시오. 심장비대증으로 천식기가 좀 있어 망정이지, 정정한 품이 서른 살 먹은 장정 여대친답니다. 무얼 가지고 겨루든지 말이지요.

그 차림새가 또한 혼란스럽습니다. 옷은 안팎으로 윤이 지르르 흐르는 모시 진솔 것이요, 머리에는 탕건에 받쳐 죽영竹纓 달린 통영갓(통영립)이 날아갈 듯 올라앉았습니다.

발에는 크막하니 솜을 한 근썩은 두었음 직한 흰 버선에, 운두 새까만 마른신을 조그맣게 신고, 바른손에는 은으로 개대가리를 만들어 붙인 화류 개화장이요, 왼손에는 서른네 살배기 묵직한 합죽선입니다.

이 풍신이야말로 아까울사, 옛날 세상이었더면 일도一道 방백方伯일시 분명합니다. 그런 것을 간혹 입이 비뚤어진 친구는 광대로 인식 착오를 일으키고 동경, 대판의 사탕 장수들은 캐러멜 대장감으로 침을 삼키니 통탄할 일입니다.

판소리 〈흥부가〉를 한 번쯤 들어본 사람이라면 위에 인용한 서술자의 말투가 독자에게 존칭으로 말을 건네는 것을 제외하고는 판소리 연행 현장에서 소리꾼이 관객의 흥을 돋우기 위해 부정적인 인물을 폄하하거나 빈정거리는 말법과 유사함을 쉽게 알 수 있을 것이다. 인물 소개부터 시작된 서술자의 이야기 전달 방식은 작품이 끝날 때까지 지속된다. 즉 서술자는 윤 직원을 포함해 윤 직원 집안의 모든 식구를 소개할 때는 물론이거니와, 그들의 행동 하나하나가 상식이나 이치에 닿지 않거나 마음에 들지 않을 때면 가차 없이 비아냥대고 희화화하고 있다.

  작품에서 윤 직원의 행동과 생각에 대해 서슴없이 자신의 감정을 드러내고 사사건건 윤 직원의 입장과 대척되는 견해와 해석을 제시하면서 맞서는 서술자의 면모는 사실상 청중을 앞에 두고 지탄받아 마땅한 인물은 지탄하고, 조롱받아 마땅한 인물은 조롱하는 판소리 연행자의 그것과 동일하다고 해도 과언이 아니다. 그리고 이런 서술 방식은 채만식이 우리 판소리 장르에 대한 깊이 있는 이해 위에서 전통적인 이야기 양식을 통해 일제 말기의 현실을 이야기하는 방법을 강구했다는 증거다. 따라서 작품의 진행 과정에서 서술자가 자신을 어디에 위치시키고, 어느 범위까지 자신의 역할을 확장하거나 특화하는가를 주의 깊게 살피는 것만으로도 이 작품은 새롭게 이해될 수 있다. 작품을 윤 직원과 서술자의 경쟁과 갈등 구조로 읽으면 '태평천하'라는 제목의 역설적 의미도 좀 더 새롭게 드러날뿐더러, 우리 소설사에서 이런 서술자가 어째서 이 시기에 채만식의 작품에 등장했는가 하는 점에 대해서도 더욱 재밌는 탐구가 가능해진다. 이렇듯 다양한 채만식의 소설이 일제 말기 우리 소설의 운명에 대해 일정 부분 중요한 측면을 시사하고 있는 것은 바로 이런 맥락에서다.

태평천하

1. 윤 직원 영감 귀택지도歸宅之圖

추석을 지나 이윽고, 짙어가는 가을 해가 저물기 쉬운 어느 날 석양.

저 계동의 이름난 장자(부자) 윤 직원 영감이 마침 어디 출입을 했다가 방금 인력거를 처억 잡숫고 돌아와, 마악 댁의 대문 앞에서 내리는 참입니다.

간밤에 꿈을 잘못 꾸었던지, 오늘 아침에 마누라하고 다툼질을 하고 나왔던지, 아무튼 엔간히 일수 좋지 못한 인력거꾼입니다.

여느 평탄한 길로 끌고 오기도 무던히 힘이 들었는데 골목쟁이로 들어서서는 빗밋이* 경사가 진 이십여 칸을 끌어 올리기야, 엄살이 아니라 정말 혀가 나올 뻔했습니다.

이십팔 관, 하고도 육백 몬메**······!

윤 직원 영감의 이 체중은, 그저께 춘심이 년을 데리고 진고개로 산보

---

* 비스듬히.
** 관은 3.75킬로그램. 일본어인 '몬메'는 그 1천 분의 1인 3.75그램이다. 따라서 모두 합하면 107.25킬로그램이 된다.

를 갔다가 경성우편국 바로 뒷문 맞은편, 아따 무어라더냐 그 양약국 앞에 놓아둔 앉은뱅이저울에 올라서 본 결과, 춘심이 년이 발견을 했던 것입니다.

이 이십팔 관 육백 몬메를, 그런데, 좁쌀 계급인 인력거꾼은 그래도 직업적 단련이란 위대한 것이어서, 젖 먹던 힘까지 아끼잖고 겨우겨우 끌어 올려 마침내 남대문보다 조금만 작은 솟을대문 앞에 채장을 내려놓곤, 무릎에 드렸던 담요를 걷기까지에 성공을 했습니다.

윤 직원 영감은 옹색한 좌판에서 가까스로 뒤를 쳐들고, 자칫하면 넘어박힐 듯싶게 휘뚝휘뚝하는 인력거에서 내려오자니 여간만 옹색하고 조심이 되는 게 아닙니다.

"야, 이 사람아……!"

윤 직원 영감은 혼자서 내리다 못해 필경 인력거꾼더러 걱정을 합니다.

"……좀 부축을 히여줄 것이지 그냥 그러구 뻐언허니 섰어야 옳담 말잉가?"

실상인즉 뻔히 섰던 것이 아니라, 가쁜 숨을 돌리면서 땀을 씻고 있었던 것이나, 인력거꾼은 책망을 듣고 보니 미상불 일이 좀 죄송하게 되어, 그래 얼핏 팔을 붙들어 부축을 해드립니다.

내려선 것을 보니, 진실로 거판진* 체집입니다.

허리를 안아본다면, 아마 모르면 몰라도 한 아름하고도 반은 실히 될까 봅니다. 그런 데다가 키도 알맞게 다섯 자 아홉 치는 넉넉합니다. 얼핏 알아듣기 쉽게 빗대면, 지금 그가 타고 온 인력거가 장난감 같고, 그 큰 대문간이 들어서기도 전에 사뭇 그들먹합니다.

---

* '허우대가 큼직하며 행동이 점잖고 무게가 있음'을 뜻하는 '거방지다'의 방언.

얼굴도 좋습니다.

거금 삼십여 년 전에 몇 해를 두고 부안 변산을 드나들면서 많이 먹은 용이며 저혈* 장혈**이며, 또 요새도 장복을 하는 인삼 등속의 약효로 해서 얼굴은 불콰하니 동안이요, 게다가 많지도 적지도 않게 꼬옥 알맞은 수염은 눈같이 희어, 과시 홍안백발의 좋은 풍신입니다.

초리가 길게 째져 올라간 봉의 눈, 준수하니 복이 들어 보이는 코, 부리가 추욱 처진 귀와 큼직한 입모, 다아 수부귀다남자壽富貴多男子***의 상입니다.

나이? ……올해 일흔두 살입니다. 그러나 시뻐 여기진 마시오. 심장비대증으로 천식기가 좀 있어 망정이지, 정정한 품이 서른 살 먹은 장정 여대친답니다.**** 무얼 가지고 겨루든지 말이지요.

그 차림새가 또한 혼란스럽습니다. 옷은 안팎으로 윤이 지르르 흐르는 모시 진솔***** 것이요, 머리에는 탕건에 받쳐 죽영竹纓 달린 통영갓(통영립)이 날아갈 듯 올라앉았습니다.

발에는 크막하니 솜을 한 근씩은 두었음 직한 흰 버선에, 운두 새까만 마른신을 조그맣게 신고, 바른손에는 은으로 개대가리를 만들어 붙인 화류 개화장이요, 왼손에는 서른네 살배기 묵직한 합죽선입니다.

이 풍신이야말로 아까울사, 옛날 세상이었더면 일도一道 방백方伯******일시 분명합니다. 그런 것을 간혹 입이 비뚤어진 친구는 광대로 인식 착

---

* 돼지 피.
** 노루 피. 보혈하는 약으로 쓰임.
*** '장수하고 잘살고 아들이 많음'을 뜻함.
**** 여대치다. 능가하다, 더 낫다.
***** 옷, 버선 등이 한 번도 빨지 않은 새것 그대로인 것을 말함.
****** 관찰사. '도지사'를 예스럽게 이르는 말.

오를 일으키고 동경, 대판의 사탕 장수들은 캐러멜 대장감으로 침을 삼키니 통탄할 일입니다.

인력거에서 내려선 윤 직원 영감은, 저절로 떠억 벌어지는 두루마기 앞섶을 여미려고 하다가 도로 걷어 젖히고서, 간드러지게 허리띠에 가 매달린 새파란 염낭끈을 풉니다.

"인력거 쌕이(삯이) 몇 푼이당가?"

이 이야기를 쓰고 있는 당자 역시 전라도 태생이기는 하지만, 그 전라도 말이라는 게 좀 경망스럽습니다.

"그저 처분해줍사요!"

인력거꾼은 담요로 팔짱 긴 허리를 굽실합니다. 좀 점잖다는 손님한테는 항투로 쓰는 말이지만, 이 풍신 좋은 어른께는 진심으로 하는 소립니다. 후히 생각해달란 뜻이지요.

"으응! 그리여잉? 그럼, 그냥 가소!"

윤 직원 영감은 인력거꾼을 짯짯이 바라다보다가 고개를 돌리더니, 풀었던 염낭끈을 도로 비끄러맵니다.

인력거꾼은 어쩐 영문인지를 몰라 뚜렷뚜렷하다가, 혹시 외상인가 하고 뒤통수를 긁적긁적하면서

"그럼, 내일 오랍쇼니까?"

"내일? 내일 무엇하러 올랑가?"

윤 직원 영감은 지금 심정이 약간 좋지 못한 일이 있는데, 가뜩이나 긴찮이 잔말을 씹힌대서 적이 안색이 변합니다.

그러나 이편 인력거꾼으로 당하고 보면, 무엇하러 오다니, 외상 준 인력거 삯 받으러 오지요라는 것이지만, 어디 무엄스럽게 그런 말을 똑바로 대고 하는 수야 있나요. 그러니 말은 바른대로 하지 못하고, 그래 자못 난

처한 판인데, 남의 그런 속도 몰라주고 윤 직원 영감은 인제는 내 할 말다아 했다는 듯이 천천히 돌아서 버리자고 합니다.

인력거꾼은, 이러다가는 여느 때도 아니요, 허파가 터질 뻔한 오늘 벌이가 눈 멀뚱멀뚱 뜨고 그만 허사가 되지 싶어, 대체 이 어른이 어째서 이러는지는 모르겠어도, 그건 어찌 되었든지 간에 좌우간 이렇게 병신스럽게 우물쭈물하고만 있을 일이 아니라고 크게 과단을 내지 않을 수가 없습니다.

"저어, 삯 말씀이올습니다. 헤……."

크게 과단을 낸다는 게 결국은 크게 조심을 하는 것뿐입니다.

"싹?"

"네에!"

"아—니 여보소, 이 사람……."

윤 직원 영감은 더러 역정을 내어 하마 삿대질이라도 할 듯이 한 걸음 나섭니다.

"……자네가 아까 날더러 처분대루 허라구 허잖있넝가?"

"네에!"

"그렇지? ……그런디 거, 처분대루 허람 말은 맘대루 허람 말이 아닝가?"

인력거꾼은 비로소 속을 알았습니다.

알고 보니 참 기가 막힙니다. 농도 할 사람이 따로 있지요. 웬만하면, 허허! 하고 한바탕 웃어젖힐 노릇이겠지만 점잖은 어른 앞에서 그럴 수는 없고, 그래 히죽이 웃기만 합니다.

"……그리서 나넌 그렇기 처분대루, 응? ……맘대루 말이네. 맘대루 허라구 허길래, 아 인력거 삯 안 주어도 갱기찮헌 종 알구서, 그냥 가라구 히였지!"

　인력거꾼은 이 어른이 끝끝내 농을 하느라고 이러는가 했지만, 윤 직원 영감의 안색이며 말씨며 조금도 그런 내색이 보이지 않습니다.

　"……거참! ……나는 벨 신통헌 인력거꾼도 다아 있다구, 퍽 얌전허게 부았지! 늙은 사람이 욕본다구, 공으루 인력거 태다 주구 허닝 게 쟁히 기특허다구. 이 사람아, 사내대장부가 그렇기 그짓말을 식은 죽 먹듯 헌담 말잉가? 일구이언─□二言은 이부지자二父之子라네. 암만히여두 자네 어매(어머니)가 행실이 좀 궂었덩개비네!"

　인력거꾼쯤이니 일구이언은 이부지자라는 공자님 식의 욕이야 알아듣지 못했겠지만, 자네 어매가 행실이 궂었덩개비네 하는 데는 슬며시 비위가 상하지 않을 수가 없습니다. 실상 그렇지 않아도 인력거 삯을 주지 않으려고 농인지 진정인지는 모르겠으되, 쓸데없는 승강을 하려 드는 게 심정이 좋지 않은 참인데 게다가 한술 더 떠서, 이건 한다는 소리가 거짓말을 한다는 둥, 또 죽은 부모를 편사 놈이 널[棺] 머리 들먹거리듯* 들먹거리는 데야 누군들 좋아할 이치가 있다구요.

　사실 웬만한 내기가 인력거를 타고 와설랑, 납작한 초가집 앞에서 그따위 수작을 했다가는 인력거꾼한테 되잡혀가지곤 뺨따구니나 한 대 넙죽하니 얻어맞기가 십상이지요.

　"점잖은 어른께서 괜히 쇤네 같은 걸 데리구 그러십니다! ……어서 돈 짱이나 주어 보냅사요! 헤……."

　인력거꾼은 상하는 심정을 눅이고 종시 공순합니다. 그러나 그 돈짱이

─────

* 활쏘기를 겨루는 편사가 상관없는 널에 대해 이러쿵저러쿵한다는 뜻으로, 당치 않은 것을 들추어 말썽을 부림을 비유함.

란 말이 윤 직원 영감한테는 저 히틀러라든지 하는 덕국 파락호의 폭탄선언이라는 것만큼이나 놀라운 말입니다.

"머어? 돈짱? ……돈짱이 무어당가? 대체……."

"일 환 한 장 말씀입죠! 헤……."

남은 기가 막혀서 하는 말을, 속없는 인력거꾼은 고지식하게 언해를 달고 있습니다.

"헤헤, 나 참, 세상으 났다가 벨일 다아 보겄네! ……아—니 글씨, 안 받어두 좋드키 처분대루 허라던 사람이, 인제넌 마구 그냥 일 원을 달래여? 참 기가 맥히서 죽겄네…… 그만두소. 용천배기* 콧구녕으서 마널씨를 뽑아 먹구 말지, 내가 칙살시럽게** 인력거 공짜루 타겄넝가! ……을메(얼마) 받을랑가? 바른대루 말허소!"

인력거꾼은 괜히 돈 몇십 전 더 얻어먹으려다가 짜장 얻어먹지도 못하고 다른 데 벌이까지 놓치지 싶어, 할 수 없이 오십 전을 불렀습니다. 그러나, 윤 직원 영감은 여전합니다.

"아—니, 이 사람이 시방, 나허구 실갱이(승강이)를 허자구 이러넝가? 권연시리(괜스레) 자꾸 쓸디읍넌 소리를 허구 있어! ……아, 이 사람아, 돈 오십 전이 뉘 애기 이름인 종 아넝가?"

"많이 여쭙잖습니다. 부민관서 예꺼정 모시구 왔는뎁쇼!"

"그러닝개 말이네. 고까짓 것 엎어지면 코 달 년의 디를 태다 주구서 오십 전씩이나 달라구 허닝개 말이여!"

"과하게 여쭙잖었습니다. 그리구 점잖은 어른께서 막걸리 값이나 나우

---

* '문둥이'의 방언.
** 칙살스럽다. 하는 짓이나 말 따위가 잘고 더럽다.

주서야 허잖겠사와요?"

윤 직원 영감은 못 들은 체하고 모로 비스듬히 돌아서서 아까 풀렀다가 도로 비끄러맨 염낭끈을 다시 풀더니, 이윽고 십 전박이 두 푼을 꺼내가지고 그것을 손톱으로 싸악싹 갓*을 긁어봅니다. 노상 사람이란 실수를 하지 말란 법이 없는 법이라, 좀 일은 되더라도 이렇게 다시 한 번 손질을 해보면, 가사 십 전짜린 줄 알고 오십 전짜리를 잘못 꺼냈더라도, 톱날이 있고 없는 것으로 아주 적실하게 분별을 할 수가 있는 것이니까요.

"옜네…… 꼭 십오 전만 줄 것이지만, 자네가 하두 그리싸닝개 이십 전을 주넝 것이니, 오 전을랑 자네 말대루 막걸리를 받어 먹든지, 탁배기를 사 먹든지 맘대루 허소. 나넌 모르네!"

"건 너무 적습니다!"

"즉다니? 돈 이십 전이 즉담 말인가? 이 사람아 촌으 가면 땅이 열 평이네, 땅이 열 평이여!"

인력거꾼은, 그렇거들랑 그거 이십 전 가지고 촌으로 가서 땅 열 평 사 놓고서 삼대 사대 빌어먹으라고 쏘아 던지고서 홱 돌아서고 싶은 것을, 그러나 겨우 참습니다.

"십 전 한 푼만 더 줍사요. 그리구 체두 퍽 무거우시구 허셨으니깐, 헤……"

"아—니, 이 사람이 인제넌 벨 트집을 다아 잡을라구 허네! 이 사람아, 그럴 티면 나넌 이 큰 몸집으루 자네 그 쬐외깐헌 인력거 타니라구 더 욕을 부았다네. 자동차나 기차나, 몸 무겁다구 돈 더 받넌 디 부았넝가?"

"헤헤, 그렇지만……"

---

* '가'의 방언.

"어쩔 티여? 이것 받어 갈랑가? 안 받어 갈랑가? 안 받어 간다면 나 이놈으루 괴기 사다가 야긋야긋 다져서 저녁 반찬이나 히여 먹을라네."

"거저 십 전 한 푼만 더 쓰시면 허실 걸 점잖어신 터에 그러십니다!"

"즘잔? 이 사람아, 그렇기 즘잖얼라다가넌 논 팔어먹겄네! ……에잉 그거 참! 그런 인력거꾼 두 번만 만났다가넌 마구 감수滅壽허겄다……!"

이 말에 인력거꾼이 바른대로 대답을 하자면, 그런 손님 두 번만 만났다가는 기절하겠다고 하겠지요.

윤 직원 영감은 맸던 염낭끈을 또 도로 풀더니, 오 전박이 한 푼을 더 꺼냅니다. 이 오 전은 무단스레 더 주는 것이거니 생각하면 다시금 역정이 나고 돈이 아까웠지만, 인력거꾼이 부둥부둥 떼를 쓰는 데는 배겨낼 수가 없다고, 진실로 단념을 한 것입니다.

"……거참! ……옜네! 도통 이십오 전이네. 이제넌 자네가 내 허리띠에다가 목을 매달어두 쇠천 한 푼 막무가낼세!"

인력거꾼은 윤 직원 영감이 말도 다 하기 전에 딸그랑하는 대소 백통화서 푼을 그 육중한 손바닥에다가 받어 쥐고는 고맙다고 하는지 무어라고 하는지 분명찮게 입안의 소리로 두런거리면서, 놓았던 인력거 채장을 집어 들고 씽하니 가버립니다.

"에잉! 권연시리 그년의 디를 갔다가 그놈의 인력거꾼을 잘못 만나서 실갱이를 허구, 애맨 돈 오 전을 더 쓰구 히였구나! 고년 춘심이 년이 방정맞게 와서넌 명창대횐지 급살인지 헌다구, 쏘사악쏘삭허기 때미 그년의 디를 갔다가……"

윤 직원 영감은 역정 끝에 춘심이더러 귀먹은 욕을 하던 것이나, 그렇지만 그건 애먼 탓입니다. 왜, 부민관의 명창대회를 무슨 춘심이가 가자고 해서 갔나요? 춘심이는 그저 부민관에서 명창대회를 하는데, 제 형 운심이도 연주에 나간다고 자랑삼아 재잘거리는 것을, 윤 직원 영감 자기가 깜짝 반겨선, 되레 춘심이더러 가자가자 해서 꾀어가지고 갔으면서…….

사실 말이지, 춘심이가 그런 귀띔을 안 해주었으면 윤 직원 영감은 오늘 명창대회는 영영 못 가고 말았을 것이고, 그래서 다음날이라도 그걸 알았으면 냅다 발을 굴렀을 것입니다.

2. 무임승차 기술

윤 직원 영감은 명창대회를 무척 좋아합니다. 아마 이 세상에 돈만 빼놓고는 둘째가게 그 명창대회란 것을 좋아할 것입니다.

윤 직원 영감은 본이 전라도 태생인 관계도 있겠지만, 그는 워낙 남도소리며 음률 같은 것을 이만저만찮게 좋아합니다.

그렇게 좋아하는 깐으로는, 일 년 삼백예순날을 밤낮으로라도 기생이며 광대며를 사랑으로 불러다가 듣고 놀고 하고는 싶지만, 그렇게 하자면 일왈 돈이 여간만 많이 드나요!

아마 일 년을 붙박이로 그렇게 하기로 하고, 어느 권번이나 조선음악연구회 같은 데 교섭을 해서 특별할인을 한다더라도 하루에 소불하* 십 원쯤은 쳐주어야 할 테니, 하루에 십 원이면 한 달이면 삼백 원이라, 그리고 일 년이면 삼천…… 아유! 그건 윤 직원 영감으로 앉아서는 도무지 생각할 수도 없게시리 큰돈입니다. 천문학적 숫자란 건 아마 이런 경우에 써야 할 문잘걸요.

---

* 적게 잡아도.

한즉, 도저히 그건 아주 생심도 못 할 일입니다.

그런데 그거야말로 사람 살 곳은 골골마다 있다든지, 윤 직원 영감의 그다지도 뜻 두고 이루지 못하는 대원을 적으나마 풀어주는 게 있으니, 라디오와 명창대회가 바로 그것입니다. 이완李浣*이 대장으로 치면 군산群山을 죄꼼은 깎고, 계수를 몇 가지 벤 만큼이나 하다 할는지요. 윤 직원 영감은 그래서 바로 머리맡 연상硯床 위에 삼 구짜리 라디오 한 세트를 매두고, 그걸 금이야 옥이야 하면서 방송국의 마이크를 통해 오는 남도 소리며 음률 가사 같은 것을 듣고는 합니다.

장죽을 기다랗게 물고는 보료 위에 편안히 드러누워 좋다! 소리를 연해 쳐가면서 즐거운 그 음악 소리를 듣노라면, 고년들의 예쁘게 생긴 얼굴이나 광대들의 거동이 눈에 보이지 않아서 유감은 유감이지만, 그래도 좋기야 참 좋습니다.

라디오를 프로그램대로 음악을 조종하는 소임은 윤 직원 영감의 차인 겸 비서 겸 무엇 겸 직함이 수두룩한 대복大福이가 맡아 합니다.

혹시 남도 소리나 음률 가사 같은 것이 없는 날일라치면 대복이가 생으로 벼락을 맞아야 합니다.

"게, 밥은 남같이 하루에 시 그릇썩 먹으면서, 그래, 어떻기 사람이 명청허면, 날마당 나오던 소리를 느닷읎이 못 나오게 헌담 말잉가?"

이러한 무정지책에 대복이는 유구무언, 머리만 긁적긁적합니다. 하기야 대복이도 처음 몇 번은 방송국에서 프로그램을 그렇게 정했으니까, 집에 앉아서야 라디오를 아무리 주물러도 남도 소리는 나오지 않는 법이라고 변명을 했더랍니다.

---

* 조선 중기의 무장.

한다 치면, 윤 직원 영감은 더럭

"법이라께? 그런 개× 같은 놈의 법이 어딨당가? ……권연시리 시방 멍청허다구 그러닝개, 그 말은 그리두 고까워서 남한티다가 둘러씌너니라구? ……글씨 어떤 놈의 소리가 금방 엊저녁까지 들리던 소리가 오널사 말구 시급스럽게 안 들리닝고? 지상(기생)이랑 재인 광대가 다아 급살 맞어 죽었다덩가?"

이렇게 반찬 먹은 고양이 잡도리하듯 지청구를 하니, 실로 죽어나는 건 대복입니다. 방송국에서 한동안, 꼭 같은 글씨로, 남도 소리를 매일 빼지 말고 방송해달라는 투서를 수십 장 받은 일이 있습니다.

그게 뉘 짓인고 하니, 대복이가 윤 직원네 영감한테 지청구를 먹고는 홧김에 써보고, 핀잔을 듣고는 폭폭하여 써 보내고 하던, 그야말로 눈물의 투서였던 것입니다.

윤 직원 영감의 불평은 그러나 비단 그뿐이 아닙니다. 소리를 기왕 할 테거든 두어 시간이고 서너 시간이고 붙박이로 하지를 않고서, 고까짓 것 삼십 분, 눈 깜짝할 새 감질만 내다가 그만둔다고, 그래서 또 성홥니다.

물론 투정이요, 실상인즉 혼자 속으로는, 그놈의 것 돈 십칠 원 들여서 사놓고 한 달에 일 원씩 내면서 그 재미를 다 보니, 미상불 헐키는 헐타고 은근히 좋아하지 않는 것은 아닙니다.

그렇지만 또 막상 청취료 일 원야를 현금으로 내주는 마당에 당해서는 라디오에 대한 불평 겸 돈 일 원이 못내 아까워서

"그까짓 놈의 것이 무엇이라구 다달이 돈을 일 원씩이나 또박또박 받어 간다냐?"

"그럴 티거든 새달버텀은 그만두래라!"

이렇게 강짜를 하기를 마지않습니다.

라디오는 그리하여, 아무튼 그러하고, 그다음이 명창대횝니다.

기생이며 광대가 가지각색이요, 그래서 노래도 여러 가지려니와 직접 눈으로 보면서 오래오래 들을 수가 있기 때문에, 감질나는 라디오보다는 그것이 늘 있는 게 아니어서 흠은 흠이지만, 그때그때만은 퍽 생광스럽습니다. 딱히 윤 직원 영감의 소원 같아서는, 그런즉슨 명창대회를 일 년 두고 삼백예순날 날마다 했으면 좋을 판입니다.

이렇듯 천하에 달가운 명창대횐지라, 서울 장안에서 언제고 명창대회를 하게 되면 윤 직원 영감은 세상없어도 참례를 합니다. 만일 어느 명창대회에 윤 직원 영감이 참례를 못 한 적이 있다면 그것은 대복이의 태만입니다.

대복이는 멀리 타관에를 심부름 가고 있지 않는 이상 매일같이 골목 밖 이발소에 나가서 라디오의 프로그램과 명창대회나 조선음악연구회 주최의 공연이 있는지를 신문에서 찾아내야 합니다.

대복이가 만일 실수를 해서 윤 직원 영감한테 그것을 알려드리지 못한 결과, 혹시 한 번이라도 그 끔찍한 굿(구경)에 참례를 못 하고서 궐을 했다는 사실을 윤 직원 영감이 추후라도 알게 되는 날이면, 그때에는 대복이가 집안 가용을 지출하는 데 있어서(가령 두 모만 사야 할 두부를 세 모를 사기 때문에) 돈을 오 전가량 요외로 더 지출했을 때만큼이나 벼락같은 꾸중을 듣게 됩니다.

아무튼 그만큼이나 좋아하는 명창대회요, 그래 오늘만 하더라도 낮에는 한 시부터 시작을 한다는 걸, 윤 직원 영감이 춘심이를 앞세우고 댁에서 나선 것이 열한 시 반이 채 못 되어섭니다.

"글쎄 이렇게 일찍 가서 무얼 해요? 구경터에 일찍 가서 우두커니 앉았는 것두 꼴불견인데……."

앞서 가던 춘심이가 일껏 잘 가다가 말고 히뜩 돌아서더니, 한참 까부느라고 이렇게 쫑알거리던 것입니다.

윤 직원 영감은 허—연 수염을 한번 쓰다듬으면서 헤벌쭉 웃습니다.

"저년이 또 초라니처럼 까분다! ……그러지 말구, 어서 가자, 가아!"

윤 직원 영감이 살살 달래니까 춘심이는 다시 돌아서서 아장아장 걸어갑니다.

아이가 얼굴이 남방 태생답잖게 갸로옴한 게, 또 토끼 화상이 아니라도 두 눈은 또렷, 코는 오뚝, 입술은 오믓, 다 이렇게 생겨놔서 대단히 야무집니다. 그렇게 야무지게 생긴 제값을 하느라고 아이가 착실히 좀 까불구요.

나이가 아직 열다섯 살이라, 얼굴이 피지는 않았어도 보고 듣는 게 그런 탓으로, 몸매하며 제법 계집애 꼴이 박혔습니다.

머리를 늘쩡늘쩡 땋아 내려 자주 댕기를 드린 머리채가 방둥이에서 유난히 치렁치렁합니다. 그러나 이 머리는 알고 보면 중동을 몽땅 자른 단발머리에다가 다래*를 드린 거랍니다.

앞머리는 좀 자르기도 하고 지져서 오그려 붙이기도 하고 군데군데 핀을 꽂았습니다.

빨아서 분홍 물을 들인 흘게** 빠진 생소生素*** 깨끼적삼에, 얼쑹덜쑹한 주릿대 치마를 휘걷어 넥타이로 질끈 동인 게 또한 제격입니다.

살결보다는 버짐이 더 많이 피고, 배내털이 숭얼숭얼해서 분을 발랐다는 게 고루 먹지를 않고 어루러기가 진 것 같습니다.

이만하면 어디다가 내놓아도, 대광교 천변가로 숱해 많이 지나다니는

* '다리'의 방언. 예전에 여자들이 머리숱 많아 보이라고 덧넣었던 딴머리.
** 매듭, 사개, 고동, 사복 등을 조인 정도나 어떤 것을 맞추어 짠 자리.
*** 천을 짠 후 삶아서 뽀얗게 처리하지 않은 갑사.

그런 모습의 동기童妓지, 갈데없습니다. (그러나 그렇다고 깔보지는 마십시오. 그래 보여도 그 애가 요새 그 연애를 한답니다.)

춘심이는 윤 직원 영감이 달래는 대로 한동안 앞을 서서 찰래찰래 가고 있다가, 무슨 생각이 났는지 또 해뜩 돌려다 보면서

"영감님!"

하고 뱅글뱅글 웃습니다. 이 애는 잠시라도 까불지 못하면 정말 좀이 쑤십니다.

"무어라구 또 촐랑거리구 싶어서 그러냐?"

"이렇게 일찍 가는 대신 자동차나 타고 갑시다, 네?"

"자―동차?"

"예에."

"그래라, 젠장맞일……."

춘심이는 윤 직원 영감이 섬뻑 그러라고 하는 게 되레 못 미더워서, 짯짯이 얼굴을 올려다봅니다. 아닌 게 아니라, 히물히물 웃는 게 장히 미심쩍습니다.

"정말 타구 가세요?"

"그리어! 이년아."

"그럼, 전화 빌려서 자동차 불러예죠?"

"일부러 안 불러두 죄꼼만 더 가면 저기 있단다."

"어디가 있어요! 안국동 네거리까지 가야 있는걸."

"게까지 안 가두 있어!"

"없어요!"

"있다! ……뻔쩍뻔쩍허게 은칠 헌 놈, 크―다란 자동차……."

"어이구 참! 누가 빠스 말인가, 뭐……."

춘심이는 고만 속은 것이 분해서 뾰롱해가지고 쫑알댑니다.

"빠쓸 가지구, 아—주 자동차래요!"

"자동차라두 그놈이 여니 자동차보담 더 비싸다, 이년아!"

"오 전씩인데 비싸요!"

"타는 차 값 말이간디? 그놈 사 올 때 값 말이지……."

윤 직원 영감은 재동 네거리 버스정류장에서 춘심이와 같이 버스를 기다립니다. 때가 아침저녁의 러시아워도 아닌데 웬일인지 만원 된 차가 두 대나 그냥 지나가 버립니다. 그러더니 세 대째 만에, 그것도 여간 붐비지 않는 걸, 들이 떠밀고 올라타니까 버스걸이 마구 울상을 합니다.

윤 직원 영감은 자기 혼자서 탔으면 꼬옥 알맞을 버스 한 채를 만원 이상의 승객과 같이 탔으니 남이야 어찌 되었든 간에 윤 직원 영감 당자도 무척 고생입니다. 그럴 뿐 아니라, 갓을 버스 천장에다가 치받치지 않으려고 허리를 꾸부정하고 섰자니, 공간을 더 많이 차지해야 됩니다. 그 대신 춘심이는 윤 직원 영감의 겨드랑 밑에 가 박혀 있어 만약 두루마기 자락으로 가리기만 하면 찻삯은 안 물어도 될 성싶습니다.

겨우겨우 총독부 앞 종점에 당도하여 다들 내리는 데 섞여 윤 직원 영감도 춘심이로 더불어 내리는데, 버스에 탔던 사람들은 기념이라도 하고 싶은 듯이 제가끔 한 번씩 쳐다보고 갑니다.

윤 직원 영감은 버스에서 내려서 대견하게 숨을 돌린 뒤에, 비로소 염낭끈을 풀어 천천히 돈을 꺼낸다는 것이 십 원짜리 지전입니다.

"그걸 어떡허라구 내놓으세요? 거스를 돈 없어요!"

여차장은 고만 소갈찌가 나서 보풀떨이*를 합니다.

---

* '앙칼스러운 짓'을 뜻하는 순우리말.

"그럼 어떡허넝가? 이것두 돈은 돈인디……."

"누가 돈 아니래요? 잔돈 내세요!"

"잔돈 읎어!"

"지끔 주머니 속에서 잘랑잘랑 소리가 나든데 그리세요? 괜히……."

"으응, 이거?"

윤 직원 영감은 염낭을 흔들어 그 잘랑잘랑 소리를 들려주면서

"……이건 못 쓰넌 돈이여, 사전이여…… 정, 그렇다면 못 쓰넌 돈이라두 그냥 받을 티여?"

하고 방금 끈을 풀려고 하는 것을, 여차장은 오만상을 찡그리고는

"몰라요! 속상해 죽겠네! ……어디꺼정 가세요?"

하면서 참으로 구박이 자심합니다.

"정거장."

"그럼, 전차에 가서 바꾸세요!"

"그러까?"

잔돈을 두어두고도 십 원짜리를 낸 것이며, 부청 앞에서 내릴 테면서 정거장까지 간다고 한 것이며가 모두 요량이 있어서 한 짓입니다.

무사히 공차를 탄 윤 직원 영감은 총독부 앞에서부터는 춘심이를 앞세우고 부민관까지 천천히 걸어서 갑니다.

"좁은 뽀수 타니라구 고생헌 값을 이렇기 도루 찾는 법이다."

그는 이윽고 공차 타는 기술을 춘심이한테도 깨우쳐주던 것인데, 그런 걸 보면 아마 청기와 장수*는 아닌 모양입니다.

---

* '비법이나 기술 따위를 자기만 알고 남에게 알려주지 않는 사람'을 비유함.

3. 서양국 명창대회

중로에서 그렇듯 많이 충그리고* 길이 터지고 했어도, 회장에 당도했을 때에는 부민관 꼭대기의 큰 시계가 열두 시밖에는 더 되지 않았습니다.

입장권을 사기 전에 윤 직원 영감과 춘심이 사이에는 또 한바탕 상지** 가 생겼습니다.

윤 직원 영감은 춘심이더러, 네 형이 출연을 한다면서 무대 뒷문으로 제 형을 찾아 들어가 공짜로 구경을 하라고 시키던 것입니다. 그러나 춘심이는, 암만 그렇더라도 저도 윤 직원 영감을 따라왔고, 그래서 버젓한 손님이니까 버젓하게 표를 사가지고 들어가야 말이지, 누가 치사하게 공구경을 하느냐고 우깁니다.

그래 한참이나 서로 고집을 세우고 양보를 않던 끝에, 윤 직원 영감은 슬며시 십 전박이 두 푼을 꺼내서 춘심이 손에 쥐여주면서 살살 달랩니다.

"옜다. 이놈으루 군밤이나 사 먹구, 귀경(구경)은 공으루 들여달라구 히여, 응? ……그렇게 허면 너두 좋구 나두 좋구 허지?"

한여름에도 아이들한테 돈을 주려면 군밤값이라는 게 윤 직원 영감의 보캐불러리입니다.

춘심이는 군밤값 이십 전에 할 수 없이 매수가 되어 마침내 타협을 하고, 먼저 무대 뒤로 해서 들어갔습니다.

윤 직원 영감은 넌지시 오십 전을 내고 하등표를 달라고 해서, 홍권紅券을 한 장 샀습니다. 그래가지고는 아래층 맨 앞자리의 맨 앞줄에 가서 처

---

* 충그리다. 꾸물거리거나 머뭇거리다.
** 서로 자기 의견만 고집하고 양보하지 않음.

억 앉으니까, 미상불 아무도 아직 들어오지 않았고, 갈데없이 첫쨉니다.

조금 앉았노라니까, 아마 윤 직원 영감의 다음은 가게 날쌘 사람이었던지, 한 사십이나 되어 보이는 양복 신사 하나가 비로소 들어오더니, 역시 맨 앞줄을 골라 앉습니다.

그 양복 신사는 웬일인지 처음 들어오면서부터 윤 직원 영감을 연해 흥미 있게 보고 또 보고 해쌓더니, 차차로 호기심이 더하는 모양, 필경은 자리를 옮아 옆으로 바싹 와서 앉습니다. 그러고는 잠시 앉아서 윤 직원 영감에게 말없는 경의를 표한다고 할까, 아무튼 몹시 이야기를 붙여보고 싶어 하는 눈치더니 마침내

"이번에 인기가 굉장헌 모양이지요?"

하고 은근 공손히 말을 청합니다. 그러나 윤 직원 영감으로 보면 인기란 말이 무슨 뜻인지도 모르거니와, 또 낯모를 사람과 쓰잘 데 없이 이야기를 할 맛도 또한 없는 것이라 그저

"예에!"

하고 건성으로 대답을 할 뿐입니다.

양복 신사 씨는 좀 싱거웠던지 잠깐 덤덤하더니 한참 만에 또

"거 소릴 얼마나 공불 허면 그렇게 명창이 되시나요?"

하고 묻는 것입니다. 윤 직원 영감은 별 쑥스러운 사람도 다 보겠다고 귀찮게 여기며 아무렇게나

"글씨…… 나두 몰루."

"헤헤엣다, 괜히 그리십니다!"

"무얼 귀녀언이 그런다구 그러우? ……나넌 소리를 좋아넌 히여두 소리를 헐 종은 모르넌 사램이오!"

"괘애니 그러세요! 명창 이동백李東伯 씨가 노래헐 줄 모르신다면 누가

압니까?"

원 이럴 데가 있습니까! 어쩌면 윤 직원 영감더러 광대 이동백이라고 하다니요!

윤 직원 영감은 단박 분하고 괘씸하고 창피하고 뭐, 도무지 어떻다고 형언할 수가 없습니다. 아무리 예법이 없어진 오늘이라 하더라도, 만일 그 자리가 그 자리가 아니고 계동 자기네 댁만 같았어도 이놈 당장 잡아 내리라고 호령을 한바탕 했을 겝니다.

그러나 산전수전 다아 겪고 칼날 밑에서와 총부리 앞에서 목숨을 내걸어 보기 수없던 윤 직원 영감입니다. 또 시속이 어떻다는 것이며, 그래 아무 데서고 함부로 잘못 호령깨나 하는 체하다가는 괜히 되잡혀서 망신을 하는 수가 있다는 것도 잘 알고 있습니다.

윤 직원 영감은 속을 폭신 삭여가지고 자기 손에 쥔 표를 내보이면서 나도 이렇게 구경을 왔노라고 점잖이 깨우쳐주었습니다. 그랬더니 양복 신사 씨는 윤 직원 영감이 생각한 바와는 딴판으로 백배사죄도 않고 그저 아 그러냐고, 실례했다고, 고개만 한 번 까닥합니다. 윤 직원 영감은 그게 다시 괘씸했으나 참은 길이라 그냥 눌러 참았습니다.

그럴 때에 마침 또 다른 양복쟁이 하나가 나타났습니다. 윤 직원 영감 한테는 갖추 불길한 날입니다.

그 양복쟁이는 옷깃에다가 가화假花를 꽂은 양이, 오늘 여기서 일 서두리*를 하는 사람인가 본데, 우연히 지나가다가 윤 직원 영감이 홍권을 사가지고 어엿하게 백권석에 앉아 있는 것을 발견했던 것입니다. 그는 그 붉은 입장권을 보지 못했었다면 설마 이 풍신 좋은 양반이 홍권을 가지고

---

* '일을 거들어주는 사람'을 뜻하는 순우리말.

백권석에 들어앉았으랴는 의심이야 내지도 않았겠지요.

"저어, 여긴 백권석입니다. 저 위칭으루 가시지요!"

양복쟁이는 좋은 말로 이렇게 간섭을 합니다. 그러나 윤 직원 영감은 백권석이란 신식 문자는 모르되 이층으로 가라는 데는 자못 의외였습니다.

"왜 날더러 그리 가라구 허우?"

"여긴 백권석인데요, 노인은 홍권을 사셨으니깐 저 위칭 홍권석으루 가셔야 합니다."

"아―니…… 이건 하등표요! 나넌 돈 오십 전 주구 하등표 이놈 샀어! 자, 보시오!"

"그러니깐 말씀입니다. 노인 말씀대루 하면 여긴 상등이거든요. 그런데 노인께선 하등표 사가지구 이 상등에 앉았으니깐, 저 하등석으루 올라가시란 말씀입니다."

"예가 상등이라? 그러구 저 높은 디 이칭이 하등이라?"

"네에."

"아―니, 여보? 그래, 그런 법이 어디가 있담 말이오? 높은 디가 하등이구 나찬 디가 상등이라니! 나넌 칠십 평생으 그런 말은 츰 들겄소!"

"그래두 그렇잖습니다. 여기선 예가 상등이구 저 이칭이 하등입니다."

"거참! 그럼, 예는 우리 죄선(조선) 아니구, 저어 서양국이오? 그렇길래 이렇기 모다 꺼꾸루 되지?"

"허허허허, 그렇지만 신식은 다아 그렇답니다. 그러니 정녕 이 자리에서 구경을 허시겠거던 돈을 일 원 더 내시구 백권을 사시지요?"

"나넌 그럴 수 없소! 암만 그래두, 나넌 예가 하등이닝개루, 예서 귀경헐라우!"

우람스러운 몸집과 신선 같은 차림을 하고서 애기처럼 응석을 부리는 데는, 서두리꾼도 어리광을 받아주는 양 짐짓 지고 말아, 윤 직원 영감은 마침내 홍권으로 백권석에서 구경을 했습니다.

실상 윤 직원 영감은 위정 그런 억지를 쓴 것은 아닙니다. 꼭 극장만 여겨서 아래층이 하등인 줄 알았던 것입니다.

윤 직원 영감의 처음 몇 번의 경험에 의하면, 명창대회는 아래층(그러니까 하등이지요) 맨 앞자리의 맨 앞줄이 제일 좋은 자리였습니다. 기생과 광대들의 일동일정이 바로 앞에서 잘 보이고, 노래가 가까이 들리고, 그리고 하등이라 값이 헐하고.

이러한 묘리를 터득한 윤 직원 영감이라, 오늘도 하등표를 산다고 사가지고 하등을 간다고 간 것이 삼 곱이나 더 하는 백권석이었던 것입니다.

그러나 뱃심이라고 할지 생억지라고 할지, 아무튼 서두리꾼을 이겨내고 필경은 그대로 백권석에서 구경을 했습니다.

더욱 좋은 것은, 여느 극장 같으면 하등인 맨 앞자리는 고놈 깍쟁이 같은 조무래기 패가 옴닥옴닥 들어박혀 윤 직원 영감의 육중한 체구가 처억 그 틈에 끼여 있을라치면, 들이 놀림감이 되고, 그래 좀 창피했는데, 오늘은 이 상등스러운 하등이 모두 점잖은 어른들이나 이쁜 기생들뿐이요, 그 따위 조무래기 떼가 없어서 실로 금상첨화라 할 수 있었습니다.

구경을 아주 원만히 마치고 난 윤 직원 영감은, 춘심이는 제 집이 청진 동이니까 걸어가라고 보내고, 자기 혼자만 전차 정류장까지 나왔습니다. 그러나 숱해 몰려나온 구경꾼들과 같이서 전차를 탈 일이며, 또 버스를 탈 일이며, 그뿐 아니라 재동서 내려 경사진 계동 길을 걸어 올라가자면 숨이 찰 일이며 모두 생각만 해도 대견했습니다. 십 원짜리를 가지고 하면 또 공차를 탈 수도 있을 테지만, 에라 내가 돈을 아껴서는 무얼 하겠느냐고 실로 하늘이 알까 무서운 변심을 먹고, 마침 지나가는 인력거를 불러 탔던 것이고, 결과는 돈 오 전을 가외에 더 뺏겼고, 해서 정히 역정이 났었고, 그리고 또 대문이 말입니다.

대문은 언제든지 꽉 잠가두거니와, 옆으로 난 쪽문도 안으로 잠겼어야 할 것이거늘 그것이 훤하게 열려 있었던 것입니다.

윤 직원 영감은 큰대문을 열어놓고 있노라면 어쩐지 집안엣 것이 형적 없이 자꾸만 대문으로 해서 빠져나가는 것만 같고, 그 대신 상서롭지 못한 것이 자꾸만 술술 들어오는 것만 같고 하여, 간혹 장작바리나 큰 짐이 들어올 때가 아니면 큰대문은 결단코 열어놓는 법이 없습니다. 이것은 아주 이 집의 엄한 가헌(?)*입니다.

큰대문은 그래서 항상 봉해두고, 출입은 어른 아이 상전 하인 할 것 없이 한옆으로 뚫어놓은 쪽문으로 드나듭니다. 그거나마 꼭꼭 지쳐두어야지, 만일 오늘처럼 이렇게 열어놓곤 하면 거지 등속의 반갑잖은 손님이 들어올 위험이 다분히 있습니다.

물론 아무리 밑질긴** 거지가 들어와서 목을 매고 늘어진댔자 동전 한 푼 동냥을 주는 법은 없지만, 그러자니 졸리고 악다구니를 하고 하기가 성가신 노릇이니까요. 그러므로 만일 쪽문을 열어놓는 것이 윤 직원 영감의 눈에 뜨이고 보면, 기어코 한바탕 성화가 나고라야 마는데, 대체 식구 중에 누가 갈충머리없이*** 이런 해망을 부렸는지 참말 딱한 노릇입니다.

역정이 난 윤 직원 영감이, 낙타가 바늘구멍으로 나가는 만큼이나 애를 써서 좁다란 그 쪽문으로 겨우겨우 비비 뚫고 들어서면서 꽝, 소리가 나게 문을 닫는데, 마침 상노 아이놈 삼남이가 그제야 뽀르르 달려 나옵니다.

---

* 한 집안의 법도 또는 법식.
** 한번 앉으면 좀체 일어날 줄 모르는.
*** 진득함 없이 촐랑거리며.

이놈이 썩 묘하게 생겼습니다. 우선 부룩송아지 대가리같이 머리가 곱슬곱슬하고 노랗기까지 한 게 장관이요, 그런 대가리가 어쩌면 그렇게도 큰지 남의 것 같습니다. 눈은 사팔이어서 얼굴을 모로 돌려야 똑바로 보이고, 코는 비가 오면 고개를 숙여야 합니다.

나이는 스무 살인데 그것은 이 애한테만 세월이 특별히 빨리 갔는지, 열 살은 에누리 없이 모자랍니다.

그러나 이 애야말로 윤 직원 영감한테는 대단히 보배스러운 도구입니다. 윤 직원 영감은 상노 아이놈을, 똑똑한 놈을 두는 법이 없습니다. 똑똑한 놈이면 으레껏 훔치훔치, 즉 태을도太乙道(도적질)를 한대서 그러는 것입니다.

실상 전에 시골서 살 때에는 똑똑한 상노 놈을 더러 두어본 적도 있었으나, 했다가 번번이 그 태을도를 하는 바람에 뜨거운 영금*을 보았었습니다.

이 삼남이는 시골 있는 산지기 자식으로, 못난 이름이 근동에 널리 떨친 것을 시험 삼아 데려다가 두고 보았더니 미상불 천하일품이었습니다.

너무 멍청해서 데리고 부리기가 매우 갑갑한 때도 있기는 하지만, 그 대신 일 년 삼백예순날을 가도 동전 한 푼은커녕 성냥 한 개비, 몰래 축내는 법이 없습니다. 또 산지기의 자식이니, 시속 아이놈들처럼 월급이니 무엇이니 하는 그런 아니꼬운 것도 달라고 않습니다. 해서 참말 둘도 구하기 어려운 보물인 것입니다.

그런지라 윤 직원 영감은 여느 때 같으면 삼남이가 나와서 그렇게 허리를 굽실하면, 그저 오—냐 하고 좋게 대답을 했을 것이지만, 오늘은 그래

---

* 따끔하게 당하는 곤욕.

저래 역정이 난 판이라 누구든지 맨 처음에 눈에 띄는 대로 소리를 우선 버럭 질러주어야 할 판입니다.

"야 이놈아! 어떤 손모가지가 문은 그렇기 휘어언허게 열어누왔냐? 응?"

"저는 안 그렀어라우! 아마 중마내님이 금방 들오셨넌디, 그렇게 열어누왔넝개비라우?"

중마내님이라는 건 윤 직원 영감의 며느리로 지금 이 집의 형식상 주부입니다.

"그렀으리라! 짝 찢을 년!"

윤 직원 영감은 며느리더러 이렇게 욕을 하던 것입니다. 그는 며느리뿐만 아니라, 딸이고 손자며느리고, 또 지금은 죽고 없지만 자기 부인이고, 전에 데리고 살던 첩이고, 누구한테든지 욕을 하려면 우선 그 '짝 찢을 년'이라는 서양말의 관사 같은 것을 붙입니다. 남잘 것 같으면 '잡어 뽑을 놈'을 붙이고……

"짝 찢을 년! ……아, 그년은 글씨 무엇허러 밤낮 그렇기 싸댕긴다냐?"

"모올라우!"

"옳다, 내가 모르넌디 늬가 알 것이냐…… 짝 찢을 년! 그년이 서방이 안 돌아부아 주닝개 오두*가 나서 그러지, 오두가 나서 그리여!"

"아마 그렁개비라우!"

관중이 없어서 웃어주질 않으니 좀 섭섭한 장면입니다.

윤 직원 영감이 그렇게 쌍소리로 며느리며 누구 할 것 없이 아무한테고 욕을 하는 것은, 그의 입이 험한 탓도 있겠지만 그의 근지根地가 인조견이

---

* 매우 방정맞게 날뛰는 짓을 뜻하는 '오두발광'의 준말.

나 도금 비녀처럼 허울뿐이라 그렇다고도 하겠습니다.

윤 직원 영감의 근지야 참 보잘 게 벼랑* 없습니다.

4. 우리만 빼놓고 어서 망해라!

얼굴이 말(馬面)처럼 길대서 말대가리라는 별명을 듣던 윤 직원 영감의
선친 윤용규는 본이 시골 토반이더냐 하면 그렇지도 못하고, 그렇다고 아
전이더냐 하면 실상은 아전질도 제법 해먹지 못했습니다.

아전질을 못해먹은 것이 시방 와서는 되레 자랑거리가 되었지만, 그때
당년에야 흔한 도서원道書院이나마 한자리 얻어 하고 싶은 생각이 꿀안 같
았어도,** 도시에 그만한 밑천이며 문필이며가 없었더랍니다.

말대가리 윤용규 그는, 삼십이 넘도록 탈망 바람으로 삿갓 하나를 의관
삼아 촌 노름방으로 어슬어슬 돌아다니면서 개평푼이나 뜯으면 그걸로
되돌아 앉아 투전장이나 뽑기, 방퉁이질이나 하기, 또 그도 저도 못 하면
가난한 아내가 주린 배를 틀어쥐고서 바느질품을 팔아 어린 자식과(이 어
린 자식이라는 게 그러니까 지금의 윤 직원 영감입니다) 입에 풀칠을 하는 것
을 얻어먹고는, 밤이나 낮이나 질펀히 드러누워 소대성***이 여대치게 낮
잠이나 자기…… 이 지경으로 반생을 살았습니다. 좀 호협한 구석이 있고
담보가 클 뿐, 물론 판무식꾼이구요.

그런데, 그런 게 다 운수라고 하는 건지, 어느 해 연분인가는 난데없는

돈 이백 냥이 생겼더랍니다. 시골 돈 이백 냥이면 서울 돈으로 이천 냥이요, 그때만 해도 웬만한 새끼 부자 하나가 왔다 갔다 할 큰돈입니다.

노름을 해서 딴 돈이라고 하기도 하고, 혹은 그 아내가 친정의 머언 일갓집 백부한테 분재를 타 온 돈이라고 하기도 하고, 또 누구는 도깨비가 져다 준 돈이라고 하기도 하고 하여 자못 출처가 모호했습니다.

시방이야 가난하던 사람이 불시로 큰돈이 생기면 경찰서 양반들이 우선 그 내력을 밝히려 들지만, 그때만 해도 육십 년 저쩍 일이니 누가 지날 말로라도 시비 한마딘들 하나요. 그저 그야말로 도깨비가 져다 주었나 보다 하고 한갓 부러워하기나 했지요.

아무튼 그래 말대가리 윤용규는 그날부터 칼로 벤 듯 노름방 발을 끊고, 그 돈 이백 냥을 들여 논을 산다, 대푼변* 돈놀이를 한다, 곱장리를 놓는다 해가면서 일조에 착실한 살림꾼이 되었습니다. 그러노라니까, 정말 인도깨비를 사귄 것처럼 살림이 불 일듯 늘어서, 마침내 그의 당대에 삼천 석을 넘겨받게 되었던 것입니다.

윤 직원 영감(그때 당시는 두꺼비같이 생겼대서 윤두꺼비로 불리어지던 윤두섭) 그는 어려서부터 취리에 눈이 밝았고, 약관에는 벌써 그의 선친을 도와가며 그 큰살림을 곧잘 휘어나갔습니다. 그리고 일천구백삼년 계묘년부터는 고스란히 물려받은 삼천 석거리를 가지고, 이래 삼십여 년 동안 착실히 가산을 늘려왔습니다.

그래서 지금으로부터 십여 년 전, 가권을 거느리고 서울로 이사를 해 오던 그때의 집계를 보면, 벼를 실 만 석을 받았고, 요즘 와서는 현금이 십만 원 가까이 은행에 예금되어 있었습니다.

---

* 100분의 1이 되는 이자.

이런 걸 미루어 보면, 그는 과시 승어부勝於父*라 할 것입니다.

하기야 그 양대가, 그 어둔 시절에 그처럼 치산을 하느라고〔시절이 어두우니까 체계변이며 장리변의 이문이 숫지고, 또 공문서쏰文書(공토지)가 수두룩해서 가산 늘리기가 좋았던 한편으로 말입니다〕욕심 사나운 수령한테 걸려들어 명색 없이 잡혀 갇혀서는, 형장을 맞아가며 토색질**을 당한 것도 한두 번이 아니요, 화적의 총부리 앞에 목숨을 내걸고 서서 재물을 약탈당하기도 부지기수요, 그러다가 말대가리 윤용규는 마침내 한 패의 화적의 손에 비명의 죽음까지 한 것인즉, 일변 생각하면 피로 낙관을 친 치산이지, 녹록한 재물이라고 할 수는 없을 것입니다.

윤 직원 영감은 그때 일을 생각하면 시방도 가슴이 뭉클하고, 그의 선친이 무참히 죽어 넘어진 시체하며, 곡식이 들이 쌓인 노적露積과 곡간이 불에 활활 타던 광경이 눈앞에 선연히 밟히곤 합니다.

잊히지도 않는 계묘년 삼월 보름날입니다. 이 삼월 보름날이 말대가리 윤용규의 바로 제삿날이니까요.

온종일 체곗돈 받고 내주고 하기야, 춘궁에 모여드는 작인(소작인)들한테 장릿벼 내주기야, 몸져누운 부친 윤용규의 병시중 들기야 하느라고 큰살림을 맡아 처리하는 사람의 일례로, 두꺼비 윤두섭, 즉 젊은 날의 윤 직원 영감은 밤늦게야 혼곤히 들었던 잠이 옆에서 아내의 흔들며 깨우는 촉급한 속삭임 소리에 놀라 후닥닥 몸을 일으켰습니다.

한두 번도 아니요, 화적을 치르기 이미 수십 차라, 그는 잠결에도 정신이 들기 전에 육체가 먼저 위급함을 직각했던 것입니다. 장수가 전장에

---

* 아버지보다 나음.
** 돈이나 물건 따위를 억지로 달라고 하는 짓.

나가면, 진중에서는 정신은 잠을 자도 몸은 깨서 있다는 것이나 마찬가지 이치라고 할는지요.

실로 그때 당시 윤씨네 집안은 자나깨나 전전긍긍, 불안과 긴장과 경계 속에서 일시라도 몸과 마음을 늦추지 못하고, 마치 살얼음을 건너가는 것처럼 위태위태 지내던 판입니다.

젊은 윤두꺼비는 깜깜 어둔 방 안이라도, 바깥의 달빛이 희유끄름한 옆문을 향해 뛰쳐나갈 자세로 고의춤을 걷어잡으면서 몸을 엉거주춤 일으켰습니다. 보이지는 않으나 아내의 황급한 숨길이 바투 들리고, 더듬어 들어오는 손끝이 바르르 떨리면서 팔에 닿습니다.

"어서! 얼른!"

아내의 쥐어짜는 재촉 소리는, 마침 대문을 총개머린지 몽둥인지로 들이 쾅쾅 찧는 소리에 삼켜져버립니다.

"아버님은?"

윤두꺼비는 뛰쳐나가려고 꼬느었던 자세와 호흡을 잠깐 멈추고서 아내더러 물어보던 것입니다.

"몰라요…… 그렇지만…… 아이구 어서, 얼른!"

아내가 기색할 듯이 초초한 소리로 팔을 잡아 훑는 힘이 아니라도, 윤두꺼비는 벌써 몸을 날려 옆문을 박차고 나갑니다.

신발 여부도 없고 버선도 없는 맨발로, 과녁 반 바탕은 될 타작마당을 단숨에 달려, 두 길이나 높은 울타리를 문턱 넘듯 뛰어넘어, 길같이 솟은 보리밭 고랑으로 몸을 착 엎드리고 꿩 기듯 기기 시작하는 그동안이, 아내가 흔들어 깨울 때부터 쳐서 겨우 오 분도 못 되는 순간입니다.

이렇게 윤두꺼비가 울타리를 넘어, 그러느라고 허리띠를 매지 않은 고의를 건사하지 못해서 홀라당 벗어 떨어뜨린 알몸뚱이로 보리밭 고랑에서 엎드려 기기 시작을 하자, 그제야 방금 저편 모퉁이로부터 두 그림자가 하나는 담총을 하고 하나는 몽둥이를 끌고 마침 돌아 나왔습니다.

뒤 울타리로 해서 도망가는 사람을 잡으려는 파순데, 윤두꺼비한테는 아슬아슬한 순간의 찰나라 하겠습니다.

그들도 도망가는 윤두꺼비를 못 보았거니와 윤두꺼비도 물론 그러한 위경이던 줄은 모르고 기기만 하던 것입니다.

만약 그들의 눈에 띄기만 했더라면 처음에는 쫓아갈 것이고, 그러다가 못 잡으면 대고 불질을 했을 겝니다. 부지깽이 같은 그 화승총을 가지고, 더구나 호미와 쇠스랑을 다루던 솜씨로, 으심치무레한 달밤에 보리밭 사이로 죽자 살자 내빼는 사람을 쏜다고 쏘았댔자 제법 똑바로 가서 맞을 이치도 없기도 하지만.

그래 아무튼, 발가벗은 윤두꺼비는 무사히 보리밭을 서넛이나 지나, 다시 솔숲을 빠져나와 나직한 비탈에 왜송이 둘러선 산허리에까지 단숨에 달려와서야 비로소 안심과 숨찬 걸 못 견디어 펄씬 주저앉았습니다.

화적이 드는 눈치를 채면, 여느 일 젖혀놓고 집안 돌아볼 것 없이 몸을 빼쳐 피하는 게 제일 상책입니다.

화적이 인가를 처들어와서, 잡아 족치는 건 그 집 대주(호주)와 셈든 남자들입니다. 그래서 그들의 손에 붙잡히기만 하고 보면 우선 〔※원문 1행 반 삭제〕 반죽음은 되게 매를 맞아야 합니다.

그렇게 얻어맞고도, 마침내는 재물은 재물대로 뺏겨야 하고, 그 서슬에 자칫 잘못하면 목숨이 왔다 갔다 합니다. 둘이 잡히면 둘이 다, 셋이 잡히면 셋이 다 그 지경을 당합니다.

그러므로 제가끔 먼저 기수를 채는 당장으로, 아비를 염려해서 주춤거리거나 자식을 생각하여 머뭇거리거나 할 것이 없이, 그저 먼저 몸을 피해놓고 보는 게 당연한 일로 되어 있었습니다. 그럴 것이, 가령 자식이 아비의 위태로움을 알고 그냥 버틴다거나 덤벼든다거나 했자, 저편은 수효가 많은 데다가 병장기를 가진, 그리고 사람의 목숨쯤 파리 한 마리만큼도 여기잖는 패들이니까요.

이날 밤 윤두꺼비도 그리하여 일변 몸져누운 부친이 마음에 걸려, 선뜻 망설이기는 하면서도 사리가 그러했기 때문에, 이내 제 몸을 우선 피해놓고 보던 것입니다.

말대가리 윤용규는 나이 이미 육십에, 또 어제까지 등이며 볼기며에 모진 매를 맞다가 겨우 옥에서 놓여나온 몸이라 도저히 피할 생각은 내지도 못하고, 그 대신 침착하게 일어나 앉아 등잔에 불까지 켰습니다.

기위 당하는 일이라서, 또 있는 담보겠다, 악으로 한바탕 싸워보자는 것입니다.

화적패들은 이윽고 하나가 울타리를 넘어 들어와 빗장을 벗기는 대문으로 우— 몰려들었습니다.

"개미 새끼 하나라도 놓치지 말렷다!"

그중 두목이, 대문 지키는 두 자와 옆으로 비어져 가는 파수 둘더러 호령을 하는 것입니다.

"영 놓치겠거던 대구 쏘아라!"

재우쳐 이른 뒤에 두목이 앞장을 서서 사랑채로 가고, 한 패는 안으로 갈려 들어갑니다. 그렇게도 사납고 짖기를 극성으로 하는 이 집 개들이 처음부터 끽소리도 못 내고 낑낑거리면서 도리어 주인네의 보호를 청하는 걸 보면, 당시 화적들의 기세가 얼마나 기승스러웠음을 족히 알 수가 있는 것입니다.

"기집이나 어린것들은 손대지 말렷다!"

두목이 잠깐 돌아다보면서 신칙을 하는 데 응하여 안으로 들어가던 패가 몇이

"예——이!"

하고 한꺼번에 대답을 합니다.

이것은 참으로 이상스러운 그네들의 엄한 풍도입니다. 이 밤에 이 집을 쳐들어온 이 패들만 보아도, 패랭이 쓴 놈, 테머리* 한 놈, 머리 땋은 총각, 늙은이 해서 차림새나 생김새가 가지각색이듯이, 모두 무질서하고 무지한 잡색 인물들이기는 하나, 일반으로 그들은 어느 때 어디를 쳐서 갖은 참상을 다 저지르곤 할 값에, 좀처럼 부녀와 어린아이들한테만은 손을 대는 법이 없습니다.

만일 그걸 범했다가는, 그는 당장에 두목 앞에서 목이 달아나고라야 맙니다.

사랑채로 들어간 두목이 한 수하를 시켜 윗미닫이를 열어젖히고서 성큼 마루로 올라설 때에, 그는 뜻밖에도 이편을 앙연히 노려보고 있는 말대가리 윤용규와 눈이 딱 마주쳤습니다.

두목은 주춤하지 않지 못했습니다. 그는 윤용규가 이 위급한 판에 한 발자국이라도 도망질을 치려고 서둘렀지, 이다지도 대담하게, 오냐 어서 오란 듯이 버티고 있을 줄은 천만 생각 밖이었던 것입니다.

더욱, 핏기 없이 수척한 얼굴에 병색을 띠고서도, 일변 악이 잔뜩 올라 이편을 무섭게 노려보는 그 머리 센 늙은이의 살기스러운 양자가 희미한 쇠기름 불에 어른거리는 양이라니, 무슨 원귀와도 같았습니다.

두목은 만약 제 등 뒤에 수하들이 겨누고 있는 십여 대의 총부리와 녹

* 띠를 두른 머리.

슬었으나마 칼들과 몽둥이들과 도끼들이 없었으면, 그는 가슴이 서늘한 대로 물심물심 뒤로 물러섰을는지도 모릅니다.

"으응, 너 잘 기대리구 있다!"

두목은 하마 꺾이려던 기운을 돋우어 한마디 으릅니다. 실상 이 두목 (그러니까 오늘 밤의 이 패들)과 말대가리 윤용규와는 처음 만나는 게 아니고 바로 구면입니다. 달포 전에 쳐들어와서 돈 삼백 냥을 빼앗고, 그 밖에 소 한 마리와 패물과 어음 몇 쪽을 털어 간 그 패들입니다. 그래서 화적패들도 주인을 잘 알려니와 주인 되는 윤용규도 두목의 얼굴만은 익히 알고 있고, 그러고도 또 달리 뼈에 사무치는 원혐이 한 가지 있는 터라, 윤용규는 무서운 것보다도(이미 피치 못할 살판인지라) 차차로 옳게 뱃속으로부터 분노와 악이 치받쳐 올랐습니다.

"이놈 윤가야, 네 들어보아라!"

두목은 종시 말이 없이 앙연히 앉아 있는 윤용규를 마주 노려보면서, 그 역시 분이 찬 음성으로 꾸짖는 것입니다.

"……네가 이놈 관가에다가 찔러서 내 수하를 잡히게 했단 말이지? ……이놈, 그러구두 네가 성할 줄 알았드냐? ……이놈 네가 분명코 찔렀지?"

"오냐, 내가 관가에 들어가서 내 입으루 찔렀다, 그래……?"

퀄퀄하게 대답을 하면서 도사리고 앉은 윤용규의 눈에서는 불이 이는 듯합니다.

"……내가 찔렀으니 어쩔 테란 말이냐? ……흥! 이놈들, 멀쩡하게 도당 모아갖구 댕기면서 양민들 노략질이나 히여먹구, 네가 그러구두 성할 줄 알았드냐? 이놈아……!"

치받치는 악에 소리를 버럭 높이면서 다시

"······괴수 놈, 너두 오래 안 가서 잽힐 테니 두구 보아라! 네 모가지에 작두날이 내릴 때가 머잖었느니라, 이노옴!"

하고는 부드득 이를 갈아붙입니다.

목전의 절박한 사실에 대한 일종의 발악임은 틀림이 없을 것입니다. 그러나 그것은 일변 깊이 생각을 하면 하나의 웅장한 선언일 것입니다.

핍박하는 자에게 대한, 일후의 보복과 승리를 보류하는 자신 있는 선언······.

사실로 윤용규는, 무식하고 소박하나마 시대가 차차로 금권金權이 유세해감을 막연히 인식을 했던 것입니다.

그것은 그러므로, 비단 화적패들에게만 대한 선언인 것이 아니라, 그 야속하고 토색질을 방자히 하는 수령까지도 넣어, 전 압박자에게 대고 부르짖는 선전의 포고이었을 것입니다. 가령 그 자신이 그것을 의식하고 못하고는 고만두고라도······ 말입니다.

"······이놈들! 밤이 어둡다구, 백년 가두 날이 안 샐 줄 아느냐? 두구 보자, 이놈들!"

윤용규는 연하여 이렇게 살기등등하니 악을 쓰는 것입니다.

"하, 이놈, 희떠운 소리 헌다! 허!"

두목은 서글퍼서 이렇게 헛웃음을 치는데, 마침 윗목에서 이제껏 자고 있던 차인꾼이, 그제야 잠이 깨어 푸스스 일어나다가 한참 두릿거리더니, 겨우 정신이 나는지 별안간 버얼벌 떨면서 방구석으로 꽁무니 걸음을 해 들어갑니다.

그러자 또 안으로 들어갔던 패 중에 하나가 총 끝에 흰 무명 고의 하나를 꿰 들고 두목 앞으로 나옵니다.

"두령, 자식 놈은 풍겼습니다!"

"풍겼다? 그럼, 그건 무어란 말이냐?"

"그놈이 울타리를 뛰어넘어 가다가 벗어버린 껍데기올시다. 자다가 허리띠두 못 매구서 달아나느라구, 울타리 밑에서 홀라당 벗어졌나 봅니다."

발가벗고 도망질을 치는 광경을 연상함인지 몇이 킥킥하고 소리를 죽여 웃습니다.

"으젓잖은 놈들! 어쩌다가 놓친단 말이냐!"

두목은 혀를 차다가 방 윗목에서 떨고 있는 차인꾼을 턱으로 가리킵니다.

"……아니 그런 게 아니라 혹시 저놈이 자식 놈이 아니냐?"

윤두꺼비는 전번에도 잡히지 않았기 때문에 두목은 그의 얼굴을 몰랐던 것입니다.

두목의 말을 받아 수하 하나가 기웃이 들여다보더니

"아니올시다, 저놈은 차인꾼이올시다."

"쯧! 그렇다면 헐 수 없고…… 잘 지키기나 해라. 그리고, 아직 몽당 순갈 한 매라도 손대지 말렸다!"

"에―이…… 그런데 술이 좋은 놈 한 독 있습니다, 두목…… 닭허구, 돼지두 마침 먹을 감이구요……."

전전해 신축년의 큰 흉년이 아니라도, 화적 된 자치고 민가를 털 제 술이며 고기를 눈여겨보지 않는 법은 없는 법입니다.

"이놈 윤가야, 말 들어라…… 오늘 저녁에 우리가 네 집에를 온 것은……."

두목은 다시 윤용규에게로 얼굴을 돌리고 을러댑니다.

"……네놈의 재물보담두 너를 쓸 디가 있어서 온 것이다…… 허니, 어쩔 테냐? 내 말을 순순히 들을 테냐? 안 들을 테냐?"

윤용규는 두목을 마주 거들떠보고 있다가, 말이 끝나자 고개를 홱 돌려 버립니다.

"어쩔 테냐? 말을 못 듣겠단 말이지?"

"불한당 놈의 말 들을 수 없다! ……내가, 생각허면 네놈들을 갈아 먹구 싶은디, 게다가 청을 들어? 흥!"

윤용규는 그새 여러 해 두고 화적을 치러내던 경험에 비추어 보면, 그들 앞에서 서얼설 기고 네—네 살려줍시사고 굽실거리거나, 마주 대고 네놈 내놈 하면서 악다구니를 하거나, 필경 매를 맞고 재물을 뺏기기는 일반이던 것을 잘 알고 있습니다.

그러니 어차피 당하는 마당에, 그처럼 굽실거릴 생각은 애초부터 없었을 뿐 아니라, 일변 그, 이 패에게 대하여 그야말로 갈아 먹고 싶은 원혐입니다.

달포 전인데 이 패에게 노략질을 당하던 날 밤, 그중에 한 놈, 잘 알 수 있는 자가 섞여 있는 것을 윤용규는 보아두었습니다. 그자는 박가라고, 멀지 않은 근동에서 사는 바로 그의 작인이었습니다.

"오! 이놈 네가!"

윤용규는 제 자신, 작인에게 어떠한 원한받을 짓을 해왔다는 것은 경위에 칠 줄은 모릅니다. 다만 내 땅을 부쳐 먹고사는 놈이 이 도당에 참예를 하여 내 집을 털러 들어오다니, 눈에서 불이 나고 가슴이 터질 듯 분한 노릇이었습니다.

이튿날 새벽같이 윤용규는 몸소 읍으로 달려 들어가서, 당시 그 고을 원(수령)이요, 수차 토색질을 당한 덕에 안면(!)은 있는 백영규白永圭더러, 사분이 이만저만하고 이러저러한데, 그중에 박 아무개라는 놈도 섞여 있었다고, 그러니 그놈만 잡아다가 족치거드면 그 일당을 다 잡을 수가 있으리라고 아뢰어 바쳤습니다.

백영규는 그러나 말대가리 윤용규보다 수가 한 길 윗수였습니다.

그는 자초지종 이야기를 다 듣더니, 아 그러냐고, 그러면 박가라는지 그놈을 잡아 오기는 올 것이로되, 그러나 화적패에 투신한 놈을 그처럼 잘 알진댄 윤용규 너도 미심쩍어, 그러니 같이 문초를 해야 하겠은즉 그리 알라고, 우선 윤용규부터 때려 가두었습니다.

약은 수령이 백성의 재물을 먹자고 트집을 잡는데 무슨 사리와 경우가 있나요? 루이 십사센지 하는 서양 임금은 짐이 바로 국가라고 호통을 했고, 조선서도 어느 종실宗室 세도勢道 한 분은 반대파의 죄수를 국문하는데, 참새가 찍 한다고 해도 죽이고, 쩍 한다고 해도 죽이고, 필경은 찍쩍합니다 해도 죽였다고 하지 않습니까.

당시 일읍—邑의 수령이면 그 고장에서는 왕이요, 그의 덮어놓고 하는 공사는 바로 법과 다를 바 없던 것입니다. 항차 그는 화적을 잡기보다는 부자를 토색하기가 더 긴하고 재미가 있는 데야.

말대가리 윤용규는 혹을 또 한 개 덜렁 붙이고서 옥에 갇히고, 박가도 그날로 잡혀 들어왔습니다.

문초는 그러나 각각 달랐습니다. 박가더러는 그들 일당의 성명과 구혈과 두목을 대라고 족쳤습니다.

박가는 제가 그 도당에 참예한 것은 불었어도, 그 외 것은 입을 꽉 다물고서 실토를 안 했습니다. 주리를 틀려 앞정강이의 살이 문드러지고 허연 뼈가 비어져도 그는 불지를 않았습니다.

일변 윤용규더러는, 네가 그 도당과 기맥을 통하고 있고 그 패들에게 재물과 주식을 대접했다는 걸 자백하라고 문초를 합니다. 박가의 실토를 들으면 과시 네가 적당과 연맥이 있다고 하니, 정 자백을 안 하면 않는 대로 그냥 감영으로 넘겨 목을 베게 하겠다는 것이었습니다.

이것이, 좀 먹자는 트집인 것은 두말할 것도 없는 속이었고, 그래 누가 이래라저래라 시킬 것도 없이 벌써 줄 맞은 병정이 되어서, 젊은 윤두꺼비는 뒷줄로 뇌물을 쓰느라고 침식을 잊고 분주했습니다.

오백 냥씩 두 번 해서 천 냥은 수령 백영규가 고스란히 먹고, 또 천 냥은 가지고 이방 이하 호장이야, 형방이야, 옥사정이야, 사령이야, 심지어 통인 급창이까지 고루 풀어 먹였습니다.

이천 냥 돈을 그렇게 들이고서야, 어제 아침 달포 만에 말대가리 윤용규는 장독杖毒으로 꼼짝 못하는 몸을 보교에 실려 옥으로부터 집으로 놓여나왔던 것입니다.

사맥*이 이쯤 되었으니, 윤용규로 앉아서 본다면 수령 백영규한테와 화적패에게 원한이 자못 깊습니다. 그러나 아무리 원한이 깊었자 저편은 감히 건드리지도 못할 수령이라 그 만만하달까, 화적패에게 잔뜩 보복을 벼르고 있었고, 그런 참인데, 마침 그 도당이 또다시 달려들어서는 이러니저러니 하니 그야말로 갈아 먹고 싶을 것은 인간의 옹색한 속이 아니라도 당연한 근경이라 하겠지요.

일은 그런데 피장파장이어서 화적패도 또한 말대가리 윤용규에게 원한이 있습니다. 동료 박가를 찔러서 잡히게 했다는 것입니다.

박가가 잡혀가서 그 모진 혹형을 당하면서도 구혈이나 두목이나 도당의 성명을 불지 않는 것은 불행 중 다행입니다. 그러니 그런 만큼 의리가 가슴에 사무치지 않을 수가 없었던 것입니다.

윤용규한테 대한 원한은 우선 접어놓고, 어디 일을 좀 무사히 펴이게

---

* 일의 내력과 갈피.

하도록 해볼까 하는 것이 그들의 첫 꾀였습니다. 만약 그런 꾀가 아니라면야 들어서던 길로 지딱지딱해버리고 돌아섰을 것이지요.

두목은 윤용규가 전번과는 달라 악이 바싹 올라가지고 처음부터 발딱거리면서 뻣뻣이 말을 못 듣겠노라고 버티는 데는 물큰 화가 치밀어 오르지 않을 수가 없었습니다.

"진정이냐?"

그는 눈을 부라리면서 딱 을러댑니다. 그러나 윤용규는 종시 까닥 않고 대답입니다.

"다시 더 물을 것 읎너니라!"

"너, 그리 고집 세지 마라……!"

두목은 잠깐 식식거리면서 윤용규를 노리고 보다가, 이윽고 음성을 눅여 타이르듯 합니다.

"……그러다가는 네게 이로울 게 없다. 잔말 말구, 네가 뒤로 나서서 삼천 냥만 뇌물을 써라. 너두 뇌물을 쓰구서 뇌여나왔지? 그럴 테면 네가 옭아 넣은 내 수하도 풀어놓아 주어야 옳을 게 아니야? ……허기야 너를 시키느니 내가 내 손으로 함직한 일이기는 하지만, 나는 당장 삼천 냥이 없고, 그걸 장만하자면 너 같은 놈 열 놈의 집은 더 털어야 하니 시급스럽게 안 될 말이고, 또오 내가 나서서 뇌물을 쓰다가는 됩다 위태할 것이고 허니 불가불 일은 네가 할 수밖에 없다. 허되 급히 서둘러야지 며칠 안 있으면 감영으로 넹긴다드구나?"

두목은 끝에 가서는 거진 사정하듯 목마른 소리로 말을 맺고서 윤용규의 대답을 기다립니다.

윤용규는 그러나 싸늘하게 외면을 하고 앉아서 두목이 하는 소리는 들리지도 않는 체합니다.

"……어쩔 테냐? 한다든 못 한다든, 대답을……."

두목은 맥이 풀리는 대신 다시 울화가 치받쳐 버럭 소리를 지르다 말고 입술을 부르르 떱니다.

"못 한다!"

윤용규도 지지 않고 소리를 지릅니다.

"……네놈들이 죄다 잽혀가서 목이 쓸리기를 축원허구 있는 내가, 됩다 한 놈이라두 뇌여나오라구, 내 재물을 들여서 뇌물을 써? 흥! 하늘이 무너져두 못헌다!"

"진정이냐?"

"오—냐!"

윤용규는 아주 각오를 했습니다. 행악은 어차피 당해둔 것, 또 재물도 약간 뺏겨는 둔 것, 그렇다고 저희가 내 땅에다가 네 귀퉁이에 말뚝을 박고 전답을 떠 가지는 못할 것, 그러니 저희의 청을 들어 삼천 냥을 들여서 박가를 빼놓아 주느니보다는 월등 낫겠다고, 이렇게 이해까지 따진 끝의 각오이던 것입니다.

"진정?"

두목은 한 번 더 힘을 주어 다집니다.

"오—냐, 날 죽이기밖으 더 헐 테야?"

"저놈 잡아내랏!"

윤용규의 말이 미처 떨어지기 전에 두목이 뒤를 돌아다보면서 호령을 합니다.

등 뒤에 모여 섰던 수하 중에 서넛이나 우르르 방으로 몰려 들어가더니 왁진왁진 윤용규를 잡아끕니다. 그러자 마침 안채로 난 뒷문이 와락 열리더니, 흰 머리채를 풀어 헤뜨린 윤용규의 노처가, 아이구머니 이 일을 어쩌느냐고 울어 외치면서 달려들어 뒤엎으러져 매달립니다.

화적패들은 윤용규를 앞뒤에서 끌고 떠밀고 하고, 윤용규는 안 나가려고 버둥대면서도 그래도 할 수 없이 문께로 밀려 나옵니다. 그러다가 어찌어찌 부스대는 윤용규의 손에 총대 하나가 잡혔습니다.

총을 훌트려 쥔 그는 장독으로 고롱거리는 육십객답지 않게 불끈 기운을 내어, 총대를 가로, 빗장 대듯 문지방에다가 밀어대면서 발로 문턱을 디디고는 꽉 버팅깁니다. 그러고 나니까는 아무리 상투를 잡아끌고 몽둥이로 직신거리고 해도 으응 소리만 치지, 꿈쩍 않고 그대로 버팁니다. 수령이 그걸 보다 못해 옆에 섰는 수하의 몽둥이를 채어가지고 윤용규가 총대에다가 버틴 바른편 팔을 겨누어 으끄러지라고 한번 내리칩니다. 한 것이 상거는 밭고* 또 문지방이며 수하의 어깨하며 거치적거리는 것이 많아 겨냥은 삐뚜로 나가고 말았습니다.

"따악!"

빗나간 겨냥이 옆으로 비껴 이마를 바스러지게 얻어맞은 윤용규는

"어이쿠우!"

소리와 한가지로 피를 좌르르 흘리며 털씬 주저앉았습니다.

동시에 윤용규의 노처가 그만 눈이 뒤집혀

"아이구우! 인제는 사람까지 죽이는구나아! 나두 죽여라아! 이놈들아!"

하고 외치면서 죽을 둥 살 둥 어느 겨를에 달려들었는지 두목의 팔을 덥씬 물고 늘어집니다. 윤용규는 주저앉은 채 정신이 아찔하다가 번쩍 깨났습니다. 그는 화적패들이 무슨 내평**으로 밖으로 끌어내려고 하는지 그

---

* 떨어진 거리가 매우 가깝고.
** 속내.

건 몰라도, 아무려나 이롭지 못할 것 같아 되나 안 되나 버팅겨보았던 것인데, 한번 얻어맞고 정신이 오리소리한* 판에 마침 그의 아내가 별안간

　"……인제는 사람까지 죽이는구나!"

하고 왜장치는** 이 소리에 정말로 죽음이 박두한 줄로만 알았습니다.

　그러면 인제는 옳게 이놈들의 손에 죽는구나, 그렇다면 죽어도 그냥은 안 죽는다. 이렇게 악이 복받치자, 그는 벌떡 일어서면서 눈앞에 보이는 대로 칼 하나를 채어가지고는 마구 대고 휘저었습니다.

　더욱이 눈이 뒤집히기는, 아무리 화적이라도 결단코 하지 않던 짓인데 여인을, 하물며 늙은 여인을 치는 걸 본 것입니다. 그는 그의 아내가 두목의 팔을 물고 늘어진 줄은 몰랐고, 다만 두목이 아내의 머리끄덩일 잡아 동댕이를 쳐서 물린 팔을 놓치게 하는 그 광경만 보았던 것입니다.

　아무리 죽자 살자 악이 받쳐 칼을 휘두른다지만 죽어가는 늙은인 걸, 십여 개나 덤비는 총개머리야 몽둥이야 칼이야 도끼야를 당해낼 수가 없던 것입니다.

　윤용규가 마지막, 목덜미에 도끼를 맞고 엎드러지자, 피를 본 두목은 두 눈이 불덩이같이 벌컥 뒤집어졌습니다. 그는 실상 윤용규를 죽일 생각은 없었습니다.

　그렇다고 윤용규 하나쯤 죽이기를 차마 못 해서 그런 것은 아니고, 제 구혈로 잡아가겠던 것입니다. 한때 만주에서 마적들이 하던 그 짓이지요. 볼모로 잡아다 두고서 가족들로 하여금 이편의 요구를 듣게 하겠던 것입니다.

* 뜻밖의 일이나 어려운 일로 정신을 못 차리는.
** 쓸데없이 큰 소리로 마구 떠드는.

"노적허구 곡간에다가 불 질러랏!"

두목은 뒤집힌 눈으로 피투성이가 되어 쓰러진 윤용규를 노려보다가 수하를 사납게 호통하던 것입니다.

이윽고 노적과 곡간에서 하늘을 찌를 듯 불길이 솟아오르고, 동네 사람들이 그제야 여남은 모여들어 부질없이 물을 끼얹고 하는 판에, 발가벗은 윤두꺼비가 비로소 돌아왔습니다. 화적은 물론 벌써 물러갔고요.

윤두꺼비는 피에 물들어 참혹히 죽어 넘어진 부친의 시체를 안고 땅을 치면서

"이놈의 세상이 어느 날에 망하려느냐!"

고 통곡을 했습니다.

그리고 울음을 진정하고는, 불끈 일어서 이를 부드득 갈면서

"오—냐, 우리만 빼놓고 어서 망해라!"

고 부르짖었습니다. 이 또한 웅장한 절규이었습니다. 아울러, 위대한 선언이었고요.

윤 직원 영감이 젊은 윤두꺼비 적에 겪던 격난의 한 토막이 대개 그러했습니다.

그러니, 그러한 고난과 풍파 속에서 모아 마침내는 피까지 적신 재물이니, 그런 일을 생각해서라도 오늘날 윤 직원 영감이 단 한 푼을 쓰재도 벌벌 떠는 것도 일변 무리가 아닐 것입니다.

돈을 모으는데 무얼 어떻게 해서 모았다는 거야 윤 직원 영감으로는 상관할 바 아닙니다. 사실 착취라는 문자를 가져다가 붙이려고 하면, 윤 직원 영감은 거 웬 소리냐고 훌훌 뛸 겝니다.

다아 참, 내가 부지런하고 또 시운이 뻗쳐서 부자가 되었지, 작인이며

체곗돈 쓴 사람이며 장릿벼 얻어다 먹은 사람이며가 무슨 관계가 있느냐 서 말입니다.

바스티유 함락과는 항렬이 스스로 다르기는 하지만, 아무튼 윤 직원 영 감은 그처럼 육친의 피로써 물들인 재산 더미 위에 올라앉아 옛날 그다지 도 수난 많던 시절과는 딴판이요, 도무지 태평한 이 시절을 생각하면 안 심되고 만족한 웃음이 절로 솟아날 때가 많습니다.

하나, 말을 타면 경마도 잡히고 싶은 게 인정이라고 합니다.

시대가 바뀌면서 소란한 세상이 지나가고 재산과 몸이 안전한 세태를 당하자, 윤두꺼비는 돈으로는 남부러울 게 없어도, 문벌이 변변찮은 게 섭섭한 걸 비로소 느끼게 되었습니다.

하기야 중년에 또다시 양복 청년, 혹은 권총 청년이라는 것 때문에 가 끔 혼띔*이 나곤 하지 않은 것은 아니더랍니다.

이런 일이 있었습니다.

기미己未 경신庚申, 바로 경신년 섣달입니다. 논이 마침 욕심나는 게 한 오천 평 수중에 들어오게 되어서, 그 땅값을 치르려고 사천 원을 집에다 가 두어두고 땅 팔 사람이 오기를 기다리던 날입니다.

그런데 그게 귀신이 곡을 할 일이라고, 윤두꺼비는 두고두고 기막혀하 였지마는, 그걸 어떻게 염탐했는지 벌건 대낮에 쏙 빠진 양복쟁이 둘이 들어 덤벼가지고는 그 돈 사천 원을 몽땅 뺏어 가던 것입니다.

뭐, 꿀꺽 소리 못 하고 고스란히 내다가 바쳤지요. 고 싸—늘한 쇠끝 에 새까만 구멍이 똑바로 가슴패기를 겨누고서 코앞에다가 들이댄 걸, 그 러니 염라대왕이 지켜 선 맥이었지요.

───
* 단단히 혼냄. 혹은 그런 일.

옛날 화적들은 밤중에나 들어와서 대문이나 짓부수고 하지요. 그 덕에 잘하면 도망이나 할 수 있지요.

한데 이건, 바로 대낮에 귀한 손님 행차하듯이 어엿이 찾아와서는, 한다는 짓이 그 짓이니 꼼짝인들 할 수가 있었나요.

그래, 사천 원을 도무지 허망하게 내주고는, 윤두꺼비는 망연자실해서 우두커니 한 식경이나 앉았다가, 비로소 방바닥에 떨어진 종잇장으로 눈이 갔습니다. 돈을 받았다는 영수증을 써놓고 갔던 것입니다.

"허! 세상이 개명을 허닝개루 불한당 놈들두 개명을 히여서 영수징 써주구 돈 뺏어 간다?"

윤두꺼비는 빼앗긴 돈 사천 원이 아까워서 꼬박 이틀 동안, 그리고 세상이 또다시 옛날 화적이 횡행하던 그런 시절이나 되고 보면, 그 일을 장차 어찌하나 하는 걱정으로 꼬박 나흘 동안, 도합 엿새를 두고 밥맛과 단잠을 잃었습니다.

그런 뒤로도 다시 두어 번이나 그런 긴찮은 손님네를 치렀습니다. 돈은 그러나 한 푼도 뺏기지 않았습니다. 처음 겪은 일로 미루어 그 뒤로는 단돈 십 원도 집에다가 두어두지를 않았으니까요.

시골서 돈을 많이 가지고 살면, 여러 가지 공과금이야, 기부금이야, 또 가난한 일가 푸네기들한테 뜯기는 것이야, 그런 것 때문에 성가시기도 하고, 또 제일 왈, 그 양복 입은 그런 나그네가 종시 마음 놓이지 않기도 하고 해서, 윤두꺼비는 마침내 가권을 거느리고 서울로 이사를 했던 것입니다.

윤두꺼비가 이윽고 세상이 평안한 뒤엔 집안의 문벌 없음을 섭섭히 여겨 가문을 빛나게 할 필생의 사업으로 네 가지 방책을 추렸습니다.

맨 처음은 족보에다가 도금을 했습니다. 그럼직한 일가들을 추겨가지고 보소譜所를 내놓고는, 윤두섭의 제 몇 대 윤 아무개는 무슨 정승이요, 제 몇 대 윤 아무개는 무슨 판서요, 제 몇 대 아무는 효자요, 제 몇 대 아무 부인은 열녀요. 이렇게 그럴싸하니 족보를 새로 꾸몄습니다. 땅 짚고 헤엄치기지요.

그러노라고 한 이천 원 돈이 들었습니다. 그렇지만 일이 수나로운 만큼, 그러한 족보 도금이야 조상치레나 되었지, 그리 신통할 건 없었습니다.

아무 데 내놓아도 말대가리 윤용규 자식 윤두꺼비요, 노름꾼 윤용규의 자식 윤두섭인걸요. 자연, 허천들린* 배 속처럼 항상 뒤가 헛헛하던 것입니다.

신씨 성 가진 친구를 잔나비라고 육장** 놀려주면, 그래 그러던 끝에 그 신씨가 동물원엘 가서 잔나비를 보면 어찌 생각이 이상하고, 내가 정말 잔나비거니 여겨지는 수가 있답니다.

그 푼수로, 누구 사음***이나 한자리 얻어 할 양으로 보비위나 해주려는 사람이, 윤두꺼비네의 그 신편新篇 족보를 외어가지고 다니면서 매일 몇 번씩 윤 정승 아무개 씨의 제 몇 대손 윤두섭 씨, 윤판서 아무개 씨의 제 몇 대손 윤두섭 씨, 이렇게 대고 불러주었으면, 가족보假族譜나마 적이 실감이 나서, 듣는 당자도 좋아하고 하겠지만, 어디 그런 영리하고도 실 없는 사람이야 있나요. 혹은 작곡을 해가지고 그것을 시체 유행가수를 시켜 소리판에다가 넣어서 육장 틀어놓고 듣는다면 모르지요마는.

족보는 아무튼 그래서 득실이 상반이었고, 그다음은 윤두꺼비 자신이 처억 벼슬을 한자리했습니다.

---

* 굶주려 속이 매우 헛헛한.
** 한 번도 빠트리지 않고 늘.
*** 지주를 대신해 소작지를 관리하는 '마름'의 이두 발음.

시골은 향교라는 게 있어서, 공자님 맹자님을 비롯하여 옛날 여러 성현을 모시는 공청이 있습니다.

춘추로 소를 잡고 돼지를 잡고 해서 제사를 지내고 하지요. 들이켜서는 그게 바로 학교더랍니다.

이 향교의 맨 우두머리 가는 어른을 직원直員이라고 합니다.

직원을 옛날에는, 그 골에서 학문과 덕망이 높은 선비가 여러 사람의 촉망으로 뽑혀서 지내곤 했는데, 근년 향교의 재정이며 모든 범백을 군청에서 맡아보게 된 뒤로부터는 전과는 기맥이 좀 달라졌는지, 장의掌議라고 바로 직원의 아랫길 가는 역원들이 있는데 그 사람들한테 사음이며 농토 같은 것을 줄 수 있는 다액 납세자라면 직원 하나쯤 수월한 모양입니다.

윤두꺼비로서야 과거를 보아 벼슬을 해서 양반이 되겠습니까, 능참봉을 하겠습니까. 아쉬운 대로 향교의 직원이 만만했겠지요.

그래 그는 직원이 되었습니다. 그래서 윤두섭이란 석 자 위에 무어나 직함이 붙기를 자타가 갈망하던 끝이라 윤두꺼비는 넙죽 뛰어 윤 직원 영감이 되었던 것입니다.

그 뒤로 삼 년 동안, 윤두꺼비(가 아니라) 윤 직원 영감은 직원으로 지내면서 춘추 두 차례씩 향교에 올라가

"흥——"

"바이——"

소리에 맞추어 누가 기운이 더 세었던지 모르는 공자님과 맹자님을 비롯하여 여러 성현께 절을 하는 양반이요, 선비 노릇을 착실히 했습니다.

공자님과 맹자님이 누가 기운이 더 세었던지 모르겠다는 말은, 윤 직원 영감이 창조해낸 억만고의 수수께끼랍니다.

다른 게 아니라, 어느 해 여름인데 윤 직원 영감이 향교엘 처억 올라오더니 마침 풍월을 하느라고 흥얼흥얼하고 앉았는 여러 장의와 선비들더러 밑도 끝도 없이

"대체 거, 공자님허구 맹자님허구 팔씨름을 히였으면 누가 이겼으꼬?"

하고 물었더랍니다.

장의와 선비들은 웃어야 할지 울어야 할지 분간 못 해서 입만 떠억 벌렸고, 아무도 윤 직원 영감의 궁금증은 풀어주지는 못했답니다.

삼 년 동안 직원을 지내다가, 서울로 이사를 해 오는 계제에 그 직책을 내놓았습니다. 그러나 직원이라는 영광스러운 직함은, 공자님과 맹자님이 팔씨름을 했으면 누가 이겼을까? 하는 수수께끼로 더불어 영원히 쳐졌던 것입니다.

그다음, 윤 직원 영감이 집안 문벌을 닦는 데 또 한 가지의 방책은 무어냐 하면, 양반 혼인이라는 좀 더 빛나는 사업이었습니다.

외아들(서자 하나가 있기는 하니까 외아들이랄 수는 없지만 아무튼) 창식은 나이 근 오십 세요, 벌써 옛날에 시골서 아전 집과 혼인을 했던 터이라 치지도외*하고, 딸은 서울 어느 양반집으로 시집을 보냈습니다. 오막살이에 가랑이가 찢어지게 가난한 집인데, 그나마 방정맞게시리 혼인한 지 일 년 만에 사위가 전차에 치여 죽고, 딸은 새파란 과부가 되어 지금은 친정살이를 하지만, 아무려나 양반 혼인은 양반 혼인이었습니다.

또 맏손자며느리는 충청도의 박씨네 문중에서 얻어 왔습니다. 역시 친정이 가난은 해도 패를 찬 양반의 씹니다.

둘째 손자며느리는 서울 태생인데, 시구문 밖 조씨네 집안이나, 그렇다

---

* 마음에 두지 않음.

고 배추 장수네 딸은 아니고, 파계를 따지면 조대비趙大妃와 서른일곱 촌인지 아홉 촌인지 된다고 합니다.

이렇게 해서 버젓하게 양반 사돈을 세 집이나 두게 된 것은 윤 직원 영감으로 가히 한바탕 큰기침을 할 만도 합니다.

그다음 마지막 또 한 가지가 무엇이냐 하면, 이게 가장 요긴하고 값나가는 품목입니다.

집안에서 정말 권세 있고 실속 있는 양반을 내놓자는 것입니다.

군수 하나와 경찰서장 하나…….

게다가 마침맞게 손자가 둘이지요.

하기야 군수보다는 도장관(도지사)이 좋겠고, 경찰서장보다는 경찰부장이 좋기는 하겠지만, 그건 너무 첫술에 배불러지라는 욕심이라 해서, 알맞게 우선 군수와 경찰서장을 양성하던 것입니다.

5. 마음의 빈민굴

윤 직원 영감은 그처럼 부민관의 명창대회로부터 돌아와서, 대문 안에 들어서던 길로 이 분풀이, 저 화풀이를 한데 얹어 그 알뜰한 삼남이 녀석을 데리고 며느리 고 씨더러, 짝 찢을 년이니 오두가 나서 그러느니 한바탕 귀먹은 욕을 걸쭉하게 해주고 나서야 적이 직성이 풀려, 마침 또 시장도 한 판이라 의관을 벗고 안방으로 들어갔습니다.

아랫목으로 펴놓은 돗자리 위에, 방 안이 온통 그들먹하게시리 발을 개키고 앉아 있는 윤 직원 영감 앞에다가, 올망졸망 사기 반상기가 그득 박힌 저녁상을 조심스레 가져다 놓는 게 둘째 손자며느리 조 씨입니다. 방금,

경찰서장감으로 동경 가서 어느 사립대학의 법과에 다니는 종학鍾學의 아낙입니다.

서울 태생이요 조대비의 서른일곱 촌인지 아홉 촌인지 되는 양반집 규수요, 시구문 밖이 친정이기는 하지만 배추 장수 딸은 아니라도 학교라곤 근처에도 못 가보았고 얼굴은 얇디얇은 납작 바탕에 주근깨가 다닥다닥 박혀서, 그닥 줄 수는 없는 인물입니다.

그런 중에도 더욱 안된 건 잡아 뽑아놓은 듯이 뚜하니 나온 위아랫입술입니다. 이 쑤욱 나온 입술로, 그 값을 하느라고 그러는지 새수빠진* 소리를 그는 퍽도 잘합니다. 새서방 종학이한테 눈의 밖에 나서 소박을 맞는 것도, 죄의 절반은 그 입술과 새수빠진 소리 잘하는 것일 겝니다.

종학은 동경으로 유학을 가면서부터는 아주 털어 내놓고서 이혼을 해달라고 줄창치듯 편지로 집안 어른들을 졸라대지만, 윤 직원 영감으로 앉아서 본다면 천하 불측한 놈의 소리지요.

아무튼 그래서 생과부가 하나…….

밥상 뒤를 따라 쟁반에다가 양은주전자에 술잔을 받쳐 들고 들어서는 게 맏손자며느리 박 썹니다.

이 집안의 업덩어립니다. 얌전하고 바지런해서, 그 크나큰 안살림을 곧잘 휘어나가고, 게다가 시할아버지의 보비위까지 잘하니 더할 나위 없습니다.

인물도 얼굴이 동그름하고 눈이 시원스럽게 생겨서, 올해 나이 서른이로되 도리어 스물다섯 살 먹은 동서보다도 젊어 보입니다.

다만 한 가지, 맏아들 경손慶孫이가 금년 열다섯 살인 걸, 아직도 아우

---

* '이치에 맞지 않고 소갈머리가 없다'는 뜻의 순우리말.

를 못 보는 게 흠이라면 흠이라고 하겠지만, 하기야 손이 귀한 건 이 집안의 내림이니까요.

한데, 이 여인 역시 신세가 고단한 편입니다. 무슨 소박이니 공방이니 하는 문자까지 가져다 붙일 것은 없어도, 남편이요 이 집안의 장손인 종수鍾秀가 시골로 내려가서 첩살림을 하기 때문에, 할 수 없이 생과부 축에 끼지 않을 수가 없던 것입니다.

종수는 윤 직원 영감의 가문 빛내기 위한 네 가지 사업 가운데 군수와 경찰서장을 만들어내려는 품목 중에 편입된, 그 군수 재목입니다. 그래 오륙 년 전부터 고향의 군에서 군서기 노릇을 하느라고, 서울서 따들인 기생첩을 데리고 치가를 하는 참이랍니다.

이래서 생과부가 둘……

맏손자며느리 박 씨가 들고 들어오는 술반을 받아가지고 윗목 화로 옆으로 다가앉아 술을 데우는 게, 윤 직원 영감의 딸 서울아씨라는 진짜 과붑니다. 양반 혼인을 하느라고, 서울 어느 가랑이가 찢어지게 가난한 집으로 시집을 갔다가, 새서방이 일 년 만에 전차에 치여 죽어서 과부가 된 그 여인입니다.

이마가 좁고 양미간이 넓고 콧잔등은 푹신 가라앉고, 온 얼굴에 검은 깨를 끼얹어 놓았고 목이 옴츠러지고, 이런 생김새가 아닌 게 아니라 청승맞게는 생겼습니다.

"네가 소갈머리가 고따우루 생겼으닝개루, 저 나이에 서방을 잡어먹었지!"

윤 직원 영감은 딸더러 이렇게 미운 소리를 곧잘 하곤 합니다. 그러나 그런 말을 할 때면, 소갈머리뿐 아니라, 생김새도 그렇게 생겨먹었느니라고 으레껏 생각을 합니다.

젊은 과부다운 오뇌*는 없지 않지만, 자라기를 호강으로 자랐고, 또 이내 포태胞胎도 해보지 못했기 때문에, 스물여덟이라는 제 나이보다 훨씬 앳되기는 합니다.

이래서 생과부, 통과부 등 합하여 과부가 셋……

그러나 과부가 셋뿐인 건 아닙니다.

시방 건넌방에서 잔뜩 도사리고 앉아, 무어라고 트집거리가 생기기만 하면 시아버지 되는 윤 직원 영감과 한바탕 맞다대기**를 할 양으로 벼르고 있는 이 집의 맏며느리 고 씨, 이 여인 또한 생과붑니다.

그리고 또 아까 안중문께로 나갔다가 마침 윤 직원 영감이 삼남이 녀석을 데리고 서서 며느리 고 씨더러 군욕질을 하는 걸 듣고 들어와서는, 그 말을 댓 발이나 더 잡아 늘여 고 씨한테 일러바친 침모 전주댁, 이 여인이 또 진짜 과붑니다.

이래서 이 집안에 과부가 도합 다섯입니다. 도합이고 무엇이고 명색 여인네치고는 행랑어멈과 시비 사월이만 빼놓고는 죄다 과부니 계산이야 순편합니다.

이렇게 생과부, 통과부, 떼과부로 과부 모를 부어놓았으니 꽃모종이나 같았으면 춘삼월 제철을 기다려 이웃집에 갈라 주기나 하지요. 이건 모는 부어놓고도 모종으로 갈라 줄 수도 없는 인간 모종이니 딱한 노릇입니다.

밥상을 받은 윤 직원 영감은 방 안을 한 바퀴 휘휘 둘러보더니

"태식이는 어디 갔느냐?"

하고 누구한테라 없이 띄워놓고 묻습니다. 윤 직원 영감이 인간 생긴 것

---

* 뉘우쳐 한탄하고 번뇌함.
** 상대에 맞서 대드는 언행. 맞대거리.

치고 이 세상에서 제일 귀애하는 게 누구냐 하면, 시방 어디 갔느냐고 찾는 태식입니다.

지금 열다섯 살이고 나이로는 증손자 경손이와 동갑이지만, 아들은 아들입니다. 그러나 본실 소생은 아니고, 시골서 술에미〔酒女〕를 상관한 것이 그걸 하나 보았던 것입니다.

배야 뉘 배를 빌려 생겨났든 간에 환갑이 가까워서 본 막내둥이니, 아버지로 앉아서야 예뻐할 건 당연한 노릇이겠지요. 하물며 낳은 지 삼칠일 만에 어미한테서 데려다가 유모를 두고 집안의 뭇 눈치 속에서 길러낸 천덕꾸러기니, 여느 자식보다 불쌍히 여겨서라도 한결 귀애할 게 아니겠다구요.

윤 직원 영감은 밥을 먹어도 꼭 태식이를 데리고 같이 먹곤 하는데, 오늘 저녁에는 마침 눈에 뜨이지 않으니까 숟갈을 들려고 않고서 그 애를 먼저 찾던 것입니다.

윗목께로 공순히 서서 있던 두 손자며느리는, 이거 또 걱정을 한바탕 단단히 들어두었나 보다고 송구해하는 기색만 얼굴에 드러내고 있고, 그러나 딸 서울아씨는 친정아버지의 성화쯤 그다지 겁나지 않는 터라

"방금 마당에서 놀았는걸!"

하고 심상히 대답을 하면서 술주전자를 들고 밥상 옆으로 내려옵니다.

"방금 있었넌디 어디루 갔담 말이냐? 눈에 안 뵈거덜랑 늬가 잘 동촉히 여서 찾어보구 좀 그리야지……."

아나나 다를까, 윤 직원 영감은 딸더러 하는 소리는 소리지만, 온 집안 식구들한테다 대고 나무람을 하던 것입니다.

"동촉이구 무엇이구, 제멋대루 나가 돌아다니는 걸 어떻게 일일이 참견허라구 그리시우? ……인전 나이 열다섯 살이나 먹었으니 아버니두 제

발 얼뚱애기 거천허드끼 그리시지 좀 마시우!"

"흥! 내가 그렇게라두 안 돌아부아 부아라? ……늬들이 작히 그걸 불쌍히 여겨서 조석이라두 제때 챙겨 멕이구 헐 듯싶으냐?"

"아버니가 너무 역성이나 두시구, 떠받아 주시구 그리시니깐 집안 식구는 다아 믿거라구 모른 체헌다우!"

"말은 잘헌다만, 인제 나 하나 발 뻗어부아라? 그것이 박적(바가지) 들구 고살 담박질헐 티닝개."

"제 몫으루 천 석거리나 전장해주실 테믄서 그리시우? 천석꾼이 거지가 되믄 오백 석거리밖엔 못 탄 년은 금시루 기절을 해 죽겠수!"

서자요 병신인 태식이한테는 천 석거리를 못 지어놓고, 서울아씨 저한테는 오백 석거리밖엔 주지 않았대서, 그걸 물고 뜯는 수작입니다. 서울아씨로는 육장 계제만 있으면 내놓는 불평이지요.

이렇게 부녀가 태각태각하려고 하는 판인데, 방 윗미닫이가 사르르 열리더니 문제의 장본인 태식이가 가만히 고개를 들이밀고는 방 안을 휘휘 둘러봅니다. 그러다가 윤 직원 영감의 눈에 띄니까는 들이 천동한 것처럼 우당퉁탕 뛰어들어 윤 직원 영감의 커다란 무릎 위에 펄씬 주저앉습니다.

그 서슬에 서울아씨는 손에 들고 있던 술주전자를 채고서 이맛살을 찌푸리고, 윤 직원 영감은 턱을 치받쳤으나 헤벌심* 웃으면서

"허허어 이 자식아, 원!"

하고 귀엽다고 정수리를 만져줍니다.

아이가 사랑에 있는 상노 아이놈 삼남이와 동기간이랬으면 꼭 맞게 생겼습니다.

---

* 입 따위가 헤벌어져 벌쭉한 모양.

열다섯 살이라면서, 몸뚱이는 네댓 살배기만큼도 발육이 안 되고, 그렇게 가냘픈 몸 위에 가서 깜짝 놀라게 큰 머리가 올라앉은 게 하릴없이 콩나물 형국입니다.

"이 자식아, 좀 죄용죄용허지 못허구, 그게 무슨 놈의 수선이냐? 응? ……이 코! 이 코 좀 보아라……."

엿가래 같은 누──런 콧줄기가 들어가지고는, 숨을 쉴 때마다 이건 바로 피스톤처럼 바쁘게 들락날락합니다.

"……코가 나오거덜랑 횅 풀던지, 좀 씻어 달라구 허던지 않구서, 이게 무어란 말이냐? 응? 태식아……."

윤 직원 영감은 힐끔, 딸과 손자며느리들을 건너다보면서, 손수 두 손가락으로 태식의 콧가래를 잡아 뽑아냅니다. 맏손자며느리가 재치 있게 걸레를 집어 들고 옆으로 대령을 합니다.

"앱배!"

태식은 코를 풀리고 나서 고개를 되들고 앱배를 부릅니다.

"오──냐?"

"나, 된……."

돈이란 말인데, 어리광으로 입을 가래비쌔고* 말을 하니까 된이 됩니다.

"돈? 돈은 또 무엇허게? 아까 즘심때두 주었지? 그놈은 갖다가 무엇 히였간디?"

"아탕 사 먹었저."

"밤낮 그렇게 사탕만 사 먹어?"

---

* 가로로 벌리고.

"나, 된 주엉!"

"그리라…… 그렇지만 이놈은 잘 두었다가 내일 사 먹어라? 응?"

"응."

윤 직원 영감이 염낭에서 십 전박이 한 푼을 꺼내 주니까, 아이는 히히 하고 그의 독특한 기성을 지르면서 무릎으로부터 밥상 앞으로 내려앉습니다.

윤 직원 영감은 이렇게 한바탕 막내둥이의 재롱을 보고 나서야, 서울아씨가 부어주는 석 잔 반주를 받아 마십니다. 그동안에 태식은 씨근버근* 넘성거리면서 밥상에 있는 반찬들을 들이 손가락으로 거덤거덤 집어다 먹느라고 정신이 없습니다. 집어다 먹고는 옷에다가 손을 쓱쓱 씻고 집어 오다가 질질 흘리고 해도 서울아씨는 아버지 앞에서라 지청구는 차마 못 하고 혼자 이맛살만 찌푸립니다.

반주 석 잔이 끝난 뒤에 윤 직원 영감은 비로소 금으로 봉을 박은 은숟갈을 뽑아 들고 마악 밥을 뜨려다가 문득 고개를 쳐들더니 심상찮게 두 손자며느리를 건너다봅니다.

"아―니, 야덜아……."

내는 말조가 과연 졸연찮습니다.

"……늬들, 왜 내가 시키넌 대루 않냐? 응?"

두 손자며느리는 벌써 거니**를 채고서 고개를 떨어뜨립니다.

윤 직원 영감은 밥이 새하얀 쌀밥인 걸 보고서, 보리를 두지 않았다고 그걸 탄하던 것입니다.

---

* 숨이 몹시 차서 헐떡거리는 모양.
** 어떤 일이나 사태의 미묘한 상황이 진행되는 과정.

"……보리, 벌써 다아 먹었냐?"

"안직 있어요!"

맏손자며느리가 겨우 대답을 합니다.

"워너니 아직 있을 티지…… 그런디, 그러면 왜 이렇기 맨 쌀만 히여 먹냐? 응?"

조져도 아무도 대답이 없습니다.

"……그래, 내가 허넌 말은 동네 개 즞넌 소리만두 못 예기넝구나? 어찌서 보리넌 조깨씩 누아 먹으라닝개 쥑여라구 안 듣구서, 이렇게 허—연 쌀만 삶어 먹으러 드냐?"

"그 궁상스런 소리 작작 허시우, 아버니두……."

서울아씨가 듣다못해 아버지를 핀잔을 주는 것입니다.

"쌀밥 좀 먹기루서니 만석꾼이 집안이 당장 망헐까 바서 그리시우? 마침 보리쌀을 삶은 게 없어서 그랬대요…… 고만두시구, 어여 진지나 잡수시우!"

"아—니, 보리쌀은 삶잖구 그냥 누아두면, 머 제절루 삶어진다더냐? 삶은 놈이 옰거던 다아 요량을 히여서, 미리미리 조깨씩 삶어두구 끄니때면 누아 먹어야지! ……그게 늬덜이 모다 호강스러서 보리밥이 멕기 싫으닝개루 핑계 대넌 소리다, 핑계 대넌 소리여. 공동뫼지를 가부아라? 핑계 옰넌 무덤 하나나 있데야?"

윤 직원 영감은 아까운 듯이 밥을 한술 떠 넣고 씹으면서, 씹으면서 생각하니 더욱 아깝던지, 또다시 뇌사립니다. 자기 자신이 부연 쌀밥만 먹기가 아깝거든, 이 아까운 쌀밥을 온 집안 식구와 심지어 종년이며 행랑것들까지 다들 먹을 것이고, 솥글겅이*와 밥티가 쌀밥인 채로 수챗구멍으로 흘러 나갈 일을 생각하면, 그야 소중하고 아깝기도 했을 겝니다.

"……글씨 야덜아, 그 보리밥이랑 게, 사람으 몸에 무척 좋단다. 또오, 먹기루 말허더래두 볼깡볼깡 씹히넝 게 맨 쌀밥만 먹기보다는 훨씬 입맛이 나구…… 그런디 늬덜은 왜 그걸 안 먹으러 드냐?"

　태식이가 밥을 먹느라고 째금째금 씨근버근 요란을 떨 뿐이지, 아무도 대답이 없고, 두 손자며느리는 그저 지당하신 말씀이십니다고 순종하겠다는 빛을 얼굴에 드러내기에 애가 쓰입니다.

　"……그러나마 늬덜더러 구찮언 보리방애를 찌여 먹으랬을세 말이지, 아 시골서 작인덜 시키서 대끼서,** 그리서 올려온 것이니, 흔헌 물으다가 북북 씻어서 있는 나무에 푹신 삶어두구 조깨씩 누아 먹기가 그리 심이 들 게 무어람 말이냐? ……허어, 참 딱헌 노릇이다……!"

　말을 잠깐 멈추더니, 그다음엔 아주 썩 구수하게 음성도 부드럽게

　"……야덜아, 그러구 말이다, 거 보리밥이 그런 성 불러두, 그걸 노—상 먹느라면 글씨, 애기 못 낳던 여인네가 포태를 헌단다! 포태를 헌대여! 응?"

　과부나 생과부가 남편이 없이 공규***는 지켜도 보리밥만 노상 먹노라면 아기를 밴단 말이겠다요.

　그러나, 그 말의 반응은 실로 효과 역력했습니다. 한 것이, 맏손자며느리는, 그렇다면 내일 아침부터 꼭꼭 보리밥을 먹어야 하겠다고 좋아했고, 둘째 손자며느리는 아무려나 나도 먹어는 보겠다고 유념을 했고, 서울아씨는 나도 먹었으면 좋겠는데, 하는 생각을 했으니 말입니다.

　다만, 이편 건넌방에서 시방 싸움을 잔뜩 벼르고 앉아 있는 며느리 고

---

* 솥에 눌어붙은 밥찌끼에 물을 부어 불려서 긁은 밥. 눌은밥.
** 대끼다. 애벌 찧은 수수나 보리 따위를 물을 조금 쳐가면서 마지막으로 깨끗이 찧다.
*** 오랫동안 남편 없이 아내 혼자 사는 방.

씨만은, 저 영감태기가 또 능청맞게 애들을 속여먹는다고 안방으로 대고 눈을 흘깁니다.

참말이지, 조금만 무엇했으면, 우르르 쫓아와서 그 허연 수염을 움켜쥐고 쌀쌀 들이잡아 동댕이를 쳐주고 싶게, 하는 짓이 일일이 밉광머리스럽습니다.

이 고 씨는, 말하자면 이 세상 며느리의 썩 좋은 견본이라고 하겠습니다.

──암캐 같은 시어머니, 여우나 꽁꽁 물어 가면 안방 차지도 내 차지, 곰방조대*도 내 차지.

대체 그 시어머니라는 종족이 며느리라는 종족한테 얼마나 야속스러운 생물이거드면, 이다지 박절할 속담까지 생겼습니다.

열여섯 살에 시집을 온 고 씨는 올해 마흔일곱이니, 작년 정월 시어머니 오 씨가 죽는 날까지 꼬박 삼십일 년 동안 단단히 그 시집살이라는 걸 해왔습니다.

사납대서 살쾡이라는 별명을 듣고, 인색하대서 진지리꼽재기**라는 별명을 듣고, 잔말이 많대서 담배씨라는 별명을 듣고 하던 시어머니 오 씨(그러니까 바로 윤 직원 영감의 부인이지요), 그 손 밑에서 삼십일 년 동안 설운 눈물 많이 흘리고 고 씨는 시집살이를 해오다가, 작년 정월에야 비로소 그 압제 밑에서 해방이 되었습니다. 남의 집 종으로 치면 속량이나 된 셈이지요. 그러나 막상 이 고 씨라는 여인이 하 그리 현부였더냐 하면 그런 것도 아닙니다. 하기야 아무리 흠잡을 데 없이 얌전스럽고 덕이 있고 한 며느리라도, 야속한 시어머니한테 걸리고 보면 반찬 먹은 개요, 고양이 앞

에 쥐요 하지 별수가 없는 것이지만, 고 씨로 말하면 사람이 몸집 생김새와 같이 둥실둥실한 게 후덕하기는 하나, 대단히 이통*이 세어 한번 코를 휘어붙이면 지렛대로 떠곤질러도 꿈쩍을 않고, 또 몹시 거만진 성품까지 없지 않습니다. 사상의四象醫더러 보라면 태음인이라고 하겠지요.

그래 아무튼 고 씨는, 그 말썽 많은 시집살이 삼십일 년을 유난히 큰 가대를 휘어잡아 가면서 그래도 쫓겨난다는 큰 파탈은 없이 오늘날까지 살아왔습니다. 그러는 동안에 종수와 종학 두 아들을 낳아서 윤 직원 영감으로 하여금 군수와 경찰서장을 양성할 동량도 제공했고, 그리고 이제는 나이 마흔일곱에 근 오십이요, 머리가 반백에 손자 경손이가 중학교 이년급을 다니게까지 되었던 것입니다.

그러자 계제에, 작년 정월에는 암캐 같은 시어머니였든지 테리어 같은 시어머니였든지 간에 좌우간, 그 시어머니 오 씨가 여우가 꽁꽁 물어 간 것은 아니나 당뇨병으로 세상을 떠났고, 그러므로 주부의 자리가 비었은즉 제일 첫째로 며느리인 고 씨가 곰방조대야 피종**을 피우는 터이니 차지를 안 해도 상관없겠지만, 안방 차지는 응당히 했어야 할 게 아니겠다구요?

장모는 사위가 곰보라도 예뻐하고, 시아버지는 며느리가 뻐드렁이에 애꾸눈이라도 예뻐는 하는 법인데, 윤 직원 영감은 어떻게 된 셈인지 며느리 고 씨를 미워하기를 그의 부인 오 씨 못잖게 미워했습니다. 노마나님 오 씨의 초종범절을 치르고 나서, 서울아씨가 올케 되는 고 씨한테 안방을 (섭섭하나마) 내줘야 하게 된 차인데 윤 직원 영감이 처억 간섭을 한

---

* 고집.
** 당시의 담배 이름.

다는 말이

"야─야! 너두 아다시피 내가 조석을 꼭꼭 안방으 들와서 먹넌디, 아
늬가 안방을 네 방이라구 이름 지어 각구 있으 량이면 내가 편찬히어서
어디 쓰겄냐? 그러니 나 죽넌 날까지나 그냥저냥 웃방(건넌방)을 쓰구 지
내라."

핑계야 물론 그럴듯합니다. 그래서 안방은 노마나님 오 씨의 시체만 나
갔을 뿐이지 전대로 서울아씨가 태식을 데리고 거처를 하고, 고 씨는 건
넌방에 눌러 있게 되었던 것입니다.

"흥! 만만한 년은 제 서방 굿도 못 본다더니, 나는 두 다리 뻗는 날까지
곁방살이(곁방살이, 행랑살이) 못 면헐걸!"

고 씨는 방 때문에 비위가 상할 때면 으레껏 이런 구느름*을 잊지 않고
하곤 합니다. 그러나 고 씨의 억울한 건 약간 안방 차지를 못 하는 것 따
위만이 아닙니다.

시어머니 오 씨는 마지막 숨이 지는 그 시각까지도 며느리 고 씨를 못
먹어했습니다.

"오─냐, 인제넌 지긋지긋허던 내가 급살 맞어 죽으닝개, 시언허구 좋
아서 춤출 사람 있을 것이다!"

이건 물론 며느리 고 씨를 물고 뜯는 말이요, 이제 자기가 죽고 나면 며
느리 고 씨가 집안의 안어른이 되어가지고 마음대로 휘둘러가면서 지낼
테라서, 그 일을 생각하면 안타깝고 밉고 하여 숨이 넘어가는 마당에서까
지 그대도록 야속한 소리를 했던 것입니다.

미상불 고 씨는 어머니의 거상을 입으면서부터 기를 탁 폈습니다. 예를

---

* 못마땅하여 혼자 하는 군소리.

들자면 드리없지만,* 가령 밤늦게까지 건넌방에서 아무리 성냥 긋는 소리가 나도, 이튿날 새벽같이

"밤새두룩 댐배질만 허니라구 성냥 열일곱 번 그신(그은) 년이 어떤 년이냐?"

하고 야단을 치는 사람이 없어, 잠 못 이루는 밤을 담배로 동무 삼아 밝히기도 무척 임의로웠습니다.

또, 나들이를 한 사이에 건넌방 문에다가 못질을 해서 철갑을 하는 꼴을 안 당하게 된 것도 다 좋은 일입니다.

그러나 그렇게 기만 조금 펴고 지내게 되었을 뿐이지, 실상 아무 실속도 없고 말았습니다. 시아버지 윤 직원 영감이 처결하기를, 집안의 살림살이 전권을 마땅히 물려받아야 할 주부 고 씨는 젖혀놓고서, 한 대를 껑충 건너뛰어 손자대로 내려가게 했던 것입니다. 고 씨의 며느리 되는 종수의 아낙인 박 씨, 즉 윤 직원 영감의 맏손자며느리가 시할머니의 뒤를 바로 이어서 집안의 안살림을 도맡아 하게 되었던 것입니다.

그러고 보니, 묻지 않아도 내가 주부로 들어앉아 며느리를 거느리고 집안 살림을 해가는 어른이 되겠거니 했던 고 씨는 고만 개밥의 도토리가 되어버리고, 도리어 시어머니 오 씨 대신에 며느리 박 씨한테 또다시 시집살이(?)를 하게쯤 된 셈평이었습니다. 선왕의 뒤를 이어 즉위는 했으나 권력은 왕자가 쥐게 된 그런 판국과 같다고 할는지요.

그런 데다가 시아버지 윤 직원 영감은, 죽고 없는 마누라 몫까지 해서 갈수록 더 못 먹어서 으릉으릉 뜯지요. 시뉘 되는 서울아씨는, 내가 주장입네 하는 듯이 안방을 차지하고 누워서 사사이 할퀴려 들지요. 그런데,

---

* 드리없다. 경우에 따라 변해 일정하지 않다.

또 더 큰 불평과 심홧거리가 있으니…….

고 씨는 시방 동경엘 가서 경찰서장감으로 공부를 하고 있는 둘째아들 종학을 낳은 뒤로부터 스물네 해 이짝, 남편 윤 주사 창식과 금실이 뚝 끊겨 생과부로 좋은 청춘을 늙혀버렸습니다.

윤 주사는 시골서부터 첩장가를 들어 딴살림을 했었고, 서울로 올라올 때도 그 첩을 데리고 와서 지금 동대문 밖에다가 치가를 하고 있습니다.

그리고 요새는, 그새까지는 별로 않던 짓인데 새 채비로 기생첩 하나를 더 얻어서 관철동에다 살림을 차려놓고는, 이 집으로 가서 놀다가 저 집으로 가서 누웠다 하며 지냅니다.

그러고는 본집에는 돈이나 쓸 일이 있든지, 또 부친 윤 직원 영감이 두 번 세 번 불러야만 마지못해 오곤 하는데, 오기는 와도 사랑방에서 부친이나 만나보고 그대로 횡나케 돌아가지, 안에는 도무지 발걸음도 않습니다.

이 윤 주사라는 사람은 성미가 그의 부친 윤 직원 영감과는 딴판이요, 좀 호협한 푼수로는 그의 조부 말대가리 윤용규를 닮았다고나 할는지, 그리고 살쾡이요 진지리꼽재기요 담배씨라던 그의 모친 오 씨와는 더욱 딴 세상 사람입니다.

도무지 철을 안 이후로 나이 마흔여섯이 되는 이날 이때까지 남과 언성을 높여 시비 한 번인들 해본 적이 없습니다.

남이 아무리 낮게 해야, 그저 그런가 보다고 모른 체할 따름이지, 마주 대고 궂은소리라도 하는 법이 없습니다. 본시 사람이 이렇게 용하기 때문에 그를 낮아하는 사람도 별반 없지만…….

가산이고 살림 같은 것은 전혀 남의 일같이 불고하고, 또 거두잡아서 제법 살림살이를 할 줄도 모릅니다.

부친 윤 직원 영감의 말대로 하면, 위인이 농판이요, 오십이 되도록 철이 들지를 않아서 세상일이 죽이 끓는지 밥이 넘는지 통히 모르고 지내는 사람입니다.

미워서 꼬집자면 그렇게 말도 할 수가 없는 건 아니겠지요. 그러나, 또 좋게 보자면 세상 물욕을 초탈한 사람이라고도 하겠지요.

누가 어려운 친척이나 친구가 찾아와서 아쉬운 소리를 할라치면, 차마 잡아떼지를 못하고서 있는 대로 털어 줍니다.

남이 빚 얻어 쓰는 데 뒷도장 눌러주고는 그것이 뒤집혀 집행을 맞기가 일쑵니다.

윤 직원 영감은 몇 번 그런 억울한 연대채무란 것에 몇만 원 돈 손을 보던 끝에 이래서는 못쓰겠다고 윤 주사를 처억 준금치산 선고를 시켜버렸습니다.

그렇지만, 그랬다고 쓸 돈 못 쓸 리는 없는 것이어서, 윤 주사는 준금치산 선고를 받은 다음부터는 윤두섭이라는 부친의 도장을 새겨서 쓰곤 합니다.

윤두섭의 아들 윤창식이가 찍은 도장이면 그것이 위조 도장인 줄 알고서도 몇천 원 몇만 원의 수형을 받아주는 사람이 수두룩하고, 차용 증서도 그 도장으로 통용이 되니까요.

나중에 가서 일이 뒤집어지면 윤 직원 영감은 그래도 자식을 인장 위조죄로 징역은 보낼 수가 없으니까, 그런 걸 울며 겨자 먹기라든지, 할 수 없이 그 수형이면 수형, 차용 증서면 차용 증서를 물어주곤 합니다.

윤 주사 창식 그는 아무튼 그러한 사람으로서, 밤이고 낮이고 하는 일이라고는 쌍스럽지 않은 친구 사귀어두고 술 먹으러 다니기, 활쏘기, 제철 따라 승지勝地로 유람 다니기, 옛 한서漢書 모아놓고 뒤지기, 한시 지어서 신문사에 투고하기, 이 첩의 집에서 술 먹다가 심심하면 저 첩의 집으로 가서 마작 하기, 도무지 유유자적한 게 어떻게 보면 신선인 것처럼이나 탈속이 되어 보입니다.

물론 첩질이나 하고, 마작이나 하고, 요정으로 밤을 도와 드나드는 걸 보면 갈데없는 불량자고요.

사람마다 이상한 괴벽은 다 한 가지씩 있게 마련인지, 윤 주사 창식도 야릇한 편성이 하나 있습니다.

그가 마음이 그렇듯 활협하고 남의 청을 거절 못 하는 인정 있는 구석이 있다는 소문을 듣고서, 어느 교육계의 명망 유지 한 사람이 그의 문을 두드린 일이 있었습니다.

소간*은 그 명망 유지 씨가 후원을 하고 있는 사학 하나가 있는데, 근자 재정이 어렵게 되어 계제에 돈을 한 이십만 원 내는 특지가 있으면 그 나머지는 달리 수합을 해서 재단의 기초를 완성시키겠다는 것이고, 그러니 윤 주사더러 다 좋은 사업인즉 십만 원이고 이십만 원이고 내는 게 어떠냐고, 참 여러 가지 말과 구변을 다해 일장 설파를 했습니다.

윤 주사는 자초지종 그러냐고, 아 그러다 뿐이겠느냐고, 연해 맞장구를 쳐주어 가면서 듣고 있다가 급기야 대답할 차례에 가서는 한단 소리가

"학교가 없어서 공부를 못 하기보다는 돈이 없어서 있는 학교도 못 다니는 사람이 많지 않습니까?"

하고 엉뚱한 반문을 하더라나요. 그래 명망 유지 씨는 신명이 풀려 두어 마디 더 이야기를 하다가 돌아갔습니다.

아닌 게 아니라, 윤 주사는 남의 사정을 쑬쑬히 보아주는 사람이면서도 공공사업이나 자선사업 같은 데는 죽어라고 일전 한 푼 쓰지를 않습니다.

---

* 볼일.

부친 윤 직원 영감은 그래도 곧잘 기부는 하는 셈이지요. 시골서 살 때엔 경찰서의 무도장을 독담으로 지어놓았고, 소방대에다가 백 원씩 오십 원씩 두어 번이나 기부를 했고, 보통학교 학급 증설 비용으로 이백 원 내논 일이 있었고, 또 연전 경남 수재 때에는 벙어리를 새로 사다가 동전으로 일 원 칠십이 전을 넣어서 태식이를 주어서 신문사로 보내서 사진까지 신문에 난 일이 있는걸요. 그 위대한 사진 말입니다.

그러나 윤 주사 창식은 도무지 그런 법이 없습니다. 영 졸리다 졸리다 못하면, 온 사람을 부친 윤 직원 영감한테로 슬그머니 따보내 버릴망정 기부 같은 건 막무가내로 하지를 않습니다.

속담에, 부자라는 건 한정이 있다고 합니다. 가령 천석꾼이 부자면 천 석까지 먹이 찬 뒤엔, 또 만석꾼이 부자면 만 석까지 먹이 찬 뒤엔, 그런 뒤에는 항상 그 근처에서 오르고 내리고 하지, 껑충 뛰어넘어서 한정 없이 불어나가지는 못한다는 그 뜻입니다.

미상불 그렇습니다. 가령 윤 직원 영감만 놓고 보더라도, 일 년에 벼로 다가 꼭 만 석을 받은 지가 벌써 십 년이 넘습니다. 그러니 그게 매년 십만 원씩 아닙니까?

또 현금을 가지고 수형 장수(수형할인업)를 해서, 일 년이면 이삼만 원씩 새끼를 칩니다.

그래서 매년 수입이 십수만 원이니 그게 어딥니까? 가령, 세납이야 무엇이야 해서 일반 공과금과 가용을 다 쳐도 그 절반 오륙만 원이 다 못 될 겝니다.

그렇다면 그 나머지 오륙만은 해마다 처져서, 십 년 전에 만석을 받은 백만 원짜리 부자랄 것 같으면, 십 년 후 시방은 일백오십만 원의 일만 오천 석짜리 부자가 되었어야 할 게 아니겠습니까?

그런데 글쎄, 그다지도 가산 늘리기에 이골이 난 윤 직원 영감이건만 십 년 전에도 만석 십 년 후 시방도 만석…… 그렇습니다그려.

그렇다고 윤 직원 영감이 무슨 취리에 범연해서 그랬겠습니까? 결국 아들 창식이 그런 낭비를 하고, 또 맏손자 종수가 난봉을 부리고, 군수를 목표한 관등의 승차에 관한 운동비를 쓰고 그러는 통에 재산이 그 만석에서 더 붙지를 못하고 답보로—웃*을 한 거랍니다.

윤 직원 영감은 가끔 창식의 그런 빚을 물어주느라고 사뭇 날뛰면서, 단박 물고라도 낼 듯이 호령호령, 그를 잡으러 보냅니다. 그러나 창식은 부친이 한 번쯤 불러서는 냉큼 와보는 법이 없고, 세 번 네 번 만에야 겨우 대령을 합니다.

"야, 이 수언** 잡어 뽑을 놈아, 이놈아!"

윤 직원 영감은 혼자서 실컷 속을 볶다가 아들이 처억 들어와서 시침을 뚜욱 따고 앉은 양을 보면, 마구 속이 지레 터질 것 같이 냅다 욕이 먼저 쏟아져 나옵니다.

그럴라치면 창식은 아주 점잖게

"아버니두 무슨 말씀을 그렇게 허십니까!"

하고 되레 부친을 나무랍(?)니다.

"……아, 손자 놈들이 다아 장성을 허구, 경손이 놈두 전 같으면 벌써 가속을 볼 나인데, 그것들이 번연히 듣구 보구 하는 걸, 아버니는 노오 말씀을 그렇게……."

---

* '답보'라는 말을 구령 붙여 하듯 표현한 것.
** 수염.

"아―니, 무엇이 어찌여?"

윤 직원 영감은 그만 더 말을 못 합니다. 노상 아들한테 입 더럽게 놀린다고 핀잔을 먹은 그것을 부끄러워할 윤 직원 영감이 아니건만, 어쩐 일인지 그는 아들 창식이한테만은 기를 펴지를 못합니다.

혼자서야, 이놈이 오거든 인제 어쩌구저쩌구 단단히 닦달을 하려니 하고 굉장히 벼르지요. 그렇지만 딱 마주쳐서는 첫마디에 기가 죽어버리고 되레 꼼짝을 못합니다.

"그놈이 호랭이나 화적보담두 더 무선 놈이라닝개! 천하 무선 놈이여!"

윤 직원 영감은 늘 이렇게 아들을 무서운 놈으로 칩니다. 그러니 세상에 겁날 것이 없이 지내는 윤 직원 영감을 힘으로도 아니요, 아귓심*도 아니요, 총으로도 아니면서 다만 압기**로다가, 그러나마 극히 유순한 것인데, 그것 하나로다가 그저 꼼짝 못하게 할 수 있는 창식은 미상불 호랑이나 화적보다 더 무서운 사람일밖에 없는 것입니다.

번번이 그렇게 윤 직원 영감은 꼼짝도 못하고서는 할 수 없이 한단 소리가

"돈 내누아라, 이놈아! ……네 빚 물어준 돈 내누아!"

"제게 분재시켜주실 데서 잡아 까시지요!"

창식은 종시 시치미를 떼고 앉아서 이렇게 대답을 합니다.

윤 직원 영감은 그제는 아주 기가 탁 막혀서 씨근버근하다가

"뵈기 싫다, 이 잡어 뽑을 놈아!"

하고 고함을 치고는 돌아앉아 버립니다.

---

* 손아귀의 힘.
** 기세를 누름.

이래서 결국 윤 직원 영감이 지고 마는 싸움은 싸움이라도, 한 달에 많으면 두세 번 적어서 한 번쯤은 으레 싸움을 해야 합니다.

이런 빚 조건으로 생긴 싸움이, 아들 창식하고만이 아니라 맏손자 종수하고도 종종 해야 하니, 엔간히 성가실 노릇이긴 합니다.

또 그런 빚을 물어주는 싸움은 아니라도, 윤 직원 영감은 가끔 딸 서울아씨와도 싸움을 해야 합니다. 작은손자며느리와도 싸움을 해야 하고, 방학에 돌아오는 작은손자 종학과도 싸움을 해야 합니다.

며느리 고 씨하고는 말할 것도 없고, 사랑방에 있는 대복이나 삼남이와도 싸움을 해야 합니다.

맨 웃어른 되는 윤 직원 영감이 그렇게 싸움을 줄창치듯 하는가 하면, 일변 경손이는 태식이와 싸움을 합니다.

서울아씨는 올케 고 씨와 싸움을 하고, 친정 조카며느리들과 싸움을 하고, 경손이와 싸움을 하고, 태식이와 싸움을 하고, 친정아버지와 싸움을 합니다.

고 씨는 시아버지와 싸움을 하고, 며느리들과 싸움을 하고, 시누이와 싸움을 하고, 다니러 오는 아들과 싸움을 하고, 동대문 밖과 관철동의 시앗집엘 가끔 쫓아가서는 들부수고 싸움을 합니다.

그래서, 싸움, 싸움, 싸움, 사뭇 이 집안은 싸움을 근저당해놓고 씁니다. 그리고 그런 숱한 여러 싸움 가운데 오늘은 시아버지 윤 직원 영감과 며느리 고 씨와의 싸움이 방금 벌어질 켯속입니다.

6. 관전기

고 씨는 그리하여, 그처럼 오랫동안 생수절을 하고 살아오다가 마침내 단산할 나이에 이르렀습니다. 여자 아닌 여자로 변하는 때지요.

이때를 당하면 항용 의좋은 부부생활을 해오던 여자라도 히스테리라든지 하는 이상야릇한 병증이 생기는 수가 많답니다. 그런 걸 고 씨로 말하면, 이십오 년 청춘을 홀로 늙히다가, 이제 바야흐로 여자로서의 인생을 오늘내일이면 작별하게 되었은즉, 가령 히스테리를 제쳐놓고 보더라도 마음이 안존할 리가 없을 건 당연한 노릇이겠지요. 윤 직원 영감의 걸쭉한 입잣*대로 하면, 오두가 나는 것도 그러므로 무리가 아닐 겝니다.

그러한 데다가, 자아, 집안 살림을 맡아서 하니 그 재미를 봅니까. 자식들이래야 다 장성해서 뿔뿔이 흩어져 살고 어미는 생각도 않지요.

손자 경손이 놈은 귀엽기는커녕 까불고 앙똥해서 알밉지요. 남편이래야 남이 아니면 원수지요. 시아버지라는 영감은 괜히 못 먹어서 으르렁으르렁하고, 걸핏하면 짝 찢을 년이네, 오두가 나서 그러네 하고 군욕질이지요.

그러니 고 씨로 앉아서 당하고 보면 심술에다가 악밖에 날 게 더 있겠습니까.

그래도 작년 정월 시어머니 오 씨가 살아 있을 때까지는 삼십 년 눌려서 살아온 타성으로, 고양이 앞에 쥐같이 찍소리도 못 하고 마음으로만 앓고 살았지만, 이제는 그 폭군이 하루아침에 없고 보매 기는 탁 펴지는데, 그러나 세상은 여전히 뜻과 같지 않으니, 불평은 할 수 없이 악으로

---

* 안 좋은 뜻으로 하는 입짓.

변해버리게만 되었던 것입니다.

시어머니가 죽고 없은 뒤로는 집안에서 어른이라면 시아버지 윤 직원 영감 하나뿐이요, 그 밖에는 죄다 재하자*들입니다.

한데, 그는 윤 직원 영감쯤 망령 난 동네 영감태기 푼수로나 보이지, 결단코 시아버지요, 위하고 어려워할 생각은 털끝만큼도 없습니다.

그러니까 그는 집안의 어른이고 아이고 간에 트집거리만 있으면 상관 없이 들이대고 싸웁니다.

시방 오늘 저녁만 하더라도, 아까 쪽대문을 열어놓았다고 윤 직원 영감이 군욕질을 했대서 그 원혐으로다가 기어코 한바탕 화용도**를 내고라야 말 작정으로 그렇게 벼르고 있는 참입니다.

하기야 쪽대문을 열어놓은 것도 실상 알고 보면, 우정 그런 것이지요. 윤 직원 영감이 보고서 속 좀 상하라고. 그리고 그 끝에 무어라고 욕이나 하게 되면 싸움거리나 장만할 양으로…… 용 못 된 이무기 심술만 남더라고, 앉아서 심술이나 부려야 속이나 시원하지요.

어쨌든, 그러니 속이 후련하도록 싸움을 대판거리로 한바탕 해대야만 할 텐데, 이건 암만 도사리고 앉아 들어야 영감태기가 음충맞게시리 어린 손자며느리들더러 보리밥을 먹으면 애기 밴다는 소리나 하고 있지, 종시 이리로 대고는 무어라고 그 더러운 구습口蛤을 놀리는 것 같지가 않습니다.

그렇다고 그냥 참고 말잔즉 더 부아가 나기도 할뿐더러, 대체 무엇이 대끼며*** 뉘 코 무서운 사람이 있다고, 그 부아를 참거나 조심을 할 머리 도 없는 것이고 해서, 시방 두 볼이 아무튼 상말로 오뉴월 무엇처럼 추욱

---

* 손아랫사람.
** 적벽전에서 관우가 길을 터주어 조조가 화용도까지 달아난 데서 온 말로, 여기서는 '싸움'을 뜻함.
*** 두렵고 불안하며.

처져가지고는 숨길이 씨근버근, 코가 벌씸벌씸, 입이 삐죽삐죽, 깍짓손으로 무르팍을 안았다 놓았다, 담배를 비벼 껐다 도로 붙였다, 사뭇 부지를 못합니다. 미상불 사람이란 건 싸우고 싶은 때 못 싸우면 더 부아가 나는 법이니까요.

집 안은 안방에서 윤 직원 영감이 태식을 데리고 앉아서 저녁을 먹으면서 잔소리를 씹느라고 웅얼거리는 소리, 태식이 딸그락딸그락 째금째금 하는 소리, 그 외에는 누구 하나 기침 한번 크게 하는 사람 없고, 모두 조심을 하느라 죽은 듯 조용합니다.

바깥은 황혼이 또한 소리 없이 짙어가고, 으슴푸레하던 방 안에는 깜박 생각이 난 듯이 전등이 반짝 켜집니다.

마침 이 전등불을 신호 삼듯, 집 안의 조심스러운 침정을 깨뜨리고 별안간 투덕투덕 구둣발 소리가 안중문께서 요란하더니, 경손이가 안마당으로 들어섭니다.

교복 정모에 책가방을 걸멘 것이 학교로부터 지금에야 돌아오는 길인가 본데, 이 애가 섬뻑 그렇게 들어서다 말고 대뜰에 저의 증조부의 신발이 놓인 걸 힐끔 넘겨다보더니, 고개를 움칠 혓바닥을 날름하면서 발길을 돌려 살금살금 뒤채께로 피해 가고 있습니다.

눈에 띄었자 상 탈 일 없고, 잘못하면 사날 전에 태식을 골탕 먹여 울린 죄상으로 욕이나 먹기 십상일 테라, 아예 몸조심을 하던 것입니다.

저는 아무도 안 보거니 했는데, 그러나 조모 고 씨가 빤히 내다보고 있었습니다. 실상 고 씨가 본댔자 영감태기한테야 혓바닥을 내미는 것 말고 그보다 더한 주먹질을 해도 상관할 바 아니지만, 그러니까 그걸 가려 어쩌자는 게 아닙니다. 그 애를 통해 생트집을 잡자는 모양이지요.

"네 이놈, 경손아!"

유리쪽으로 내다보고 있던 미닫이를 냅다 벼락 치듯 와르르 따악 열어 젖히면서, 집 안이 온통 떠나가게 왜장을 칩니다. 온 집안이 모두 놀란 건 물론이지만, 경손은 그만 잘겁을 했습니다. 그 애는, 증조부 윤 직원 영감이 아니고 아무 상관도 없는 조모가 그렇게 내닫는 게 뜻밖이어서 더욱 놀랐습니다.

그러나 놀란 것은 순간이요 이내 침착하여 천천히 돌아서면서
"네에?"
하고 의젓이 마주 올려다봅니다.

이편은 살기가 사뭇 뚝뚝 떴는데, 저는 아무렇지도 않은 듯이 시침을 뚜욱 따고 서서 도무지 눈도 한 번 깜짝 않는 양이라니, 앙똥하기 아닐 말로 까 죽이고 싶게 밉살머리스럽습니다.

고 씨는 영영 시아버지와 싸움거리가 생기지를 않으니까, 아무고 걸리는 대로 붙잡고 큰소리를 내서 시아버지의 비위를 건드려서, 그래서 욕이 나오면 어더고야 트집을 잡아가지고 싸움을 하겠던 것인데, 고놈 경손이 놈이 하는 양이 우선 비위에 거슬리고 본즉, 가뜩이나 부아가 더 치밀고, 그렇지만 이 판에 부아를 돋우어주는 거리면 차라리 해롭잖을 판속입니다.

이편, 경손더러 그러나 바른대로 말을 하라면, 집안이 제한테는 모두 어른이건만 하나도 사람 같은 건 없고, 그래서 누가 무어라고 하건 죄꼼도 무섭지가 않습니다.

증조부 윤 직원 영감이 그렇고, 대고모 서울아씨가 그렇고, 대부 태식이는 문제도 안 되고, 제 부친 종수나 숙모 조 씨가 그렇고, 조부 윤 주사의 첩들이 그렇고, 해서 열이면 아홉은 다 시쁘고 깔보이기만 합니다.

그래 시방도 속으로는

'흥! 누구 말마따나 오두가 났나? 왜 저 모양인구? ……암만 그래보지? 내가 애먼 화풀이를 받아주나…….'

하면서 제 염량 다 수습하고 있습니다.

고 씨는 당장 무슨 거조를 낼 듯이 연하여 높은 소리로

"네 이놈!"

하고 한 번 더 을러댑니다. 그러나 이놈 이놈, 두 번이나 고함만 쳤지, 그다음은 무어라고 나무랄 건덕지가 없습니다.

하기야 시아버지가 진짓상을 받고 계신데, 며느리 된 자 어디라고 무엄스럽시리 문소리 목소리를 크게 내서 어른을 불안케 했은즉, 응당 영감태기로부터, 어허 그 며느리 대단 괘씸쿠나! 하여 필연 응전 포고가 올 것이고, 그 응전 포고만 오고 보면 목적한 바는 올바로 들어맞는 켯속이니 고만일 텝니다. 그러나 지금 당장은 저기 저놈 경손이 놈이 사람 여남은 집어삼킨 능청맞은 얼굴을 얄밉살스럽게시리 되들고 서서, 그래 무엇이 어쨌다고 소리나 꽥꽥 지르고 저 모양인고! 할 말 있거든 해보아요? 내 참 별꼴 다 보겠네! ……이렇게 속으로 빈정대는 게 아주 번연하니, 썩 발칙스럽기도 하려니와 일변 어째 그랬든 한번 개두를 한 이상 뒷갈무리를 못해서야 어른의 위신과 체모가 아니던 것입니다.

"이놈, 너넌 어디 가서 무얼 허니라구 인자사 이러구 오냐?"

고 씨는 겨우 꾸짖는다는 게 이겝니다.

거상*에 손자 놈이 학교를 잘 다니건 말건, 공부를 착실히 하건 말건, 통히 알은 체도 안 해오던 터에, 오늘 밤이야 말고서 갑작스레 그런 소리를 하는 게 다 속 앗길 짓이기는 하지만, 다급한 판이니 옹색한 대로 둘러

---

* 일상생활에서의 보통 때.

댈 수밖에 없던 것입니다.

"전람회 준비했어요! 그느라구 학교서 늦었어요!"

경손은 고 씨의 말이 떨어지기가 무섭게, 다뿍 시뻐하는 소리로 대답을 해줍니다. 그때 마침 그 애의 모친 박 씨가 당황히 안방에서 나오더니 조용조용

"너는 학교서 파하거던 일찍일찍 오지는 않구서 무슨 해망을 허느라구 이렇게 저물구…… 할머니 걱정허시게 허구그래!"

하고 며느리답게 시어머니를 대접하느라 아들놈을 나무랍니다.

"어머닌 또 무얼 안다구 그래요?"

경손은 버럭, 미어다 부딪듯 제 모친을 지천*을 하는데, 그야 물론 조모 고 씨더러 배채이란** 속이지요.

"……전람회 준비 때문에 학교서 늦었단밖에 어쩌라구 그래요? 왜 속두 몰라가지구들 그래요?"

"아, 저놈이!"

"가만있어요, 어머닐랑…… 대체 집에 들앉은 부인네들이 무얼 안다구 그래요? ……내가 이 집에선 제일 어리니깐 만만헌 줄 알구, 그저 속상헌 일만 있으면 내게다가 화풀이 허려 들어! 왜 그래요? 왜? ……괜히 나인 어려두 인제 이 집안에선 매앤 어룬 될 사람이라우, 나두…… 왜 걸핏하면 날 잡두리우? 잡두리가…… 어림없이!"

한마디 거칠 것 없이, 굽힐 것 없이, 퀼퀼히 멋스려댑니다.***

"아, 이 녀석이!"

---

* 꾸중.
** 배채이다. '약 올리다'는 뜻의 방언.
*** 멋스리다. 말이나 행동을 아무렇거나 하고 싶은 대로 하다.

저의 모친 박 씨가 목소리를 짓눌러가면서 나무라다 못해 때려라도 주려고 달려 내려올 듯이 벼르는 것을. 그러나 경손은 본체만체 쾅당쾅당 요란스럽게 발을 구르면서 뒤꼍으로 들어갑니다.

"흥! 잘은 되야먹는다, 이놈의 집구석……."

고 씨는 차라리 어처구니가 없다고 혀를 끌끄을 차다가, 미닫이를 도로 타악 닫으면서 구느름이 나오기 시작합니다.

"……잘되야먹어! 이마빡으 피두 안 마른 것두 으런이 무어라구 나무래면 천장만장 떠받구 나서기버틈 허구! ……흥! 뉘 놈의 집구석 씨알머리라구, 워너니 사람 같은 종자가 생길라더냐!"

이 쓸어 넣고 들먹거려 하는 욕이 고 씨의 입으로부터 떨어지자마자, 마침내 농성籠城코 나지 않던 적은, 드디어 성문을 좌우로 크게 열고(가 아니라) 안방 미닫이를 벼락 치듯 열어젖히고, 일원 대장이 투구철갑에 장창을 비껴들고(가 아니라) 성이 치달은 윤 직원 영감이, 필경 싸움을 걸어 맡고 나서는 것입니다.

실상 윤 직원 영감은 저편이 싸움을 돋우는 줄을 몰랐던 건 아닙니다. 다 알고서도, 어디 얼마나 하나 보자고 넌지시 늦추 잡도리를 하느라, 고 씨가 처음 꽥 소리를 칠 때도 손자며느리와 딸을 건너다보면서

"저, 짝 찢을 년은 왜 또 지랄이 나서 저런다냐!"

하고 입만 삐죽거렸습니다.

서울아씨는 친정아버지를 따라 입을 삐죽거리고, 두 손자며느리는 고개를 숙이고 있다가 박 씨만 조심조심 경손을 나무라느라고 마루로 나오고, 경손이가 온 줄 안 태식은 미닫이의 유리로 밖을 내다보다가 도로 오더니

"아빠 아빠, 저 경존이 잉? 깍쟁이 자직야, 잉? 아주 옘병헐 자직이

야!"

하고 떠듬떠듬 말재주를 부리고 했습니다.

"아서라! 어디서 그런……."

"잉? 아빠, 경손이 깍쟁이 자직야. 도족놈의 자직야, 잉? 아빠, 그치?"

"아서어! 그런 욕 허면 못쓴다!"

윤 직원 영감은 이 육중한 막내둥이를 나무란다고 하기보다도, 말재주가 늘어가는 게 신통하대서 빙그레 웃고 있었습니다.

두 번째 건넌방에서 고 씨의 큰소리가 들렸을 때도 윤 직원 영감은 딸과 작은손자며느리를 번갈아 건너다보면서 혼잣말을 하듯이, 저년이 또 오두가 나서 저러느니, 서방한테 소박을 맞고 지랄이 나서 저러느니, 원체 쌍놈 아전의 자식이요, 보고 배운 데가 없어 저러느니 하고, 고 씨더러 노상 두고 하는 욕을 강하듯 내씹고 있었습니다.

하다가 필경 전기戰機는 익어, 마침내 고 씨의 입으로부터 집안이 어떻다는 둥, 뉘 놈의 씨알머리가 어떻다는 둥, 가로로는 온 집안을, 세로로는 신주 밑구멍까지 들먹거리면서 군욕질이 쏟아져 나왔고, 그리하여 윤 직원 영감은 기왕 받아주는 싸움에 이런 고패를 그대로 넘길 며리가 없는 것이라, 드디어 결전을 각오했던 것입니다.

"아—니, 야—야?"

미닫이를 타앙 열어젖히고 다가앉는 윤 직원 영감, 그러기 전에 벌써 밥 먹던 숟갈은 밥상 귀퉁이에다가 내동댕이를 쳤고요.

"……너, 잘허닝 건 무엇이냐? 너, 잘허닝 건 대체 무엇이여? 어디 입이 꽝지리(꽝우리) 구녁 같거던, 말 좀 히여부아라? 말 좀 히여부아?"

집안이 떠나가게 소리가 큽니다. 몸집이 크니까 소리도 클 거야 당연하지요.

이렇게 되고 보면 고 씨야 기다리고 있던 판이니 어련하겠습니까.

"나넌 아무껏두 잘못헌 것 읎어라우! 파리 족통만치두 잘못헌 것 읎어라우! 팔자가 기구히여서 이런 징글징글헌 집으루 시집온 죄뱎으넌 아무 죄두 읎어라우! 왜, 걸신허먼 날 못 잡어먹어서 웅을거리여? 삼십 년 두구 종질히여준 보갚음으루 그런대여? 머 내가 살이 이렇게 쪘으닝개루, 소찡(소증)이 나서 괴기라두 뜯어 먹을라구? 에이! 지긋지긋히라! 에이 숭악히라."

신사(또는 숙녀)적으로 하는 파인 플레이라 그런지 어쩐지 몰라도, 하나가 말을 하는 동안 하나가 나서서 가로막는 법이 없고, 한바탕 끝이 난 뒤라야 하나가 나서곤 합니다.

"옳다! 참 잘헌다! 참 잘히여. 워너니 그게 명색 며누리 쳇것이 시애비더러 허넌 소리구만? 저두 그래, 메누리 자식을 둘썩이나 읃어다 놓고, 손자 자식이 쉬옘이 나게 생깄으면서, 그래, 그게 잘허넌 짓이여?"

"그러닝개루 징손주까지 본 이가 그래, 손자까지 본 메누리 넌더러 육장 짝 찢을 년이네, 오두가 나서 싸돌아댕기네 허구, 구십을 놀리너만? 그건 잘허넌 짓이구만? 똥 묻은 개가 저(겨) 묻은 개 나무래지!"

"쌍년이라 헐 수 읎어! 천하 쌍놈, 우리게 판백이 아전 고준평이 딸자식이, 워너니 그렇지 별수 있겠냐!"

"아이구! 그, 드럽구 칙살스런 양반! 그런 알량헌 양반허구넌 안 바꾸어…… 양반, 홍! ……양반이 어디 가서 모다 급살 맞어 죽구 읎덩갑만…… 대체 은제 적버텀 그렇게 도도헌 양반인고? 읍내 아전덜한티 잽혀가서 볼기 맞이먼서 소인 살려줍시사 허던 건 누군고? 그게 양반이여? 그 밑구녁 들칠수룩 구린내만 나너만?"

아무리 아귓심이 세다 해도 본시 남자란 여자의 입심을 못 당하는 법인데, 가뜩이나 이렇게 맹렬한 육탄(아닌 언탄)을 맞고 보니, 윤 직원 영감으로는 총퇴각이 아니면, 달리 기습이나 게릴라 전술을 쓸 수밖엔 별도리가 없습니다.

사실 오늘의 이 싸움에 있어선, 자기 딴은 입이 광주리 구멍 같아도 고씨가 그쯤들이 폭로를 시키는 데야 꼼짝 못하고 되잡히게만 경우가 되어먹었습니다.

그러니 가장 좋은 도리는, 전자에 그의 부인 오 씨가 하던 법식으로 냅다 달려들어 며느리의 머리끄덩이를 잡아 엎지르고, 방치* 같은 걸로 능장질을 했으면야 효과가 훌륭하겠지요.

그러나 그 시어머니라는 머 자와 시아버니라는 버 자가 획 하나 덜하고 더하고 한 걸로, 시아버니는 시어머니처럼 며느리를 때려주지는 못하게 마련이니, 그 법을 그다지 야속스럽게 구별해논 자, 삼대를 빌어먹을지라고, 윤 직원 영감으로는 저주하지 않을 수가 없습니다.

"야, 이놈 경손아!"

육집이 큰 보람도 없이 뾰족하니 몰린 윤 직원 영감은 마침내 마루로 쿵 하고 나서면서 뒤채로 대고 소리를 지릅니다.

경손은 제 방에서 감감하게 대답을 하나, 윤 직원 영감은 들었는지 못 들었는지 연해 소리소리 외칩니다.

한참 만에야 경손이가 양복 고의 바람으로 가만가만 나와서 한옆으로 비껴 섭니다.

"너 이놈, 시방 당장 가서 네 할애비 불러오니라. 당장 불러와!"

"네에."

* '다듬잇방망이'의 방언.

"요새 시체넌 거, 이혼이란 것 잘덜 헌다더라, 이혼…… 이놈, 오늘 저녁으루 담박 제 지집을 이혼을 안 히였다 부아라! 이놈을 내가……."

과부댁 종놈은 왕방울로 행세한다더니, 윤 직원 영감은 며느리 고 씨와 싸우다가 몰리면 이혼하라고 할 테라고, 아들 창식을 불러오라는 게 유세통입니다.

그러나 부르러 간 놈한테 미리 소식 다 듣는 윤 주사는, 따고 안 오기가 일쑤요, 몇 번 만에 한 번 불려와선, 네에 내일 수속하지요 하고 시원히 대답은 해도, 그 자리만 일어서면 죄다 잊어버려 버립니다. 그래도 좋게시리 윤 직원 영감은 그 이튿날이고 이혼 수속 재촉을 하는 법이 없으니까요.

"아 이놈, 냉큼 가서 불러오던 않구, 무얼 뼈언허구 섰어?"

윤 직원 영감은 주춤거리고 섰는 경손이더러 호통을 합니다.

경손은 그제야 대답을 하고 옷을 입으러 가는 체 뒤꼍으로 들어갑니다. 눈치 보아가면서 밖으로 나갔다가 들어오든지, 무엇하면 그냥 잠자코 있다가 넌지시 입을 씻고 말든지, 없어서 못 데리고 왔다고 하든지 할 요량만 대고 있으니까 별로 힘드잘 것도 없는 노릇입니다.

"두구 보자!"

윤 직원 영감은 마루가 꺼져라고 굴러 디디면서 대뜰로 내려섭니다.

"……두구 부아, 어디…… 내가 그새까지넌 말루만 그랬지만, 인지 두구 부아라. 저허구 나허구 애비 자식 천륜을 끊든지, 지집을 이혼을 허든지 좌우양단간 오널 저녁 안으루 요정을 내구래야 말 티닝개루…… 두구 부아!"

윤 직원 영감은 으르면서 구르면서 사랑으로 나가고, 고 씨는 그 뒤쪽지에다 대고 제─발 좀 그럽시사고, 이혼을 한다면 누가 무서워서 서얼설 기고 어엉엉 울 줄 아느냐고 퀄퀄스럽게 받아넘깁니다.

이래서 시초 없는 싸움은 또한 끝도 없이 휴전이 되고, 각기 장수가 진지로부터 퇴각을 하자, 집안은 다시 평화가 회복되었습니다.

모두들 태평합니다.

계집종인 삼월이는 부엌에서 행랑어멈과 같이서 얼추 설거지를 하고 있고, 행랑아범은 안팎 아궁이를 찾아다니면서 군불을 조금씩 지피고, 그 나머지 식구들은 고 씨만 빼놓고 다 안방으로 모여 저녁밥을 시작합니다.

서울아씨, 두 동서, 경손이, 태식이, 전주댁 이렇습니다. 그들은 아무도 방금 일어났던 풍파를 심려한다든가 윤 직원 영감이 저녁밥을 중판맨* 것을 걱정한다든가, 고 씨가 밥상을 도로 쫓은 걸 민망히 여긴다든가 할 사람은 하나도 없고, 따라서 아무도 입맛이 없어 밥 생각이 안 날 사람도 없습니다.

다만, 먼저의 싸움의 입가심같이 그다음엔 조그마한 싸움 하나가 벌어집니다.

태식이가 구경에 세마리**가 팔렸다가 싸움이 끝이 나니까 다시 밥 시작을 하는데, 마침 경손이가 툭 튀어 들더니, 윤 직원 영감이 앉았던 자리에 털썩 주저앉아서는, 두말 않고 그 숟갈로 그 밥을 퍼먹습니다.

태식은, 이 깍쟁이요 도적놈인 경손이가 아빠의 숟갈로 아빠의 밥을 먹어대는 게 밉기도 하려니와, 또 맛있는 반찬을 뺏길 테니, 그래저래 심술이 나지 않을 수가 없습니다.

"히잉, 우리 아빠 밥야!"

---

* 하던 일을 도중에 그만둔.
** 정신, 넋.

태식은 밥숟갈을 둘러메는 것이나, 경손은 거듭떠보지도 않고서

"왜 이 모양야! 밥그릇에다가 문패 써 붙였나?"

하고 놀려줍니다.

"히잉, 깍쟁이!"

"무어 어째? ……잠자꾸 있어, 괜—히…….."

"히잉, 도족놈!"

"아, 요게! 병신이 지랄해요! 대갈쟁이가……."

"깍쟁이! 도족놈!"

"가만둬 두니깐! ……저거 봐요! 숟갈을 둘러메믄, 제가 누굴 때릴 텐가? 요것 하나 먹구퍼? 요것……."

"저 애가! ……경손아!"

경손이가 주먹을 쥐어 밥상 너머로 을러대는 걸, 마침 저의 모친 박 씨가 들어서다가 보고 깜짝 놀라던 것입니다.

"병신이 괜히 지랄허니깐, 나두 그리지! ……내 이름이 깍쟁이구 도독놈이구, 그런가? 머……."

"아따, 그런 소리 좀 들으믄 어떠냐? 잠자꾸 밥이나 먹으려무나."

"이 병신, 다시 그따위 소릴 해봐? 죽여놀 테니깐……."

"저 녀석이 말래두, 아니 듣구서! ……너 그리다간 큰사랑 할아버지께 또 꾸중 듣는다?"

"피이! 무섭잖아."

"허는 소리마다. 너 그렇게 버릇없이 굴믄 귀양 간다! 귀양……."

"곤충 채집허구, 수영허구, 등산허구 실컨 놀다가 도루 오지, 무슨 걱정이우?"

서울아씨가 손을 씻으면서 방으로 들어오다가 태식이가 여태 밥상을

차고 앉아, 그러나마 먹지도 않고 이짐*이 나서 엿가래 같은 코를 훌쩍거리고 있는 것을 보고는 상을 잔뜩 찌푸립니다.

"누——나!"

"왜 그래?"

역성이나 들어줄 줄 알고 불러본 것이, 대고 쏘아버리니, 이제는 울기라도 해서 아빠를 불러대는 수밖에 없습니다.

과연 태식은 입이 비죽비죽, 얼굴이 움질움질하는 게 방금 아앙 하고 울음이 터질 시초를 잡습니다.

만약 태식을 울려놓고 보면 큰일입니다. 약간 아까, 고 씨와 싸우던 그따위 풍파가 아니고, 온통 집이 한 귀퉁이 무너나게시리** 벼락이 내릴 판이니까요. 윤 직원 영감은 다른 잘못도 잘 용서를 않지만, 그중에도 누구든지 태식을 울린다든가 하는 죄는 단연 용서를 하지 않던 것입니다.

"어서 밥 먹어라. 밥 먹다가 이짐 쓰구 그러면 못써요!"

서울아씨가 할 수 없이 목소리를 눅여 살살 달랩니다. 박 씨도 코를 씻어주면서 경손이더러 눈을 끔적끔적합니다.

"대부 할아버지?"

경손은 눈치를 채고서, 빈들빈들, 버엉뗴엥, 엎어삶느라고

"……어서 진지 잡수! 그리구 대부 덕분에 손자두 이런 존 반찬 좀 얻어먹어예지, 응? 할아버지…… 우리 대부가 참 착해, 그렇지 대부……."

파계를 따지자면, 열다섯 살 먹은 경손은 같은 열다섯 살 먹은 태식의 손자요, 태식은 경손의 할아버지가 갈데없습니다. 일가 망한 건 항렬만

---

* 고집이나 떼.
** 무너나다. 쌓이거나 짜인 것이 헐려 떨어져 나가다.

높단 말로 능치고 넘기자니, 차라리 이 조손祖孫 관계는 비극이라 함이 옳겠습니다.

7. 쇠가 쇠를 낳고

사랑방에는 언제 왔는지 올챙이 석 서방이, 과시 올챙이같이 토옹통한 배를 안고 윗목께로 오도카니 앉아 있습니다.

시쳇말로는 브로커요, 윤 직원 영감 밑에서 거간을 해먹는 사람입니다.

돈도 잡기 전에 배 먼저 나왔으니 갈데없이 근천스러운 ×배요, 납작한 체격에 형적도 없는 모가지에, 다 올챙이 별명 타자고 나온 배지 별 게 아닐 겝니다.

"진지 잡수셨습니까?"

올챙이는 오꼼* 일어서면서 공순히, 그러나 친숙히 인사를 합니다.

윤 직원 영감은 속으로야, 이 사람이 저녁에 다시 온 것이 반가울 일이 있어서 느긋하기는 해도, 짐짓

"안 먹었으면 자네가 설넝탱이라두 한 뚝배기 사줄라간디, 밥 먹었냐구 묻넝가?"

하면서 탐탁잖아하는 낯꽃으로 전접스러운 소리를 합니다.

"아, 잡수시기만 하신다면야 사드리다 뿐이겠습니까?"

생김새야 아무리 못생겼다 하기로서니, 남의 그런 낯꽃 하나 여새겨볼**

---

* 몸을 오똑 일으켜 세우는 모양.
** 남이 모르게 가만히 살핌.

줄 모르며, 그런 보비위 하나 할 줄 모르고서, 몇천 원 더러는 몇만 원 거간을 서먹노라 할 위인은 아닙니다.

옳지, 방금 큰소리가 들리더니, 정녕 안에서 무슨 일로 역정이 난 끝에 밥도 안 먹고 나오다가, 그 화풀이를 걸리는 대로 나한테 하는 속이로구나, 이렇게 단박 눈치를 채고는 선뜻 흠선*을 피우면서, 마침 윤 직원 영감이 발이나 넘는 장죽에 담배를 재어 무니까, 냉큼 성냥을 그어 댑니다.

"……그렇지만 어디 지가 설마한들 설렁탕이야 사드리겠어요! 참 하다 못해 식교자라두 한 상……."

"체에! 시에미가 오래 살면 구정물통으(개숫물통에) 빠져 죽넌다더니, 내가 오래 사닝개루 벨일 다아 많얼랑개비네! 인제넌 오래간만으 목구녕의 때 좀 벳기넝개비다!"

윤 직원 영감 입에서는 담배 연기가 피어올라 자옥하니 연막을 치고, 올챙이는 팽팽한 양복 가랑이를 펴면서, 도사렸던 다리를 퍼근히** 하고 저도 마코를 꺼내서 붙입니다.

"온 영감두! ……지가 영감 식교자 한 상 채려드리기루서니 그게 그리 대단하다구, 그런 말씀을……."

"글씨 이 사람아, 말만 그렇기, 어따 저어 상말루, 줄 듯 줄 듯 허면서 안 주더라구, 말만 그렇기 허지 말구서 한 상 처억 좀 시기다 주어보소? 늙은이 괄세넌 히여두 아덜 괄세넌 않넌다데마넌, 늙은이 대접두 더러 히여야 젊은 사람이 복을 받고 허넌 뱁이네. 그렇잖엉가? 이 사람……."

윤 직원 영감은 히죽이 웃기까지 하는 것이, 방금, 그다지 등등하던 기

* 우러러 공경하고 부러워함.
** 다리를 뻗어 느긋하고 편안하게.

승은 그새 죄다 잊어버린 모양으로 아주 태평입니다. 워너니 그도 그래야 할 것이, 만약 그 숱해 많은 싸움을, 싸움하는 족족 오래 두고 화가 풀리지 않으려서야 사람이 지레 늙을 노릇이지요.

"아—니 머, 빈말씀이 아니라……."

올챙이는 금세 일어서서 밖으로 나갈 듯이 뒤를 들먹들먹합니다.

"……시방이라두 나가서, 무어 약주 안주나 될 걸루 좀 시켜가지구 오지요. 전화루 시키면 곧 될 테니깐두루…… 정녕 저녁 진질 아니 잡수셨어요? 그러시다면 그 요량을 해서……."

"혜혜엣다! 참, 엎질러 절 받기라더니, 야 이 사람, 그런 허넌 첼랑 구만히여두소. 자네가 암만히여두 딴 요량쨍이 있어각구서 시방 그러넌 속 나두 다아 알구 있네!"

"네? 딴 요량요? 온, 천만에!"

"아까 아참나잘으 와서 이얘기허던 그 조간* 때미 그러지? 응?"

"아니올시다, 온! ……그건 그거구 이건 이거지, 어쩌면 절 그런 놈으루만 치질 하십니까! 허허허."

"그러구저러구 간으, 그건 아침에 말헌 대루 이화리〔二割引〕 아니구넌 안 되니 그렇게 알소잉?"

윤 직원 영감은 정색을 하느라고 담뱃대를 입에서 뽑고, 올챙이도 다가앉을 듯이 앉음매를 도사립니다.

"그리잖어두 허건 그 사람 강 썰 방금 또 만나구 오는 길인데요…… 그래 그 말씀두 요정을 내구 허기는 해야겠습니다마는……."

"그럼, 이화리 히여서라두 쓴다구 그러덩가?"

---

* 이야기, 말씀.

"그런데 거, 이번 일은 제 얼굴을 보시구서라두 좀 생각해주서야 하겠습니다!"

"생각이라께 별것 있넝가? 돈 취히여주넝 것이지."

"물론 주시긴 주시는데, 일 할만 해주세요!"

"건, 안 될 말이래두!"

"온, 자꾸만 그러십니다. 칠천 원짜리 삼십 일 수형에 일 할이라두, 자아, 보십시오. 선변을 제하시니깐 육천삼백 원 주시구서 한 달 만에 칠백 원을 얹어서 칠천 원으루 받으시니 그만해두 그게 어딥니까? ……아무리 급한 돈이래두, 쓰는 사람이 생각하면 하늘이 내려볼까 무섭잖겠어요? ……그런 걸 글쎄, 이 할이나 허자시니!"

"허! 사람두! ……이 사람아, 돈이 급허면 급헐수룩 다아 요긴허구, 그만침 갭이 나갈 게 아닌가? 그러닝개루 변두 더 내구서 써야지?"

"그렇더래두 영감 말씀대루 허자면 칠천 원 액면에 오천육백 원을 쓰구서 한 달 만에 일천사백 원 이자를 갚게 되니, 돈 쓰는 사람이 억울하잖겠습니까?"

"억울허거던 안 쓰면 구만이지? ……머, 내가 쓰시요오 쓰시요 허구 쫓아댕김서 억지루 처맽긴다덩가? 그 사람 참!"

윤 직원 영감은 이렇게 배부른 흥정으로 비스듬히 드러누우려고는 하지만, 올챙이의 말이 아니라도, 육천삼백 원에 한 달 이자 칠백 원이 어디라고, 이 거리를 놓치고 싶지는 않습니다.

에누리를 하는 셈이지요. 해서 이 할을 뗄 수 있으면 더할 나위 없고, 눈치 보아서 일 할 오 부로 해주어도 괜찮고, 또 저엉 무엇하면 일 할이라도 그리 해롭지는 않고…… 그게 그러나마 달리 융통을 시켜야 할 자본일세 말이지, 은행의 예금장에서 녹이 슬고 있는 돈인 걸, 두고 놀리느니보다야 이문이 아니냔 말입니다.

"영감이 무가내루 이 할만 뗴신다면, 아마 그 사람두 안 쓰기 쉽습니다……."

올챙이는 역시 윤 직원 영감의 배짱을 아는 터라, 마침내 이렇게 슬그머니 한번 덜미를 눌러놓습니다. 그러고는 한참 있다가 다시

"……그러니 자아 영감, 그러구저러구 하실 것 없이, 일 할 오 부만 하시지요…… 일 할 오 부라두 일칠은 칠, 오칠 삼십오허구, 일천오십 원입니다!"

"아―니 이 사람, 자네넌 내 밑으서 거간 서구, 내 덕으 사넌 사람이, 육장 그저 내게다가 해만 뷜라구 드넝가?"

"온 참! 그게 손해 끼쳐드리는 게 아닙니다! 일을 다아 되두룩 마련하자니깐 그리지요. 상말루, 싸움은 말리구 홍정은 붙이라구 않습니까? 그런데 그게 남의 일이라두 모를 텐데 항차 영감의 일인 걸……."

"아따, 시방 허넌 소리가! ……야 이 사람아, 구문이 안 생겨두 자네가 시방 이러구 댕길 팅가?"

"허허, 그야…… 허허허허, 그런데 참 구문이라니 말씀이지, 저두 구문만 많이 먹기루 들자면 할이가 많은 게 좋답니다. 그렇지만 세상일을 어디 그렇게 제 욕심대루만 할래서야 됩니까?"

"이 사람아, 그런 소리 말소. 욕심 없이 세상 살라다가넌 제 창사구(창자) 뽑아서 남 주어야 허네!"

"것두 옳은 말씀은 옳은 말씀입니다…… 그런데 자아, 어떡허실렵니까? 제 말씀대루 일 할 오 부만 해서 주시지요? 네?"

"아이, 모르겄네! 자네 쇠견대루 허소!"

"허허허허, 진즉 그리실 걸 가지구…… 그럼 내일 당자 강 썰 데리구

올 텐데, 어느만 때가 좋을는지? ……내일 은행 시간까진 돈을 써야 할 테니깐요."

"글씨…… 대복이가 와야 헐 턴디. 오늘 저녁으 온댔으닝개 오기넌 올 것이구, 오머넌 내일 아무 때라두 돈이사 주겄지만…… 자리넌 실수 읎 을 자리겄다?"

"그야 지가 범연하겠습니까? 아따, 만창상점이라구, 바루 저 철물교 다 리 옆입니다. 머 그 사람이 부랑자루 주색잡기하느라구 쓰는 돈이 아니 구, 내일 해전으루다가 은행에 입금을 시켜야만 부도가 아니 나게 됐다는 군요! ……글쎄 은행에서들 돈을 딱 가두어놓군 돌려주질 않기 때문에, 너나 할 것 없이 모두 죽는 소립니다! ……그러나저러나 간에 이 사람 강 씬 아무 염려 없구요. 다 조사해보시면 아시겠지만……."

"내가 무얼 알겄넝가마는……."

윤 직원 영감은 담뱃대를 놓고 일어서더니, 벽장 속에서 조선 백지로 맨 술 두꺼운 장부(?) 한 권을 찾아냅니다.

이것이 대복이의 주변으로, 종로 일대와 창안 배오개 등지와, 그 밖에 서울 장안의 들뭇들뭇한 상고들을 뽑아 신용 정도를 조사해둔 블랙리스 트입니다.

신용이라도 우리네가 보통 말하는 신용이 아니라, 가산은 통 얼마나 되 는데, 갚을 빚은 얼마나 되느냐는 그 신용입니다.

이걸 만들어놓고, 대복이는 날마다 신문이며 흥신내보興信內報며 또는 소식 같은 걸 참고해가면서, 그들의 신용의 변동에 잔주(주해)를 달아놓 습니다.

그러니까 생기기는 아무렇게나 백지로 맨 한 권의 문서책이지만, 척 한 번 떠들어만 보면, 어디서 무슨 장사를 하는 아무개는 암만까지는 돈을 주어도 좋다는 것을 휑하니 알 수가 있는 것입니다.

윤 직원 영감은 시골 사람, 그중에도 부랑자가 돈을 쓴다면 으레껏 매도 계약까지 첨부한 부동산을 저당 잡고라야 돈을 주지만, 시내에서 장사하는 사람들한테는 대개 수형을 받고서 거래를 합니다. 그는 수형의 효험과 위력을 잘 알고 있으니까, 안심을 합니다.

세상에 수형처럼 빚 쓴 사람한테는 무섭고, 빚 준 사람한테는 편리한 것이 없답니다. 기한이 지나기만 하면 그저 불문곡직하고 수형 액면에 쓰인 만큼 차압을 해서 집행 딱지를 붙여놓고는 경매를 한다나요.

가령 그게 사기에 걸린 돈이라고 하더라도, 수형이고 보면 안 갚고는 못 배긴다니, 무섭지 않고 어쩌겠습니까.

윤 직원 영감은 이 편리하고도 만능한 수형 장사를 해서 매삭 이삼만 원씩 융통을 시키고, 그 이문이 적어도 삼천 원으로부터 사천 원은 됩니다.

일 할 이상 이 할까지나 새끼를 치는 셈이지요.

송도 말년에는 쇠가 쇠를 먹었다고 합니다. 그러던 게 지금은 다 세태가 바뀌고, 을축갑자*로 되는 세상이라서 그런 것도 아니겠지만, 쇠가 쇠를 낳기로 마련이니 그건 무슨 징조일는지요.

아무튼 그놈 돈이란 물건이 저희끼리 목족**은 무섭게 잘하는 놈인 모양입니다. 그렇기에 자꾸만 있는 데로만 모이지요?

윤 직원 영감은 허리에 찬 풍안집에서 풍안을 꺼내더니, 그걸 코허리에다가 처억 걸치고는 그 육중한 자가용 홍신록을 뒤적거립니다.

올챙이는 이제 일이 거진 성사가 되었대서 엔간히 마음이 뇌는지 담배

---

* 육십갑자에서 갑자 다음에 을축이 오게 되어 있는데 을축이 먼저 왔다는 뜻. 일이 제대로 안 되고 순서가 뒤바뀜을 말함.
** 동족 또는 친족끼리 화목하게 지냄.

를 피워 물고 앉아서는 하회를 기다립니다.

윤 직원 영감은 만창상회의 강 무엇이를 찾아내어 대강 입구구*를 따져본 결과, 빚이 더러 있기는 해도 아직 칠팔천 원은 말고 이삼만 원쯤은 돌려주어도 한 달 기간에 낭패가 생기지는 않을 만큼 정정한 걸 알았습니다.

"거 원, 우선 내가 뵈기는 괜찮얼 상부르네마는······."

윤 직원 영감은 이쯤 반승낙을 하고는, 장부를 도로 벽장에다가 건사하고, 풍안을 코끝에서 떼어내고, 그러고서 담뱃대를 집어 물면서 자리에 앉습니다. 아까 먼첫번에 한 승낙은, 말은 없어도 신용 조사에 낙방이 안 돼야만 돈을 준다는 얼승낙이요, 이번 것이 진짜 승낙한 보람이 날 승낙이던 것입니다.

그러나 이러이러하네마는 하고, 그 '마는'이 붙었으니 온승낙이 아니고 반승낙인 것입니다. 대복이가 없으니까 그와 다시 한 번 상의를 할 요량이지요. 그래서 혹시 대복이가 불가하다고 한다든지 하면, 말로만 반승낙을 했지 무슨 계약서라도 쓴 게 아니고 한즉, 이편 마음대로 자빠져버리면 고만일 테니까요.

"그러면······."

올챙이는 윤 직원 영감의 그 마는이라는 말끝을 덮어씌우노라고, 다시금 다지려 듭니다.

"······내일 은행 시간 안으루는 실수 없겠죠?"

"글씨, 우선은 그러기루 히여두지."

"그래서야 어디 저편이 안심을 하나요? 영감이 주장이시니깐, 영감이

─────────

* 입으로 하는 구구법.

아주 귀정을 지어서 말씀을 해주셔야 저 사람두 맘 놓구 있지요!"

"그렇기두 허지만, 실상 이 사람아, 자네두 늘 두구 보지만, 내사 무얼 아녕가? ……대복이가 다아 알어서 이러라구 허면 이러구, 저러라구 허면 저러구 허지. 괜시리 속두 잘 모르구서 돈 그까짓 것 천오십 원 을어먹을라다가, 웬걸, 천오십 원이나마 나 혼자 죄다 먹간디? 자네 구문 백오 원 주구 나면, 천 원두 채 못 되넝 것, 그것 먹자구, 잘못허다가 내 생돈 육천 원 업어다 난장 맞게?"

"글쎄 영감! 자리가 부실한 자리면 지가 애초에 새에 들질 않는답니다. 그새 사오 년지간이나 두구 보시구서두 그리십니까? 언제 머 지가 천거한 자리루 동전 한 푼 허실한 일이 있습니까?"

"아는 질두 물어서 가랬다네. 눈 뜨구서 남의 눈 빼먹넌 세상인 종 자네두 알면서 그러넝가?"

"허허허허, 영감은 참 만년 가두 실수라구는 없으시겠습니다! 다아 그렇게 전후를 꼭꼭 재가면서 일을 하셔야 실수가 없긴 하지요…… 그럼 아무튼지 대복이가 오늘루 오긴 오죠?"

"늦더래두 올 것이네."

"그럼, 대복이만 가한 양으루 말씀하면 돈은 내일루 실수 없으시죠?"

"그럴 티지."

"그러면 아무려나 내일 오정 때쯤 해서 당자 강 썰 데리구 오지요…… 좌우간 그만해두 한시름 놓았습니다. 허허……."

"자네넌 시언헌가 부네마넌, 나넌 돈 천이나 더 먹을 걸 못 먹은 것 같이서 섭섭허네!"

"허허허허, 그럼 이댐에나 들무웃한 걸 한자리 해 오지요…… 가만히 계십시오. 수두룩합니다. 은행에서 돈을 아니 내주기 때문에 거얼걸들 합니다. 제일 죽어나는 게 은행돈 빚 얻어다가는 땅 장수니 집 장수니 하던 치들인데, 머 일보 사오십 전이라두 못 써서 쩔맵니다!"

"이 판으 누가 일보 오십 전 받구 빚을 준다덩가? 소불하 일 원은 받어야지…… 주넌 놈이 아순가? 쓰넌 놈이 아수닝개로 그거라두 걷어 쓰지……."

윤 직원 영감은 요새 새로 발령된 폭리 취체 속을 도무지 모릅니다. 그러나 안다고 하더라도 이미 십 년 전부터 벌써 법이 금하는 고패를 넘어서 해먹는 돈놀이니까, 시방 새삼스럽게 폭리 취체쯤 무서울 것도 없으려니와, 좀 까다롭겠으면 다 달리 이러쿵저러쿵하는 수가 얼마든지 있은즉 만날 떵그렁입니다.

"그러면 그 일은 그렇게 허기루 허구……."

올챙이는 볼일 다 보았으니 선뜻 일어설 것이로되, 그러나 두고두고 뒷일을 좋도록 하자면, 이런 기회에 듬씬 보비위를 해야 하는 것인 줄을 자알 알고 있습니다

"……그런데, 정녕 저녁 진질 아니 잡수셨습니까?"

"먹다가 말었네! 속상히여서……."

윤 직원 영감은 그새 잊었던 화가 그 시장기로 해서 새 채비로 비어지던 것이고, 그래 재떨이에 담배 터는 소리도 절로 모집니다.

"거 온, 그래서 어떡허십니까! 더구나 연만하신 노인이!"

"그러닝개 그게 다아 팔자라네!"

또 역정을 낼 줄 알았더니, 그런 게 아니고 방금, 아무 근심기 없던 얼굴이 졸지에 해 질 무렵같이 흐려들면서 음성은 풀기 없이 가라앉습니다.

"……내가 이 사람아, 나락으루 해마닥 만석을 추수를 받구, 돈으루두 몇만 원씩을 차구 앉었넌 사람인디, 아 그런 부자루 앉어서 글씨, 가끔 이

렇기 끄니를 굶네그려! 으응?"

과연 일 년 추수하는 쌀만 가지고도 밥을 해 먹자면 백 년 천 년을 배불리 먹고도 남을 테면서, 그러나 이렇게 배고픈 때가 있으니, 곰곰이 생각을 하면 한심하여 팔자 탄식이 나오기도 할 겝니다.

"······여보게 이 사람아! ······아 자네버텀두 날더러 팔자 좋다구 그러지? 그렇지만 이 사람아, 팔자가 존 게 다아 무엇잉가! 속 모르구서 괜시리 허넌 소리지······ 그저 날 같언 사람은 말이네, 그저 도둑놈이 노적가리 짊어져 가까 버서, 밤새두룩 짖구 댕기는 개, 개 신세여! 허릴없이 개 신세여!"

윤 직원 영감은 잠잠히 말을 그치고, 담배 연기째 후르르 한숨을 내쉬면서, 어디라 없이 한눈을 팝니다.

거상에 짜증난 얼굴이 아니면, 불콰하니 마음 편안한 얼굴, 호리를 다투는 뜩뜩한* 얼굴이 아니면, 남을 꼬집어 뜯는 전접스러운 얼굴, 그러한 낯꽃만 하고 지내는 이 영감한테 이렇듯 추렷하니 침통한 기색이 드러날 적이 있다는 것은 자못 심외라 않을 수 없습니다.

돈을 흥정하는 저자에서 오고 가고 하는 속한일 뿐이지, 올챙이로서야 어디 그러한 방면으로 들어서야 제법 깊은 인정의 기미를 통찰할 재목이 되나요. 그저 백만금의 재물을 쌓아놓고 자손 번창하겠다, 수명장수, 아직도 젊은 놈 여대치게 저엉정하겠다, 이런 천하에 드문 호팔자를 누리면서도, 근천이 질질 흐르게시리 밥을 굶네, 속이 상하네, 개 신세네, 하고 풀 죽은 기색으로 탄식을 하는 게, 이놈의 영감이 그만큼 살고 쉬이 죽으려고 청승을 떠는가 싶어 얼굴이 다시금 치어다보일 따름이었습니다.

───
* 바탕이 두껍고 두툼한.

8. 상평통보 서 푼과……

올챙이는, 윤 직원 영감이 자기가 자청해서 자기 입으로 개라고 하니, 차라리 그렇거들랑 어디 컹컹 한바탕 짖어보라고 놀리기나 하고 싶습니다. 그렇지만 그런 버릇없는 농담을 할 법이야 있습니까. 속은 어디로 갔든 좋은 말로다 자손이 번창하고 가운이 융성하게 되면, 집안 어른 된 이로는 그런 근심 저런 걱정 노상 아니할 수도 없는 것인즉, 그걸 가지고 과히 상심할 게 없느니라고 위로를 해줍니다.

"아, 여보소?"

윤 직원 영감은 남이 애써 위로해주는 소리는 귀로 듣는지 코로 맡는지 종시 우두커니 한눈을 팔고 앉았다가, 갑자기 긴한 낯으로 고개를 내밀면서

"……자네, 사람 죽었을 때 염허넝 것 더러 부았넝가?"

하고 묻습니다. 자기 딴에는 따로이 속내평이 있어서 하는 소리겠지만, 이건 느닷없이 송장 일곱 매 묶는 이야기가 불쑥 나오는 데는, 등이 서늘하고 그다지 긴치 않기도 했을 것입니다.

"더러 부았으리…… 그런데 말이네……."

윤 직원 영감은 올챙이가 이렇다 저렇다 얼른 대답을 못 하고 우물우물하는 것을 상관 않고 자기가 그 뒤를 잇습니다.

"……아, 우리 마니래(마누라)가 작년 정월이 죽잖있넝가?"

"네에! 아 참, 벌써 그게 작년 정월입니다그려! 세월이 빠르긴 허군!"

"게, 그때, 수험을 헌다구 날더러두 들오라구 허기에, 시쳇방으를 들어가잖있덩가. 들어가서 가만히 보구 섰으닝개, 수의를 죄다 갈어입히구 나서넌 일곱 매를 묶기 전에, 어따 그놈의 것을 무어라구 허데마는…… 쌀

한 숟가락을 떠서 맹인 입으다가 놓는 체허면서 천 석이요오 허구, 두 숟가락 떠 느면서 이천 석이요오 허구, 세 숟가락 떠 느면서 삼천 석이요오 허구, 아 이런담 말이네! ……그러구 또, 시방은 쓰지두 않넌 옛날 돈 생평통보(상평통보) 한 푼을 느주면서 천 냥이요오, 두 푼 느주면서 이천 냥이요오, 스 푼 느주면서 삼천 냥이요오, 이러데그려!"

"그렇지요! 그게 다아……."

올챙이는 비로소 윤 직원 영감의 말하고자 하는 속을 알아차렸대서 고개를 까댁까댁 맞장구를 칩니다.

"……그게 맹인이 저승길 가면서 노수두 쓰구, 또 저승에 가서두 부자루 잘 지내라구 그리잖습니까?"

"응 그리여. 글씨 그런 줄 나두 알기넌 알어. 또, 우리 어머니 아버지 때두 다아 보구 그리서, 츰으루 보딩 건 아니지. 그러닝개 츰 귀경히였넝 게 아니라, 내 말은 그런 말이 아니구…… 아니 글씨 여보소, 우리 마니래만 히여두 명색이 만석꾼이 집 예편네가 아닝가? 만석꾼이…… 그런디 필경 두 다리 쭈욱 뻗구 죽으닝개넌 저승으루 갈라면서, 쌀 게우 세 숟가락허구, 돈 엽전 스 푼허구, 게우 고걸 각구 간담 말이네그려, 응? 만석꾼이가 죽어 저승으로 가면서넌 쌀 세 숟가락에 엽전 스 푼을 달랑 얻어 각구 간담 말이여!"

올챙이는 자못 엄숙해하는 낯으로 고즈넉이 앉아 듣고 있고, 윤 직원 영감은 뻐끔뻐끔 한참이나 담배를 빨더니 후우 한숨을 한 번 내쉬고는 말 끝을 다시 잇댑니다.

"게, 그걸 보구서 고옴곰 생각을 허닝개루, 나두 한번 눈을 감구 죽어지면 벨수 옰이 저렇기 쌀 세 숟가락허구 엽전 스 픈허구, 달랑 고걸 은어 각구 저승으루 가겄거니! ……그럴 것 아닝가? 머, 나라구 무덤을 죄선

만 허게 파구서, 그 속으다가 나락을 수천 석 쟁여주며, 돈을 수만 냥 디릿딜여 주겄넝가? 또오, 그런대두 아무 소용 읎넌 짓이구…… 그렇잖엉가?"

"허허, 다아 그런 게지요!"

"그렇지? 그러니 말이네. 아, 내 손으루 만석을 받구, 수만 원을 주물르던 나두, 죽어만 지면 별수 읎이 쌀 세 숟가락허구 엽전 달랑 스 픈 얻어 각구 저승으루 갈 테먼서 말이네…… 글씨 그럴라면서 왜 내가 시방 이 재산을 지키니라구 이대두룩 악을 쓰구, 남안티 실인심허구, 자식 손자 놈덜안티 미움받구, 나 쓰구 싶은 대루, 나 지내구 싶은 대루 못 지내구 이러넝고! 응? 그 말뜻 알어들어?"

"네―네…… 허허, 참 거……."

"그러나마, 그러나마 말이네…… 내가 앞으루 백 년을 더 살 것잉가? 오십 년을 더 살 것잉가? 잘히여야 한 십 년 더 살다가 두 다리 뻗을 티먼서. 그러니, 나 한번 급살 맞어 죽어삐리면 아무것두 모르구 다아 잊어삐릴 년의 세상…… 그런디 글씨, 어쩌자구 내가 이렇기 아그려쥐구 앉어서, 돈 한 푼에 버얼벌 떨구, 뭇 놈년덜 눈치코치 다아 먹구, 늙발에 호의호식, 평안히 못 지내구…… 그것뿐잉가? 게다가 한 푼이라두 더 못 뫼야서 아등아등허구…… 허니, 원 내가 이게 무슨 놈의 청승이며, 무슨 놈의 지랄 짓잉고오? 이런 생객이 가끔, 그 뒤버틈은 들더람 말이네그려!"

윤 직원 영감으로 앉아, 그런 마음을 먹고 이런 소리를 함부로 하다께, 올챙이의 소견이 아니라도, 이건 정말 죽으려고 마음이 변했나 봅니다.

주객이 잠시 말이 없고 잠잠합니다. 올챙이는 무어라고 위로를 해야겠어서 말긋말긋 윤 직원 영감의 눈치를 살핍니다.

아무래도 노망이 아니면 환장한 소린 것 같은데, 혹시 그게 정말이어서, 이놈의 영감태기가, 자아 여보소, 나는 인제는 재산이고 무엇이고 죄다 소용없네…… 없으니, 자아 이걸 가지고 자네가 족히 평생을 하소…… 이렇게 선뜻 몇만 원 집어 주지 말랄 법도 노상 없진 않으려니 싶어(싶다기보다도) 그렇게 횡재를 했으면 좋겠다고 다뿍 허욕이 받쳐서, 올챙이는 시방 궁상으로 부른 헛배가 가뜩이나 더 부르려고 하는 판입니다. 눈에 답신 고이도록 보비위를 해줄 필요가 그래서 더욱 간절했던 것입니다.

"영감님?"

"어—이?"

부르는 소리도 은근했거니와 대답 소리도 다정합니다.

"지가 꼬옥 영감님께 한 가지 권면해드릴 게 있습니다!"

"권면?"

"네에, 다름이 아니라……."

"아—니, 자네가 시방 또, 은제치름 날더러 저 무엇이냐, 핵교 허넌 디다가 돈 기부허라구, 그런 권면 헐라구 그러잖녕가? 그런 소리거딜랑, 이 사람아, 애여 말두 내지두 말소!"

이렇게 황망히 방색을 하는 것이, 윤 직원 영감은 어느덧 꿈이 깨고 생시의 옳은 정신이 들었던 모양입니다.

미상불 여태까지 그 가라앉은 침통한 목소리나 암담한 안색은 씻은 듯이 어디로 가고 없고, 활기 있는 여느 때의 그의 얼굴을 도로 지니고 앉았습니다.

"아니올시다! 온……."

올챙이는 고만 속으로 떡심이 풀리고 입이 헤먹으나,* 그럴수록이 더욱

---

* 헤먹다. 일이 제대로 안 되고 자꾸 겉돌아 흥미나 의욕이 없다.

잘 건사를 물어야 할 판이어서 흔감스럽게 말을 받아넘깁니다.

"천만에 말씀이지, 그때 한번 영감이 안 되겠다구 하신 걸 또 말을 낼 리가 있습니까? 그게 무슨 그대지 유익하신 일이라구…… 실상 그때 그 말씀을 한 것두 달리 그런 게 아니랍니다. 다아 학교라두 하나 만드시면 신문에두 추앙이 자자할 것이구, 또오 동상두 서구 할 테니깐, 영감님 송덕이 후세에 남을 게 아니겠다구요? 그래서 저두 머, 지낼말루다가 한번 말씀을 비쳐본 거지요…… 사실 또 생각하면, 괜히 돈 낭비나 되지, 그게 그리 신통한 소일두 아니구말구요!"

"신통이구 지랄이구 이 사람아, 왜 글씨 제 돈 디려가면서 학교를 설시허네 무얼 허네, 모두 남 존 일을 헌담 말잉가? 천하 시러베 개아덜 놈덜이지…… 인제 보소마넌, 그런 놈덜은 손복을 히여서, 오래잔히여 박적을 차구 빌어먹으러 댕길 티닝개루, 두구 보소!"

과연 윤 직원 영감은 환장한 것도 아니요, 노망이 난 것도 아니요, 정신이 초랑초랑합니다. 아마 아까 하던 소리는 잠꼬댈시 분명합니다. 따라서 올챙이에게는 미안하나 어쩔 수 없는 노릇입니다.

올챙이는 윤 직원 영감의 비위를 맞추자던 것이 되레 건드려논 셈이 되었고 본즉, 땀이 빠지도록 언변을 부려가면서 공공사업에 돈을 내는 게 불가한 소치를 한바탕 늘어놓습니다. 그러고 나서 비로소 처음 초를 잡다가 만 이야기를 다시금 꺼내던 것입니다.

"참 지가 하루 이틀 영감님을 뫼시구 지내는 배가 아니구, 그래 참 저렇게 상심이나 하시구, 그런 끝에 노인이 궐식이나 하시구, 그리시는 걸 뵙기가 여간만 민망스런 게 아니에요. 저두 늙은 부모가 있는 놈인데, 남의 댁 어룬이라구 그런 근경 못 살피겠습니까? ……그래 제 깐에는 두루 유념을 하구 지내지요. 이건 참 입에 붙은 말씀이 아니올시다!"

"그렁개루 설렁탕 사준다구 허넝가?"

"온! 영감두! ……이거 보세요, 영감님?"

"왜 그러넝가?"

"지가 꼬옥 맘을 두구서 권면하는 말씀이니, 저어 마나님 한 분 얻으시는 게 어떠세요?"

윤 직원 영감은 대답 대신 히물쭉 웃으면서 눈을 흘깁니다. 네 이놈 괘씸은 하다마는 그럴듯하기는 그럴듯하구나…… 이 뜻이지요.

올챙이도 히죽히죽 웃으면서 없는 모가지를 늘여가지고 조촘 한무릎 다가앉습니다.

"거, 아직 기운두 좋시구 허니, 불편허신 때 조석 마련이며, 몸시중이며, 살뜰히 들어주실 여인네루, 나이나 좀 진득헌 이를 하나 구허셔서, 이 근처 가까운 데다가 치가나 시키시구 허시면, 아 조옴 좋아요? 허기야 따님까지 와서 기시구 허니깐 머어 범연하겠습니까마는, 그래두 잘하나 못하나 마나님이라구 이름 지어두구 지내시면, 시중드는 것두 훨씬 맘에 드실 것이구, 또오 아직 저엉정하시겠다 밤저녁으루 적적하시면 내려가서 위로두 더러 받으시구, 헤헤!"

"네라끼 사람!"

올챙이의 말조가 매우 근경속*이 있고, 더욱이 그 끝에 한 대문은 썩 실감적이고 보매, 윤 직원 영감은 눈을 흘기고 히물쭉 웃는 것만으로는 못 견디겠던지, 담뱃대를 뽑는 입에서 지르르 침이 흘러내립니다.

"헤헤…… 거, 좋잖습니까? ……그러니 여러 말씀 마시구, 마나님 구허실 도리를 하십시오, 네?"

---

* 심지가 굳고 실한 감이 있음.

"허기사 이 사람아!"

윤 직원 영감은 마침내 까놓고 흉중을 설파합니다.

"······자네가 다아 참, 내 근경을 알어채구서 기왕 말을 냈으니 말이지, 낸들 왜 그 데수기*에 서캐 실은 예편네라두 하나 있으면 좔 생각이 읎겄넝가? ······아, 그렇지만, 그렇다구 내가 이 나이에 어디 가서 즘잔찮게 여편네 읃어달라구 말을 낼 수야 없잖넝가? 그렇잖엉가?"

"아, 그야 그러시다 뿐이겠습니까! 그러신 줄 저두 아니깐······."

"글씨, 그러니 말이네······ 그런 것두 다아 내가 인복이 읎어서 그럴 티지만, 거 창식이허며 또 종수허며 그놈덜이 천하에 불효막심헌 놈덜이니! 마구 잡어 뽑을 놈덜이여. 왜 그렁고 허면, 아 글씨, 즈덜은 네─기, 첩년을 모두 둘씩 셋씩 읃어서 데리구 살면서, 나넌 그냥 그저 모르쇠이네그려! ······아, 그놈덜이 작히나 사람 된 놈덜이머넌 허다못히서 눈 찌그러진 예편네라두······ 흔헌 게 예편네 아닝가? 허니 눈 찌그러지구 코 삐틀어진 예편네라두 하나 줏어다가 날 주었으면, 자네 말대루 내가 몸시중두 들게 허구, 심심파적두 허구 그럴 게 아닝가? 그런디 그놈덜이, 내가 뫼야준 돈은 각구서 즈덜만 밤낮 그 지랄을 허지, 나넌 통히 모른 체를 허네그려! 그러니 그놈덜이 잡어 뽑을 놈덜 아니구 무엇이람 말잉가?"

속이 본시 의뭉하고, 또 전접스러운 소리를 하느라고 그러지, 실상 알고 보면 혼자 지내는 게 작년 가을 이짝 일 년지간이고, 그 전까지야 첩이 끊일 새가 없었더랍니다.

시골서 살 때에 첩을 둘씩 얻어 치가를 시키고, 동네 술어미가 은근하게 있으면 붙박이로 상관을 하고 지내고, 또 촌에서 계집애가 북실북실한

* '어깨'의 방언.

놈이 눈에 뜨이면 다리 치인다는 핑계로 데려다가 두고서 재미를 보고, 두루 이러던 것은 고만두고라도, 서울로 올라와서 지난 십 년 동안 첩을 갈아세운 것만 해도 무려 십여 명은 될 것입니다.

기생첩이야, 가짜 여학생첩이야, 명색 숫처녀첩이야, 가지각색이었지요. 모두 일 년 아니면 두서너 달씩 살다가 갈아세우고 하던 것들입니다.

그래오던 끝에, 재작년인가는 좀 그럴듯한 과부 하나를 얻어 바로 집 옆집을 사가지고 치가를 시키면서 쑬쑬히 탈 없이 일 년 넘겨 이태 가까이 재미를 본 일이 있었습니다.

나이는 서른댓이나 되었고, 인물도 그리 추물은 아니고, 신식 계집들처럼 되바라지지도 않고, 그리고 근경속 있고 솜씨 얌전하고 해서, 참 마침감이었습니다.

윤 직원 영감은, 제가 그대로 병통 없이 말치 없이* 자기 종신토록 자알 살아만 주면 마지막 임종에 가서, 그 집하고 또 땅이나 벼 백 석거리하고 떼어 주어 뒷고생 않게시리 해주려니, 이쯤 속치부를 잘해두었습니다.

아 그랬는데 글쎄, 그 여편네만은 결코 그러지 않으려니 했던 게, 웬걸, 제 버릇 개 못 준다더니, 남의 첩데기 짓을 하느라고 끝내는 요게 샛밥을 날름날름 집어먹다가, 필경은 이웃집에 기식하고 있는 젊은 보험회사 외교원 양반과 찰떡같이 배가 맞아가지고는 어느 날 밤엔가 패물이야 옷 나부랭이를 말끔 쓸어가지고 야간도주를 해버렸습니다.

늙은 영감한테 매달려, 얼마 아니 남은 인생을 멋없이 흐지부지 늙혀야 하느냐, 혹은 내일은 삼수갑산을 갈 값에 셰퍼드 같은 젊은 놈과 붙어서 지내야 하느냐 하는 그 우열과 이해의 타산은 제각기 제 나름이겠지만,

---

* 이러니저러니 하는 뒷말이나 군말이 없이.

윤 직원 영감은 그걸 보고서, 그년이 제 복을 제가 털어버렸다고, 그년이 인제 논두덕 죽음 하지야고, 두고두고 욕을 했습니다.

그 여편네의 신세를 가긍히 여겨 그랬다느니보다, 보물은 아니라도 썩 마음에 들던 손그릇이나 하나 잃어버린 것같이 신변이 허전하고, 그래 오기가 나서 욕으로 화풀이를 했던 것이지요.

아무튼 한번 그렇게, 알뜰한 첩에 맛을 들인 뒤로는 여느 기생첩이나 가짜 여학생첩이나 그런 것은 다시 얻을 생각이 없고, 꼭 고런 놈만 마침 골라서 전대로 재미를 보고 싶습니다.

그러잖았으면야 그게 작년 가을인데 버얼써 그동안 둘은 들고 나고 했지, 그대로 지냈을 리가 있나요.

첩을 얻어 들이는 소임으로, 몇 해 단골 된 곰보딱지 방물장수가, 그 운덕에 허파에서 바람이 날 지경이지요. 일껏 골라다가는 선을 뵐라치면 트집을 잡아가지굴랑 탁탁 퇴짜를 놓고, 그러면서 속히 서둘지 않는다고 성화를 대곤 해서요.

윤 직원 영감으로야 일 년짝이나 혼자 지내고 보니, 급한 성미에 중매가 더디다고 야단을 치는 게 무리도 아니요. 그러니 자연 늙은이다운 농엄*이나 심술로다가, 첩 아니 얻어주는 맏아들 창식이 윤 주사나 큰손자 종수가 밉고, 미우니까 전접스러운 소리며 욕이 나올밖에요.

저희들은 마음대로 골라잡아 마음대로 데리고 살면서, 그러니까 마음만 있게 되면 썩 좋은 놈을 뽑아다가 부친(또는 조부의) 봉친거리로 바칠 수가 있을 테런만, 잡아 뽑을 놈들이라 범연하여 그래주지를 않는대서요.

윤 직원 영감은 혹시 무슨 다른 일로라도, 아들 윤 주사나 큰손자 종수

---

* 실없이 하는 웃음엣소리.

를 잡아다가 앉혀놓고 욕을 하던 끝이면 으레

"야, 이 수언 불효막심헌 놈덜아! 그래, 느놈덜은 이놈덜, 밤낮 지집 둘 셋 은어놓구…… 그러면서 이 늙은 나넌 이렇기…… 죽으라구 내뻬려 두어야 옳담 말이냐. 이 수언 잡아 뽑을 놈덜아!"

이렇게, 충분히 노골적으로 공박을 하곤 합니다. 그러니까 시방 올챙이를 데리고 앉아서 그쯤 꼬집어 뜯는 것은 오히려 점잖은 편이라 하겠습니다.

올챙이는 보비위 삼아 생색을 내자던 노릇이라, 구하다 못하면 썩은 나무토막이라도 짊어져다 들이안길 값에, 기왕 낸 말이니 입맛 당기게시리 뒷갈망을 해두어야만 할 판입니다.

"지가 불일성지*루, 썩 그럴듯한 놈, 아니 참 저 마나님 하나를 방구어** 보지요…… 실상은 말씀이야 오늘 저녁에 첨으루 냈지만, 그새두 늘 그런 유념을 하구설랑 눈여겨보기두 허구, 그럴 만한 자리에 연통두 해보구 그래왔더랍니다!"

"뜻이나마 고맙네만, 구만두소, 원……."

말은 그렇게 나왔어도, 실눈으로 갠소름하니*** 웃는 눈웃음하며, 헤벌어지는 입하며, 다뿍 느긋해하는 게 갈데없습니다. 너 같으면 발이 넓어 먹는 골도 여러 갈래고, 또 게다가 주변도 있고 하니까, 쉽사리 성사를 하리라, 이렇게 미더운 생각이 들었던 것입니다.

"괜히 그리십니다! 저 하는 대루 가만두고 보십시오, 인제……."

"더군다나 거 지상(기생)이니 여학생이니, 그런 것이나 어디 가서 줏어 올라구? 돈이나 뜯어낼라구 허구, 검방지기나 허구, 밤낮 샛밥이나 처먹

* 며칠 안 걸려 이룸.
** '방구하다'의 방언으로 '널리 찾아 구한다'는 뜻.
*** 넓이가 좁고 가느다랗게.

구…… 그것덜은 쓰겄덩가, 어디…….”

“못쓰구말구요! 전 그런 것들은 애여 천거두 않습니다. 인제 보십시오마는, 나이 어쨌든 진드윽허니 한 오십 먹은 과부루다가…….”

“네라끼 사람! 쉰 살 먹은 늙은이를 데리다가 무엇이다 쓴다덩가!”

“허허허허…… 네네, 그건 지가 영감님 속을 떠보느라구 짐짓 그랬답니다, 허허허허…….”

“허! 그 사람 참…….”

“허허허허…… 헌데, 그러면 한 서른댓 살이나, 그렇잖으면 사십이 갓 넘었던지…….”

“허기사 너머 젊어두 못쓰겄데마는…….”

“네에, 알겠습니다. 다아 제게 맽겨두구 보십시오. 나이두 듬지익허구, 생김새두 숫두루움허구,* 다아 얌전스럽구 까리적구** 살림 잘허구 근경 속 있구…… 어쨌든지…….”

마침 골목 밖에서 신문배달부의 요란스러운 방울 소리가 울려와서 두 사람의 이야기를 막고 문득 긴장을 시켜놓습니다. 호외가 돌던 것입니다.

사변(중일전쟁)은 국지 해결이 와해가 되고 북지사변으로부터 전단이 차차 중남지로 퍼지면서 지나사변에로 확대가 되어가고, 그에 따라 신문의 호외도 잦은 판입니다.

물론 호외 그것의 방울 소리가 아무리 잦더라도, 여느 수재나 그런 것이라면 흥미가 오히려 무디어지는 수가 있지만, 이건 전쟁이라는 커다란 사변인지라, 호외가 잦으면 잦을수록 사건의 확대와 진전을 의미하는 게

---

* 행동이 약삭빠르지 못하고 순진하며 어수룩한 데가 있고.
** 성깔을 부리는 태도가 없고.

되어서, 사람의 신경은 더욱더욱 날이 서던 것입니다.

　호외 방울 소리에 말은 끊기고 주객은 다 잠잠합니다. 제가끔 사변 현실에 대한 저네의 인식 능력을 토대 삼아, 그 발전을 호외 방울 소리에 의해서 제 마음대로 상상을 하고 있던 것입니다.

　"어디 또 한 군디 함락시킸넝개비네, 잉?"

　이윽고 방울 소리가 멀리 사라지자 윤 직원 영감이 비로소 침묵을 깨뜨리던 것입니다.

　"글쎄요…… 아마 그랬는 게지요."

　"거 머, 청국이 여지읎넝개비데? 워너니 즈까짓 놈덜이 어디라구, 세계서두 첫찌간다넌 일본허구 쌈을 헐라구 들 것잉가?"

　"그렇구말구요! ……지나 병정이라건 허잘것없습니다. 앞에서 총소리가 나면 총칼 내던지구서 도망 뺄 궁리버텀 하구요…… 그래서 지나는 병정이 두 가지가 있답니다. 앞에서 전쟁하는 병정이 있구, 또 그놈들이 못 도망가게 하느라구 뒤에서 총을 대구 지키는 병정이 있구…… 도망을 가는 놈이 있으면 그대루 대구 쏘아 죽인다니깐요!"

　"원, 저런 놈덜이! ……아―니 그 지랄을 히여가먼서 무슨 짓이라구 쌈은 헌다넝가? 응? 들으닝개루, 이번으두 즈가 먼점 찝적거리서 쌈이 되얐다네그려?"

　"그렇죠. 그놈들이 다아 어리석어서 그래요!"

　"아―니 글씨, 좋게 호떡 장수나 히여먹구 인죄견 장수나 히여먹을 일이지, 어디라구 글씨 덤비난 말이여!"

　"즈이는 별조* 없어두, 따루 믿는 구석이 있어서 그랬다나 바요?"

---

* 별나거나 별다른 방법.

"믿다니?"

"아라사를 찜믿구서 그랬다구요!"

"아라사를?"

"네에…… 그것두 달리 그랬으꼬마는, 아라사가 쏘삭쏘삭해서, 지나의 장개석일 충동일 시켰대요. 이 애 너 일본하구 싸움 않니? 아니 해? 어 병신 바보 녀석아, 그래 그렇게 꿈쩍 못해? ……싸움해라, 싸움해. 하기만 하면 내가 뒤에서 한몫 거달아줄 테니, 응? 아무 걱정 말구서 덤벼들어라. 덤벼서 싸움만 하란 말이다. 하면 다아 좋은 수가 있으니…… 이렇게 충동일 놓았대요!"

"오옳지, 아라사가 그랬다! ……그런디 아라사가 왜? ……저 거시기 그때 일아전쟁에 진 그 원혐으루? 그 분풀이루…….."

"아니지요. 그런 게 아니구, 아라사가 지나를 집어삼킬 뱃심으루 그랬지요!"

"청국을 집어먹을 뱃심이라? ……아니, 그거야 집어먹자구 들라면, 차라리 청국허구 맞붙어서 헌다닝 건 몰라두…….."

"그건 모르시는 말씀입니다…… 아라사루 말허면 아따 저 무엇이냐, 사회주의를 하는 종족이거든요!"

"거 참 아라사 놈덜은 그렇다데그려…… 그놈의 나라으선넌 부자 사람의 것을 말끔 뺏어다가 멋이냐 농군 놈덜허구 노동꾼 놈덜허구 나눠 주었다지?"

"그렇지요!"

"허! 세상 참……."

"그런데, 아라사는 즈이만 그걸 할 뿐 아니라, 지나두 즈이허구 한판속을 만들려구 들거든요!"

"청국을? ……청국두 그놈의 사회주의라냐, 그 부랑당 속을 맨들어? ……그게 무어니 무어니 하여두 이 사람아, 알구 보닝개루 바루 부랑당 속이지 별것이 아니데그려? ……자네는 모르리마넌 옛날 죄선두 활빈당 이라넝 게 있었너니. 그런디 그게 시체 그놈의 것 무엇이냐 사회주의허구 한속이더니…….."

"저두 더러 이야긴 들었습니다."

"거 보소. 그런디 활빈당이라께 별것 아니구, 그냥 부랑당이더니, 부랑당…… 그러닝개루 그놈의 것두 부랑당 속이지 무어여? 그렇잖엉가?"

"그렇죠! 가난헌 놈들이, 있는 사람의 것을 뜯어먹자는 속으루 들어선 일반이니까요!"

"그렇구말구. 그게 모다 환장 속이여. 그런 놈덜이, 즈가 못사닝개루 환장 속으루 오기가 나서 그러거던…… 그런디 무엇이냐, 그 아라사 놈덜이 청국두 즈치름 그런 부랑당 속을 뀌미러 들었담 말이지?"

"그렇죠…… 허기야 지나뿐이 아니라, 온 세계를 그리자구 든다니까요!"

"뭐이? 그러면, 우리 죄선두? ……아—니, 죄선서야 그놈덜이 사회주의 허다가 말끔 잽히가서 전중이* 살구서, 시방은 다아 너끔허잖덩가?"**

"그렇지만, 만약 지나가 그 속이 되구 보면 재미가 없죠. 머, 죄선뿐이 아니라 동양 천지가 모두 재미없습니다!"

"참 그렇기두 허겄네! 청국지어죄선이라, 바루 가까우닝개루…… 거참 그렇겄네! 그렇다먼 못쓰지! 못쓰구말구…… 아, 이 사람아, 다런 사람두

* 징역살이하는 사람을 속되게 이르는 말.
** 누꿈하다. 전염병 따위가 퍼지는 기세가 매우 심하다가 조금 누그러지다.

다런 사람이지만, 나버텀두 어떻게 헌담 말잉가? 큰일 나지, 큰일 나……
재전*에 그놈의 부랑당패를 디리 읋이 치르던 일을 생각허면 시방두 몸서
리가 치이구, 머어 치가 떨리구 허넌디, 아—니 그 격난을 날더러 또 저
끄람 말이여? ……안 될 말이지! 천하 읋어두 안 될 말이지!…… 어—
디를! 이놈덜…… 죽일 놈덜!"

눈앞에 실지로 원수를 대하는 듯 윤 직원 영감은 마구 흥분하여 냅다
호통을 하던 것입니다.

"아—니 그러니깐……."

"아 글씨, 누가 즈더러 부자루 못 살래서 그리여? 누가 즈 것을 뺏었길
래 그리여? 어찌서 그놈덜이 그 지랄이여? ……아, 사람 사람이 다아 제
가끔 지가 타구난 복대루, 부자루두 살구, 가난허게두 살구, 그러기루 다
아 하눌이 마련헌 노릇이구, 타구난 팔잔디…… 그래, 남은 잘살구 즈덜
은 못산다구, 생판 남의 것을 뺏어다가 즈덜 창사구(창자)를 채러 들어?
응? ……그게 될 말이여? ……그런 놈덜은 말끔 잡어다가 목을 숭덩숭덩
쓸어 죽여야지! ……아 이 사람아, 만약에 세상이 도루 그 지경이 되구
보면 그 노릇을 어쩐담 말잉가? 응?"

"허허, 그런 걱정은 아니 허셔두 좋습니다!"

"안 히여두 좋다?"

"그럼요!"

"그렇다면 다행이네마넌……."

"시방 지나를 치는 것두 다아 그것 때문이랍니다. 장개석이가, 즈이 망
할 장본인 줄은 모르구서, 사회주의 하는 아라사의 꼬임수에 넘어가지굴

---

* 이미 지나가 버린 그때.

랑…… 꼭 망할 장본이지요…… 영감님 말씀대루 온통 부랑당 속이 될 테니깐두루…….”

“그렇지! 망허다 뿐잉가? ……허릴읎이 옛날으 부랑당패 한참 드세던 죄선 뽄새가 되구 말 티닝개루…….”

“그러니깐 말하자면, 시방 지나가 아라사의 꼬임에 빠져서 정신을 못 채리구는 함부루 납뛰는 셈이죠. 그래서 그걸 가만둬 뒤선, 청국 즈이두 망하려니와 동양이 통으루 불안하겠으니깐, 이건 이래서 안 되겠다구 말씀이지요, 안 되겠다구, 일본이 따들구 나서서가지굴랑 지나를 정신을 채리게 하느라구, 이를테면 따구깨나 붙여가면서 훈계를 하는 게 이번 전쟁이랍니다!”

“하하하! 오옳지, 옳여! 인제 보닝개루 사맥이 그렇게 된 사맥이네그려! 거참 그럴듯허구만! 거, 잘허넌 노릇이여! 아무럼, 그리야 허구말구…… 여부가 있을 것잉가! ……그렇거들랑 그 녀석들을 머, 약간 뺌사대기만 때릴 게 아니라, 반죽음을 시켜서, 다실랑 그런 못된 본을 못 보게시리 늣신 두들겨주어야지, 늣신…… 다리 뼉다구를 하나 부질어주어두 한무내하지,* 머…… 어, 거참 장헌 노릇이다…… 그러닝개루 이번 일은 여늬, 치구 뺏구 허넌 그런 전쟁허구두 내평이 달르네그려?”

“그야 다르죠!”

“참 장헌 노릇이여! ……아 이 사람아 글씨, 시방 세상으 누가 무엇이 그리 답답히여서 그 노릇을 허구 있겠넝가? ……자아 보소. 관리허며 순사를 우리 죄선으루 많이 내보내서, 그 숭악헌 부랑당 놈들을 말끔 소탕시켜주구, 그리서 양민덜이 그 덕에 편히 살지를 않녕가? 그러구 또, 이

---

* 한무내하다. ‘아무 상관 없다’는 뜻의 낮춤말.

번에 그런 전쟁을 히여서 그 못된 놈의 사회주의를 막아내 주니, 원 그렇게 고맙구 그렇게 장헐 디가 어디 있담 말잉가…… 어 참, 끔찍이두 고맙구 장헌 노릇이네! ……게 여보소, 이번 쌈에 일본은 갈디읎이 이기기넌 이기렷대잉?"

"그야 여부읎죠! 일본이 이기구말구요!"

"그럴 것이네. 워너니 일본이 부국갱병허기루 천하제일이라넌디…… 어—참, 속이 다 후련허다."

이야기에 세마리가 팔렸던 올챙이가 정신이 들어 시계를 꺼내 보더니, 볼일이 더디었다고 총총히 물러갔습니다. 그는 물러가면서, 잘 유념을 하여 쉬이 그 마나님감을 골라다가 현신시키겠다고, 자청 다짐을 두기를 잊지 않았습니다.

9. 절약의 도락 정신

올챙이를 보내고 나서 윤 직원 영감은 퇴침을 도두베고, 보료 위에 가 편안히 드러눕습니다.

침침한 십삼 와트 전등불에 담배 연기만 자욱하니, 텅 빈 삼칸 장방 아랫목에 가서 허연 영감 하나만 그들먹하게 달랑 드러눈 것이, 어떻게 보면 징그럽기도 하고, 다시 어떻게 보면 폐허같이 호젓하기도 합니다.

윤 직원 영감은 멀거니 드러누웠자매 심심해서 못 견디겠습니다. 춘심이 년이나 어서 왔으면 하겠는데, 저녁 먹고 곧 오마고 했으니까 오기는 올 테지만, 고년이 이내 뽀로로 오는 게 아니라 까불고 초라니 짓을 하느라고 이렇게 더디거니 싶어 얄밉습니다.

대복이도 까맣게 기다려집니다. 간 일이 궁금도 하거니와, 여덟 신데 오래잖아 라디오를 들어야 하겠으니, 그 안으로 돌아와야 하겠습니다.

저녁을 몇 술 뜨다가 말아서 속도 출출합니다. 이런 때에 딸이고 손자 며느리고 누가 하나 밥상이라도 들려가지고 나와서, 진지 잡수시라고 권을 했으면, 못 이기는 체하고 달게 먹을 텐데, 그런 재치 하나 부릴 줄 모르는 것들이거니 하면 다시금 화가 나기도 합니다.

시장한 깐으로는 삼남이라도 내보내서 우동이라도 한 그릇 불러다가 후루룩 쭉쭉 먹었으면 좋겠지만, 그렇게 생각하니까는 어금니 밑에서 사뭇 신 침이 괴어 나오고 가슴이 쓰리기는 하지만, 집안 애들이 볼까 보아 체수*에 차마 못합니다.

누가 먼저 오나 했더니 대복이가 첫찌(?)를 했습니다.

운동화에 국방색 당꾸바지**에, 검정 저고리에, 오그라붙은 칼라에, 배애배 꼬인 검정 넥타이에, 사 년 된 맥고자에, 볕에 탄 얼굴에, 툭 불거진 광대뼈에, 근천스럽게 말라붙은 안면 근육에, 깡마른 눈정기에…… 이 행색과 모습은 백만장자의 지배인 겸 서기 겸 비서 겸, 이러한 인물이라기는 매우 섭섭해 보입니다.

차라리 살림살이에 노상 시달리는 촌의 면서기가, 그날 출장을 나갔다가 다뿍 시장해가지고 허위단심 집엘 마침 당도한 포즈랬으면 꼬옥 맞겠습니다. 실상 또 면서기 출신이 아닌 것도 아니구요.

대복이가 방으로 들어만 섰지 미처 무어라고 인사도 하기 전에 윤 직원 영감은 벌떡 일어나 앉으면서

---

* 남을 대하기에 떳떳할 만한 도리. 체면.
** 발목 부분이 잘록한 바지.

"히였넝가?"

하고 묻습니다. 가차압을 나가는 집달리를 따라갔으니 물어보나마나 알 일이지마는 성미가 급해놔서 진득이 저편의 보고를 기다리고 있지를 못합니다.

"예에, 다아 잘······."

대복이는 늘 치어난* 훈련으로, 제가 복명을 하기보다 주인이 묻는 대로 대답을 하기 위하여 넌지시 꿇어앉아 다음을 기다립니다.

"무엇으다가 붙있넝가?"

"마침 광으가 나락이 한 오십 석이나 있어서요······."

"나락? 거 참 마침이구만! ······그래서 그놈으다가 붙있넝가?"

"예에."

"잘힜네! 인제 경매헐 때 그놈을 우리가 사머넌 거 갠찮얼 것이네! 나락이닝개루······."

"그렇잔히여두 그럴라구 다아 그렇게 저렇게 마련을······."

워너니 대복이가 누구라고, 그걸 범연히 했을 리가 없던 것입니다.

꿩 먹고 알 먹고 하는 속인데, 윤 직원 영감은 채무자의 재산을 가차압을 해놓고, 기한이 지난 뒤에 경매를 하게 되면, 속살로 그것을 사가지고 그것에서 다시 이문을 봅니다. 그 맛이 하도 고소해서 언제든지 기회만 있으면 놓치지를 않습니다.

"에― 거, 일 십상 잘되얐네! ······그래서, 그분네, 술대접이나 좀 힜넝가?"

"돈 십 원어치나 술을 멕있더니, 아마 그 값이 넉넉 빠질라닝개비라우!"

---

* 똑똑하고 뛰어난. 빼어난.

"것두 잘혔네! 무엇이구, 멕이면 되는 세상잉개루…… 그럼 어서 건너가서 저녁 먹소. 시장컸네…… 저— 거시기…… 아—니 그만두구, 어서 건너가서 저녁 먹소. 이따가 이얘기허지!"

윤 직원 영감은 아까 올챙이와 말이 얼린 만창상점의 수형 조건을 상의하려다가, 그거야 이따고 내일이고 천천히 해도 급하지 않대서, 대복이의 시장하고 피곤할 것을 여겨 그만두던 것입니다.

윤 직원 영감으로는 이문 속으로 탈이나 없고 할 경우면, 실상은 탈을 내는 일도 없기는 하지만, 더러 대복이를 위해줄 만도 합니다. 대복이는 참으로 보뱁니다. 차라리 윤 직원 영감의 한쪽이라고 하는 게 옳겠지요.

성명은 전대복全大福인데, 장차에는 어떻게 될는지 기약하기 어렵다 하더라도, 반평생을 넘겨 산 오늘날까지, 이름대로 복이 온전코 크고 하지는 못했습니다. 오히려 박복했지요.

윤 직원 영감과 한고향입니다. 면서기를 오 년 다녔고 그중 사 년이나 회계원으로 있었습니다.

꼼꼼하고* 착실하고 고정하고** 그러고도 사람이 재치가 있고, 이래서 윤 직원 영감의 눈에 들었습니다. 그런 결과 윤 직원 영감네가 서울로 이사해 올 때에, 자가용 회계원 겸, 서무서기 겸, 심부름꾼 겸, 만능잡이로다가 이삿짐과 한가지로 묻혀가지고 왔습니다.

이래 십 년, 대복이는 까딱없이 지내왔습니다. 참말로 윤 직원 영감한테는 깎아 맞췄어도 그렇게 손에 맞기는 어려울 만큼 성능이 두루딱딱이로 만점이었습니다.

---

* '인색하다'의 방언.
** 마음이 외곬으로 곧고.

약삭빠르고 고정하고 민첩하고, 잇속이라면 훵하니 밝고…… 이러니 무슨 여부가 있을 리가 있나요.

가령 두부를 오늘 저녁에는 세 모만 사들여 보낼 예정이라면, 사는 마당에서는 두 모하고 반만 사고 싶습니다. 그러나 두부 반 모는 서울 장안을 온통 매고 다녀야 파는 데가 없으니까, 더 줄여서 두 모를 삽니다. 결국 이 전 오 리를 아끼려던 것이, 그 갑절 오 전을 득했으니, 치부꾼으로 그런 규모가 어디 있겠습니까. 대복이라는 사람이 돈을 아끼는 그 솜씨가 무릇 이렇다는 일렙니다. 진실로 얼마나 충실한 사람입니까.

그러나 그렇대서 사람이 잘다고만 하면, 그건 무릇 인간성을 몰각한 혐의가 없지 않습니다.

대복이가 가령 주인네 반찬거리를 세 모를 사들여 보낼 두부를 두 모하고 반 모만 사고 싶다가, 반 모는 팔질 아니하니까 두 모를 사는 그 조화가 단지 돈 그것을 아끼자는, 즉 순전한 목적의식만으로만 그러던 건 아닙니다.

그는 돈이야 뉘 돈이 되었든, 살림이야 뉘 살림이 되었든, 그 돈을 졸략히* 쓰는 방법, 거기에 우선 깊은 취미를 가지는 사람입니다.

그러한 때문에, 두부를 세 모를 살 텐데 두 모 반을 못 사서 두 모만 산 때라든지, 윤 직원 영감의 심부름으로 동대문 밖을 나가는데 갈 제는 걸어서 가고 올 제만 타고 와서 전찻삯 오 전을 덜 쓴 때라든지, 이러한 날은 아껴 쓰고 남긴 그 돈 오 전을 연신 들여다보고 들여다보고 하면서, 무한히 유쾌해합니다. 그 돈 오 전을 그렇다고 제 낭탁에다가 넌지시 집어넣느냐 하면, 물론 절대로 없습니다.

---

* 아끼고 절약하여.

대복이는 그러므로, 가령 한 사람의 훌륭한 도락가로 천거하더라도 결단코 자격에 손색이 없을 겝니다.

어떤 사람은, 가지각색 고서를 모으기에 재미를 붙입니다. 별 얄망궂은 책들을 다 모으지요.

어떤 사람은 화분 가꾸기에 재미를 들입니다. 올망졸망 화초들을 분에다가 심어놓고 그것을 가축하느라, 심지어 모필로다가 잎사귀에 앉은 먼지를 털기까지 합니다.

이러한 도락이 남이 보기에는 곰상스럽기나 했지 아무 소용도 없는 것 같지만, 그걸 하고 있는 당자들은 천하에도 없이 끔찍스레 재미가 있습니다.

마찬가지로, 돈을 쓰는 데 요모조모로 아끼고 졸이고 깎고 해가면서, 군것은 먼지 한 낱도 안 붙게시리 씻고 털고 한 샛말간 알맹이 돈을 만들어 쓰곤 하는 대복이의 그 극치에 다다른 규모도, 그러니까 뻐젓한 도락이 아닐 수가 없습니다.

윤 직원 영감과 대복이 사이에는 네 것 내 것이 없습니다. 죄다 윤 직원 영감의 것이요 대복이 것은 하나도 없어서 말입니다.

하기야 윤 직원 영감은 대복이를 탁 믿고 월급이니 그런 것은 작정도 없이, 네 용돈은 네가 알아서 쓰라고 내맡겼은즉, 한 백만 원 집어쓸 수도 있기는 합니다.

그러나 대복이에게 매삭 든다는 것이란 게 극히 적고도 겸하여 일정한 것이어서, 담배 단풍표 서른 곽과(만약 큰달일라치면 삼십일일 날 하루는 모아둔 꽁초를 피웁니다) 박박 깎는 이발삯 이십오 전과, 목간삯 칠 전과 이런 것이 경상비요, 임시비로는 가장 핫길의 피복대와 십 전 미만의 통신비가 있을 따름입니다.

그는 그러한 중에서도 주인 윤 직원 영감의 살림이나 사업에 드는 비용은 물론이거니와, 그대도록 바닥이 맑아 빠안히 들여다보이는 제 비용도 가다간 용하게 재주를 부려서 뻐젓하니 절약을 해내곤 합니다.

가령 쉬운 예를 들자면, 이런 것도 있습니다.

대복이는 한 달에 한 번씩 반드시(!) 목간을 하는데, 그 비용은 물론 칠 전입니다. 비누를 쓰지 않으니까 꼭 칠 전 외에는 수건이나 해지면 해졌지, 다른 것은 더 들 게 없습니다.

그런데 언젠가는 그 한 달에 한 번씩 하던 그 목간을 약간 늦추어 한 달 하고 닷새, 즉 삼십오 일 만에 한 번씩 해보았습니다. 그렇게 하기를 여섯 번을 한 결과로는 매번 닷새씩 아긴 것으로 해서 일곱 달 동안에 여섯 번의 목간을 했고, 동시에 한 달 목간삯 칠 전을 절약하는 데 성공을 했습니다.

이 성과를 거둔 날의 대복이는 대단히 유쾌했습니다. 진실로 입신의 묘기로 추앙해도 아깝지 않습니다.

고향에서는 그의 과히 늙지는 않은 양친이 윤 직원 영감네 땅을 부쳐 먹고 지내면서 그다지 고생은 않습니다.

아내가 고향에서 시부모를 섬기고 있었는데 연전에 죽었고, 그래 대복이는 시방 홀아빕니다.

죽은 아내가 불쌍하고, 시골 살림이 각다분하고,* 홀아비 신세가 초라하고 하기는 하지만, 그런 걸 전화위복이라고, 과연 복이 될는지 무엇이 될는지 아직은 몰라도, 복이려니 하는 대망을 아무튼 홀아비가 된 그걸로 해서 품을 수만은 있게 되었던 것입니다.

대복이 그가 임자 없는 사내인 것과 일반으로 안에는 시방 임자 없는

---

* 일을 해나가기 힘들고 고되고.

여편네 서울아씨가 있어서, 우선 임자 없는 계집 사내가 주객이 되었다는 것이 가히 원칙적으로는 그 둘은 합쳐줄 조건이 되던 것입니다.

물론 실제란 놈은 언제고 원칙을 생색내주려 들지 않으니까, 그래서 대복이의 대망도 장차 어떻게 될는지 모르기는 합니다.

첫째, 둘이서(아니 저쪽에서) 뜻이 있어야 하고, 윤 직원 영감이 죽어버리거나, 그러잖으면 묵인을 해주거나 해야 하겠으니, 그것이 모두 미지수가 아니면 억지로다가 뛰어넘을 수는 없는 난관입니다.

가령 윤 직원 영감이 막고 못하게 하는 것을 저희 둘이서만 배가 맞아서 살잔즉 서울아씨의 분재받은 오백 석거리가 따라오지 않을 테니, 그건 대복이로 앉아서 보면 목적을 전연 무시한 결과라, 아무 의의도 없을 노릇입니다.

대복이라는 사람이 본시 계집에게 반하고 어쩌고 할 활량도 아니요, 반할 필요도 없기는 하지만, 그러니 더구나 목움츠리*에, 주근깨 바탕에, 납작코에, 그런 빈대 상호의 서울아씨가 계집으로 하 그리 탐탁하다고 욕심이 날 이치는 없습니다.

다만 홀아비라는 밑천이 있으니까, 오백 석거리로 도금한 과부라는 데에 오직 친화성이 발견될 따름이고, 그게 대망의 초점이지요.

그러니까 시방 대복이는 제일단의 문제로, 서울아씨가 저에게 뜻이 있으면 하고 바랍니다. 만약 그렇기만 하다면 일이 한 조각은 성공이니까, 매우 기뻐할 현상이겠습니다.

그러나 아무리 그렇더라도, 가령 서울아씨가 쫓아 나와서 제 허리띠에 목을 매고 늘어지더라도, 제이단의 난관인 윤 직원 영감의 묵인이나 승낙

---

* 목이 움츠러진 듯 짧은 사람.

이 없고 볼 것 같으면 알짜 오백 석거리의 도금이 벗어져버린 서울아씨일 터인즉, 그는 단연코 그 정을 물리칠 것입니다.

몽글게 먹고 가늘게 싸더라도, 윤 직원 영감이 인제 죽을 때는 단돈 몇천 원이라도 끼쳐줄 눈치요, 그것만은 외수가 없는 구멍인 것을, 잘못하다가 그 구멍마저 놓쳐서는 큰 낭패이겠으니 말입니다.

"전 서방님 오셨넌디 저녁 진지상 주어기라우……."

삼남이가 안방 대뜰로 올라서면서 띄워놓고 하는 소립니다.

"전 서방 오셨니?"

안방에서 경손이와 태식이를 데리고, 무슨 이야긴지 이야기를 하고 있던 서울아씨가, 와락 반가운 소리로 대답을 하면서 마루로 나오더니 이어 부엌으로 내려갑니다.

전 서방이고 반 서방이고 간에, 그의 밥상을 알은체할 며리도 없고, 또 계제가 그렇게 되었더라도 삼월이를 불러대서 시키든지 조카며느리들한테 밀든지 할 것이지, 여느 때는 부엌이라고 들여다보지도 않는 서울아씨로, 느닷없이 이리 서두는 것은 적실코 한 개의 이변이 아닐 수가 없습니다.

경손이가 그 이변을 직각하고서 서울아씨가 나간 뒤에다 대고 고개를 끄덱끄덱, 혓바닥을 날름날름합니다.

서울아씨는 물론 그런 눈치를 보인 줄은 모를 뿐 아니라, 자신의 그러한 행동이 이변스러운 것조차 미처 깨닫지를 못합니다.

하나, 그렇다고 또 서울아씨가 대복이한테 깊수룸한 향의가 있는 것이냐 하면, 실상인즉 그게 매우 모호해서 섬뻑 이렇다고 장담코 대답하기는 난감합니다.

혓바닥은 짧아도 침은 멀리 뱉는다고 합니다. 서울아씨는, 다아 참, 양반의 집 자녀요 양반의 집 며느리였고, 친정이 만석꾼이요, 내 몫으로 오백 석거리가 돌아올 테고, 이러한 신분을 가져다가 사랑방 서사 대복이와 견줄 생각은 일찍이 해본 적이 없습니다.

그러니까 가령 어떻게 어떻게 되어서, 이러쿵저러쿵 말이 얼려가지고 대복이한테로 팔자를 고친다 치더라도, 그거나마 마다고 물리치지는 않을지언정, 대복이라는 인물이 하 그리 솔깃하거나 그래서 그러는 것은 아닐 텝니다. 하고, 오로지 그가 치마를 두른 계집이 아니고 남자라는 것, 단연 그것 하나 때문일 것입니다.

그렇기로 들면, 같은 남자일 바에야 대복이보다는 어느 모로 따지든지 취함직한 남자가 허구많을 텐데 하필 그처럼 눈에도 안 차는 대복이냐고 하겠지요.

그러나 서울아씨는 시집을 갈 수 있는 숫처녀인 것도 아니요, 신풍조를 마신 새로운 여인도 아닙니다.

그는 단지 하나의 낡은 세상의 과부입니다. 이 세상에 사람이 있는 줄은 알아도, 남자가 있는 줄은 의식적으로 모릅니다.

그것은 또, 결단코 절개가 송죽 같아서가 아니라, 눈 가린 마차말이 마차를 메고 달리는 것과 일반으로, 훈련된 본능일 따름입니다.

과부라는 것은, 그 이유는 몰라도 그냥 그저 두 번째 남편을 맞지 않는 것이라고만 알고 있기 때문입니다.

그리하여 서울아씨도 장차 어떠한 고패에 딱 다들려서는* 그 훈련된 본능을 과연 보존할지가 의문이나, 아직까지는 털고 나서서 개가를 하겠다

---

* 정면으로 마주치거나 직접 부딪친다는 '맞다들다'의 피동형.

는 의사는 감히 없고, 역시 재혼이라는 것은 못하는 걸로 여기고만 있습니다.

하기야 더러 그 문제를 가지고 빈약한 소견으로 두루두루 생각을 해보지 않는 것은 아니나, 아무리 둘러대 보아야 그것은 힘에 벅찬 거역이어서, 도저히 가망수가 없으리라 싶기만 하던 것입니다.

'그러하다면서 대복이한테 그가 심상찮은 마음의 포즈를 보인다고 한 것은 역시 공연한 떼마*가 아니냐?'

그러나 그것은 막상 그렇지 않은 소치가 있습니다.

과부라고, 중성이 아닌 바에야 생리적으로 꼼짝 못할 명령자가 있는 것을, 그러니 이성이 그립지 않을 이치가 없습니다. 서울아씨도 이성이 그립습니다. 지금 스물아홉인데 십이 년 전에 일 년 동안 겨우 남편과 지내고서 이내 홀몸입니다.

삼십이 되어오니 그 이성 그리움이 차차로 더합니다. 그가 성자다운 수련을 쌓지 않은 이상, 단지 과부라는 형식만이 있어가지고는 호르몬 분비의 명령인, 한 개의 커다란 필연을 도저히 막아낼 수는 없던 것입니다.

그러므로 그는 극히 자연스러운, 그러나 일종 근육적인 반사작용으로서 이성을 그리워하고, 무의식한 가운데 이성을 반겨하고 하지 않을 수가 없는 여자 서울아씨던 것이요, 그런데 일변 그의 세계란 것은 겨우 일백마흔 평이라는 이 집 울안으로 제한이 되어 있고, 그 제한된 세계에는 오직 대복이가 남자로 존재해 있을 따름이던 것입니다.

그러니까 서울아씨는, 대복이라면 그와 같이 의식보다도 제풀 근육이 반사적으로 날뛰어 몸이 먼저 반가워하고, 그것이 날이 갈수록 남의 눈에

* 떼마. 정치적 허위 선전이나 인신공격을 뜻하는 '데마고기'의 준말.

뜨이게 차차로 현저해가던 것입니다.

그렇지만 서울아씨의 근육이 풍겨 내놓은 이변은, 그러나 저 혼자서는 도저히 발전을 할 능력이 없을 뿐 아니라 아직은 한낱 재료일 따름이요, 겸하여 의사의 판단과 상량을 치르지 않은 것인즉, 미리서 대복이를 위하여 축배를 들 거리는 못 되는 것입니다.

그건 그렇다고 하더라도 삼남이가 웬만큼 눈치가 있었더라면, 밥상을 들고 나가서 대복이더러 넌지시, 아 서울아씨가 펄쩍 뛰어나오더니 평생 않던 짓을, 밥상을 차린다, 이것저것 반찬을 골라 놓는다, 또 숭늉을 데운다, 뭐 야단이더라고, 이쯤 귀띔이라도 해주었을 것입니다.

그랬으면야 대복이도 속이 대단 굴저했을* 것이고, 어떻게 적극적으로 무슨 모션을 건네보려고 궁리도 할 것이고 그랬을 텐데, 삼남이란 본시 제 눈치도 모르는 아인 걸 남의 눈치를 알아챌 한인閒人은 아니었으니까요.

그래, 대복이는 전에 없던 밥상인 것만 이상히 여기고 말았습니다.

그러나 경손이 그 애가 능청맞은 애라, 제 대고모의 그러한 이변을 발견했은즉 혹시 무슨 장난이라도 할 듯싶고, 그 끝엔 어떤 일이 생길 듯도 하고 하기는 합니다마는 물론 꼭이 그러리라고 단언은 할 수 없는 일이고요.

10. 실제록失題錄

대복이가 윤 직원 영감의 머리맡 연상에 놓인 세트의 스위치를 누르는

---

* 굴지다. 마음이 느긋하고 만족스럽다.

대로 JODK*의 풍류가 마침 기다렸던 듯 좌악 흘러져 나옵니다.

"따앙 찌―찌― 즈응 증지 따앙 증응 다앙……."

〈잔영산〉입니다.

청승스러운 단소의 동근 청과, 의뭉한 거문고의 콧소리가 서로 얽혔다 풀렸다 하는 사이를, 가냘파도 양금이 야물치게 메기고 나갑니다.

"다앙 당 동, 다앙 동 다앙당, 증찌, 다앙 당동당, 다앙 따앙."

이윽고 초장이, 끝을 흥 있이 몰아치는 바람에 담뱃대를 물고 모로 따악 드러누워 듣고 있던 윤 직원 영감은

"좋다아!"

하면서 큼직한 엉덩판을 한번 칩니다.

무릇 풍류란 건 점잖대서, 잡가나 그런 것과 달라, 그 좋다! 를 않는 법이랍니다. 그러나 그까짓 법이 무슨 상관이 있나요. 윤 직원 영감은 좋으니까 좋다고 하면 고만입니다.

이렇게 무식은 해도, 그거나마 음악적 취미의 교양이 윤 직원 영감한테 지녀져 있다는 것이 일변 거짓말 같기는 하지만, 돌이켜 직원 구실을 지낼 무렵에 선비들과 추축**한 그 덕이라 하면 그리 이상튼 않겠습니다.

라디오를 만져놓고 마악 제 방으로 물러가는 대복이와 엇갈려, 춘심이 년이 배시시 웃으면서 들어섭니다.

"어서 오니라. 이년, 왜 이렇게 늦게 오냐?"

윤 직원 영감은 반가워하면서 욕을 하고, 춘심이는 욕을 먹어도 타지는 않습니다.

---

* 경성중앙방송국.
** 친구끼리 서로 오가며 사귐.

"일찍 올 일은 또 무엇 있나요? 오구 싶으믄 오구, 말구 싶으믄 말구 하지요. 시방 세상은 자유 세상인데!"

춘심이가 단숨에 이렇게 쌔와리면서* 얼굴 앞에 바투 주저앉는 것을, 윤 직원 영감은 멀거니 웃고 바라다봅니다.

"대체, 네년 주둥아리다가넌 도롱태를 달었넝개비다? 어찌 그리 말허넌 주둥이가 때르르허니 방정맞냐?"

"도롱태가 무어예요?"

"떠들지 말구, 이년아…… 나 풍류 소리 들을라닝개 발치루 가서 다리나 좀 쳐라, 응?"

"싫여요! 밤낮 다리만 치라구 허구……."

불평을 댈 만도 하지요. 비록 반풀 값에 영업장을 가졌고, 세납을 물고 하는 기생더러 육장 다리를 치라니요.

춘심이는 금년 봄부터 시작하여 윤 직원 영감의 다섯 번이나 내리 실연을 한 여섯 번째의 애인입니다.

작년 가을, 그 살뜰한 첩이 도망을 간 뒤로 윤 직원 영감은 객회(?)가 대단히 심했고, 그뿐 아니라 밤저녁으로 말동무가 없게 되어 여간만 심심치가 않았습니다.

사랑은 쓰고 있으되, 놀러 올 영감 친구 하나 없습니다. 저엉 무엇하면 객초 몇 대씩 허실하면서라도 바둑 친구나 청해 오겠지만, 윤 직원 영감은 바둑이니 장기니 그런 것은 자고 이후로 통히 손을 대본 적이 없습니다. 웬만한 노인들은 대개 만질 줄은 아는 골패도 모르고 이날 이때까지 살아왔습니다. 그런 기국이나 잡기에 손을 대지 않은 것은, 소싯적에 남

---

* 실없는 말을 함부로 지껄이면서.

들이 노름꾼 말대가리 자식 놈이라고 뒷손가락질과 귀먹은 욕을 하는 데 절치부심을 한 소치라고 합니다.

말동무 하나 없이 밤이나 낮이나 텅 빈 삼칸 장방에 담뱃대를 물고 혼자 달랑 누웠다 앉았다 하자니, 어떤 때에는 마구 다리가 비비 꼬이게시리 심심해 살 수가 없습니다.

그러자 마침 올 삼월인데, 윤 직원 영감이 작년 추석에 성묘 겸 고향을 내려갔을 제 술자리에서 수삼 차 불러 논 기생 하나가 그 뒤 서울로 올라왔다고, 그래 고향 어른을 뵈러 온다고 위정 이 계동 구석까지 찾아온 일이 있었습니다.

그때에 그 기생이 제 동생이라고, 머리 땋은 동기 아이 하나를 데리고 와서 같이 인사를 드렸고, 윤 직원 영감은 고놈 동기 아이가 매우 귀여웠습니다.

"너, 가끔 놀러 오니라. 와서 날 이얘기책두 읽어주구, 더러 다리두 쳐주구 허머넌, 내 군밤 사 먹으라구 돈 주지……."

덜머리진 총각* 녀석이 꼬마둥이더러, 엿 사주께시니…… 달라는 법수와 별반 다를 게 없는 행티겠지요. 깊이 캐고 보면 말입니다.

설마 그런 눈치야 몰랐겠지만, 동기 아이는 웃기만 하지 대답을 않는 것을, 형 되는 큰 기생이 제 동생더러 그래라 올라와서 모시고 놀아드려라. 노인은 애들이 동무란다고 타이르던 것입니다. 역시 무슨 딴 의사가 있을 줄은 몰랐을 것이고, 다만 제 생색을 내어 놀음발이라도 틀까 하는 요량이던 게지요.

윤 직원 영감은 하기야 큰 기생이 종종 와주었으면 해롭진 않을 판입니

---

* 장가갈 나이가 지나도록 머리를 길게 땋아 늘인 '떠꺼머리총각'의 방언.

다. 더러 와서는 조용히 시조장이나 부르고. 콧노래 섞어 잡가 토막도 부르고, 이런 이야기 저런 이야기 이야기나 하고······.

물론 그것뿐입니다. 윤 직원 영감은 큰 기생 그한테 뜻이 있을 필요는 전연 없습니다. 털어놓고 오입을 한다든지 하자면야 서울 장안의 기생만 하더라도 얼굴이 천하일색이 수두룩하고, 또 가령 얼굴은 안 본다 칠 값에 노래가 명창으로 멋이 쿡 든 기생이 또한 하고많은데, 그런 놈 죄다 제쳐놓고 하필 인물도 노래도 다 시원찮은 이 기생을, 같은 돈 들여가면서 그러잘 머리가 없는 게니까요.

그러나 일변, 기생으로 보면 새파란 젊은 년이 무슨 그리 살뜰한 정분이며 알뜰한 정성이 있다고 제 벌이 제 볼일 제쳐놓고서, 육장 이 구석을 찾아와서는 노름채 못 받는 개평 놀음을 논다, 아무 멋대가리도 없는 늙은이 시중을 든다 하고 싶을 이치가 없을 게 아니겠습니까.

경위가 이러하고 본즉 윤 직원 영감은 단지 눈앞의 화초로만 데리고 놀 재도 이편에서 오라고 일러야 할 것이요, 오라고 해서 오고 보면 그게 한두 번일세 말이지, 세 번에 한 번쯤은 소불하 십 원 한 장은 집어 주어야 인사가 아니겠다구요.

그러나 돈이 십 원, 파랑 딱지 한 장이면 일 원짜리로 열 장이요, 십 전짜리로 일백 닢이요, 일 전짜리로 일천 닢이요, 옛날 세상이라면 엽전으로는 오천 닢이요, 오천 닢이면 만석꾼이 부자라도 무려 일천칠백 번이나 저승을 갈 수 있는 노수요, 한 걸 생판 어디라고 윤 직원 영감이 그렇게 함부로 쓸 법은 없던 것입니다.

그런데 그게 옹근 기생이 아니요 동기고 볼 양이면, 이런 체면 저런 대접 여부없이 가끔가다가 돈짱이나 집어 주곤 하면 제야 군밤을 사 먹거나 봉지쌀을 사 들고 가거나 이편의 아랑곳이 아니요, 내가 할 도리는 넉넉

차리게 될 테니까 두루 좋습니다.

그런 고로 해서, 동기를 데리고 노는 것이 돈 덜 드는 규모 있는 소일일 뿐만 아니라, 또 윤 직원 영감은 기왕 소일거리로 데리고 놀 바에야 계집 애가 더 귀엽고 재미가 있습니다. 오히려 그 소일거리 이상의 경우를 고려해서, 역시 돈은 적게 들고 비공식이요, 그러고도 취미는 더 있을 게 계집애입니다.

사람이 나이 늙으면 늙을수록 어린 계집애가 귀여운 법이라구요. 그거야 귀여워하는 법식 나름이겠지만, 윤 직원 영감의 방법은 의미심장합니다.

그리하여, 계제가 마침 좋은지라 윤 직원 영감은 기생 형제가 하직 인사를 하고 일어설 때에 큰 기생더러

"그럼 자네가 더러 좀 올려보내소. 내가 거 원, 이렇게 혼자 있으닝개 제일 말동무가 읎어서 심심히여 못허겄네…… 그러니 부디 가끔가끔……."

하고 근천스러운 부탁을 했습니다.

큰 기생은 종시 선선히 응답을 하고 돌아갔고, 그런 지 사흘 만인가 윤 직원 영감이 혼자 누워서 심심하다 못해, 고년이 어쩌면 올 성도 부른데 이런 때 좀 왔으면 작히나 좋아! 몰라 또, 말은 그렇게 흔연히 하고 갔어도 보내기는 웬걸 보낼라구? 아—니 그래도 혹시 어쩌면…… 이리 궁금해하면서 기다리노라니까, 아닌 게 아니라, 훨씬 낮이 겨운 뒤에 그 애 동기 아이가 찰래찰래 오지를 않겠습니까.

젊은것들끼리 제 애인을 고대고대하다가 겨우 와주어서 만날 때도 아마 그렇게 반갑겠지요. 윤 직원 영감도 대단 반갑고 일변 신통스럽습니다.

윤 직원 영감은 그 살뜰한 애기 손님을 옆에 중소히 앉히고는 머리도

쓰다듬어주고, 종알종알 이야기하는 입도 들여다보고, 꼬챙이로 찌르듯 삐악삐악하는 노래도 시켜보고 하면서 끔찍한 재미를 보았습니다.

그럭저럭 날이 저무니까 간다고 일어서는 것을 달래서, 전에 없이 겸상을 내다가 같이 저녁을 먹었고, 저녁을 마친 뒤에는 시급히 『춘향전』을 사들여 그 애더러 읽으라고 하고는 자기는 버얼떡 드러누워서 이야기책 읽는 입을 바라다보고 하느라고 그야말로 천금 같은 봄밤의 한 식경을 또 한 즐겁게 보낼 수가 있었습니다.

초저녁부터 몇 번 붙잡아 앉힌 것은 물론이고, 마침내 열 시가 되자 할 수 없이 놓아 보내는데, 윤 직원 영감은 크게 생색을 내어 인력거를 불러다가 선금을 주어서 태워 보내는 외에, 일 원 한 장을 따로 손에 쥐여주기까지 했습니다. 대단한 적공이지요.

보내면서, 내일도 오너라 했더니 과연 이튿날 저녁에, 저녁을 일찌감치 먹곤 올라왔습니다.

윤 직원 영감은 어제저녁처럼 옆에다가 앉혀놓고는, 이야기도 시키고 이야기책도 읽히고, 내시가 이 앓는 소리 같은 노래도 듣고, 오늘 저녁 개시로 다리도 치라 하고, 그러면서 삼남이를 시켜 말눈깔사탕 십 전어치도 사다가 먹이고, 머리는 물론 여러 번 쓰다듬어주었고, 그러구러 밤이 이슥한 뒤에 돌려보냈습니다.

대접상으로는 역시 인력거를 태워주었어야 할 것이지만, 인제 앞으로 자주 다닐 텐데 그렇게 번번이 탈 수야 있느냐고, 그러니 오늘 저녁부터는 이 애더러 바래다 달래라고, 그 알뜰한 삼남이를 안동해 보냈습니다.

인력거를 안 태웠으니 돈이라도 일 원을 다 주기가 아깝거든 오십 전이나마 주었어야 할 것이지마는 그것 역시 자꾸만 그래쌓다가는 아주 버릇이 되어서, 오기만 오면 으레 돈을 탈 것으로 알게시리 길을 들여서는 안 되겠다 하여, 짐짓 입을 씻어버렸던 것입니다. 그러고서 그저 세 번이나 네 번에 한 번씩 일 원 한 장이고 쥐여줄 요량을 했습니다.

그 뒤로부터 그 애는 윤 직원 영감의 뜻을 곧잘 받아, 이틀에 한 번, 또 어느 때는 매일같이 올라와선 놀곤 했고, 그렇게 하기를 한 이십여 일 해 오던 어느 날 밤이었습니다.

밤은 아직 초저녁이었고, 그들먹하게 뻗고 누웠는 다리를 조막만 한 계집애가 밤만 한 주먹으로 토닥토닥 무심히 치고 있는데, 문득 윤 직원 영감이

"너 몇 살 먹었지?"

하고 새삼스럽게 나이를 묻던 것입니다.

"열늬 살이라우."

동기 아이는 아직도 고향 사투리가 가시지 않았습니다. 하기야 윤 직원 영감 같은 사람은 십 년이 되었어도 종시 '그러닝개루'를 못 놓지만요.

"으응! 열늬 살이여!"

윤 직원 영감은 또 한참 있다가

"다리 구만 치구, 이리 온?"

하면서 턱을 까붑니다.

아이는 발딱 일어서더니 발치께로 돌아 윤 직원 영감의 가슴 앞에 바투 앉고, 윤 직원 영감은 물었던 담뱃대를 비껴 놓고는 아이의 머리를 싸악 싹 쓸어줍니다.

"응…… 열늬 살이먼 퍽 숙성히여!"

"……."

"야?"

"얘?"

"으음…… 저어 거기서, 저어……."

"……."

"야?"

"얘?"

"저어, 너……."

"얘애."

"너 내 말 들을래?"

"얘?"

아이는 무슨 뜻인지 못 알아듣고는 눈을 깜작깜작합니다. 윤 직원 영감
은 히죽 웃으면서 머리 쓸던 팔로 슬며시 아이의 목을 끌어안습니다.

"내 말 들어라, 응?"

"아이구머니!"

아이는 마치 불에 덴 것처럼 화닥닥 놀라면서 뛰어 일어나더니, 그냥
문을 박차고 그냥 꽁무니가 빠지게 달아나 버립니다.

가뜩이나 덩지 큰 영감이 좀 모양 창피했지요. 그러나 뭘, 아무도 본 사
람은 없었고, 또 보았기로서니 게, 양반이 파립 쓰고 한번 대변보기가 예
사지 그걸 그다지 문벌 깎일 망신으로 칠 것은 없습니다.

윤 직원 영감은, 에 — 거 아예 어린 계집애 년들 예뻐하고 데리고 놀
고 할 게 아니라고, 얼마 동안을 다시 전대로 소일거리 없이 심심한 밤과
낮을 보냈습니다.

그러나 한번 걸음을 내친 게 불찰이지, 일 당하던 당장에 창피하던 기
억은 차차로 잊혀지고, 일변 심심찮이 놀던 일만 아쉬워집니다. 뿐 아니
라, 맛을 보려다가 회만 동해논, 그놈 식욕이 아예 가시지를 않습니다.

윤 직원 영감의 이 계집애에 대한 흥미는 일찍이 고향에 있을 때부터

촌 계집애들을 주무른 솜씨라, 오늘날에 비로소 시작된 것이 아니라면 아니기도 하겠지만, 그래도 그때의 계집애들은 십칠팔 세가 아니면 기껏 어려야 십육칠 세이었지, 열네 살배기의 정말 젖비린내 나는 계집애에까지는 이르질 않았습니다.

그러니까 만약 그 식욕을 엄밀히 구별한다면 시골 있을 무렵에 계집애(어리기는 해도 계집으로서의 기능을 갖춘) 그놈을 잡아먹던 식성과 시방 열네 살 고 또래의 계집 이전인 계집애에게 대해서 우러나는 구미와는 계통이 다르다 할 것입니다. 더욱이 방물장수 아씨더러, 첩 더디 얻어 들인다고 성화를 대는 그런 순수한 생리와도 파계가 다릅니다.

윤 직원 영감의 이 새로운 식욕은 그런데 매우 강렬하기까지 해서 도저히 그대로 참지를 못할 지경이었습니다.

드디어 대복이가 나섰습니다.

경지영지하시니* 불일성지라더니, 뉘 일일새 범연했겠습니까. 대복이는 골목 밖 이발소의 긴상한테 청을 지르고, 긴상은 계제 좋게 안국동 저의 이웃에 사는 동기 아이 하나가 있어, 쉽사리 지수**를 했습니다. 사실 별반 힘들 게 없는 것이, 그런 조무래기야 장안에 푹 쌨고, 그런데 이편으로 말하면 이러저러한 곳에 사는 재산 있고 칠십 먹은 점잖은 아무 댁 영감님인바, 노인이 심심소일 삼아 옆에 앉혀놓고서 말동무도 하고 이야기책도 읽히고 노래도 시키고 다리도 치이고, 이렇게 데리고 논다는 조건이고 본즉, 만약에 춘향이가 인도환생을 한 에미애비라 하더라도 감히 거기에 어떠한 위험을 느끼진 않을 게니까요.

---

* 영민한 슬기를 지닌 지경에 있으니.
** 임금이 내리는 물건을 공경하여 받음. 여기서는 '청을 받아들인다'는 뜻.

하물며 계집애 자식을 논다니 판에다 내놓아 목구멍을 도모하자는 에미애비들이거든 딱히 그 흉헌 속내를 알았기로서니, 오히려 반가워할 것이지 조금치나 저어를 할 며리는 없는 것입니다. 이발소 긴상의 서두리로, 사흘 만에 한 놈이 대비가 되었는데, 나이는 이편에서 십오 세 이내로 절대 지정한 소치도 있겠지만 마침 열네 살이요, 생긴 거란 역시 별수 없고 까칠한 게 갓 나는 고양이 새끼 여대치게 어설펐습니다.

그러나 윤 직원 영감은 계집애면 만족이니까 별 여부 없었고, 흔연히 맞아들여 노래도 우선 시켜보고, 머리도 쓸어주고, 이야기책도 읽히고, 다리도 치게 하고, 눈깔사탕도 사 먹이고, 이렇게 며칠 두고서 적공을 들였습니다.

그러다가 이윽고 낯을 안 가릴 만하니까 비로소, 너 몇 살이냐? ……응, 숙성하구나! 너 내 말 들을늬? 하면서 머리 쓸던 팔로 허리를 그러안았습니다.

그랬더니, 이번 아이는 서울 태생이라 그런지 좀 더 영악스럽게
"이 영감이 왜 이 모양야? 미쳤나!"
하면서 욕을 냅다 갈기고 통통 나가버렸습니다.

이래서 두 번째의 무렴*을 보았습니다. 그러나 암만 무렴은 보았어도 윤 직원 영감은 본시 얼굴이 붉으니까 새 채비로 홍안은 당하지 않았지만
"헤에! 그거 참!"
하면서 헤벌심 웃지 않진 못했습니다.

윤 직원 영감은 그 뒤로도 처음 뜻을 굽히지 않았습니다. 그리하여 세 번 네 번 다섯 번 이렇게 대거리를 구해 들였고, 그러나 그러는 족족 실연

---

* 염치가 없음을 느껴 마음이 부끄럽고 거북함.

의 쓴 술잔이 아니라 핀잔을 거듭거듭 마셔왔습니다.

대단히 비참한 노릇입니다. 고, 아무렇게나 생긴 동기 계집애 년 하나를 뜻대로 다루지 못하고서, 늦은 봄부터 초가을까지 무려 다섯 차례나 낭패를 보다니, 윤 직원 영감으로는 일대의 치욕이 아닐 수가 없습니다.

사실이지, 백만의 거부를 누리는 데도 그대도록 힘이 들지는 않았고, 평생을 돌아보아야 한 개의 목적을 놓고 앉아, 내내 다섯 번씩 실패를 해본 적이라고는 찾고 싶어도 일찍이 없었습니다.

하기야 전연 딴 방도가 없었던 건 아닙니다. 시골 있는 사음한테로 기별만 할 양이면, 더는 몰라도 조그마한 소녀 유치원 하나는 꾸밈직하게 열서너 살짜리 계집애를 한 떼 쓸어 올 수가 있으니까요.

작인들이야 저네가 싫고 싫지 않고는 문제가 아니요, 어린 딸은 말고서 아닐 말로 늙어 쪼그라진 어미라도 가져다가 바치라는 영이고 보면, 여일히 거행하기는 해야 하게끔 다 되질 않았습니까.

진실로 그네는 큰 기쁨으로든지, 혹은 그 반대로 땅이 꺼지는 한숨을 쉬면서든지 어느 편이 되었든지 간에, 표면은 씨암탉 한 마리쯤 설이나 추석에 선사 삼아 안고 오는 것과 진배없이 간단하게, 그네의 어린 딸 혹은 누이를 산 제수로 바치지 않질 못합니다.

윤 직원 영감은 그러므로, 가령 세 번째의 허탕을 치고 나서부터는 시골 계집애를 잡아 올까 하는 궁리를 해보지 않은 것은 아니었습니다.

과연, 당장 편지를 해서 그 머리 검은 병아리를 구해 보내라고 할 생각을 몇 번이고 했었습니다.

그러나 생각을 그렇게 하기는 했어도, 한편으로는 보는 데가 없지 않아 아직 주저를 했던 것입니다.

만약 시골서 계집애를 데려오고 보면, 그때는 동기를 불러다가 말동무를 삼는다는 형식이 아니요, 단박 첩을 얻어 들인 게 되겠으니, 원 아무리 뭣한들 칠십 먹은 늙은이가 열세 살이나 네 살배기 첩을 얻다니, 체면도 아닐 뿐 아니라, 또 체면 문제보다는 시골 계집애는 노래를 못하니까 서울 동기보다 쓸모는 적으면서, 오며 가며 찻삯이야 몸수발이야 뒷갈망이야 해서 돈은 훨씬 더 듭니다.

이러한 불편이 있는 고로 해서, 그래 시골 계집애를 섬뻑 데려오지 못하던 것인데, 그러나 이번 춘심이한테까지 낭패를 보고서도 종시 그런 주저를 하겠느냐 하면, 그건 도저히 보장하기가 어렵습니다. 그러니 일변 생각하면 춘심이의 소임이 매우 중대하고도 미묘한 의의를 가졌다고 할 수 있겠습니다.

이렇듯 조건이 붙었다면 붙었달 수 있는 춘심이요, 한데 다니기 시작한 지도 벌써 보름이 넘었습니다.

이제는 그만하면 낯가림은 안 할 만큼 되었고, 또 공력도 그새 다른 아이들한테보다는 특별히 더 들이느라고 들였습니다.

윤 직원 영감은 시방, 그런 것 저런 것 속으로 가늠을 해보면서, 손치에 퍼근히 주저앉아 다리를 안 치겠다고 대가리를 쌀쌀 흔들며 암상떨이를 하는 춘심이를 히죽히죽 올려다보고 누웠습니다.

옆으로 앉아서 고개를 내두르는 대로, 뒤통수의 몽창한 단발이 까불까불합니다. 치렁치렁하던 머리채가 다래를 뽑아버리면 이렇게 여학생이 됩니다. 흰 저고리 통치마에 양말이 모두 여학생 차림입니다. 춘심이는 이런 여학생 차림새를 좋아해서, 권번에 갈 제와 또 권번 사람의 눈에 뜨일 자리 말고는, 대개 긴치마에 긴 머리를 늘이고 가지를 않습니다. 그러니까 윤 직원 영감한테 오는 때도 권번에서 바로 가는 길이 아니면 언제고 여학생 차림입니다.

그 주제를 하고 앉아서

"사안이이로구나—아 헤."

하는 꼴이, 대체 무어라고 빗댔으면 좋을지 모르겠어도, 저는 이상이요, 간혹 윤 직원 영감이, 야 이년아! 여학생이 잡가도 한다더냐고 더러 조롱을 하지만, 역시 그만한 입살*은 탈 아이가 아닙니다.

마침 라디오는 풍류가 끝나고, 조금 있더니 지랄 같은 깡깽이 소리(양악)가 들려 나옵니다. 윤 직원 영감은 이맛살을 찌푸리면서 스위치를 젖혀버립니다.

"너 이년, 다리넌 안 치기루 했냐?"

"싫여요! 누가 암마야상**인가, 머!"

"허! 그년 참! ……그럼 다리 안 치넌 대신, 노래나 한마디 불러라!"

"노랜 하죠! 풍류 끝엔 텁텁한 걸루다 잡가를 들어야 하신다죠?"

"그런 걸 다아 알구, 제법이다!"

"어이구, 참! 나구는 샌님만 업신여긴다구! ……자아, 노래하께 영감님 장단 치시오?"

"장단은 이년아, 장구가 있어야 치지?"

"애개개! 장구가 있으믄 영감님이 장단을 칠 줄은 아시구요?"

"헤헤, 그년이. 이년아 늬가 꼭 여수 같다!"

"네에. 난 여우 같구요, 영감님은 하마 같구요? 해해해!"

"네리끼년! 허허허허…… 그년이 꼭 어디서 초라니같이 까분당개루?"

"초라니? 초라니가 무어예요?"

---

* 악다구니가 세거나 센 입심.
** '안마사'를 일본식으로 부르는 말.

"초라니패라구 있더니라. 홍동지 박첨지가 탈바가지 쓴 대가리를 내놓구서, 서루 찧구 까불구, 꼭 너치름 방정맞게 촐랑거리구, 지랄을 허구 그러더니라…… 떼—루 떼—루 박첨지야— 이런 노래를 불러가면서……."

"해해해해, 어디 그 소리 또 한 번 해보세요? 아이 참, 혼자 보기 아깝네! 해해해……."

"허! 그년이!"

이렇게, 그야말로 찧고 까불고 하는 소리를, 누가 속은 모르고 밖에서 듣기만 한다면 꼬옥 손맞은* 애들이 지껄이고 노는 줄 알 겝니다.

방 안을 들여다보면? ……그런다면 저네들 말마따나, 동물원의 하마와 여우가 한 울안에서 재미있게 노는 양으로 보이겠지요.

"춘심아?"

"네에?"

"너어……."

"네에!"

"저어, 무어냐……."

윤 직원 영감은 다리를 비비 꼬면서 말끝을 어름어름합니다.

못 견디겠어서 인제 웬만큼, 너 몇 살이지? 응, 숙성하다. 너 내 말 들을늬…… 이, 이를테면 사랑의 고백을 해야만 하겠는데, 그놈이 목구멍까지 올라왔다가는 도로 넘어가곤 하던 것입니다. 역시 다섯 번이나 창피를 본 나머지라, 어쩔까 싶어 뒤를 내는 것도 그럴듯한 근경입니다.

그게 젊은것들 사이라면, 나는 당신을 사랑합니다! 그 소릴 텐데, 그

---

* 손맞다. 함께 일할 때 생각, 방법 따위가 서로 잘 어울림.

소리 한마디 나오기가 어렵기란, 아마도 만고를 두고 노소 없이, 또 사정과 예외를 통틀어 넣고 일반인가 봅니다.

"인제 구만 까불구, 어서 노래나 시작히여라."

윤 직원 영감은 드디어 망설이다 못해 기회를 뒤로 미뤘습니다.

"네—네, 무얼 하까요? 아까 낮에 명창대회서 영감님이 연신 조오타! 조오타! 하시던 〈적벽가〉 새타령 하까요?"

"하아따! 고년이 섯바닥은 짤룹두 침은 멀리 비얕넌다더니, 이년아, 늬가 〈적벽가〉 새타령을 허머넌 나는 하눌서 빌을 따 오겄다!"

"애개개! 아—니 내 그럼 내일이라두 권번에 가서 그거 한마디만 배워가지구 영감님 듣는 데 할 테니깐 정말 하눌 가서 별 따 오실 테야요?"

"누가 인자사 배각구 말이냐? 시방 이 당장으서 말이지……."

"피— 아무렇게 해두 하기만 하면 고만이지, 머……."

"그년이 노래허라닝개루 또 잔사살을 내놓너만!"

"네—네 헴…… 자아 합니다. 헴…… 망구강사안 유람헐 제……."

단가로는 맹자 견 양혜왕짜리요, 한데 망구강산의 망구는 오식이 아닙니다.

고저가 옳게 맞을 리도 없고, 장단이 제대로 갈 리도 없는 데다가, 소리 선생 앞에서 배울 때에 쓰던 그 목을 그대로, 고래고래 내시처럼 되게 지르고 앉았으니, 윤 직원 영감의 취미 아니고는 듣기에 장히 고생이 되지 않을 수 없는 음악입니다. 게다가 윤 직원 영감의, 역시 장단을 유린하는, 좋다! 소리가 오히려 제격이요, 겨우 노래가 끝나니까는, 에 수고했네! 에 이르러서는 진실로 근천의 절창이라 하겠습니다.

"너, 배 안 고푸냐?"

윤 직원 영감은 쿨럭 갈았은 큰 배를 슬슬 만집니다. 춘심이는 그 속을 모르니까 뚜렛뚜렛합니다.

"아뇨, 왜요?"

"배고푸다머넌 우동 한 그릇 사줄라구 그런다."

"아이구머니! 영감 죽구서 무엇 맛보기 첨이라더니!"

"저런 년 주둥아리 좀 부아!"

"아니, 이를테믄 말이에요! ……사주신다믄야 밴 불러두 달게 먹죠!"

"그리라. 두 그릇만 시키다가 너허구 한 그릇씩 먹자!"

"우동만, 요?"

"그러면?"

"나, 탕수육 하나만……."

"저 배때기루 우동 한 그릇허구, 또 무엇이 더 들어가?"

"들어가구말구요! 없어 못 먹는답니다!"

"허! 그년이 생부랑당이네! 탕수육인지 그건 한 그릇에 을매씩 허냐?"

"아마 이십오 전인가, 그렇죠?"

윤 직원 영감의 말이 아니라도 계집애가 여우가 다 되어서, 탕수육 한 접시에 사십 전인 줄 모르고 하는 소리가 아닙니다.

우동 두 그릇, 탕수육 한 그릇 얼른 빨리…… 우동 두 그릇, 탕수육 한 그릇 얼른 빨리…… 삼남이는 이 소리를 마치 중이 염불하듯 외우면서 나갑니다. 사실 삼남이한테는 그걸 잊어버리지 않는 것이, 하루 세 끼 중에 한 끼를 잊어버리지 않음과 일반으로 중요한 일이어서, 그만큼 긴장과 노력이 필요하던 것입니다.

무슨 그림자가 지나간 것처럼 방 안이 잠깐 교교했습니다. 이 침정의 순간이 윤 직원 영감에게 선뜻 좋은 의사를 한 가지 얻어내게 했습니다.

전에 아이들한테 하듯, 단박에 왁진왁진 그러지를 말고서, 가만가만 제 눈치를 먼저 떠보아 보는 것이 수다…… 이런 말하자면 점진안입니다.

동티가 나지 않게, 또 창피를 안 당하게 가만히 슬쩍 제 속을 뽑아보고, 그래보아서 싹수가 있는 성부르면 그담에는 바싹 다그쳐보고…… 미상불 그럴 법하거니 싶어 우선 혼자 만족을 해 싱그레 웃습니다.

"춘심아?"

머리를 싸악싹 쓸어주면서 부르는 음성도 은근합니다.

"네에?"

"너, 몇 살이지?"

"그건 새삼스럽게 왜 물으세요?"

"아ㅡ니, 그저 말이다!"

"열다섯 살이지 머, 그새 먹어서 없어졌을라구요?"

"응 참, 그렇지…… 픽 숙성히여, 우리 춘심이가……."

"키는 커두 몸은 이렇게 가늘어요! 아이 참, 영감님은 몇 살이세요?"

"나? ……글씨 원, 하두 많이 먹어서 인제넌 나이 먹은 것두 다아 잊어 뻬렸넝가 부다!"

"애개개, 암만 나일 많이 잡수셨다구, 잊어버리는 사람이 어디가 있어요? ……이렇게 머리랑 수염이랑 시었으니깐 나이두 픽 많으실 거야!"

춘심이는 백마 꼬리같이 탐스러운 수염을 쓰다듬습니다. 윤 직원 영감은 다른 한 손으로 춘심이의 나머지 한 손을 조물조물 주무릅니다.

"춘심아!"

"네에?"

"너, 내가 나이 많언 게 싫으냐?"

"싫은 건 무엇 있나요? ……몇 살이세요? 정말……."

"그렇게 알구 싶으냐?"

"몸 달을 건 없지만······."

"일러주래?"

"네에."

"예순······ 으응······ 다섯 살이다!"

"아이구머니!"

춘심이는 입이 떡 벌어지고, 윤 직원 영감은 윤 직원 영감대로 또 속이 있어서, 입이 벌심 벌어집니다.

윤 직원 영감의 나이 꼬박 일흔둘인 줄은 천하가 다 아는 사실입니다. 그런 것을, 글쎄 애인한테라서 그중 일곱 살만 줄여 예순다섯으로 대다니, 그것을 단작스럽다*고 웃어버리기보다 오히려 옷깃을 바로잡고 엄숙히 한번 생각해보아야 할 것입니다. 일흔두 살 먹은 영감이 열다섯 살 먹은 애인 앞에서 나이를 일곱 살을 줄여 예순다섯 살로 대던 것입니다.

기생들이 손님에게다가 나이를 속이는 것은 예삽니다. 또 젊은 계집애들이 제 나이를 리베** 씨한테다가 줄여서 대답하는 수도 더러 있습니다. 속을 알고 보면 그야 근경이 그럴듯하기도 하지요.

그러나 여기, 일흔두 살 먹은 허—연 영감태기가, 열다섯 살배기 동기 계집애를 아탕발림시키느라고, 나이를 일곱 살을 야바위쳐서, 예순다섯 살로 속이던 것이랍니다.

그도, 곧이야 듣건 말건 한 이십 살 꼬아먹고 쉰 살쯤 댔다면 또 몰라요. 고작 일곱 살. 늙은이의 나이 예순다섯에서 일흔두 살까지 거리가 그리 육중스럽게 클까마는, 그래도 열다섯 살배기 애인한테 고거나마 젊게

---

* 하는 짓이 보기에 치사하고 더러운 데가 있다.
** 독일어로 '애인'을 뜻함.

보이고 싶어, 그 일곱 살을 덜 불렀더랍니다. 예순다섯 살이다, 고.

그 우람스러운 체집에 어디를 눌렀는데, 그런 간드러진 소리가 나왔을 까요.

저어 공자님 말씀에

"소인이 한가히 지낼 것 같으면 아름답지 못한 꿍꿍이를 꾸미나니라." 하신 대문이 있겠다요.

그 대문을 윤 직원 영감한테 그대로 적용을 말고서 죄꼼 고쳐가지고

"소작인이 바쁘게 지낼 것 같으면 지주 영감은 약시약시하느니라*."

이랬으면 어떨까요.

인간이 색의 기능을 타고나는 것은 생물로서 운명적 필연이요, 그러니까 결단코 그걸 나무랄 일은 못 됩니다. 또 누가 나무라고 시비를 한다고 그게 없어지는 것도 아니고요. 해서 비판이나 간섭의 피안에 있는 것입니다.

하지만 윤 직원 영감처럼 나이 칠십여 세에, 연령의 한계를 마구 무시하는 그의 야만스러운 정력은, 부질없이 생물로서의 선천적인 운명이라고만 처분은 안 됩니다.

본시 체질을 좋게 타고났다고 주장을 하겠지요.

그러나 아무리 신돈이 같은 체질을 타고났다고 하더라도, 윤 직원 영감이 윤 직원 영감다운 팔자를 얼러서 타고나지 못했으면 그 체질은 성명**이 없고 말 것입니다.

몇백 명이나 되는 윤 직원 영감의 소작인 중엔 윤 직원 영감만 한 체질

---

* 이러이러하다.
** '인성'과 '천명'을 아울러 이르는 말. '목숨' 혹은 '생명'을 달리 이르는 말.

을 타고난 사람이 몇은 없을 리가 있다구요.

그렇건만 그 사람네는 온전히 도조를 해다가 바치기에 정력이 죄다 말라 시들고, 보약 한 첩 구경도 못 했기 때문에 자연의 섭리 이하로 오히려 떨어지고 만 것이 아니겠습니까.

또 가령 특별한 예외나 기적으로, 윤 직원 영감네 소작인 가운데 윤 직원 영감처럼 칠십이로되 능히 계집을 다룰 정력을 지탱하고 있는 자 있다 치더라도, 그가 감히 첩질과 계집질을 할 팔자며, 그럴 생심인들 하겠습니까.

그러니 결국 그것은 늙은이한테는 생물적 필연이라는 관용도 안 될 말이요, 타고난 선천이니 체질이니 하는 것도 다 여벌이고, 주장은 한갓 팔자(시쳇말로는 환경) 그놈이 모두 농간을 부리는 놈입니다.

소작인이 바빠 벼가 만석이 그득 쌓이기 때문에, 그의 생리와 건강과 행동과 이 모든 것이 화합되어(혼합이 아니라 화합이 되어) 오늘날의 싱싱한 윤 직원 영감을 창조한 것이니라…… 이런 해석도 그러므로 고집은 해 볼 만합니다.

춘심이는 윤 직원 영감이 예순다섯 살이란 말에, 계집애가 까부느라고 아이구! 예순다섯 살이라니, 퍽도 많이 자시기는 했네! 그러면 가만있자, 나보다 몇 살 더한고? 응, 가만있자, 예순다섯이라, 열다섯을 빼면 응…… 쉰, 아이구 어찌나! 쉰 살이나 더 잡수셨구려! 이러고 허겁떨이*를 해쌉니다.

윤 직원 영감은, 제가 하는 대로 빙그레 웃으면서 보고만 있습니다. 춘심이야 아무 생각 없이 그저 제 나이와 빗대보던 것인데, 윤 직원 영감은

---

* 마음이 실하지 못하여 겁이 많음.

그게 무슨 뜻을 두기는 두었던 표적이려니 하고 혼자 느긋해하는 판입니다.

뜻은 있는데, 나이 하도 많으니까 놀라는 것이고, 그러나 뜻이 있었던 것만은 불행 중 다행인즉, 옳지 그렇다면 어디 좀…… 이런 요량짱입니다.

연애는 환장이니라(Love is Blind)란다더니 옛말이 미상불 옳아, 이다지도 야속스레 윤 직원 영감 같은 노인에게까지 들어맞기를 하는군요. 그나마 골고루 골고루…….

"내가 나이 많언개루 싫으냐?"

인제는 제이단으로 들어가서, 나이 많은 게 나쁘지 않다는 변명, 혹은 나이 많아도 많지 않다는 주장을 해야 할 차렙니다.

"싫긴 뭐어가 싫여요? 나이 많은 이가 좋죠, 허물없구……."

"그렇구말구…… 그러구 나넌 예순다섯 살이라두 기운은 무척 시단다…… 든든허지!"

"참, 영감님은 늙었어두 몸집이 이렇게 크니깐, 기운두 무척 셀 거야. 그렇죠?"

"호랭이라두 잡을라면 잡넌다!"

"하하하, 그렇거들랑 인제 동물원에 가서 호랭이허구 씨름을 한번 해 보시죠? ……아이 참, 하마허구 호랭이허구 씨름을 붙이믄 누가 이기꼬? 하하하, 아하하하……."

"허허, 그년이 또 까불구 있네!"

윤 직원 영감은 어느 결에 다시 집어 문 담뱃대 빨부리로 침이 지르르 흘러내리는 것도 모르고 흐물흐물, 춘심이를 올려다봅니다. 몸이 자꾸만 뒤틀립니다.

"춘심아?"

"네에?"

"너어…… 저어…… 내 말, 들을래?"

"무슨 말을, 요?"

묻기는 물으면서도 생글생글 웃는 게 벌써 눈치는 챈 모양입니다. 윤 직원 영감은, 오냐 인제야 옳게 되었느니라고 일단의 자신이 생겼습니다.

"내 말, 들을 티여?"

"아, 무슨 말이세요?"

윤 직원 영감은 히죽 한 번 더 웃고는 슬며시 팔을 꼬느면서

"요녀언! 이루 와!"

하고 덥석 허리를 안아 들입니다. 마음 터억 놓고서 그러지요, 시방…….

아, 그랬는데 웬걸, 고년이 별안간

"아이 망측해라!"

하고 소리를 빽 지르면서 그만 빠져 달아나질 않는다구요.

여섯 번!

윤 직원 영감은 진실로 기가 막힙니다. 여섯 번이라니, 하마 성미 급한 젊은 놈이었다면 그새 목이라도 몇 번 매고 늘어졌을 것입니다.

글쎄 요년은, 눈치가 으수하기에* 믿은 구석으로 안심을 했던 참인데, 대체 웬일인가 싶어, 무색한 중에도 좀 건너다보려니까, 이게 또 이상합니다.

그동안에 다섯 계집애들은 울기 아니면 욕을 하면서 영락없이 꽁무니가 빠지게 도망을 했는데, 요년은 보아야 그렇게 소리를 바락 지르고 미꾸리 새끼처럼 빠져나가기는 했어도, 그저 저기만치 물러앉았을 따름이

* 의수하다. 거짓으로 꾸민 것이 그럴듯하다.

지, 울거나 골딱지를 냈거나 도망을 가거나 하기는새레, 날 잡아보라는 듯이 밴들밴들 웃고 있지를 않겠습니까. 마구 간을 녹입니다.

아무려나, 그렇다면 다시 어떻게 사알살 달래볼 여망이 없지도 않습니다.

"저런— 년 부았넝가! 헤헤, 그거 참! ……이년아, 그러지 말구, 이리 오니라, 이리 와, 응? 춘심아!"

"싫여요!"

"왜?"

"왠 뭘 왜!"

"너 이년, 내 말 안 듣기냐?"

"인제 보니깐 영감님이 퍽 음충맞어!"

"아, 저런 년! 허, 그거 참! ……너, 그러기냐!"

"어때요, 머!"

"그러지 말구 이만치 오니라. 내, 이얘기허마."

"여기서두 들려요!"

"그리두 이만치, 가까이 와!"

"피— 또 붙잡을 영으루?"

"너, 내 말 들으면 내가 좋은 것 사주지?"

"존 거, 무엇?"

"참, 좋은 것 사줄 티여!"

"글쎄, 존 게 무어냐니깐?"

용천뱅이가 보리밭에 숨어 앉아서, 어린애들이 지나갈라치면, 구슬 줄게 이리 온, 사탕 줄게 이리 온, 한답니다. 그와 근리하다 할는지 어떨는지 모르겠군요.

윤 직원 영감은 미처 무얼 사주겠다는 생각도 없이, 당장 아쉬운 대로 어르느라고 낸다는 게 섬뻑 그 소리가 나와졌습니다. 그랬기 때문에 자꾸만 물어도 이내 대답을 못 하던 것입니다.

"늬가 각구 싶다넌 것 사주마!"

"내가 가지구 싶다는 걸 사주세요?"

"오—냐!"

"정말?"

"그리여!"

"가—지뿌렁!"

"아니다, 참말이다!"

"그럼, 나 반지 사주믄?"

"반? 지? ……에라끼년! 누가 그런 비싼 것 말이간디야!"

"피— 그게 무어 비싼가? ……저기 본정 가믄 칠 원 오십 전이믄 빠알간 루비 박은 거 사는데…… 십팔금으루 가느다랗게 맨든 거…….'"

"을매? 칠 원 오십 전?"

"네에."

"참말이냐?"

"가보시믄 알걸 뭐!"

"그리라, 그럼 사주마…… 사줄 티닝개루, 인제 이리 오니라!"

"애개개! 먼점 사주어예지, 머."

"먼점 사주구? 그건 나두 싫다!"

"나두 싫다우!"

"고년이 똑 어디서 미꾸람지 새끼 같다! 에엥, 고년이…… 그러지 말구, 이년 춘심아!"

"네에?"

"그러지 말구, 이리 오니라, 응? 그럼 내가 인제 내일이구 모리구, 진고개 데리구 가서 반지 사주께!"

"일없어요! ……시방 가서 사주시믄?"

"시방이사 밤으 어떻게 갈 수 있냐? 내일 낮에 가서 사주마. 그러지 말구, 이리 오니라!"

"싫여요!"

윤 직원 영감은 칠 원 오십 전이면 산다는 그 반지를 사주기는 사줄 요량입니다. 하기야 돈 칠 원 오십 전만 놓고서 생각하면 아깝지 않은 것은 아니나, 그래도 명색이 동기 쳇것인데, 칠 원 오십 전짜리 반지 한 개로 아탕발림을 시키다니, 도리어 헐한 셈입니다. 제 법식대로 머리를 얹히자면 이삼백 원 오륙백 원이 들곤 할 테니까요.

그래, 잘라먹지 않고 내일이고 모레고 사주기는 사줄 텐데, 춘심이 년이 못 미더워서 그러는지 까부느라고 그러는지, 밴돌밴돌 말을 안 듣고는 애를 태워줍니다. 생각하면 밉기도 하고 미운 깐으로는 볼퉁이라도 칵 쥐어질러 주고 싶습니다.

그러나 괜히 함부로 잡도리를 했다가는, 단박 소갈찌가 나서 뽀르르 달아나 버리고는 다시는 안 올 테니, 그렇게 되고 보면 여섯 번 만에 겨우 반성공을 한 것이 도로 아미타불이 될 게 아니겠다구요.

에라, 그러면 기왕이니 내일 제 소원대로 반지를 사주고 나서…… 이렇게, 할 수 없이 순연順延을 하기로 요량을 했습니다.

"그럼, 내일 진고개 데리구 가서 반지 사주께, 그담버텀은 내 말 잘 들어야 헌다?"

"네에, 듣구말구요!"

아까부터 이내, 죄꼼도 부끄러워하는 내색이라고는 없고, 그저 처억척입니다. 사실 맨 처음에 윤 직원 영감이 쓸어안으려고 했을 때도 소리나 지르고 빠져나가기나 하고 했지, 귀밑때긴들 붉히질 않았으니까요.

"꼬옥 그러기다?"

"염려 마세요!"

"오널치름 까불구 말 안 들으면 반지 사준 것 도로 뺏넌다?"

"뺏기 전에 얼른 뽑아서 바치죠!"

"어디 두구 보자. 그럼 내일 즘심 먹구서 올라오니라. 같이 가서 사주께."

"더 일찍 와두 좋습니다!"

드디어 흥정은 다 되었습니다. 마침맞게 마당에서 청요리 궤짝이 딸그락거리더니 삼남이가 처억

"우동 두 그릇, 탕수육 한 그릇 어서 빨리 시켜 왔어라우."

하고 복명을 합니다.

춘심이는 대그르르 웃고, 윤 직원 영감은 끙! 저 잡것 좀 부아! 하면서 혀를 찹니다.

연애를 하면 밥이 쉬 삭는다구요. 윤 직원 영감은 그런데, 저녁밥을 설치기까지 한 판이라 속이 다뿍 허출해서 우동 한 그릇을 탕수육으로 반찬 삼아 걸게 먹었습니다.

이렇게 성사가 되고 마음이 느긋할 줄을 알았더면, 기왕이니 따끈하게 배갈을 한 병 데워 오라고 할 것…… 하는 후회도 없지 않았습니다.

춘심이는 또 춘심이대로 반지를 끼고 권번이며 제 동무들한테며 자랑을 할 일이 좋아서, 연신 쌔왈대왈, 우동이야 탕수육이야 볼이 미어지게 쓸어 넣었습니다.

"너, 그렇지만 춘심아?"

윤 직원 영감은 우동 한 그릇을 물린 뒤에, 트림을 끄르르, 새끼손 손톱으로 잇살을 우벼서 밀창문에다가 토옥, 담뱃대를 땅따앙 치면서 하는 소립니다.

"……늬 집에 가서 이런 이얘기 허머넌 못쓴다! 응?"

"무슨 얘기요?"

"내가 반지 사주구서 말이다, 저어 거시기, 응? 그 말 말이여?"

"네에 네…… 않습니다!"

"허머넌 못써!"

"글쎄 않는대두 그리세요!"

"나, 욕 은어먹지. 너, 매 은어맞지. 그리서사 쓰겄냐? ……그리닝개루 암말두 허지 말어, 응?"

"염려 마세요, 글쎄…… 저렇게 커다란 영감님이 겁은 무척 내시네!"

"늬가 이년아, 주둥이가 하두 방정맞이닝개루 맴이 안 뇐다!"

윤 직원 영감은 슬며시 뒤가 나던 것입니다. 호사에 마가 붙기 쉬운 법인걸, 만약 제 부모가 알고 보면 약간 칠 원 오십 전짜리 반지 한 개 사준 걸로는 셈도 안 닿고, 그것들이 마구 언덕이야 비비려 덤빌 테니 그 성화가 어디며, 필경 돈 백 원이라도 부서지고 말 테니까요.

춘심이는 그런데, 우선 반지 한 개 얻어 가질 일이 좋아, 온갖 정신이 거기만 쏠려서, 제 부모한테 발설을 하지 말라는 신칙도 그저 건성으로 대답을 하다가, 윤 직원 영감이 뒤를 내는 눈치니까는, 되레 제가 지천을 해준 것이고, 그런 것을 윤 직원 영감은 지천이 되었건 코 묻은 밥이 되었건, 그런 체모는 잃은 지 오래고, 애인의 맹세를 믿고서 적이 안심을 했습니다. 자고로 노소 없이 사랑하는 이의 말은 무엇이고 곧이가 들린다구요.

11. 인간 체화滯貨와 동시에 품부족品不足 문제, 기타

시방 사랑에서는 일흔두 살 먹은(가칭 예순다섯 살 먹은) 증조할아버지가, 열다섯 살 먹은 애인과 더불어 그처럼 구수우하니 연애 흥정이 얼려가고 있겠다요. 그리고 안에서는……

경손이가 아까 안방에서 열다섯 살 동갑짜리 대부 태식이와 같이 싸우며 놀리며 저녁을 먹고 나서는 아랫목에 가 버얼떡 드러누워 뒹굴고 있었습니다.

다른 식구는 죄다 물러가고, 야속히 배짱 안 맞는 대고모 서울아씨와 지지리 보기 싫은 대부 태식이와 그 둘이만 본전꾼으로 달랑 남아 있는 안방에, 가뜩이나 서울아씨는 『추월색』으로 아닌 이를 앓고, 태식은 『조선어독본』 권지일로 귀신이 씻나락을 까먹고, 이런 부동조不同調의 소음 속에서 그 애 경손이가 고 소갈찌에 천연스레 섭슬려 있다니 매우 희귀한 현상입니다. 고양이와 개와 원숭이와가, 싸우지 않고 같은 울안에서 노는 격이랄까요.

경손이는 실상 어떤 궁리에 골몰해서 깜빡 잊어버리고 그대로 처져 있는 것입니다.

골몰한 궁리란 건 다른 게 아닙니다. 〈모로코〉*의 재상연이 있고, 또 중일전쟁의 뉴스 영화가 좋은 게 오고 해서 꼭 구경은 가야만 하겠는데, 정작 군자금이 한 푼도 없어, 일왈 누구를, 이왈 어떻게 얼어삶았으면 돈을 좀 발라낼 수가 있을꼬, 이 궁리를 하던 것입니다.

뚱뚱보 영감님? ……안 돼!

---

* 1939년에 만들어진 마를렌느 디트리히 주연의 영화.

건넌방 겡까도리*? ……안 돼!

제 조모 고 씨가 집안사람 아무하고나 싸움을 하자고 대든대서 진 별명입니다.

서울아씨? ……안 돼!

숙모? ……안 돼!

대복이? ……글쎄? 에이, 고 재리 깍쟁이! 제가 왜 제 돈도 아니면서 그렇게 치를 떨꼬!

어머니? ……글쎄.

하니 그중에 가능성이 있자면 아무래도 대복이와 제 모친입니다. 대복이는 대장대신이요, 제 모친은 모친이니까요.

종차 삼십 년이나 사십 년 후에 가서야 백만 원을 상속받을 장손일값에, 시방은 단돈 이십 전이나 삼십 전이 없어 이다지 머리를, 그 연한 머리를 썩입니다그려.

경손이는 두루 두통을 앓는데, 서울아씨는 이를 생으로 앓느라 퇴침을 도두베고 청을 높여

"각설이라 이때에……."

하고 양금채 같은 목에다가 멋이 시큰둥하게

"……하징 아니헤야……."

하면서 콧소리를 양념 쳐 흥을 냅니다.

그건 바로 음악입니다. 얼마큼이나 음악적이냐 하는 것은 보장키 어려워도, 음악은 분명 음악입니다.

인간은 번뇌가 있으면 노래를 하고 싶어진다고요. 번뇌까지 안 가고라

---

* 일본어로 '싸움닭'을 뜻함.

도 마음이 싱숭생숭하거드면 콧노래가 절로 나옵니다.

물론 슬퍼도 노래를 부르고 기뻐도 노래를 부르고, 또 춤을 추기도 하고 하기는 하지만, 그중의 한 가지 마음 싱숭거릴 때에 부르는 노래는 새 짐승이 자웅을 찾느라고 묘한 소리로 우는 것과 가장 공통된, 동물의 한 본능이라고 합니다.

그런데, 그러나 인간은 그 동물적인 본능을 보다 맹목적으로 이용을 하는 제이의 본능이 있답니다.

철들어가기 시작한 총각이 봄날 산나무를 하러 가면서 지게목발을 장단 삼아

"저 건너 갈미봉에 비가 묻어 들어를 온다……."

하고 멋등그러지게 넘깁니다.

또 궂은비 축축이 내리는 가을날, 노랫장이나 부를 줄 아는 기생이 제 방 아랫목에 오도카니 꼬부리고 누워 손가락 장단을 토옥톡

"약사 몽혼으로 향유적이면……."

하면서, 다뿍 시름겨워 콧노래를 홍얼홍얼 홍얼거립니다.

무릇 그 총각이면 총각, 기생이면 기생이, 깊숙한 산중이나 또는 아무도 없는 제 집의 제 방구석에서, 대체 누구더러 들으라고 노래를 부르겠습니까.

그게 가로되, 홍이라구요. 새짐승이 자웅을 후리려고 우는 것과 마찬가지로, 총각은 거기 어디 촌 처녀 색시더러 들으란 노래고, 기생은 또 저대로 제 정랑더러 들으란 노래고.

이렇듯 본능에서 우러나서 노래를 부르기는 짐승이나 인간이나 매일반이지만, 그다음이 다르답니다.

인간은 제가 부르는 제 노래에, 남은 상관 않고 우선 제가 먼저 좋아하

기 때문입니다.

어느 촌 계집애가 들어를 주는지 않는지, 어느 놈팽이가 들어를 주는지 않는지, 그런 것은 생각도 않는답니다.

그런 타산은 도시에 의식 가운데 떠오르지도 않고, 괜히 그저 마음이 싱숭생숭하기에 아무렇게나 아무거나 괜히 그저 불러지는 대로 한마디 부르고 보니까는 어떻게 속이 더 이상해지는 것 같기도 하고, 기뻐지는 것 같기도 하고, 후련해지는 것 같기도 하고 해서, 일언이폐지하면 소위 흥이라는 게 나는 거랍니다.

그와 마찬가지로, 시방 서울아씨와 이야기책 『추월색』도 꼬옥 그렇습니다.

공자님은 가죽 책가위*가 세 번이나 해지도록 책 한 권을 가지고 오래 읽었다더니만, 서울아씨는 『추월색』 한 권을 무려 천독은 했습니다. 그러고서도 아직도 놓지를 않는 터이니까 앞으로 만독을 할 작정인지 십만독 백만독을 할 작정인지 아마도 무작정이기 쉽습니다.

그뿐만 아니라, 서울아씨는 책 없이, 눈 따악 감고 누워서도 『추월색』 한 권을 처음부터 끝까지 따르르 내리외울 수가 있습니다.

그러니 그게 천하 명작의 시집도 아니요, 성경책이나 논어 맹자나 육법전서도 아닌 걸, 글쎄 어쩌자고 그리 야속스럽게 파고들고, 잡고 늘고 할까마는, 실상인즉 서울아씨는 『추월색』이라는 이야기책 그것 한 권을 죄다 외우는 만큼 술술 읽기가 수나롭다는 것 이외에는 달리 취하는 점이 없습니다.

그는 무시로 마음이 싱숭생숭할라치면 얼른 『추월색』을 들고 눕습니

* 책표지가 상하지 아니하게 종이, 비닐, 헝겊 따위로 덧씌우는 일. 또는 그런 물건.

다. 누워서는 처억 청을 높여 읽는데

"각설이라 이때에……."

하고 양금채 같은 목으로 휘청휘청 멋들어지게 고저와 장단을 맞춰가면서 (다리와 몸을 틀기도 하면서) 가끔 시큰둥한

"……하징 아니혜야……."

조의 콧소리로 양념까지 치곤 합니다. 이렇게 멋지게 청을 돋워 읽고 있노라면, 싱숭거리던 속이 어떻게 더 이상해지는 것 같기도 하고, 기뻐지는 것 같기도 하고, 후련해지는 것 같기도 하고 해서, 일언이폐지하면 그 소위 흥이라는 게 나던 것입니다.

따라서 그건 촌 나무꾼 총각이 〈육자배기〉를 부른다든가, 또는 기생이 궂은비 오는 날 제 방 아랫목에 누워 콧노래로 〈수심가〉를 흥얼거린다든가 하는 근경과 조금도 다를 것이 없지 않다구요.

그러므로 노래가 아무것이라도 제게 익은 것이면 익을수록 좋듯이, 서울아씨의 『추월색』도 휑하니 외우게시리 눈과 입에 익어, 서슴지 않고 내려 읽을 수가 있으니까, 그래 좋다는 것입니다. 결단코 『추월색』이라는 이야기책의 이야기 내용에 탐탁하는 게 아닙니다.

그럴 바이면 차라리 책을 걷어치우고 맨으로 누워서 외우는 게 좋지 않느냐고 하겠지만, 그건 또 재미가 없는 것이, 인력거꾼이 인력거를 안 끌고는 뛰기가 싱겁고, 광대가 동지섣달이라고 부채를 들지 않고는 노래가 혜먹고 하듯이, 서울아씨도 다 외우기야 할망정 그래도 그 손때 묻고 낯 익은 『추월색』을 펴 들어야만 제대로 옳게 노래하는 흥이 납니다.

진실로 곡절이 그러하고, 그렇기 때문에 남이야 이를 앓는다고 흉을 보거나 말거나 또 오뉴월에도 이야기책을 차고 누웠다고 비웃음을 하거나 말거나 아무것도 상관할 바 없고 사시장철 밤낮없이 손에서 『추월색』

을 놓지 않는 서울아씨요, 그래 오늘 저녁에도 일찌감치 시작을 했던 것입니다.

"……그리혜야 드디여 돌아오징 아니……."

이렇듯 서울아씨의 『추월색』 오페라가 적이 가경에 들어가고 있는데, 이짝 한편으로부터서는 도무지 발성학상 계통을 알 수 없는 바스* 음악 하나가 대단히 왁살스럽게 진행이 되고 있습니다.

"비—, 비—가, 오—오…… 모—, 모—가, 모—가, 모—가……."

태식이가 방 한가운데 배를 깔고 엎디어, 『조선어독본』 권지일, 비가 오오, 모가 자라오를 읽던 것입니다.

좀 민망한 비유겠지만 발음이 분명치 못한 것까지도 흡사 왕머구리(큰개구리) 우는 소리 같습니다.

그러나 열심은 무서운 열심입니다. 재작년 봄에 산 『조선어독본』 권지일 그것을 오로지 이 년하고도 반 년 동안 배워온 것이 이 대문인데, 물론 그 전엣치는 다 잊어버렸습니다. 한편으로 잊어버려 가면서도 끄은히 읽기는 읽으니까 그게 열심이던 것입니다.

"비—, 비—가, 오—오. 비—가 오—오. 모—, 모—가, 모—가…… 이잉, 잊어버렸저! ……경손아."

"왜 그래?"

"잊어버렸저!"

"잊어버렸으니 어쩌란 말야?"

---

* 성악에서 남자의 가장 낮은 음역인 베이스를 지칭.

"……."

"고만둬요! 제─발…… 그거 한 권 가지구 도통할 텐가? 대학까지 졸업할 작정인가……!"

"누─나?"

"……."

"누─나?"

"……."

"누─나─?"

"왜 그래?"

"잊어버렸저!"

"비가오오 모가자라오."

"잉?"

"참 너두 딱하다! ……비가 오오─, 모가 자라오─, 그래두 몰라?"

"히히…… 비─가 오─오, 모─가 자─자─라 자─라오, 히히…… 비─가 오─오, 모─가 자─라 자─라오."

"에이 귀 따가워!"

경손이는 비로소 제가 어디 와서 있던 줄을 깨닫고는 벌떡 일어나더니, 마루의 뒷문에 연한 툇마루를 타고 뒤채의 큰방인 제 모친의 방으로 들어갑니다.

그 방에는 경손의 숙모 조 씨까지 건너와서 동서가 바느질을 하고 앉아 소곤소곤 무슨 이야기를 하다가, 경손이가 달려드는 설레에 뚝 그칩니다.

"넌 네 방에서 공부나 하던 않구, 무엇 하느라구 앞뒤루 드나들구 이래?"

경손의 모친 박 씨가 지날말로 나무람 겸 하는 소립니다.

"놀구 싶을 땐 책 덮어놓구서 맘대루 유쾌하게 놀아야 합니다요!"

경손이는 떠벌거리면서 바느질판 한가운데로 펄씬 주저앉습니다. 바느질감이 모두 날리고 밀리고 야단이 납니다.

"아, 이 애가 웬 수선을 이리 피워…… 공분 밤낮 꼴찌만 하는 녀석이, 놀 속은 남보담 더 바치구……."

"어머니두! ……내가 공부 못한다구 우리 집 재산이 딴 데루 갈까? ……태식이 천치는, 비가 오오 모가 자라오, 그거 두 줄 가지구 한 달을 배워두 천석꾼인데…… 아 그런데 이 경손 씨가 만석 상속을 못 받아요?"

"넌 어디서 중동이만 생겼나 보더라! ……쓸데없는 소리 말구, 공부 잘해!"

"낙제만 않구 올라가믄 돼요…… 학교 성적 좋은 녀석 죄다 바보야…… 아 참, 우리 작은아버진 말구서…… 그렇죠? 아즈머니……."

무슨 일인지, 경손이는 이 집안의 그 많은 인간 가운데 유독 그의 숙부 종학 하나만은 존경을 합니다.

"말두 마라!"

조 씨가 그러잖아도 뚜— 나온 입술을 좀 더 내밀고 쫑긋거리면서, 경손의 말을 탓을 하던 것입니다.

"……세상, 그런 못난 사람두 있다더냐?"

"우리 작은아버지가 못나요? 난 보니깐, 우리 집에선 제일 잘나구 똑똑합디다. 단, 경손이 대감만 빼놓구서, 하하하…… 나두 우리 작은아버지 닮아서 이렇게 똑똑해! ……그렇죠, 어머니? 내가 똑똑하죠?"

"옜다, 이 녀석! 까불기만 하는 녀석이, 어디서……."

"하하하하……."

"사내가 오죽 못나믄 첩 하날 못 얻어 살구서……."

조 씨는 혼자 말하듯 구느름을 내다가, 바늘귀를 꿰느라고 고개를 쳐듭니다. 새초옴한 게 벌써 새서방 종학이한테 귀먹은 푸념깨나 쏟아져 나올 상입니다.

"첩 얻으믄 못써요! 태식이 같은 오징어(연체동물) 생겨나요, 시들부들…… 그렇죠? 아즈머니!"

"말두 말래두! ……첩을 백은 못 얻어서, 새장가 든다구 조강지처 이혼하려 들어? 그게 못난 사내 아니구 무어라더냐? ……그리구서두 머? 경찰서장? ……흥, 경찰서장 뚱이나 빨아 먹지!"

"흥! 작은아버지가 경찰서장 할 사람인 줄 아시우? 참 어림없수!"

"그래두 그럴 영으루 법률 공부 배운다믄서?"

"말두 마시우. 큰사랑 뚱뚱 할아버지, 헷다방*이지! ……아주, 작은손자가 경찰서장 될라치믄 영감님이 척 뽐낼 영으루! 흥!"

"너 이 녀석, 어디 가서 그런 소리 지망지망 해라?"

경손의 모친은 경계하는 소립니다. 그 소리가 시할아버지 귀에라도 들어가고 보면 생벼락이 내릴 테요, 따라서 말을 낸 경손이도 한바탕 무슨 거조든지 당할 터이니까 말입니다.

그러나 조 씨는 연방 더 전접스럽게

"워너니 재갸**가 진작 맘 돌리기 잘했지야…… 주제에 무슨 경찰서장은……."

"아즈머니두! ……아즈머니두 경찰서장 등 대구 있었수? 그랬거덜랑 얼른 이혼하시우. 경찰서장 오백 리 갔수!"

---

* 헷다방. 아무 소용 없는 헛된 일.
** 자기.

"아, 저놈이 못 할 소리가 없어!"

경손의 모친이 눈을 흘기면서 나무랍니다.

"어머니두! 이혼하는 게 왜 나쁜가? 내가 여자라믄 백 번만 결혼하구 백 번만 이혼해보겠던걸…… 헤헤…… 그런데 참, 어머니!"

"듣기 싫여!"

"아냐, 저 거시키…… 서울아씨 시집 안 보내우!"

"매친 녀석!"

"뭘 그래! 시집보내예지. 난 꼴 보기 싫여!"

"이 녀석이 시방 맞구 싶어서……."

"내버려두시오! 그 애야 다아 옳은 말만 하는걸…… 난 그리잖어두 맘 없는 집살이에, 덮친 디 엎친다구, 시고모 등쌀에 생병이 나겠습디다…… 난 그 아씨 꼴 아니 봤으면 살이 담박 지겠어!"

"오―라잇! 우리 아즈머니 부라보! ……아 그렇구말구요. 서울아씬 시집보내구, 아즈머니두 이혼하구서 새루 결혼하구, 응? 아즈머니!"

"네 요놈, 경손아!"

"네에?"

"너, 정녕 그렇게 까불구 그럴 테냐?"

"하하하…… 그럼 다신 안 그리께요…… 그 대신 오십 전만……."

"망할 녀석?"

경손의 모친은 일껏 정색을 했던 것이, 경손이가 더펄대는 바람에 그만 실소를 해버립니다.

"응? 어머니…… 오십 전만……."

"돈은 무엇에 쓸 영으루 그래?"

"하, 사내대장부가 돈 쓸 데 없어요? 당당한 백만장자 윤 직원 윤두섭

씨의 맏증손자 윤경손 씨가!"

"난 돈 없으니, 그렇거들랑 큰사랑 할아버지께 가서 타 쓰려무나?"

"피— 무척 내가 이뻐서 돈 주겠수…… 어머니 히잉— 오십 전마아
안……."

"없어!"

"이 애야, 그럴라 말구……."

조 씨가 옆에서 꼬드기는 소립니다.

"……서울아씨더러 좀 달래려무나? ……넌 그 아씨 시집보내줄 걱정
까지 해주는데, 그까짓 돈 오십 전 아니 주겠니? 오십 전은 말구 오 원,
오십 원두 주겠다!"

물론 서울아씨가 미워라고 시방 그 쑥 나온 입술로 비꼬는 솜씨지요.
그런데 경손이는 거기 귀가 반짝하는지 눈을 깜작깜작 고개를 깨웃깨웃

"서울아씰? ……시집보내준다구? ……하하, 오옳지, 옳아!"

하면서 무릎을 탁 치고 일어서더니

"됐어, 됐어! ……왜 아까 그때 바루 그 생각을 못 했을까? ……어쩐
말이냐!"

하고 거드럭거리고 나갑니다.

박 씨는 아들놈 등 뒤를 걱정스럽게 바라다보면서 무슨 말을 할 듯 말
듯하다가 그만둡니다.

분배를 놓던 경손이가 나가고 방 안이 갑자기 조용하자, 두 동서는 제
각기 제 생각에 잠겨 한동안 바느질손만 바쁩니다.

"때그르르."

마침 박 씨가 굴리는 실패 소리에 정신이 들어, 조 씨는 자지러지듯 한
숨을 내쉽니다.

"형님은 그래도 좋시겠수……."

"……."

"아즈바님이 따루 계시긴 하세두, 다아 마음은 아니 변허시구…… 다아 저렇게 똑똑한 아들두 두시구…… 난 전생에 무슨 업원이 그대지두 중했는지, 팔자가 이 지경이니! ……차라리 죽은 목숨만두 못한 인생! …… 그래두 우리 어머니 아버진, 날 이 집으루 시집보내믄서, 만석꾼이 집 지차 손주며느리래서, 호강에 팔자에, 모두 늘어질 줄 알았을 테지!"

"그런 소리 하지 말소!"

박 씨가 위로의 말대답을 합니다. 그러나 박 씨는 이 동서를 위로해줄 말이 딱합니다.

번번이 마주 앉으면 노래 부르듯 육장 두고서 하는 꼭 같은 푸념이요 팔자 탄식인걸, 그러니 인제는 듣기도 헤먹거니와 이편의 위로엣 말도 밤낮 되풀이하던 그 소리라, 말하는 나부터가 헤먹습니다.

"……난들 무슨 팔자가 그리 우나게* 좋다던가? ……남편이 저럭허구 다닐 테믄 맘 변하나 안 변하나 매일반이지…… 자식은 하나 두었다는 게 벌써 에미 품안에서 빠져나간걸…… 그러니 동세나 내나 고단하긴 매양 같지, 별수 있는가? ……다 같이 부잣집 이름 좋은 종이요 하인이지…… 대체 이 집은……."

안존하던 박 씨의 음성은 더럭 보풀스러워지면서,** 아직 고운 때가 안 가신 눈이 샐룩 까라집니다.

"……무얼루, 무엇이 만석꾼이 부잔고? ……이 옷주제허며 손이 이게

---

* 유별나게, 두드러지게.
** 보풀스럽다. 보기에 모질고 날카로운 데가 있다.

만석꾼이 집 며느리들이람? 끌끌……."

미상불 동서가 다 영양이 좋지 못한 얼굴입니다. 손은 작년 겨울에 터진 자국이 여름 내 원상회복이 못 된 채 북두갈고리 같습니다.

박 씨는 여태도 인조항라 고의를 입고 있고, 조 씨는 역시 배 사 먹으러 가게 설렁한 검정 목 보이루* 치마를 휘감고 있습니다.

박 씨는 저네들의 주제를 들여다보다가, 고개를 돌려 방 안 짐을 둘러봅니다.

화류 의걸이에 이불장에 삼층장에 머릿장에 베갯장에 양복장에, 이칸 장방이 그득, 모두 으리으리합니다.

"……저런 게 다아 무슨 소용인구! ……넣어두구 입을 옷이 있어야 저런 것두 생색이 나지…… 저런 걸 백 개 들여놓니, 얼명주 단속곳 한 벌만 한가! 아무짝에두 쓸디없는 치레뻔…… 난 여름부터 고기가 좀 먹구 싶은 걸 못 얻어먹었더니……."

동서의 위로가 아니고 어쩌다가 제 자신의 구느름이 쏟아져 나와서 마악 거기까지 말이 갔는데, 헴 하는 연한 밭은기침 소리에 연달아 미닫이가 사르르 열립니다.

옥화가 왔던 것입니다. 창식이 윤 주사가 올봄에 새로 얻은 기생첩, 그 옥화랍니다.

기생으론 그다지 세월도 없었으나 어느 여학교를 이 년인가 다녔고, 그런데 어디서 배웠는지 묵화를 좀 칠 줄 아는 것으로, 그 소위 아담한 교양이 윤 주사의 눈에 들었던 것입니다.

하나 생김새는 도저히 아담함과는 간격이 뜹니다.

---

* 세계 꼰 실로 성기게 짠 얇은 직물.

도람직한* 얼굴이면서 어딘지 새침한 바람이 돌고, 그런가 하고 보면 생긋 웃는데 눈초리가 먼저 웃습니다.

이 새침새가 남의 조강지처로는 아무래도 팔자가 세겠는데, 마침 고놈 눈웃음이 화류계 계집으로 꼭 맞았습니다. 다시 그의 흐뭇하니 육감적으로 두꺼운 입술은 그 이상의 것을 암시하구요.

옥화는 이 큰댁엘 자주 드나들어, 시아버지 윤 직원 영감의 귀염을 일쑤 받고, 외동서 고 씨의 성미를 맞추기에 노력을 하고, 서울아씨나 이 두 (남편의) 며느리와도 사이가 좋습니다. 능한 외교 수완을 지니고 있는 게 분명한데, 그러고서도 기생으로 세월이 없었다니 좀 이상은 합니다마는, 실상인즉 그러니까 윤 주사 같은 봉을 잡았지요.

옥화는 언제고 여학생 차림을 합니다. 기생의 여학생 차림이란 어딘지 좀 빤지르르한 게 암만해도 프로 취(직업취)가 흐르기는 하는 것이지만, 당자들은 그걸 교정할 용기가 없어, 옥화도 그 본에 그 본입니다. 그래도 옥화 저더러 말하라면 기생은 일시 액운이었고, 인제 다시 예대로 여학생 저를 찾은 것이랍니다.

"두 동세분이 바누질을 하시는군?"

옥화는 영락없이 눈으로 웃으면서, 깍듯이 며느리들더러 허우를 하여, 어서 오시라고 일어서는 인사를 맞대답합니다.

"……그새 다아 안녕허시구?"

옥화는 손에 사 들고 온 과자 꾸러미를 내놓으면서 주객 셋이 둘러앉습니다.

---

* '도리암직하다'의 준말로 얼굴이 동글납작하며 키가 좀 작고 몸매가 얌전함.

"무얼 오실 때마다 늘 이렇게…… 허긴 잘 먹습니다마는!"

박 씨가 치하를 합니다. 미상불 옥화는 언제고 빈손으로 오는 법은 없습니다.

"잘 자시니 좋잖우? 호호…… 그런데 저어, 새서방 소식이나 들었수?"

이건 조 씨더러 가엾어하는 기색으로 묻는 말!

"내가 그이 소식을 알다간 서쪽에서 해가 뜨라구요?"

"원 저를 어째! ……부부간에 의초가 그렇게 아니 좋아서 어떡허우!"

"어떡허긴 무얼 어떡해요! ……날, 잡아먹기밖에 더 허까!"

"아이, 숭헌 소릴…….

옥화는 박 씨가 풀어놓는 비스킷을 저도 하나 집어넣으면서

"……그 얌전한 서방님이, 어째 색신 마댄담? ……그 아우형제가 둘이 다아 얌전하기야 조옴 얌전한가! ……아이 참, 어디 나갔수?"

"누가, 요?"

박 씨는 무슨 소린지 몰라 뚜렛뚜렛합니다.

"누구라니 새서방 ……경손 아버지 말이지…….

"그이가 오기나 했나요?"

"오기나 하다께? ……아, 온 줄 몰루?"

"네에."

"어쩌나!"

"왔어요?"

"오기만! ……아까 저어, 아따 우미관 앞에서 만난걸…… 그리구 언제 왔느냐니깐 아침 차루 왔다구, 그 말꺼정 했는데!"

"그래두 집엔 아니 왔어요!"

"어쩌나! ……저거 야단났군! 호호."

"야단날 일이나 있나요! ……아마 볼일이 바빠서 미처 집엔 들를 틈이
아니 난 게죠."

속은 어떠했던지 박 씨는 그래도 이만큼 사람이 둥글고 덕이 있습니다.

세 여자는 잠깐 말이 없이 잠잠합니다. 시방 박 씨는 남편 종수가 분명
어디 가서 난봉을 피우고 있으려니, 그래도 올라는 왔으니까 얼굴이라도
뵈기는 하겠지, 이런 생각을 혼자 하고 있고, 옥화는 옥화대로 긴한 사무
가 있어, 인제는 이만해도 마을 나온 증거는 만들어놓았으니까 조금만 더
있다가 정작 가볼 데를 가보아야 하겠다는 생각을 하고 있고.

그리고 조 씨는, 옥화의 백금반지야 금반지야 다이아반지가 요란한 고
운 손길이며 진짜 비단으로 휘감은 옷이며를 골고루 여새겨 보면서, 논다
니요 첩데기란 아무래도 이렇게 제 티를 내는 법이니라고, 에이 더럽다고
속으로 비웃고 있습니다.

그러나 진실로 그 속의 속을 캐고 볼 양이면 조 씨는, 옥화가 그렇듯 좋
은 패물이며 값진 옷을 입고 예쁘게 단장을 하고서 한가로이 마음 편히
놀러 다니는 팔자가 부러워 못 견딥니다.

부러웠고, 부러우니까는 오기가 나고, 그래 앙앙한 오기가 바싹 마른
교만을 부리던 것입니다.

이편, 경손이는 다뿍 불평스러운 얼굴을 위정 만들어가지고 안방으로
들어옵니다.

서울아씨와 태식이의 두 가수는 여전히

"……헤야, 하징 아니하고오!"

의 『추월색』 오페라와

"비—, 비—가 오—오. 모—모—가 모—가 자—자—라 자—
라오."

의 맹꽁이 음악을 끈기 있게 쌍주하고 있습니다.

경손이는 심상찮이 불평스러운 얼굴은 얼굴이라도, 일변 매우 조심성 있게 서울아씨가 누웠는 옆에 가 앉습니다.

"그게 무슨 책이죠?"

"『추월색』이란다."

서울아씨는 긴치 않다고 이맛살을 약간 찌푸립니다.

그러나 경손이는 더욱 은근합니다.

"퍽 재밌죠?"

"그렇단다!"

"그럼 나두 한번 봐예지!"

경손이는 혼자 중얼거리고는, 한참 있다가 또!

"……전 서방, 저녁 다아 먹었나? ……대고모가 아까 차려 내보낸 게 전 서방 밥상이죠?"

서울아씨는 속이 뜨끔했으나, 겉만은 아무렇지도 않게 경손을 바라봅니다.

"그렇단다…… 왜 그러니?"

"아뇨, 밥 다 먹었으믄 나가서 돈 좀 달라구 하게요."

"……."

서울아씨는 아까 대복이의 저녁 밥상을 차리러 나서느라고 저도 모르게 일으킨 이변을 비로소 깨달았으나, 그래서 속이 뜨끔했던 것이나, 경손이가 막상 눈치를 채지는 못한 것 같아서 적이 마음이 놓였습니다.

그러나 아직 완전히 안심은 할 수가 없어 좀 더 속을 떠보아야 하겠어서, 슬며시 오페라를 중지하고 짐짓 제 말 나오는 거동을 살피려 드는데, 경손이는 연해 혼잣말로 두런두런

"에이! 고 재—리, 깍쟁이!"

"……."

"고거, 죽어버렸으믄 좋겠어!"

"……."

"그중에 그따위가 병신이 지랄하더라구, 내 참!"

"……."

"아, 글쎄 대고모!"

"왜?"

"아, 대복이 녀석이, 말이우……."

"그래서?"

"내 참! ……내 인제, 마구 죽여놀 테야!"

"아—니, 왜 그래? 무어라구 욕을 하든?"

"욕은 아니라두, 욕보다 더한 소리지 머!"

"무어랬길래 그래?"

"아, 고 병신이, 밤낮 절더러, 대고모 말을 하겠지! 망할 자식 같으니라고!"

서울아씨는 얼굴이 화끈 다는 것을 어찌하지 못했습니다.

"무어라구 내 말을 한단 말이냐?"

"머, 별소리가 많아요! 느이 대고모님은 참 얌전한 부인네라구, 그런 소리두 하구…… 또오……."

"또오?"

"퍽 불쌍하다구…… 소생이 무언지, 소생이라두 하나 있었더라믄 그래두 맘이나 고난치 않았을걸, 어쩌구 그런 소리두 하구……."

"주제넘은 사람두 다아 보겠다! 제가 무엇이 대껴서 날 가지구 그러네

저러네 해?"

말의 뜻에 비해서는 악센트가 그다지 강경하진 않습니다. 대복이를 꾸짖자기보다, 경손이한테 발명이기가 쉽지요.

"그러게 말이에요…… 내 인제, 다시 그따위 소릴 하거던 마구 그냥 죽여놀 테에요!"

"……."

"큰사랑 할아버지께 고해서, 아주 밥통을 떼어놓던지…… 망할 자식! 상놈의 자식이!"

"경손아?"

서울아씨는 긴장한 태를 아니 보이느라고 내려놓았던 『추월색』을 도로 집어 들면서 경손이를 부르는 음성도 대고모답게 상냥하고도 위의가 있습니다.

경손이의 대답 소리도 거기 알맞게 대단히 삼가롭습니다.

"너, 애여 남허구 시비할세라?"

"네에."

"대복이가 했단 소리가, 다아 주저넘구 하긴 하지만, 넌 아직 어린애니깐 남하구 시빌 하구 그래선 못써요! ……좀 귀에 거실리는 소릴 하더래두 거저 들은 숭 만 숭하는 것이지, 응?"

"네에."

"그리구, 그런 되잖은 소리 들었다구, 이 사람 저 사람한테 옮기지두 말구…… 그따위 소린 한 귀루 듣구 한 귀루 흘려버릴 소리 아냐?"

"네에, 아무더러두 얘기 아니 허께요!"

경손이는 푸시시 일어서고, 서울아씨는 도로 오페라를 계속하려고 합니다.

"밥이나 다아 먹었나? 작자가!"

경손이는 혼자 중얼거리면서 미닫이를 열다가 짐짓 머뭇머뭇하는 체하더니

"대고모?"

하고 어렵사리 부릅니다.

"왜?"

"저어, 저녁이라 말하기가 안돼서 그러는데요!"

"그래?"

"내일 대복이한테 타서 도루 가져다 드리께, 저어, 돈 이 원만!"

"돈은 이 원씩이나 무엇에 쓰니?"

"좀 살 게 있어서 그래요!"

서울아씨는 더 묻지도 않고 일어서더니 의걸이를 열쇠로 열고는 속서랍에서 일 원짜리 두 장을 꺼내다가 줍니다.

대체 서울아씨가 다른 사람도 아니요, 경손이한테 돈을 이 원씩이나 주다니, 그것 또한 이변이 아닐 수 없습니다. 오늘 저녁처럼 경손이가 서울아씨를 존경(?)하고 서울아씨는 경손이한테 상냥하게 굴고 한 적도 물론 전고에 없는 일이고요.

"내일 대복이한테 타서 드리께요?"

경손이는 두 손 받쳐 돈을 받고, 서울아씨는 그 소리를 도리어 나무람하되

"내가 네게다가 돈 취해줄 사람이더냐? ……그런 소리 말구, 가지구 가서 써요!"

다 이렇습니다.

가령 받고 싶더라도 아니 받을 생각을 해야지요. 살쾡이가 닭 물어다

먹고서 갚는 법 있나요.

경손이는, 네에 그러겠습니다고, 더욱 공손히 대고모 안녕히 주무세요 란 인사까지 한 후에 마루로 나오더니 안방에다 대고 헛바닥을 날름, 코를 실룩, 눈을 깨끗, 오만 양냥이 짓을 다 합니다.

구두를 신노라니까 등 뒤에서 마루의 괘종이 아홉 시를 칩니다.

아홉 시면 지금 가더라도 〈모로코〉밖에 못 볼 텐데 어쩔꼬 싶어 작정을 못 한 대로 나가기는 나갑니다. 아무튼 나가보아서 영화를 보든지, 영화는 내일 밤으로 미루고 동무를 불러내어 그 돈 이 원을 유흥을 하든지 하자는 것입니다.

안대문은 잠겼고, 그래 사랑 중문으로 가는데 큰사랑에 춘심이가 와서 있는 것이 미닫이의 유리쪽으로 얼핏 들여다보였습니다.

경손이는 잠깐 서서 무엇을 생각하다가, 잠자코 대문 밖으로 나가더니 조금 만에 되짚어 들어오면서

"삼남아?"

하고 커다랗게 부릅니다. 삼남이는 벌써 십오 분 전에 잠이 들었으니까 대답이 없고, 대복이가 건넌방 앞문을 열고 내다봅니다.

"여기 춘심이라구 왔수? 어떤 여편네가 대문 밖에서 좀 불러달래우!"

경손이는 대단히 성가신 심부름을 하는 듯이 볼멘소리로 투덜거려놓고는, 이내 돌아서서 씽씽 나가버립니다.

대복이가 전갈을 하기 전에 춘심이는 제 귀로 알아듣고 뛰어나와서 납작 구두를 신는 둥 마는 둥 대문 밖으로 달려 나옵니다.

대복이나 윤 직원 영감은 경손이가 하던 소리를 곧이를 들은 건 물론이요, 춘심이도 깜빡 속아 제 집에서 누가 부르러 온 줄만 알았습니다.

춘심이는 대문 밖으로 나가서 문등이 환히 비치는 골목을 둘레둘레, 왔

으면 어머니가 왔을 텐데 어디로 갔는고, 하고 밟아 나옵니다.

마침 옆으로 빠진 실골목 앞까지 오느라니까, 경손이가 그 안에서 기침을 합니다.

춘심이는 비로소 경손한테 속은 줄을 알고는 골딱지가 나려다가 생각하니 반가워, 해뜩해뜩 웃으면서 쫓아갑니다. 경손이도 말없이 웃고 섰습니다.

"울 어머니 어딨어?"

"느이 집에 있지, 어딨어?"

"난 몰라! ……들어가서 영감님더러 일를걸?"

"머야? ……흥! 연앨 톡톡히 하시는 모양이군? ……오래잖아 우리 큰사랑 할머니 한 분 생길 모양이지?"

"몰라이! 깍쟁이……."

춘심이는 마구 보풀을 내뗍니다. 속이 저린 탓으로, 경손이가 혹시 아까 윤 직원 영감과 반지 조건을 가지고 연애 계약을 하던 경과를 죄다 듣고서 저러는 게 아닌가 싶어, 젖내야 날값에 그래도 계집애라고 그런 연극을 할 줄 알던 것입니다. 게나 가재는, 나면서부터 꼬집을 줄 알 듯이요.

"……머, 내가 누구 때문에 밤낮 여길 오는데 그래…… 늙어빠지구 귀인성 없는 영감님이 그리 좋아서? ……남 괜히 속두 몰라주구, 머…….."

춘심이는 제가 지금 푸념을 해대는 말대로, 늙어빠지고 귀인성 없는 윤 직원 영감이 결단코 좋아서 오는 게 아니라, 윤 직원 영감한테 오는 체하고서 실상은 경손이를 만나러 온다는 게, 그게 정말인지 아닌지는 춘심이 저도 모르는 소립니다. 아마 보나 안 보나 윤 직원 영감과 경손이를 다 같이 만나러 오는 것이기 십상일 테지요.

그러나 시방 이 경우 이 자리에서는 단연코 경손이 때문에 온다는 것으로, 팔팔 뛰지 않지 못할 만큼 춘심이도 본시, 그리고 벌써, 계집이던 것입니다. 천하의 계집치고서, 멍텅구리 외에는 남자를 속이지 않는 계집은 아마 없나 보지요?

춘심이는 윤 직원 영감한테 다니기 시작한 지 세 번째 만에 경손이를 알았습니다.

석양쯤 해선데, 춘심이가 윤 직원 영감이 있으려니만 여겨 무심코 방으로 쑥 들어서니까, 커—다란 윤 직원 영감은 간데없고, 웬 까까중이의 죄꼬만 도련님이 연상 앞에서 라디오를 만지고 있었습니다.

좀 무색했으나, 고 도련님 예쁘게도 생겼다고, 함께 동무해서 놀았으면 좋겠다고 생각했습니다.

경손이는 뚱뚱보 영감한테 들켰나 해서 깜짝 놀랐으나, 이어 아닌 걸 알고, 한데 요건 또 웬 계집앤고 싶어 춘심이를 마주 짯짯이 쳐다보았습니다.

전에 이 큰사랑에 오던 계집애는 이 계집애가 아닌데…… 그것들은 모두 빌어먹게 보기 싫었는데…… 요건 어디서 깜찍하니 고거 예쁘게는 생겼다…… 동무해서 놀았으면 좋겠다…… 경손이 역시 이렇게 생각했습니다.

연애에는 소위 퍼스트 임프레션이라는 게 제일이라구요. 과연 둘이 다 같이 첫인상이 만점이었습니다.

그래, 하나는 문지방을 잡고 서서, 하나는 라디오의 스위치를 잡고 앉은 채 한참이나 서로 쳐다보았습니다. 그러다가 경손이가 먼저

"너, 누구냐?"

하면서 눈에 나타난 호의와는 다르게 텃세하듯 따지고 일어섭니다.

"넌, 누구냐?"

춘심이 역시 말소리는 강경합니다. 적어도 이 댁에서 제일 어른이요 제일 크고 뚱뚱한 영감님, 그 어른한테 다니는 낸데, 제까짓 것 까까중이 도련님이면 소용 있느냔 속이겠다요.

경손이는 장히 시쁘다고, 바짝 다가와 춘심이를 들여다봅니다.

"그래, 난 이 댁 되련님이다!"

"피이…… 되련님이 아니구 영감님이믄 사람 하나 궂힐* 뻔했네!"

"요 계집애 검방지다!"

"아니믄? ……병아리 새끼처럼 텃셀 해요!"

"요것 보게…… 너 요것, 주먹 하나 먹구퍼?"

"때리믄 제법이게?"

"정말?"

"그래!"

"요―걸!"

경손이가 번쩍 들이대는 주먹이 코끝으로 육박을 해도 춘심이는 꼼짝 않고 서서 웃습니다. 웃음도 나름이지만, 이건 호의가 가득한 웃음입니다.

"하하, 고거 야!"

경손이는 주먹을 도로 내리면서 좋게 웃습니다. 역시 춘심이처럼 호의가 가득한 웃음입니다.

"왜 안 때려?"

"울리믄 쓰나!"

"내가 울어?"

"네 이름이 무어지?"

---

* 죽게 할.

"알면서 물어요!"

"내가, 알아?"

"그—럼!"

"내가?"

"너—너— 하는 건 무언데?"

"오옳지! 너라구 했다구! 하하하…… 그럼, 아가씨 존함이 누구시오?"

"누가 아가씨랬나? 해해해……."

"하하하…… 무어냐? 이름이……."

"춘, 심……."

"응, 춘심이…… 그리구, 나인?"

"열다섯 살……."

"하! 나허구 동갑이다!"

"정말?"

"응!"

"이름은?"

"경손 씨."

"경손 씨? ……활동사진 배우 이름 매니야*……."

"안 돳! 되련님 이름을 그런 데다가 빗대다니……."

"피이!"

"그래두!"

"어쩔 테야?"

"한 대 먹구 싶어?"

---

* 당시 영화감독이자 배우였던 이경손과 이름이 같다는 뜻.

경손이는 또 주먹을 들이댑니다. 그러나 그게 아까 먼저보다는 도리어 무름하건만, 무름할 뿐더러 정말 때릴 의사가 아닌 줄을 빠안히 알면서도 춘심이는 허겁스럽게 엄살 엄살, 다시 안 그런다고 항복을 합니다.

"다신 안 그러기다?"

"응!"

"응…… 그리구……."

"무어?"

"아—니…… 참, 너두 기생이냐?"

"응!"

"요릿집이두 댕기구? 응, 인력거 타구?"

"응!"

"그리구서?"

"무얼?"

"인력거 타구, 요릿집이 가서?"

"손님 앞에서 소리두 하구, 술두 치구……."

"그리구?"

"다— 놀믄 인력거 타구 집으로 오구……."

"그거뿐?"

"뿐!"

"돈은? 아니 받구?"

"왜 안 받아!"

"얼마?"

"한 시간에 일 원 오십 전……."

"꽤다! ……몇 시간이나?"

"대중없어……."

"갈 땐 이렇게 입구 가니?"

"야단나게? ……쪽 찌구 긴치마에 보선 신구 그리구……."

"하하하."

"해해해."

이때 마침 대문간에서 윤 직원 영감의 기침 소리가 들려, 이 장면은 그 대로 커트가 됩니다. 그러나 경손이는 총총히

"저—기, 뒤채 내 방으루 놀러 오너라, 응? 쪽……."

하고, 부탁하기를 잊지 않았습니다.

그 뒤로부터 두 아이의 연애는 급속도로 발전을 해갔습니다. 무대는 이 집의 뒤채 경손이의 방과, 영화 상설관과 안국동에 묘한 뒷문이 있는 청 요릿집과, 등이구요.

그사이에 경손이는 춘심이한테 코티의 콤팩트와 향수 같은 것을 선사 했고, 춘심이는 하부다이* 손수건에다가 그다지 줄 수는 없으나 제 솜씨 로 경손이와 제 이름을 수놓아서 선사했습니다. 두 아이의 대강 이야기가 그러했습니다. 그리고 다시, 오늘 밤으로 돌아와서 실골목의 장면인 데…….

경손이는 춘심이가 너무 억울해하니까, 그를 믿고(믿고 안 믿고가 아니 라 도시에 의심을 했던 게 아니었으니까요) 아무려나 농담이 과했음을 속으 로 뉘우쳤습니다.

아마 인간이라고 생긴 것이면, 사내치고서 계집한테 속지 않는 녀석은 없나 보지요.

---

* 일본어로 '부드럽고 윤이 나는 순백색 비단'을 뜻함.

"극장 가자……."

경손이는 이내 잠자코 섰다가 불쑥 하는 소립니다.

이 기교 없는 기교에, 정말 아닌 노염이 났던 춘심이는 단박 해해합니다. 가령 정말로 성이 났었더라도 그러했겠지마는요.

"늦었는데?"

"괜찮아."

"영감님?"

"그걸 핑곌 못 해?"

춘심이는 좋아라고 연신 생글뱅글, 사랑으로 들어가더니, 대뜰에 올라서서

"영감님? 나, 집이 가봐야겠어요!"

합니다.

"오―냐!"

윤 직원 영감의 허―연 수염이 미닫이의 유리쪽을 방 안에 가리며 내다봅니다.

"……누가 불르러 왔더냐?"

"네…… 우리 아버지가 아푸다구, 어머니가 왔어요!"

"그렇거들랑 어서 가보아라…… 거, 무슨 병이 났단 말이냐?"

"모르겠어요. 갑자기 그냥……."

"그럼 무엇 먹은 게 체히여서 곽란이 났넝가 부구나?"

"글쎄, 잘 모르겠어요!"

"어서 가부아라…… 그리구, 곽란이거던 와서 약 가져가거라…… 사향소합환 주께."

"네."

"어서 가부아라…… 그리구 내일 낮에 올라냐? 반지 사러 가게……."

"네."

"꼭 올 티여?"

"네, 꼭 와요!"

"지대리마? ……반지 꼭 사주마?"

"네…… 안녕히 주무세요?"

"오—냐…… 너 혼자 가겄냐?"

"아이! 괜찮아요!"

"무섭거던 삼남이 데리구 가구!"

"무섭긴 무엇이 무서요!"

"그럼 어서 가보구, 내일 오정 때쯤 히여서 꼭 오니랭? 반지 사러 진고개 가게, 응?"

"네."

"잘 가거라, 응!"

"네, 안녕히 주무세요!"

"오—냐, 어서 가거라…… 그리구, 내일 반지 사러 가자?"

반지 소리가 들이 수없이 나오나 봅니다.

걱정도 되겠지요. 제 아범이 병이 났다니, 그게 중해서 내일 혹시 오기가 어렵게 되면 또다시 연애를 연기해야 할 테니까요.

그 육중스러운 임시 첩장인을 위해, 중값 나가는 사향소합환을 주마는 것도 과연 근경속이 그럴듯하기는 합니다.

아무려나 이래서 조손간에 계집애 하나를 가지고 동락을 하니 노소동락일시 분명하고, 겸하여 규모 집안다운 계집 소비 절약이랄 수도 있겠습니다.

그렇지만, 소비 절약은 좋을지 어떨지 몰라도, 안에서는 여자의 인구가 남아돌아가고(그래 한숨과 불평인데) 밖에서는 계집이 모자라서 소비 절약을 하고(그래 칠십 노옹이 예순다섯 살로 나이를 야바위도 치고, 열다섯 살 먹은 애가 강짜도 하려고 하고) 아무래도 시체의 용어를 빌려 오면, 통제가 서지를 않아 물자 배급에 체화와 품부족이라는 슬픈 정상을 나타낸 게 아니랄 수 없겠습니다.

12. 세계 사업 반절기半折記

역시 같은 날 밤이요, 아홉 시가 한 오 분가량 지나섰습니다. 그러니까 방금 창식이 윤 주사의 둘째 첩 옥화가 계동 큰댁에를 들렀다가 며느리뻘 되는 뒤채의 두 새댁들과 말말끝에, 집에는 얼굴도 들여놓지 않은 종수를, 아까 낮에 우미관 앞에서 만났다는 그 이야기를 하고 있는 그 시각과 거진 같은 시각입니다.

과연, 그리고 공교로이, 그 시각에 종수는 그의 병정인 키다리 병호의 인도로 동관 어떤 뚜쟁이 집을 찾아왔습니다.

종수는 새삼스럽게 소개할 것도 없이, 만석꾼 윤 직원 영감의 맏손자요, 창식이 윤 주사의 맏아들이요, 경손이의 아범이요, 윤씨네 가문 빛내는 큰 사업의 제일선 용사 중 한 사람으로서 군수 운동을 하느라고 고향에 내려가 군 고원*을 다니는 사람이요, 그리고 장차 경찰서장이 될 동경 어느 대학 법학과 학생 종학의 형이요, 이러한 그 종숩니다. 주욱 꿰어놓

---

* 관청에서 사무를 돕기 위해 두는 임시 직원.

구 보니 기구가 대단하군요. 뭐, 옛날 지나 땅의 주공周公이라던지 하는 사람은, 문왕의 아들文王之子이요, 무왕의 동생武王之弟이요, 시방 임금의 삼촌今王之叔父이요, 이렇대서 근본 좋고 팔자 좋고 권세 좋고 하기로 세상 우두머리를 쳤다지만, 종수의 기구도 그 양반 주공을 능멸하기에 족할지언정 못하지는 않겠습니다. 이렇듯 몸 지중한 종수가 어디를 가서 오입을 하면 못 해, 하필 구접스레한 동관의 뚜쟁이 집을 찾아왔을까마는 거기에는 사소한 내력과 곡절이 있던 것입니다.

종수는 시방 나이 스물아홉, 생김생김은 이 집안의 혈통인 만큼 헤멀끔하니, 어디 한군데 야무지게 맺힌 데가 없고, 좋게 보아야 포류의 질蒲柳之質*입니다. 혹시 눈먼 관상쟁이한테나 보인다면, 널찍한 그의 얼굴과 훤하니 트인 이마에 만석이 들었다고 할는지 모르지요. 하기야 또 시체는 상학相學도 노망이 나서, 꼭 빌어먹게 생긴 얼굴만 돈이 붙곤 하니까 종작할 수가 없지마는요.

열일곱에 서울로 공부를 올라와서 입학시험을 친다는 것이 단박 낙제를 했습니다. 그대로 주저앉아 강습소 나부랭이를 다니면서 준비를 하는 체하다가 이듬해 다시 시험을 치렀으나 또 낙제……

열아홉 살에 세 번째 낙제, 그리고 다시 그 이듬해 스무 살에는, 스무살이나 먹어가지고 열서너 살짜리 조무래기들과 섭슬려 입학시험을 칠 비위도 없거니와 치자고 해도 지원부터 받아주질 않았습니다.

그해 그러니까 기사년에 종수의 아우 종학이 삼 년 동안 줄곧 낙제를 한 형의 분풀이나 하는 듯이 우등 성적이요 겸하여 첫째로 ××고보에 입학이 되었습니다.

──

* 갯버들처럼 매우 가냘프고 약한 성질.

이때는 벌써 온 집안이 서울로 반이를 해 왔고, 한데 종수는 일이 그 지경이고 보니 어디로 얼굴을 두르나 부끄러운 것뿐, 일변 또 공부 따위는 애초에 하기가 싫던 것이라 아주 작파를 해버렸습니다.

명색이나마 공부를 작파하고 나서는 돈냥이나 있는 집 자식이겠다, 할 노릇이란 빠안한 것, 그동안 조금씩 익혀온 술 먹기와 계집질에 아주 털어놓고 투신을 했습니다.

윤 직원 영감은 어린 손자 자식이, 그야말로 이마빡에 피도 안 마른 것이 주색에 빠졌으니 사람 버릴 것이 걱정도 걱정이려니와, 그보다는 소중한 돈을 물 쓰듯 해서 더욱 심화요, 그런데 그보다도 또 속이 상한 건, 크게 바라던 군수가 장마의 개울물에 맹꽁이 떠내려가듯 동동 떠내려가는 것이었습니다.

그러나 윤 직원 영감은 한 번 실패로 큰 목적을 단념할 사람이 아니었습니다. 그는 두루두루 남의 의견도 듣고 궁리도 해보고 한 끝에, 공부를 잘 시켜 고등관으로 군수가 되는 길은 글렀은즉, 이번에는 군 고원으로부터 시작하여 본관을 거쳐 서무주임으로, 서무주임에서 군수로, 이렇게 밟아 올라가는 길을 취하기로 했습니다.

고향의 군수와는 매우 임의로운 사이요, 또 도지사와도 자별히 가깝고 하니까, 종수를 군 고원으로 우선 앉혀놓고서 운동만 뒷줄로 잘하게 되면, 자아 본관이요, 네에 서무주임이요, 옜소 군수요, 이렇게 수울술 올라가진다는 것입니다.

과연 고향의 군수는 윤 직원 영감의 청대로 선뜻 고원 자리 하나를 종수에게 제공했을 뿐 아니라, 뒷일도 보장을 했습니다.

종수는 제가 군수가 되고 싶다기보다도, 일일이 감독이 엄한 조부 윤 직원 영감 밑에서 조심스럽게 노느니, 고향으로 내려가서 마음 탁 놓고 지낼 것이 좋아, 매삭 이백 원씩 가용을 타 쓰기로 하고, 월급 이십육 원 짜리 군 고원이 되었던 것입니다. 그것이 꼬박 삼 년 전······.

그 삼 년 동안 윤 직원 영감이 자기 손으로 쓴 운동비가 꽁꽁 일만 원하고 삼천 원입니다. 그리고 종수가 운동비라는 명목으로 가져간 것이 이만 원 돈이 가깝습니다. 해서 도합 삼만 원이 넘습니다. 하기야 종수가 가져간 이만 원 돈은 그것이 옳게 제 구멍으로 들어갔는지 딴 구멍으로 샜는지, 알 사람이 드물지요마는······.

그러나 실상은 돈이 삼만여 원만 든 건 아닙니다.

종수가 가용으로 매삭 이백 원씩 가져갔으니 그것이 삼 년 동안 칠천여 원.

종수가 윤 직원 영감의 도장을 새겨가지고 토지를 잡혀 쓴 것이 두 번에 이만여 원이요, 그것을 윤 직원 영감이 일보日步* 팔 전씩 쳐서 도로 찾느라고 이만 오천여 원.

윤 직원 영감의 명의로(도장은 물론 가짜지요) 수형 뒷보증(우라가키)을 해 쓴 것을 여섯 번에 사만 원을 물어주고.

이 두 가지만 해도 칠만 원 돈인데, 그 칠만 원 가운데 종수가 제 손에 넣고 쓴 것은 다 쳐야 단돈 만 원도 못 됩니다. 윤 직원 영감으로 보면 결국 손자 종수에게 사기를 당한 셈인데, 그러므로 물어주지 않고 버틸 수도 없는 것은 아닙니다.

그러나 버티고 볼 양이면 종수가 징역을 가야 하니, 이면상 차마 못 할 노릇일 뿐만 아니라, 더욱이 바라고 바라던 군수가 영영 떠내려가겠은즉, 목마른 놈이 우물 파더라고, 짜나따나** 그 뒤치다꺼리를 다 하곤 했던 것

* 날로 계산하여 일정하게 무는 이자.
** 자나 깨나 언제든지.

입니다.

그래, 이것저것을 모두 합치면 돈이 십만 원하고도 훨씬 넘습니다.

윤 직원 영감은 하도 화가 나고 기가 막혀서, 이 잡아 뽑을 놈아 이놈아, 돈은 무엇에다가 그렇게 물 쓰듯 하느냐고, 번번이 불러올려다가는 도둑놈 닦달하듯 조져댑니다.

그럴라치면 종수는 군수 운동비와 교제비로 쓴다고 합니다.

그렇거들랑 왜 나더러 달래다가 쓸 것이지, 비싼 고리대금업자의 변전을 내느냐고 한다 치면, 할아버지가 언제 돈 달라는 족족 주었느냐고 되레 떠받고 일어섭니다.

물론 윤 직원 영감은 곧이를 듣지는 않지만, 종수의 구실거리는 그만큼 유리했습니다.

해서 윤 직원 영감의 무서운 규모로 삼 년 동안에 십여만 원을 그 밑구멍에다가 들이민 것으로 보아 군수, 즉 양반이라는 것의 매력이 위대함을 알겠는데, 그러나 종수는 아직도 한낱 고원으로 있지, 그 이상 더 올라가지는 못했습니다. 월급만은 한 차례 삼 원이 승급되어, 이십구 원을 받지만요.

하니, 일이 매우 장황스러, 성미 급한 윤 직원 영감으로는 조바심이 나리라 하겠지만, 실상은 고원에서 본관까지 사 년, 본관에서 서무주임까지 삼 년, 서무주임에서 군수까지 다시 삼 년, 도합 십 개년 계획이었기 때문에, 아직 유유히 운동을 계속하는 중입니다.

그 덕에 거드럭거리는 건 좋습니다. 군에 다니는 건 명색뿐이요, 매일 술타령에 계집질, 게다가 한 달이면 사오 차씩 서울로 올라와서는 뚜드려먹고 놉니다. 돈은 물론 제집엣 돈을 사기해먹고, 또 그 밖에 중이 망건 사러 가는 돈이라도 걸리기만 하면 잡아 써놓고 봅니다. 그랬다가 다급하면 그 짓, 제집 돈 사기를 해서 물어주든지, 직접 윤 직원 영감한테 운동 비랍시고 뻐젓이 돈을 타든지 합니다. 이번에 올라온 것도 그러한 일 소간입니다.

얼마 전에 군의 같은 동료가 맡아보는 돈 천 원을 돌려쓴 일이 있는데, 그 돈 채워놓아야 할 날짜가 이삼 일로 박두했고, 일변 술도 날씨 선선해진 판에 한바탕 먹어젖히고 싶고, 이참저참 올라왔던 것인데, 방위가 나빴던지 일수가 사나웠던지, 첫새벽 정거장에서 내리던 길로 일이 모두 꿀리기만 했습니다.

첫째, 어제 시골서 떠나기 전에 전보를 쳐두었는데 키다리 병호가 마중을 나오지 않았습니다. 돈을 얻재도, 술을 먹재도, 오입을 하재도, 종수는 그의 병정인 키다리 병호가 아니고는 꼼짝을 못합니다. 수형을 현금으로 바꾸어 오고, 요릿집과 기생을 분변을 시키고, 더러는 외상 요리의 교섭을 하고, 계집을 중매 서고, 이래서 종수가 서울서 노는 데는 돈보다도 더, 그리고 먼저 필요한 게 병호 그 사람입니다.

그렇기 때문에 미리서 전보까지 쳐두었던 것인데, 정거장으로 나오지를 않았습니다. 이건 병이 났거나 타관에를 갔거나 한 것이라고 낙심을 한 종수는, 그래도 막상 몰라 애오개 산비탈에 박혀 있는 병호의 집까지 찾아갔습니다.

역시 병호는 집에 없고 그의 아낙의 말이, 어제 낮에 잠깐 다녀온다고 나간 채 여태 안 들어왔다는 것입니다. 그렇다면 먼 타관에는 가지 않은 듯싶고, 그것이 적이 다행해서, 들어오는 대로 곧 만나게 하라는 말을 이른 뒤에, 언제고 서울을 올라오면 집보다도 먼저 찾아드는 ××여관에다가 우선 자리를 잡았습니다.

××여관에서 종수는 조반을 먹고 드러누워 늘어지게 한잠을 잤습니

다. 간밤에 침대차가 만원이 되어 잠을 못 잔 것이 피곤도 하거니와, 이따가 저녁에 한바탕 놀자면 정력을 길러두는 것도 해롭진 않았습니다. 또 그러한 필요가 아니라도 병호가 없는 이상, 막대를 잃어버린 장님 같아 저 혼자서는 옴낫*을 못 하니까, 낮잠이 제일 만만합니다.

한잠을 푹신 자고 나니까 오정이 지났는데, 병호는 그때까지도 오지 않았습니다. 종수는 또 한 번 애오개를 나갔다가 그만 허탕을 치고는 답답한 나머지 여기저기 그를 찾아다녀 보았습니다. 그러다가 우미관 앞에서 재수 없이 옥화를 만났던 것입니다.

종수가 도로 여관으로 돌아와서 네 시까지 기다리다가 그만 질증이 나서, 다 작파하고 조부 윤 직원 영감한테 급한 돈 천 원이나 옭아내어 가지고 내려가 버릴까, 내일 하루 더 기다려볼까 망설이는 판에, 키다리 병호가 터덜터덜 달려들었습니다.

"허! 미안허이!"

병호는 말처럼 긴 얼굴을 소처럼 웃으면서 방으로 들어섭니다.

"무얼 핥어먹느라구 밤새두룩 주둥일 끌구 다녔수?"

종수는 일어나지도 않고 버얼떡 누운 채, 전봇대 꼭대기같이 한참이나 올려다보이는 병호의 얼굴을 눈 흘겨주다가 한마디 비꼬던 것입니다. 남더러 전접스러운 소리를 잘하는 것도 아마 윤 직원 영감의 대부터 내림인가 봅니다.

그러나 그보다도 종수는 갈데없는 후레자식입니다.

한 것이, 병호와는 같은 고향인데, 나이 십오 년이나 층이 집니다. 십오 년이면 부집父執**이 아닙니까. 종수 제 부친 창식이 윤 주사가 마흔여섯

---

* 꼼짝할 만큼 적은 움직임.
** 아버지의 친구로 아버지와 나이가 비슷한 어른을 높여 이르는 말. 부집존장.

이요 해서, 사실로 병호와는 네롱내롱하는* 사이니까요.

그런 것을 글쎄, 절하고 뵙진 못할망정 버얼떡 자빠져서는 한단 소리가 무얼 핥아먹느라고 주둥이를 끌고 다녔느냐는 게 첫인사니, 놈이 후레자식이 아니라구요.

하나 병호는 아주 이상입니다.

"머, 그저 모처럼 봉을 하나 잡았더니, 그놈을 뚜디려 먹느라구."

"그래서? ……문밖 별장으루 나갔던 속이구면?"

"응."

"각시 맛두 봤수?"

"미친 녀석! 늙은 사람두 그런 것 바친다드냐?"

"아―무럼! 개가 똥을 마대지?"

둘이는 걸쭉하게 농지거리로 주거니 받거니 합니다. 그러니 결국 종수로 하여금 버르장머리가 없게 하는 것은 이편 병호가 속이 없고 농판스러운 탓이요, 그걸 받아주는 때문입니다.

그러나 남의 병정을 잘 서먹자면 그만큼이나 구―수하지 않고는 붙일상**이 없겠으니 또한 직업인지라 어쩔 수 없다는 게 병호의 변명입니다.

"돈을 좀 마련해야 할 텐데?"

종수는 그제야 일어나더니 잔뜩 쪼글트리고 앉으면서 담배를 붙여 뭅니다.

"해보지…… 얼마나?"

병호의 대답은 언제나 선선합니다.

* 서로 네니 내니 하며 터놓고 지내는.
** 다른 사람과 잘 사귀는 성질. 붙임성.

"꼭 천 원허구 또, 한 오백 원……."

"오늘루 써야 허나?"

"천 원은 내일 해전으루 되면 좋구, 오늘은 오백 원가량만……."

"해보지! ……그렇지만 은행 시간이 지나서, 좀……."

"그러니까 진작 오정 때만 왔어두 좋았지! 핥어먹으러 싸다니느라구……."

"허! 참, 잡놈이네! 비 올 줄 알면 어느 개잡년이 빨래질 간다냐? 네가 몇 시간만 더 일찍 전볼 치지?"

"긴소리 잔소리 인전 고만해두구, 어서, 어떻게 서둘러봐요!"

"날더러만 재촉을 하지 말구, 어서 한 장 쓰게그려!"

"그런데 이번은 말이죠……."

종수는 손가방에서 수형 용지를 꺼내가지고, 일변 쓰면서 이야깁니다.

"……이번은 와리*를 좀 더 주더래두 내 도장만 찍어야 할 텐데?"

"건 어려울걸! ……그런데 왜?"

"아, 지난번에 논을 그렇게 해 쓴 거 일만 오천 원이 새달 그믐 아니오?"

"참, 그렇지…… 그런데?"

"그런데 그거가 뒤집어지기 전에 이거가 퉁겨서 나오구, 그리구서 얼마 아니 있다가 또 그거가 나오구, 그래노면 글쎄 한 가지씩 졸경을 치루기두 땀이 나는데, 거퍼 두 가지씩!"

종수는 쓰던 만년필을 멈추고 혀를 날름날름하면서 고개를 내두릅니다. 졸경을 치른다는 것은 빚쟁이한테 직접 단련이 아니라, 조부 윤 직원 영감한테 말입니다.

---

* 일본어로 '배당, 할당'이라는 뜻.

"그렇잖우? 드뿍 큰 목아치는 크게 해먹은 맛으루나 당한다구. 요것 이천 원짜리 때문에 경은 곱쟁일 치긴 억울해!"

"그두 그렇긴 허이마는……."

병호는 깜작깜작 생각을 하다가는 종수가 도장까지 찍어 내놓는 이천원 액면의 수형을 집어 듭니다. 아무리 가짜 도장일 값에 윤두섭이의 뒷보증이 없는, 단부랑지자 윤종수의 수형을 가지고 돈을 얻다께 하늘서 별따깁니다.

"좀 어렵겠는데에……."

병호는 수형을 만지작만지작, 그 기다란 윗도리를 앞뒤로 끄덕끄덕 연신 입맛을 다십니다.

"쉬울 테면 왜 온종일 당신 기대리구 있겠소? 잔소리 말구 어여 갔다가 와요!"

"글쎄, 가보긴 가보지만……."

병호는 수형을, 빛 낡은 회색 포라 양복 속주머니에다가 건사하고 일어섭니다.

"……가보아서 되면 좋구, 안 되면 달리 또 무슨 방도를 채리더래두…… 아무려나 기대리게……."

"꼭 돼야 해요! 더구나 한 사오백 원은 오늘 우선……."

"흥, 이거 말이지?"

병호는 씨익 웃으며 손으로 술잔 기울이는 흉내를 냅니다. 종수도 따라 웃습니다.

"참새가 방앗간을 그대루 지내우?"

"염려 말게…… 돈이 못 되면 외상은 못 먹나?"

"싫소, 외상은…… 그리고, 요릿집 간죠*뿐이우?"

"각시두 외상 얻어줌세, 끙……."

"어느 놈이 치사하게 외상 오입을 하구 다니우?"

"난 없어 못 하겠더라!"

"양반허구 상놈허구 같은가?"

"양반은 별수 있다더냐?"

한 시간 안에 다녀오마고 나간 병호는, 두 시간 세 시간 눈이 빠지게 기다려놓고서 일곱 시 반에야 휘적휘적, 그나마 맨손으로 돌아왔습니다.

윤 직원 영감의 뒷보증이 없어도 종수의 도장만 보고서 돈을 줄 사람이 꼭 한 사람 있기는 있고, 또 그 사람이면 소절수**를 받아다가 현금과 진배없이 풀어 쓸 수가 있는 자린데, 세상 기고 매고 아무리 찾아다녀야 만날 수가 없다는 것입니다.

이것이, 따로이 슬그머니 욕심이 생겨가지고는, 짐짓 꾸며대는 농간인 것을 종수는 알 턱이 없습니다.

윤종수의 도장 하나를 보고서 수형을 바꾸어줄 실없는 돈장사라고는 이 천지에 생겨나지도 않았습니다. 병호는 그것을 잘 알고 있고, 그러면서도 어쩌면 될 듯한 눈치를 보이는 것은, 우선 수형을 쓰게 하자는 제일단의 공작이었습니다.

그 세 시간 동안 병호는 누구를 찾아다니기는커녕 제 집으로 가서 편안히 누웠다가 온 것도, 그러니까 종수는 알 턱이 또한 없습니다.

"빌어먹을! ……에이 속상해!"

종수는 슬며시 짜증이 나서 피우던 담배를 재떨이에 북북 비벼 던지고는 나가 드러누우면서 두런거립니다.

---

* 일본어로 '계산하다, 돈을 치르다'는 뜻.
** 수표.

"······이럴 줄 알았으면 진작 아까 저물기 전에 집으루나 가서 할아버지께라두 말씀을 했지! 에이, 빌어먹을······."

은연중 병호가 늦게 온 칭원까지 하는 소립니다. 그러나 병호는 그 소리가 귀에 거슬리기보다는 일이 묘하게 얼려간대서 속으로 기뻐합니다.

"여보게?"

"······."

"여기다가 자네 조부님 도장 찍어서 우라가끼하게."

"싫소! ······다아 고만두고, 내일 할아버지께 돈 천 원이나 타서 쓰구 말겠소!"

"웬걸 주실라구?"

"안 주시면 고만두, 머······ 에잇, 속상해!"

"그렇게 있어두 고만, 없어두 고만일 돈이면 애여 왜 쓸려구를 들어?"

"남 속상하는 소리 말아요! 시방 돈 천 원에 여러 집 초상나게 된 걸 가지구······."

"허어! 그 장단에 어디 춤추겠나!"

"아—니, 할아버지 도장 찍구 우라가끼할 테니, 당장 돈 만들어 올 테요?"

"열에 일곱은 될 듯하네마는······ 그러구저러구 간에, 여보게?"

"말 던지우!"

"만일 자네 조부님께 말씀을 해서 돈이 안 되면은 낭패가 생길 돈이라면서? 응?"

"낭패뿐이 아니우······ 내 온, 돈 고까짓 천 원 때문에 이렇게 속상하기라군 생전 츰이요!"

"그러니 말일세. 여그다가 우라가낄 해주면, 시방 나가서 주선을 해보구…… 하다가 안 되면 내일 해보구 할 테니깐, 자넬라커던 이놈은 꼭일 랑 믿지 말구서, 내일 자네 조부님을 조르구. 그렇게 해서 두 군데 중에 되면은 좋잖은가?"

"아, 글쎄 이 당신아!"

종수는 답답하다고 벌떡 일어나 앉으면서 삿대질을 합니다.

"맨 츰에 내가 하던 소린, 한 귀루 듣구 한 귀루 흘렸단 말이요?"

"온 참! ……저놈 논 잽혀 쓴 놈 일만 오천 원짜리허구 연거퍼 튕겨질 테니 안됐단 말이지?"

"이번 치가 먼첨 뒤집어질 테니깐 더 걱정이란 말이랍니다요!"

"그러니깐 말이야. 이번 칠랑 이자나 주구서 두어 번 가끼가엘*하면 될 게 아닌가?"

"가끼가에? 누가 가끼가엘 해준대나?"

"아니 해줄 게 어딨나? 이자를 주는데 왜 아니 해주나?"

"그럼 그래보까? 히히."

종수는 별안간 싱겁게 웃으면서, 언제고 준비해가지고 다니는 윤 직원 영감의 도장으로 아까 그 수형에다가 뒷보증을 해놓습니다.

"되두룩 단돈 백 원이라두 현금을 좀 가지구 오시우?"

구두를 신고 있는 병호더러 부탁을 합니다.

"글쎄, 그렇게 해보지만……."

병호는 돌아서려다가 싱글싱글 웃습니다.

"……자네 거 기생 고만두고서 오늘 저녁일라컨 여학생 오입 하나 해 볼려나?"

---

* 가끼가에. 일본어로 '고쳐 씀', '돌려줄 기일이 지난 차용 증서를 다시 고쳐 쓰는 것'을 뜻함.

"여학생? ……그 희떠운 소리 작작 허슈!"

"아냐! 내 장담허구 대령시킬 테니……."

"진짤?"

"아무렴!"

"정말?"

"허어!"

"아니면 어쩔 테요?"

"내 목을 비여 바치지!"

"그럼, 내기요?"

"내기하세! ……그런데 진짜가 아니면 나는 목을 비여놓구…… 또오, 진짜면?"

"백 원 상급 주지!"

"그래, 내 오는 길에 다아 주문해놓구 오문세."

한 시간이 좀 못 되어서 돌아온 병호는 이번도 허탕이었습니다. 단골로 그새 거래를 하던 세 군데를 찾아갔는데, 하나는 타관에 가고 없고, 하나는 놀러 나갔고, 또 하나는 은행에 예금한 게 없어서 내일이나 입금시키는 형편을 보아야만 소절수라도 발행하겠다고 한다는 것입니다.

이것도 물론 꾸며대는 소리요, 동관의 뚜쟁이 집에 가서 노닥거리다가 오는 길입니다.

"그러면 내일 될 상두 부르군요?"

종수는 생각하던 바와 달라, 소갈찌도 내지 않습니다.

"글쎄?"

"안 될 것 같아?"

"그럴 게 아니라, 이 수형일랑 내게 두었다가, 내가 한 번 더 돌아다녀

볼 테니, 그렇지만 꼭 믿진 말구서, 자네 조부님한테 타내두룩 하게……
그래야만 망정이지, 꼭 되려니 했다가 아니 되는 날이면 낭패가 아닌가?
지금두 오면서두 고옴곰 생각했지만, 그 남의 수중에 있는 돈을 얻어 쓴
다는 게 무척 힘이 들구, 자칫하면 큰일을 잡치기가 쉬운 걸세그려! 아 오
늘 저녁 일만 두구 생각해보게? 남의 돈을 믿었다가 이렇게 누차 낭패가
아닌가?"

근경 있이 타이르듯 하는 말에, 종수는 그렇겠다고 고개를 끄덕거립니
다. 종수가 다소곳하니 곧이듣는 것을 보고 병호는 일이 열에 아홉은 성
사라서 속으로 좋아 못 견딥니다.

병호는 그 이천 원짜리 수형을 제 주머니 속에 넣어두고 내놓지 않을
참입니다.

종수가 저의 조부 윤 직원 영감한테 돈을 타서 쓰면 이 수형은 소용이
없으니까, 대개는 잊어버리고 시골로 내려가기가 십상입니다. 또, 혹시
생각이 나서 찾더라도 포켓을 부스럭부스럭하다가

"아뿔싸! 간밤에 변소에 가서 휴지가 없어서 고만!"

이렇게 둘러댑니다.

만일 윤 직원 영감한테 돈을 타지 못하고, 불가불 수형을 이용해야 할
경우라도 역시 뒤지를 해 없앤 줄로 둘러대고서, 새로 수형을 쓰게 합니
다.

그래 좌우간 그 수형은 제가 홀트려 쥐고 있다가, 일 할 오 부 할이를
뗀 일천칠백 원을 찾아서 집어삼킵니다.

삼켜도 아무 뒤탈이 없습니다. 우선 법적으로 따져서, 하나도 죄가 될
것이 없습니다. 그러나 도시 문제가 그렇게 커지질 않습니다.

그 수형이 나중에 윤 직원 영감의 수중으로 들어가서 필경 종수가 닦달

을 당하기는 당하는데, 종수는 그것이 병호의 야바위 줄 단박 알아내기야 하겠지만, 그의 사람 된 품이 저만 알고서 제가 일을 뒤집어쓰지 결코 그 속을 들춰내도록 박절하진 못한 사람입니다.

뿐만 아니라 그는, 의붓자식 옷 해 입힌 셈만 대지야고, 버릇없는 소리나 해가면서 역시 전과 다름없이 병호를 심복의 병정으로 부릴 것이요, 그것은 사람이 뒤가 없는 소치도 있겠지만 일변 아쉽기도 한 때문입니다.

더구나 일이 뒤집어지기 전에 병호가 미리서, 아 이 사람 종수, 다른 게 아니라 내가 목이 달아나게 급한 사정이 있어서 약시 이만저만하고 이만저만했네. 그러니 어떡허려나? 날 죽여주게. 이렇게 빌기라도 한다면 종수는 그것을 순정인 줄 여겨 오히려 양복이라도 한 벌 해 입힐 것입니다. (옛날의 주공도 사람이 종수처럼 이렇게 어질었다구요?)

"자아, 어서 옷 입구 나서게!"

병호는 일천칠백 원을 먹어둔 바람에 속이 달떠서는 연신 싱글벙글, 종수를 재촉합니다.

"……내일 일은 내일 일이구…… 자아, 오늘 저녁일라컨 위선 산뜻한 여학생 오입을 속짜*루 한바탕 한 뒤에, 어디 별장으루 나가서 밤새두룩, 응?"

"돈두 없으면서 무얼!"

"걱정 말래두! 요릿집은 내가 다아 그웃두룩 할 테니깐 염려 없구, 여학생 오입은 십 원이면 썼다 벗었다 하네!"

"십 원?"

"아무럼! ……잔돈 얼마나 있나?"

---

* 여러 물건 중에 가장 긴요하고 알찬 것.

"한 삼십 원 있지만!"

"됐어! 십 원은 여학생 오입채루 쓰구 이십 원은 요릿집 뽀이 행하루 쓰구, 머어 넉넉허이!"

"그 여학생이라는 게 밀가루나 아니우?"

"천만에! ……글쎄, 목을 비여 바친대두 그러나?"

"더구나, 십 원이면 된다니, 유곽만두 못하잖아?"

"글쎄, 예서 우길 게 아니라, 좌우간 가보면 알 걸 가지구!"

"어디, 한번 속는 셈 대구!"

사맥이 다 이렇게쯤 되어서, 당대의 주공 종수가 이 동관의 뚜쟁이 집엘 온 것입니다.

폐병 앓는 갈빗대 여대치게 툭툭 불거진 연목*을 반자지도 아니요 거무튀튀한 신문지로 처덕처덕 처바른 얕디얕은 천장 한가운데 가서, 십삼 와트 전등이 목을 잔뜩 매고 높다랗게 달려 있습니다.

도배는 몇 해나 되었는지 하얫을 양지가 노—랗게 퇴색이 된 바람벽인데, 그나마 이리저리 쓸려서 제멋대로 울퉁불퉁 떠이고 있습니다. 거기다가 빈대 피로 댓잎(죽엽)을 쳐놓았어야 제격일 텐데, 그 자국이 없는 것을 보면 사람이 붙박이로 거처를 않고, 임시 임시 그 소용에만 쓰는 게 분명합니다.

윗목으로 몇 해를 뜯이 맛을 못 보았는지, 차악 눌린 이부자리가 달랑한 채, 소용이 소용인지라 잇만은 깨끗해 보입니다.

방 안에서는 눅눅한 습기와 곰팡냄새가 금시로 몸이 끈끈하게시리 가득 풍깁니다.

---

* 서까래.

이지러진 사기 재떨이 하나가 방 안의 유일한 가구요, 그것을 사이에 놓고 병호와 종수는 위아랫목으로 갈라 앉아 입맛 없이 담배를 피웁니다.

"멀쩡한 뚜쟁이 집이구면, 무엇이 달라요? 까치 뱃바닥 같은 소릴……."

종수는 이윽고 방 안을 한 바퀴 아까 처음 들어설 때처럼 콧등을 찡그리며 둘러보면서, 목소리 소곤소곤, 병호를 구박을 주던 것입니다.

"글쎄 뚜쟁이 집은 뚜쟁이 집이라두, 시방은 다르다니깐 그래!"

"다를 게 무어람! ……여보, 나두 열여덟 살부터 다녀본 다아 구로오도*야!"

"그땐 말끔 은근짜들뿐이지만, 시방은 이 사람아, 오는 기집들이 모두 상당허네! ……여학생을 주문하면 꼭꼭 여학생을 대령시키구, 과불 찾으면 과불 내놓구, 남의 첩, 옘집 여편네, 빠스걸, 여배우, 백화점 기집애, 머어 무어든지 처억척 잡아 오지!"

"또 희떠운 소리를! ……아니 그래, 과부면 과부라는 걸 무얼루다가 증명허우? 민적 등본을 짊어지구 오우? 여학생은 재학 증명설 넣구 오구, 빠스걸은 가방을 차구 오우?"

"허허허…… 그거야 그렇잖지만…… 아냐, 대개 맞긴 맞느니…… 그렇게 널리 한대서 요샌 뚜쟁이 집이라구 아녀구, 세계사업사라구 하잖나?"

"당찮은 소릴! 여보, 세계사업사란 내력이나 알구서 그리우?"

연전에 관훈동에 있는 어떤 뚜쟁이의 구혈을 경찰서에서 엄습한 일이 있었습니다. 연루자가 수십 명 잡혔는데, 차차 취조를 해 들어가니까, 그 조직이 맹랑할 뿐 아니라, 이름을 세계사업사라고 지은 데는 모두 깜짝 놀랐습니다. 물론 별 의미는 없고, 아마 취체를 기이느라고 그런 엉뚱한

---

* 일본어로 '전문가' 또는 '기생이나 여급 등 접객이 직업인 여자'를 뜻함.

명칭을 붙였던 것이겠지요.

아무튼 그때부터 뚜쟁이 집을 어디고 세계사업사라고 불렀고, 시방은 한 개의 공공연한 은어가 되어버렸습니다.

종수가 그러한 내력을 설명하는 것을 듣고 앉았던 병호는

"허허, 날보담 선생이군!"

하면서 웃고 일어섭니다.

"……자아, 난 먼점 가서……."

"어디루?"

"××원 별장으루 먼점 나가서 이것저것 모두 분별을 해놓구 기대릴 테니, 자넬라컨 처억 재미 볼 대루 보구……."

"그럴 것 무엇 있소? 이왕이니 하나 더 불러오래서, 둘이 같이, 응? 하하하하?"

"허허허허…… 늙은 사람 놀리지 말구…… 그리구 참, 돈은 음식값 무엇 할 것 없이 십 원 한 장만 노파 손에다가 쥐여주구 나오게!"

"그러구저러구 간에, 진짜 여학생이 아니면 당신 죽을 줄 알아요! 괜히!"

"염려 말래두!"

병호는 마루로 나가더니 안방의 노파를 불러내어 무어라고 두어 마디 소곤소곤 이야기를 하고 나서 밖으로 나갑니다.

종수가 시계를 꺼내어 마침 아홉 시 이십 분이 된 것을 보고 있노라니까, 샛문을 배깃이 열고 노파가 담뱃대 문 곰보딱지 얼굴을 들이밉니다.

"한 분이 먼점 가서서 심심하시겠군!"

노파는 병호가 앉았던 자리로 가서 팔짱을 끼고 도사려 앉습니다.

"……아이! 그 새서방님 얼굴두 좋게두 생겼다! 오래잖아 색시가 올

테지만, 보구서 색시가 더 반하겠수, 호호오……."

언변이 벌써 뚜쟁이로 되어먹었고, 게다가 곁목을 질러 웃는 소리가 징그러울 만큼 능청스럽습니다.

"시방 온다는 게 정말 여학생은 여학생입니까?"

종수는 하는 양을 보느라고 말을 시켜놓습니다.

"온! 정말 아니구요! 아주 버젓한 고등학교 다니는 색시랍니다. 머, 밀가룰 가져다가 복색만 여학생으루 채려서 들여밀 줄 알구들 그리시지만, 아 시방이 어느 세상이라구 그렇게 속힐래서야 되나요! 정말 여학생이구말구요, 온!"

"버젓한 여학생이 어째 하라는 공분 아니허구서……."

"오온! 여학생은 멋 모르나요? 다아, 응? 멋이 들어서, 다아 심심소일루 다니는 색시두 있구, 또오 더러는 돈맛을 알구서 다니기두 허구……그렇지만 지끔 오는 색신 노상히 돈만 바라거나, 또 심심소일루 다니는 이가 아니랍니다! 그건 참, 잘 알아두시구, 너무 함부루 다루질라컨 마시우! 괜히……."

"그럼 무엇하러 다니는데요?"

"신랑! 신랑을 고르느라구 그래요. 꼬옥 맘에 드는 신랑을!"

"네에! 그래요오! 으응, 신랑을 고른다!"

"참, 인물인들 오죽 잘났어요. 머, 똑떨어졌죠."

"네에! 그렇게 잘났어요?"

"말두 마시우! 괜히, 담박 반해가지굴랑, 내일이래두 신식 결혼하자구 치마끈에 매달리리다! 호호호……."

"피차에 맘에 들면야 그래두 좋죠. 마침 장가두 좀 가구푸구 하던 참이니깐……."

"그렇게 뒷심을 보실 테거들랑 돈을 애끼지 말구서, 우선 오늘 저녁버틈이라두 척 돈을 좀 몇십 환 듬뿍 쓰세야죠! 그래야 다아 색시두!"

"지끔 오는 인 돈을 바라구 오는 게 아니라면서요?"

"온! 시방야 돈을 아니 바라지만서두, 신랑 양반이 다아 돈이 많구 호협허신 그런 인 줄은 알아야, 다아 맘이 당기죠!"

"옳아! 그두 그렇겠군요! ……나인 몇이라죠?"

"온 어쩌나! 아, 말 탄 서방이 그리 급하랴구, 시방 곧 올 텐데, 호호, 미리서 반하셨구려! 호호호…… 올해 갓 스물이랍니다. 나이두 꼬옥 좋죠!"

마침 대문 소리가 삐그덕 나더니 자박자박

"기세요?"

하고 삼가로운 목소리가 들립니다.

"왔군!"

어느 결에 일어서서 샛문으로 나가려던 노파가 종수를 돌려다보고 눈을 찌긋째긋합니다.

종수는 저도 모르게 약간 긴장이 되어 바깥의 동정에 귀를 기울입니다. 그는 아까부터 노파의 하는 수작이 속이 빠안히 들여다보여, 역시 여학생이란 공연한 소리요, 탈을 쓴 밀가루기 십상이려니 하는 속치부는 하고 있으면서도, 급기야 긴장이 되는 것은 화류계 계집은 많이 다뤘어도 명색이 여학생은 접해보지 못한 그인지라, 얼마간 최면에 걸리지 않질 못한 탓이겠습니다.

노파는 밖으로 나가서 한참 소곤소곤하다가 이윽고 샛문이 열립니다.

"자아, 내가 정말을 했는지, 거짓말을 했는지 보십시오! 이렇게 뻐젓한 여학생을 모셔 왔으니, 자아."

노파가 가려 서서 한바탕 장담을 치고 나더니

"……자아…… 어여 들어와요! 온 부꾸럽긴 무에 그리 부꾸럽담! 다아 신식 물 자신 양반들이, 자아……."

하고 또 한바탕 너스레를 떨면서 모로 비켜섭니다.

십여 년 화류계에서 놀며 치어난 종수도, 어쩐지 압기가 되는 듯, 이 장면에서만은 단박 얼굴을 들고 쳐다볼 담이 나질 않고, 마침 문턱 안으로 한 발 들여놓는 비단 양말을 신은 다리로부터 천천히 씻어 올라갑니다.

놀면한* 비단 양말 속으로 통통하니 살진 두 다리, 그 중간께를 치렁거리는 엷은 보이루의 검정 통치마, 연하게 물결치는 치마주름을 사뿟 누른 손길, 곱게 끊긴 흰 저고리의 앞섶 끝, 볼록한 젖가슴에 맺어진 단정한 고름, 이렇게 보아 올라가는 종수는 어느덧 저를 잊어버리고, 과연 시방 순결을 의미하는 여학생을 맞느니라 싶은 일종의 엄숙한 기분에 잠겨갑니다.

필경 종수의 시선이 여자의 동그스름한 턱으로부터 얼굴 전체로 퍼지려고 하는데, 마침 저편에서도 외면했던 고개를 이편으로 돌리고, 돌려서 얼굴과 얼굴이 딱 마주치는 순간! 그 순간입니다.

"어엇!"

"아이머닛!"

소리는 실상 지르지도 못하고, 남녀는 동시에 숨이 막히게 놀랍니다. 종수는 앉은 자리에서 뒤로 벌떡 자빠질 뻔하다가 겨우 몸을 가누어 고개를 푹 숙이고, 계집은 홱 몸을 날려 마루를 쿵쿵, 구두는 신었는지 어쨌는지 대문을 왈카닥 삐그덕, 그다음에는 이내 조용하고 맙니다.

계집이 달아나자 종수는 정신을 차려 쫓기듯 세계사업사를 도망해 나

---

* 보기 좋을 만큼 알맞게 약간 노란.

왔습니다.

계집은 바로 창식이 윤 주사의(그러니까 즉 종수의 부친의) 둘째 첩 옥화였습니다.

종수는 사람이 밤에 불(광선)을 가진 것이 참으로 고맙고 다행스럽다는 것을 절절히 느끼면서, 자동차를 몰아 동소문 밖 ××원 별장으로 나왔습니다.

병호는 아직 기생도 나오기 전이라 혼자 달랑하니 앉았다가, 종수가 뜻밖에 일찍 온 것이 의아해 자꾸만 캐고 묻습니다.

종수는 부르댈 데 없는 울화가 나는 깐으로는, 아무튼 여학생은 아니었으니 목을 베어내라고 병호나마 잡도리를 해주고 싶었으나 그것도 객쩍은 짓이라서, 그저 온다는 그 여학생이 갑자기 병이 나서 못 온다는 기별이 왔기에, 또 마침 내키지도 않던 참이라 차라리 다행스러워 얼핏 일어섰노라고, 역시 종수 그 사람답게 쓸어 덮고 말았습니다.

13. 도끼 자루는 썩어도……
―즉 당세 신선놀음의 일척― 齣

동대문 밖 창식이 윤 주사의 큰 첩네 집 사랑, 여기도 역시 같은 그날 밤 같은 시각, 아홉 시가량 해섭니다.

큰대문, 안대문, 사랑 중문을 모조리 닫아걸고는 감때사납게 생긴 권투할 줄 안다는 행랑아범의 조카 놈이 행랑방에 버티고 앉아 드나드는 사람을 일일이 단속합니다.

큼직하게 내기 마작판이 벌어졌던 것입니다. 벌어진 게 아니라 어젯밤부터 시작한 것을 시방까지 계속하고 있습니다.

십 전 내기로 오백 원 짱이니 큰 노름판이요, 대문을 단속하는 것도 괴이찮습니다. 그러나 암만해도 괄시할 수 없는 개평꾼은 역시 괄시를 못하는 법이라, 한 육칠 인이나 그중 서넛은 판 뒤에서 넘겨다보고 있고, 서넛은 밤새도록 온종일 지키느라 지쳤는지, 머릿방*인 서사의 방에 가서 곯아떨어졌습니다.

삼칸 마루에는 빙 둘린 선반 위에 낡은 한서가 길길이 쌓였습니다. 한편 구석으로 고려자기를 넣어둔 유리장에다가는 가야금을 기대 세운 게 더욱 운치가 있습니다.

추사의 글씨를 검정 판자에다가 각해서 흰 펭키**로 획을 낸 주련이 군데군데 걸리고, 기둥에는 전통과 활…….

다시 그 한편 구석으로 지저분한 청요리 접시와 정종병들이 섭슬려 놓인 것은 이 집 차인꾼이 좀 게으른 풍경이겠습니다.

방은 양지 위에 백지를 덮어 발라 분을 먹인, 그야말로 분벽, 벽에는 미산美山***의 사군자와 ××의 주련이 알맞게 벌려 붙어 있고, 눈에 뜨이는 것은 연상 머리로 걸려 있는 소치小痴****의 모란 족자, 그리고 연상 위에는 한서가 서너 권.

소치의 모란을 걸어놓고 볼 만하니, 이 방 주인의 교양이 그다지 상스럽지 않을 것 같으면서, 방금 노름에 골몰을 해 있으니 속한이라 하겠으나, 이 짓도 하고 저 짓도 하고, 맘 내키는 대로 무엇이든지 하는 게 이 사

---

* 안방 뒤에 달린 작은 방.
** 일본식으로 '페인트'를 가리키는 말.
*** 목포 출신의 남송 화가 허형.
**** 조선 시대 서화가인 허유의 호.

람 창식이 윤 주사의 취미랍니다. 심심한 세상살이의 취미……

마작판에는 주인 윤 주사와, 그의 손위에 가서 부자요 마작 잘하기로 이름난 박뚱뚱이, 그리고 손아래에는 노름꾼 쩨보 이렇게 세 마작입니다.

모두들 얼굴에 개기름이 번질번질하고 눈곱 낀 눈이 벌겋게 충혈이 되었습니다.

윤 주사는 남풍 말에 시방 장가인데, 춘자 쓰거훠를 떠놓고, 통스 청 일색입니다.

팔통이 마작두요 일이삼 육칠팔 해서 두 패가 맞고, 사오와 칠팔 두 멘스에 구만이 딴 짝입니다. 하니 통스는 웬만한 것이면 무얼 뜨든지 방이요, 만일 육통을 뜨면 삼육구통 석자 방인데, 게다가 구통으로 올라가면 일기통관까지 해서 만지만관입니다.

윤 주사는 불가불 만관을 해야 할 형편인 것이, 오천을 다 잃고 백짜리가 한 개비 달랑 남았는데, 요행 이 패로 올라가면 사천이 들어와서 거진 본을 추겠지만, 만약 딴 집에서 예순 일백 스물로만 올라가도 바가지를 쓸 판입니다.

하기야 윤 주사는 그새 많이 져서 삼천 원 넘겨 폈고 하니, 한 바가지 더 쓴댔자 오백 원이요, 그게 아까운 게 아니라, 청 일색으로 만관, 고놈이 놓치기가 싫어 이 패를 기어코 올리고 싶은 것입니다.

패는 모두 익었나 본데, 손 위에서 박뚱뚱이가 씨근씨근 쓰모*를 하더니

"헤헤, 뱀짝이루구나! 창식이 자네 요거 먹으면 방이지?"

하면서 쓰모한 육통을 보여주고 놀립니다.

***

* 마작 용어인 '쯔모오름'의 약자.

내려오기만 하면 단박 사오륙으로 치를 하고서 육구통 방인데, 귀신이 다 된 박뚱뚱이는 그 육통을 가져다가 꽂고 오팔만으로 방이 선 패를 헐어 칠만을 던집니다.

"안 주면 쓰모하지!"

윤 주사가 쓰모를 해다가 훑으니까 팔만입니다. 이게 어떨까 하고 만지작만지작하는데, 뒤에서 넘겨다보고 있던 개평꾼이 꾹꾹 찌릅니다. 그것은 육칠팔통을 헐어 사오륙으로 맞추고 칠통 두 장으로 작두를 세우고 팔통 넉 장을 앙깡으로 몰고, 팔구만에 칠만변 짱 방을 달고서 팔통 앙깡을 개깡하라는 뜻인 줄 윤 주사도 모르는 게 아닙니다.

그러나 그렇게 한다면 가령 올라간다고 하더라도 청 일색도 아니요 핑호도 아니요, 겨우 멘젱 한 판, 쓰거휘 한 판, 장가 한 판, 도합 세 판이니, 물론 백짜리 한 개비밖에 안 남은 터에 급한 화망은 면하겠지만, 윤 주사의 성미로 볼 때엔 그것은 치사한 짓이요 마작의 도도 취미도 아니던 것입니다.

윤 주사가 팔만을 아낌없이 내치니까, 손위의 박뚱뚱이가 펄쩍 뜁니다. 육칠만을 헐지 않았으면 그 팔만으로 올라갔을 테니까요.

"내가 먹지!"

손아래서 노름꾼 째보가 육칠팔로 팔만을 치하는 걸, 등 뒤에서 감독을 하는 그의 전주가, 아무렴 먹고 어서 올라가야지 하고 맞장구를 칩니다. 째보는 윤 주사가 만관을 겯는 줄 알기 때문에 부리나케 예순 일백 스물로 가고 있던 것입니다.

박뚱뚱이가 넉 장째 나오는 녹팔을 쓰모해 던지면서

"옜네, 창식이……."

"그걸 아까워선 어떻게 내나?"

윤 주사는 그러면서 쓰모를 해다가 쓰윽 훑는데, 이번이야말로! 하고 벼른 보람이던지 과연 똥그라미 세 개가 비스듬히 나간 삼통입니다.

삼사오통이 맞고, 인제는 육구통 방입니다.

윤 주사는 느긋해서 구만을 마악 내치려고 하는데, 마침 머릿방에 있던 서사 민 서방이 당황한 얼굴로 전보 한 장을 접어 들고 건너옵니다. 마작판에서는들 몰랐지만 조금 아까 대문지기가 들여온 것을 민 서방이 받아 펴보고서, 일변 놀라, 한문자를 섞어 번역을 해가지고 왔던 것입니다.

"전보 왔습니다!"

"……."

윤 주사는 시방 아무 정신도 없어 알아듣지 못하고, 구만을 따패*합니다.

노름꾼 째보가 날쌔게

"펑!"

서사 민 서방이 연거푸

"전보 왔어요!"

그러나 창식은 그저 겨우

"응? 전보? ……구만 펑허구 무슨 자야? 어디 어디……?"

"동경서 전보 왔어요!"

"동경서? 으응!"

윤 주사는 손만 내밀어서 전보를 받아 아무렇게나 조끼 호주머니에 넣고 박뚱뚱이의 따패가 더디다는 듯이 쓰모를 하려고 합니다.

"전보 보세요!"

---

* '타패打牌'의 중국어 발음.

"응, 보지. 번역했나?"

"네에."

윤 주사는 쓰모를 해다가 만지면서 전보는 또 잊어버립니다. 사만인데 어려운 짝입니다. 손위의 박뚱뚱이는 패를 헐었지만 손아래 째보는 분명 일사만인 듯합니다.

"전보 긴한 전본데요!"

민 서방이 초조히 재촉을 하는 것이나, 창식은 여전히

"응? ……응…… 이게 못 내는 짝이야! ……전보 무어라구 왔지?"

"펴보세요, 저어."

"응, 보지…… 이걸 내면은 아랫집이 오르는데…… 왜? 종학이가 앓는 다구?"

"아녜요!"

"그럼? ……가마안있자, 요놈의 짝을 어떡헌다? ……나, 전보 좀 보구서! ……이게 뱀짝이야! 뱀짝……."

전보를 보기 위해서가 아니라 쓰모해 온 사만을 따패하면 손아랫집이 올라가고, 올라가면 이 좋은 만관이 허사요, 그러니까 사만을 낼 수가 없고, 그래 전보라도 보는 동안에 좀 더 생각을 하자는 것입니다.

윤 주사는 종시 정신은 마작판의 바닥에다가 두고, 손만 꿈지럭꿈지럭 조끼 호주머니에서 전보를 꺼냅니다.

"……이거 사만이 분명 일을 낼 테란 말이야, 으응!"

"이 사람아, 마작판에 몬지 앉겠네!"

"가만있자…… 내, 이 전보 좀 보구우……."

윤 주사는 왼손에 든 전보를 손가락으로 만지작만지작, 접은 것을 펴가지고는 또 한참이나 딴전을 하다가 겨우 눈을 돌립니다. 번역해논 열석자를 읽기에 그다지 시간과 수고가 들 건 없었습니다.

"빌어먹을 놈……."

잔뜩 이맛살을 찌푸리면서 전보를 아무렇게나 도로 우그려 넣고는

"……에라, 모른다!"

하고 여태 어려워하던 사만을 집어 따악 소리가 나게 내쳐버립니다.

"옳아! 바루 고자야!"

아니나 다를까, 손아래 쩨보가 일사만 방이던 것입니다. 끝수래야 일흔
일백 서른!

"빌어먹을 놈!"

윤 주사는 아들 종학이더러, 전보 조건으로 또 한 번 욕을 합니다. 그러
나 먼저 치는 옳게 그 전보 내용에다가 욕을 한 것이지만, 이번 치는 만관
을 놓친 화풀이로다가 절로 나와진 욕입니다.

"큰댁에 기별을 해야지요?"

드디어 바가지를 쓰고, 그래서 필경 오백 원 하나가 또 날아갔고, 다시
새판을 시작하느라 마작을 쌓고 있는 윤 주사더러, 민 서방이 걱정 삼아
묻는 소립니다.

"큰댁에? 글쎄……."

윤 주사는 주사위를 쳐놓고 들여다보느라고 건성입니다.

"제가 가까요?"

"자네가? ……몇이야? 넷이면 내가 장이군…… 자네가 가본다?"

"네에."

"칠 잣구…… 그래두 괜찮지…… 아홉이라, 칠구 열여섯……."

윤 주사는 패를 뚜욱뚝 떼어다가 골라 세웁니다.

"그럼, 다녀오까요?"

"글쎄…… 이건 첨부터 패가 엉망이루구나! ……인제는 일곱 바가지나 쓴 본전 생각이 간절한걸…… 가긴 내가 가보아야겠네마는…… 자네가 가더래두 내가 뒤미처 불려가구 말 테니깐…… 녹발 나가거라…… 그놈이 어쩐지 눈치가 다르더라니! ……빌어먹을 놈!"

"차 부르까요?"

"응!"

"마작 시작해놓구 어딜 가?"

박뚱뚱이가 핀잔을 줍니다.

"참, 그렇군…… 그럼 어떡헌다? ……남풍 나갑니다!"

"네에, 여기 동풍 나가니, 펑 하십시오!"

"없습니다!"

윤 주사는 또다시 마작에 정신이 푹 파묻히고 맙니다.

민 서방은 질증이 나서 제 방으로 가버립니다.

이렇게 해서 윤 직원 영감한테나, 그 며느리 고 씨한테나, 서울아씨며 태식이한테나, 창식이 윤 주사며 옥화한테나, 누구한테나 제각기 크고 작은 생활을 준 이 정축년 구월 열××날인 오늘 하루는 마침내 깊은 밤으로 더불어 물러갑니다.

오래지 않아 새로운 날이 밝고, 밝은 그 새날은 그네들에게 다시 어떠한 생활을 주려는지, 더욱이 윤 주사가 조끼 호주머니 속에 우그려 넣고만 동경서 온 전보가 매우 궁금합니다. 하나 밝는 날이면 그것도 자연 속을 알게 되겠지요.

14. 해 저무는 만리장성

만일 오늘이 우리한테 새것을 가져다주지 않고 어제와 꼬옥 같은 것만 되풀이를 한다면, 참으로 우리는 숨이 막히고 모두 불행할 것입니다.

그러나 오늘은 어제와 같으면서도 (어제 치면서도 더 자라난) 한 다른 오늘 치를 우리한테 가져다주고, 그러하기 때문에 그리하는 동안 인간은 늙어 백발로, 백발은 마침내 무덤으로…… 이렇게 하염없어도 인류는 하루하루 더 재미있어간답니다.

그렇듯 반가운 새날이 시방 시작되느라고 먼동이 휘엿이 밝아옵니다.

날이 밝으면서 뚜우 여섯 점 고동이 웁니다. 이 여섯 점 고동에 맞추어 우리 낡은 윤 직원 영감도 새날을 맞느라고 기침을 했습니다.

대단 부지런하고, 이 첫새벽(여섯 점)에 일어나는 부지런은 춘하추동 구별이 없이, 오십 년 이짝 지켜오는 절대의 습관입니다.

윤 직원 영감은 잠이 깨자 맨 먼저 머리맡의 놋요강을 집어 들고, 밤사이 피에서 걸러놓은 독소를 뽑습니다. 신진대사라니, 새날이 새것을 들여다가 새 생명을 떨치기 위하여 묵은 것을 버리는 것입니다. 묵은 것의 배설! 그것은 참으로 좋은 일입니다.

절절 절절, 쏟아져 나오는 액체를 윤 직원 영감은 연방 손바닥으로 받아 올려다가는 눈을 씻고, 받아 올려다가는 눈을 씻고 합니다. 매일 아침 소변으로 눈을 씻으면 안력이 쇠하지 않는다는 것은 전부터 일러오던 말인데, 윤 직원 영감은 시방 그 보안법保眼法을 행하고 있는 것입니다.

삼십 년을 두고 해 내려오는 것인데, 만일 꼬노리야*라도 앓았다면 장

---

* gonorrhea, 임질.

님이 되었기 십상이겠지만, 요행 그렇진 않았고, 소변 보안법의 덕인지 어떤지는 모르겠으나, 미상불 안력이 아직도 좋아서 원체 잔글씨만 아니면 그대로 처억척 보는 건 사실입니다.

누구, 의학박사의 학위 논문거리에 궁한 이가 있거들랑 이걸 연구해서 「뇨尿에 의한 시신경의 노쇠 방지와 및 그 원리에 관하여」라는 것을 한번 완성시킨다면 박사 하나는 받아논 밥상일 겝니다.

윤 직원 영감은 이윽고 안약 장수를 울릴 그 보안법을 행하고 나서는, 자리옷을 여느 옷으로 갈아입은 뒤에, 담뱃대에 담배를 붙여 뭅니다.

푸욱푹 피어오르는 담배 연기가 아직도 한밤중인 듯 전등불이 환히 켜져 있는 방 안으로 자욱이 찹니다. 말도 없고 소리도 없고, 인간이란 단 하나뿐, 사람이 심심하다기보다도 전등과 방 안의 정물들이 도리어 무료할 지경입니다.

담배가 반 대나 탔음 직해서는 삼남이가 부룩송아지 같은 대가리를 모로 둘러, 사팔눈의 시점을 맞추면서 방으로 들어섭니다. 손에는 빨병을 조심조심 들고…….

아침마다 하는 일과라, 삼남이는 들고 들어온 빨병을 말없이 내바치고, 윤 직원 영감 또한 말없이 그걸 받아놓더니, 물었던 담뱃대를 뽑고 연상 서랍에서 소라 껍데기로 만든 잔을 꺼냅니다.

졸졸 졸졸, 놀면한 게, 또 김이 모락모락 오르는 게, 어쩌면 마침 데운 정종 비슷한 것을 잔에다가 그득 따릅니다.

이것이 역시 오줌입니다. 하나, 여느 오줌은 아니고 동변童便이라고, 음양을 알기 전의 어린애들의 오줌입니다.

동변을 받아 먹으면 몸에 좋다는 것도, 오줌으로 보안을 하는 것과 한가지로 옛날부터 일러 내려오던 말입니다. 그걸 보면 요새 그, 오줌에서

호르몬이라든지 무어라든지 하는 약을 뽑는다는 것도 노상 허황한 소리
는 아닌 듯싶고, 만일 그게 사실이라고 하면 오줌에 들어 있는 호르몬을
발견해낸 명예는 아무리 해도 우리네 조선 사람의 조상이 차지를 해야 하
겠습니다.

윤 직원 영감은 오줌을 그처럼 두루 이용하는데, 일찍이 삼십 년 전 오
줌 보안법으로 더불어 이 오줌 장복도 시작했던 것입니다.

시골서는 동변쯤 받아 먹기가 매우 편리했지만, 서울로 오니까는 그것
도 대처(도시)의 인심이라, 윤 직원 영감 말따나, 오줌도 사 먹어야 하게
되었습니다.

이웃의 가난한 집으로 어린애가 있는 데를 물색해서 그 어린애들의 아
침 자고 일어난 오줌을 받아 오기로 특약을 해두었습니다. 그 대금이 매
삭 이십 전…… 저편에서는 삼십 전은 주어야 한다는 것을, 대복이가 십
전만 받으라고 낙가를 시키다 못해, 이십 전에 절충이 되었던 것입니다.

그렇게 오줌 특약을 해두고는, 새벽이면 삼남이가 빨병을 둘러메고서
오줌을 걷어 오는 것이고, 시방도 바로 그 오줌입니다.

윤 직원 영감은 빨병에서 오줌을 따르는 동안, 삼남이는 마침 생*을 한
뿌리 껍질을 벗깁니다.

이건 바로 쩍쩍 들러붙는 약주술로 해장이나 하는 듯이, 쭉 소리가 나
게 오줌 한 잔을 마시고, 이어서 두 잔, 다시 석 잔, 석 잔을 마시자 삼남
이가 생 벗긴 것을 두 손으로 가져다 바칩니다.

"그년의 자식이 엊저녁으 짜게 처먹었넝개비다! 오줌이 이렇게 짠 걸
보닝개……"

---

* 생강.

윤 직원 영감은 상을 찌푸리면서 생을 씹습니다.

오줌이란 본시 찝찔한 것이지만 사람의 신경의 세련이란 무서운 것이어서, 삼십 년이나 두고 매일 아침 먹어온 윤 직원 영감은 그것이 조금 더 짜고, 덜 짜고 한 것까지도 알아맞힙니다.

"……빌어먹을 년의 자식이 아마 간장을 한 종재기나 처먹었넝가 부다!"

"오늘버텀은 간장 한 종재기씩 멕이지 말라구, 가서 말히라우?"

과연 간장을 한 종지씩 먹어서 오줌이 짜고, 그래서 영감님으로 하여금 더 짠 오줌을 자시게 한다는 것은, 삼남이로 앉아 볼 때에 그대로 묵인할 수가 없는 사건이었던 것입니다.

"야—야, 구성읎년* 소리 내지두 마라! 누가 너더러 그런 참견 허라냐?"

"그럼, 구성읎년 소리 안 히라우!"

"참, 너두 딱허다!"

"예."

삼남이는 물에 행구어다 두려고 빨병과 소라잔을 집어 듭니다.

"약 대리냐!"

"예."

"약, 잘 부아서 대려! 어제 아침 치는 약이 너머 졸았더라!"

"예."

삼남이가 나간 뒤에 윤 직원 영감은, 이번에는 보건체조를 시작합니다.

두 다리를 쭈욱 뻗고, 두 팔을 위로 꼿꼿 뻗쳐 올리는 게 준비 동작.

---

* 구성없다. 격에 어울리지 않다.

그다음에 발부리를 목표로, 그것을 붙잡으려는 듯이 허리 이상의 상체와 뻗쳐 올린 두 팔을 앞으로 와락 숙입니다. 그러나 이내 도로 폅니다. 그러고는 또 숙였다가, 도로 또 펴고…….

이렇게 계속해 숙였다가는 펴고 폈다가는 숙이고, 몸이 비대한데 배가 또한 커서 좀 힘이 드는 노릇이긴 하나, 하나, 둘, 셋 연해 세어가면서 쉰 번을 채웁니다. 쉰 번을 채우니까, 아니나 다를까 맨 처음에는 어림도 없던 것이, 뻗은 발부리와 숙이는 손끝이 마침내 맞닿고라야 맙니다.

간단한 ××강장술 비슷하다고 할는지, 하니 그럴 바이면 라디오 체조를 하는 게 좋지 않느냐고 하겠지만, 그거야 젊은 애들이나 할 것이지, 노인이 어디 점잖지 않게시리…….

후줄근하게 땀이 배고 약간 숨이 가쁜 것을, 앞 미닫이를 열어놓고 앉아서 서늘서늘한 아침 바람을 쏘입니다.

날은 훨씬 밝았고, 바람 끝이 소스라치게 싸늘합니다.

"허— 날이 이렇기!"

혼자 걱정을 하는데, 마침 대복이가 아침 문안 삼아, 오늘 하루의 일을 협의할 겸 건너왔습니다.

"이, 날이 이렇기 냉히여서 큰일 안 났넝가?"

"글씨올시다!"

대복이는 문안 인사도 할 사이가 없고, 공순히 꿇어앉습니다.

"……이러다가 되내기(된서리)나 오는 날이면 큰일 나겄는디요."

"나두 허느니 말이네!…… 하누님두 원, 무슨 심청이람 말이여. 서리두 서리지만, 우선 늦베(만종도)*가 영글(결실)이 들 수가 있어야지! 그러잖

---

* 늦벼. 제철보다 늦게 여무는 벼.

이두 그놈의 수행지 급살인지 때민에 도지(도조)를 감히여달라고 생지랄 덜을 허넌디!"

가을로 접어들면서, 윤 직원 영감과 대복이가 노상 걱정을 하게 된 것이 금년 추숩니다. 농형이 대체로 풍년은 풍년이지만, 전라도에 수해가 약간 있었고, 윤 직원 영감네 논도 얼마간 해를 입었습니다. 어느 것은 겨우 반타작이나 되겠고, 어느 것은 사태와 물에 말끔하게 씻겨 내려가서, 벼 한 톨 추수는커녕 그 논을 다시 파 일구는 데 되레 물역이 먹게 생겼습니다.

이것은 지난 백중 무렵에 대복이가 실지로 내려가서 보고 온 것이니까, 노상 소작인들의 엄살로만 돌릴 수는 없는 것입니다.

허기야 그렇다고 해도 윤 직원 영감은 내밀 배짱이 없는 것은 아닙니다.

'우리 논으로 말하면 죄다 도조를 선세로 정했으니까 상관이 없다. 소작 계약에도 씌어 있지만, 흉년이 들어서 추수가 더얼 났다거나 또 아주 없다거나 하더라도, 선세인 만큼 소작인은 정한 대로 도조를 물어야 경우가 옳지 않으냐.

만약 흉년이라고 도조를 감해주기로 든다면, 그러면 그 반대로 풍년이 들어서 벼가 월등 많이 나는 해는 도조를 처음 정한 석수石數*보다 더 받아도 된단 말이냐? 그때에 가서 도조를 더 물라면 물 테냐? 물론 싫다고 할 것이다. 거 보아라. 그러니까 흉년 핑계를 대고서 도조를 감해달라고 하는 것은 공연한 떼다.'

매우 지당한 주장입니다. 그러나 경위는 빠질 게 없는데, 윤 직원 영감의 말대로 하면

---

* 곡식을 섬으로 센 수효.

'세상이 다 개명을 해서 좋기는 좋아도, 그놈 개명이 지나치니까는 되레 나쁘다. 무언고 하니, 그 소위 농지령이야, 소작조정령이야 하는, 천하에 긴찮은 법이 마련되어가지고서, 소작인 놈들이 건방지게 굴게 하기, 그래 흉년이 들든지 하면 도조를 감해내라 어쩌라 하기, 도조를 올리지 못하게 하기, 소작을 떼어 옮기지 못하게 하기……'

이래서 모두가 성가시고 뇌꼴스러워* 볼 수가 없다는 것입니다.

'내 땅 가지고 내 맘대로 도조를 받고, 내 맘대로 소작을 옮기고 하는데, 어째서 도며 군이며 경찰이 간섭을 하느냐?'

이게 도무지 속을 알 수 없고, 해서 불평도 불평이려니와 윤 직원 영감한테는 커다란 수수께끼가 아닐 수 없던 것입니다.

아무튼 싹수가, 줄잡아야 천 석은 두웅둥 뜨게 되었고(물론 배짱대로야 버티어는 보겠지만 도나 군이나 경찰의 권유며 간섭에는 항거를 해서는 못쓰니까 말입니다) 그러자니 생으로 배가 아파 요새 며칠 대복이와 주종이 맞대고 앉으면 걱정이 그 걱정이요, 공론이 어떻게 하면 묘한 꾀를 써서 소작인들을 꼼짝 못하게 하여 옹근 도조를 받을까 하는 그 공론입니다.

그런데 우환 중에 날이 이렇게 조랭$_{早冷}$을 해서, 벼의 결실을 부실하게까지 하려 드니 더욱 걱정이 안 될 수가 없습니다.

대복이와 이런 이야기 저런 이야기 하는 참에, 삼남이가 약을 달여 짜가지고 들여다 놓습니다. 삼과 용을 주재로 한 보약입니다.

오줌도 먹고 보건체조도 하고, 좋은 보약도 먹고 해서 어떻게든지 몸을 충실히 하여 오래오래 살고 싶은 게 윤 직원 영감의 크고 큰 소원입니다.

만석의 부를 그대로 누리면서(아니, 자꾸자꾸 더 늘려가면서) 오래오래

---

* 보기에 아니꼽고 못마땅해.

백 살 이백 살, 백 살 이백 살이라니, 천 살 만 살(아니 천지가 무궁할 테니, 그 천지로 더불어 무궁토록) 영원히 살고 싶습니다. 이 가산을 남겨두고, 이 좋은 세상을 백 살을 못 살고서 죽어버리다니, 그건 도저히 원통하고 섭섭해 못할 노릇입니다.

옛날의 진시황은 영생불사를 하고 싶어, 동남동녀 오천 명을 동해의 선경으로 보내어 불사약을 구하려고 했다지만, 우리 윤 직원 영감도 진실로 그만 못지않게 영생의 수명을 누리고 싶습니다.

허기야 걸핏하면 머, 내가 앞으로 오십 년을 더 살겠느냐, 백 년을 더 살겠느냐, 다직* 한 십 년 더 살다가 죽을걸…… 어쩌구 육장 이런 소리를 하곤 하기는 합니다.

물론 그것이 천지의 공도요 하니까 사실도 사실이겠지만, 윤 직원 영감은 비록 말은 그렇게 할값에, 마음은 결단코 앞으로 한 십 년 고거나 더 살고서 죽고 싶진 않습니다.

절대로 영생불사…… 진시황과 같이 간절하게 영생불사를 하고 싶습니다.

윤 직원 영감이 재산을 고이고이 지키면서 더욱더욱 늘리고, 일변 양반을 만들어내고자 군수와 경찰서장을 양성하고 하는 것은, 진시황으로 치면 오랑캐를 막아 진나라를 보전하기 위해 만리장성을 쌓던 역사적이요 세계적인 그 토목 사업과 다름없는 역사적인 정신적 토목 사업입니다.

만 리의 장성을 높이 쌓아, 나라를 천지로 더불어 길이길이 지키고, 나는 불사약을 먹어 이 나라의 주재자로 이 영광을 무궁토록 누리고…… 하자던 진시황과, 만석꾼의 가산을 더욱 늘려가면서 천지로 더불어 길이길

---

* 기껏.

이 지키고, 양반을 만들어 가문을 빛내되, 나는 오줌을 먹고 보건체조를 하고 보약을 먹고 하여, 이 집안의 가장으로 이 영광을 무궁토록 누리고…… 하자는 윤 직원 영감과, 그 둘은 조금도 서로 다를 바가 없는 것입니다.

그럭저럭 여덟 시가 되자, 윤 직원 영감은 안으로 들어가서 조반을 자시고 나와, 다시 그럭저럭 아홉 시가 되었습니다.

하늘은 씻은 듯이 맑고 햇볕은 양기롭습니다. 정히 좋은 날이요, 윤 직원 영감한테는 그새와 마찬가지나, 새로이 행복된 오늘입니다. 오후쯤 해서는 올챙이와 말이 얼린 수형 조건으로 오천구백오십 원을 주고서 칠천 원짜리 수형을 받아, 일천오십 원의 이익을 볼 테니, 그중 일백오 원은 구문으로 올챙이를 주더라도 일천일백오십오 원*이고 본즉, 오늘도 벌이가 쏠쏠하여 기쁘고.

그런데 오늘은 또 춘심이와 다아 이러쿵저러쿵하게 될 날이어서, 이를테면 특집 호화판입니다.

행복과 만족까지는 모르겠어도, 윤 직원 영감 이외의 다른 식구들도 죄다 평온무사한 것만은 적실합니다.

태식이는 골목 구멍가게에 나가서 맘껏 오마케**를 뽑고 사 먹고 하니, 무사태평을 지나 오히려 행복이고.

경손이는 간밤에 춘심이로 더불어 랑데부를 하면서, 이 원 돈을 유흥하던 추억에 싸여 시방 학과에도 여념이 없는 중이고.

---

* 구백사십오 원의 착오로 보임.
** 일본어로 '경품'이나 '덤'을 뜻함.

서울아씨는 『추월색』을 일찌감치 들고 누웠으니, 오만 시름 다 잊었고……

뒤채의 두 동서는 바느질에 여념이 없는 중, 박 씨는 남편 종수가 오늘은 집에를 들어오겠지야고 안심코 기다리고……

고 씨는 새벽 세 시가 지나 술이 얼큰해 들어오더니 여태 태평몽이고……

동소문 밖 ××원 별장에서는 종수가 배반*이 낭자한 요리상 앞에 기생들과 병호로 더불어 역시 태평몽이고……

옥화는 간밤의 일이 좀 걸리기는 하지만, 뭘 집 한 채와 패물과 또 현금으로 이삼천 원 몽똥그렸으니, 발설이 되어 윤 주사와 떨어져도 그다지 섭섭할 건 없다고 안심이고.

윤 주사도 도합 사천오백 원을 마작으로 펐으나 오천 원도 채 못 되는 것, 술 사 먹은 폭만 대면 고만이라고 새벽녘에야 든 잠이 시방 한밤중이요, 자고 있으니까 동경서 온 그 전보의 사단도 걱정을 잊었고……

다아 이렇습니다아. 그렇고 다시 윤 직원 영감은……

윤 직원 영감은 오정 때에 오라고 한 춘심이를 어째 다뿍 늘어지게 오정 때에 오라고 했던고. 또, 제 아범이 앓는다고 불려갔으니 혹시 못 오기나 하면 어찌하노 해서, 바야흐로 등이 다는 참인데 웬걸, 아홉 시 치는 소리가 때앵땡 나자 고년이 씨이근버어근 해뜩빤뜩 달려들지를 않는다구요!

어떻게도 반가운지! 윤 직원 영감은 앞 미닫이를 더럭 열면서 뛰어나오기라도 할 듯이 엉덩이를 떠들썩, 커다란 얼굴에다가 하나 가득 웃음을 흩트립니다.

---

* 술상에 차린 그릇 또는 거기에 담긴 음식. 흥취 있게 노는 잔치.

"어서 오니라…… 아범은 앓넌다더니 인제 갱기찮어냐?"

"네에, 인저 다 나았어요……."

춘심이는 (속으로 요옹용 하면서) 토방에 가 선 채 방으로 들어가려고도 않습니다.

"……어서 나오세요, 반지 사러 가게요……."

"헤헤헤! 그년이 잊어빼리지두 안 혔네! ……그리라, 가자! 제엔장맞일……."

"내가 그걸 잊어버려요? 밤새두룩 잠두 아니 잔걸! 아, 오정 때 오라구 허신 걸 아홉 점에 왔다면 고만이지 머어…… 어서 옷 입으세요!"

"오―냐, 끙……."

윤 직원 영감은 뒤뚱거리고 일어서서 의관을 차립니다.

"……반지 파넌 가게서 쬐깐헌 여학생이 반지 찐다구 숭보면 어쩔래?"

"남이 숭보는 게 무슨 상관 있나요? 나만 좋았으면 고만이지……."

"으응, 그리여잉! 그렇다면 갱기찮지!"

"갱찮기만 해요? 머……."

"오냐 오냐!"

괜히 속이 굴져서 말이 하고 싶으니까 입을 놀리겠다요.

어제 오후 부민관의 명창대회에 가던 때처럼, 탕건 받쳐 통영갓에, 윤이 치르르 흐르는 안팎 모시 진솔 것에, 하얀 큰 버선에다가 운두 새까마니 간드러진 가죽신에, 은으로 개대가리를 한 개화장에, 합죽선에, 이렇게 차리고 처억 나섭니다.

덜씬* 큰 윤선 옆에 거룻배 하나가 붙어서 가는 격이라고나 할는지, 아

---

* 어떤 것에 비해 그 정도가 썩 더하게.

무튼 이 애인네 한 쌍은 이윽고 진고개 어귀에 나타났습니다.

사람마다 모두들 윤 직원 영감을 한 번씩 짯짯이 보면서 지나갑니다. 더구나 때 묻은 무명 고의적삼에 지게를 짊어지고 붉은 다리를 추어올린 요보*가 아니면, 뒷짐 지고 흰 두루마기에, 어둔 얼굴에, 힘없이 벌린 입에, 어릿거리는 눈으로 가게를 끼웃끼웃, 가만히 들어와서는 물건마다 한참씩 뒤적뒤적하다가 슬며시 나가버리는 센징들만이 조선 사람인 줄 알기를 십상으로 하던 본정통本町通 주민들은, 시방 이 윤 직원 영감의 진고개 좁은 골목이 뿌드웃하게시리 우람스러운 몸집이며 위의 있고 점잖은 얼굴이며 신선 같은 차림새하며가 풍기는 얌반상**의 위풍에 그만 압기라도 되는 듯, 제각기 눈을 홉뜨고서 하— 입을 벌립니다.

좀 심한 천착인 것 같으나, 윤 직원 영감으로 해서 조선 사람에도 요보나 센징 말고 조센노 얌반상이 있다는 것을 그야말로 재인식했다고 할 수가 있겠고, 따라서 윤 직원 영감 자신은 그 필요는커녕 도리어 긴찮은 일로 여기는 것이지만 (그렇기 때문에 애꿎이) 조선 사람을 위해 무언의 만장기염을 토한 셈이 되어버렸습니다.

앞을 서서 가던 춘심이가 초입을 조금 지나 어떤 귀금속 상점 앞에 머무르더니, 진열창 속을 파고 들여다봅니다. 제가 눈 익혀 두었던 그 칠 원 오십 전짜리 반지를 찾는 속인데, 그러나 아무리 들여다보아야 보이질 않습니다.

낙심이 되어, 어쩔꼬 하다가 무슨 생각을 했는지 윤 직원 영감을 데리고 그대로 가게 안으로 들어섭니다.

---

* 일제 때 일본인들이 한국인을 멸시해 이르던 말.
** '양반'의 일본식 발음. 여기에 일본어 '상'이 붙음.

"이랏샤이마세."*

구경도 할 겸, 점원들이 있는 대로 대여섯 일제히 합창을 하고 나섭니다.

춘심이는 점원 하나를 상대로, 권번에서 배운 토막 일어를 이용하여, 문제의 칠 원 오십 전짜리 반지를 찾습니다.

"네에! 그건입쇼……!"

답답히 듣고 있던 점원은 척 조선말로 대응을 합니다.

"……그건 마침 다 팔렸습니다마는, 그거 비슷하구두……."

점원은 부지런히 진열장을 안에서 열고, 빨갱이 파랭이 노랭이 깜쟁이, 모두 올망졸망 알롱달롱, 반지가 들어박힌 곽을 꺼내다 놓더니, 그중 빨갱이 한 놈을 뽑아 춘심이를 줍니다.

"이것이 썩 좋습니다. 아까 말씀하시던 거보다는 훨씬 낫습니다. 뽄두 이뿌구, 돌두 빛깔이 곱구…… 네헤."

춘심이가 받아 들고 보니, 아닌 게 아니라 요전 치보다 더 예쁘고 좋아 보입니다. 다시 왼쪽 무명지에다가 끼어보니까는, 아주 맞춤으로 꼭 맞습니다.

"이거 사주세요."

춘심이는 정가표가 실 끝에서 아른거리는 반지를 손에 낀 채, 윤 직원 영감의 코밑에다가 들이댑니다.

"그게 칠 원 오십 전이라냐? 체—참, 손복허겄다**!"

윤 직원 영감은 두루마기 자락을 젖히고 염낭끈을 풀려다가 점원을 돌아봅니다.

---

* "어서 오세요."
* 손복하다. 복을 일부 또는 전부 잃다.

"……이게 칠 원 오십 전이라면 너머 과허니 조께 깎읍시다?"

"아니올시다! 이건 십 원입니다, 네헤."

"엉? 이게 십 원이여? ……아—니, 너 머시냐, 칠 원 오십 전짜리 산다더니, 십 원짜리를 골르냐?"

"그래두 그건 죄다 팔리구 없다는걸요, 머……."

"그럼 못 사겠다! 다런 디루 가던지, 이담 날 오던지 그러자!"

"난 싫여요! 이거가 꼬옥 맘에 드니깐 이거 사주세야지, 머……."

"에이! 안 될 말!"

윤 직원 영감은 조그마한 걸상에서 커—다란 엉덩이를 쳐듭니다.

"머, 이 원 오십 전 상관이올시다! 네헤……."

점원이 알심* 있게 만류를 하던 것입니다.

"……앉으십쇼. 이게 십 원이라두 칠 원 오십 전짜리보다 갑절이나 물건이 낫습니다. 몸두 훨씬 더 굵구요, 네헤."

"그리두 여보, 원……."

"아 그리구, 할아버지께서 손녀 애기 반질 사주시자면 좀 쓸 만한 걸루, 네헤."

죽일 놈입니다. 아무리 모르고 한 소리라지만, 글쎄 애인끼리를 할아버지요 손녀 애기라고 해놓았으니, 욕치고는 이런 욕이 어디 있겠습니까?

윤 직원 영감은 그렇다고, 너 이놈! 그건 무슨 고연 소린고! 이렇게 나무랄 수도 없는 노릇, 속으로만 창피해 죽겠는데, 그러나 춘심이는 되레 재미가 있다고 생글생글 웃습니다.

"난 머, 이거 꼭 사주어예지 머, 난 싫여요!"

---

* 은근히 동정하는 마음. 보기보다 야무진 힘.

싫다고 하니 다아 의미심장한 말입니다.

"허! 거참…… 으음! 거참!"

윤 직원 영감은 마지못해 도로 앉습니다. 그 두 마디의 탄성이 역시 의미가 심장합니다. 첫마디는 춘심이의 위협에 대한 항복이요, 다음 치는 할아버지와 손녀 애기가 다시금 창피하다는 소리구요.

"그리서? 꼭 그놈만 사야 헌담 말이냐?"

"네에, 헤헤……."

"여보, 쥔 양반?"

"네에, 헤."

"사기년 삽시다. 헌디, 좀 과허니 조깨만 드을 냅시다."

"에누린 없습니다. 네헤. 머, 십 원이라두 비싼 값이 아니올시다. 네."

"머얼 안 비싸다구 그리여! 잔말 말구서 팔 원만 받우!"

"하아, 건 안 되겠습니다. 이건 꼭 정가대루 받어두 이문이 별루 없습니다, 네…… 에 또 저어 기왕 점잖으신 어른께서 말씀하신 거니, 이십 전만 덜해서 구 원 팔십 전에 드리지요, 네헤."

"귀년시리 시방 우넌소리 허니라구! 팔 원만 받어요, 팔 원."

"아, 이런 데 와선 그렇게 에누릴 않는 법이에요! 생선 장순 줄 아시나봐!"

춘심이가 핀잔을 주는 소립니다. 그러고 보니 윤 직원 영감도, 이년아 너는 잠자코 있지 않고서 무얼 초라니처럼 나서느냐고 한바탕 욕을 해야 할 텐데 억지 춘향이가 아니라 애먼 할아버지가 되었으니, 어떻게 손녀 애기더러 쌍스러운 입잣을 놀립니까.

"야—야, 그런 소리 마라! 세상으 에누리 읎넌 흥정이 어디 있다데야? 나넌 나라에 바치넌 세전(세납)두 에누리를 허넌 사람이다!"

점원은, 농담을 잘하는 재미있는 할아버지라고 빈들빈들 웃고만 있습니다.

윤 직원 영감은 꿈싯꿈싯, 염낭에서 돈을 암만큼 꺼내어 조심해서 세어보고 만져보고 또 들여다보고 하더니 별안간 남 깜짝 놀라게시리

"옛소! 팔 원 오십 전이오. 나넌 인제넌 몰루……."

하고 말과 돈을 한꺼번에 내던지고는 몸집까지 벌떡 일어섭니다.

"……가자, 인제넌 다아 되얐다. 어서 가자!"

점원은 기가 막혀서 엉거주춤, 사뭇 붙들 듯 안 된다고 날뜁니다.

다시 한 시간은 넘겨 승강을 했을 겝니다. 마구 싸우다시피 구 원 십 전에 그 반지를 뺏어가지고 가게를 나오니까 열한 시가 훨씬 넘었습니다.

진고개를 빠져나와 전차 정류장으로 광장을 건너가면서, 춘심이는 손에 낀 반지를 깨웃깨웃 못 견디게 좋아합니다.

"춘심아?"

"네에?"

해뜩 돌려다보고 웃으면서 또 반지를 들여다봅니다.

"반지 사서 찌닝개 좋냐?"

"거저 그렇죠, 머……."

"저런 년 부았넝가! 이년아, 나넌 네 때민에 돈 쓰구 망신당허구 그렸다!"

"망신은 왜요?"

"아, 그 녀석이 할아버지가 머? 손녀 애기를 어쩌구 않더냐?"

"해해, 해해해해."

"아무턴지 인제넌 내 말 듣지?"

"네에."

"흐음, 아무럼 그래야지. 저어 이따가 저녁에— 에……."

"네에."

"일찌감치 오니라, 응?"

"네에!"

"날 돌르먼 안 되야?"

"네에."

"꼬옥?"

"글쎄, 걱정 마세요!"

"으음."

"저어 참, 영감님?"

"왜야?"

"우리 저기 미쓰꼬시* 가서, 난찌 먹구 가요?"

"난찌? 난찌란 건 또 무어다냐."

"난찌라구, 서양 즘심 말이에요."

"서양 즘심?"

"네에, 퍽 맛이 있어요!"

"아서라! 그놈의 서양밥, 말두 내지 마라!"

"왜요?"

"내가 그년의 것이 좋다구 히여서, 그놈의 디 무어라더냐 허넌 디를 가서, 한번 사 먹다가 돈만 내버리구 죽을 뻔히였다!"

"하하하, 어떡허다가?"

"아, 그놈의 것 꼭 소시랑을 피여논 것치름 생긴 것을 주먼서 밥을 먹

─────

* 당시의 유명한 백화점.

으라넌구나! 허 참……."

　윤 직원 영감이 만약 전감이 없었다면 춘심이한테 끌려가서 그 서양 점심을 먹느라고 한바탕 진고개에 있어서의 조선 정조를 착실히 나타냈을 것이지만, 요행 그 소위 쇠스랑 펴놓은 것―포옥*에 대한 반감의 덕으로 작파가 되었습니다.

　종로 네거리에서 춘심이를 일단 작별하면서, 또다시 두 번 세 번 다진 뒤에 계동 자택으로 돌아오니까, 마침 뒤를 쫓듯 올챙이가 수형 할인을 해 쓴다는 철물교 다리의 강 씨를 데리고 왔습니다. 대복이도 가타고 했고, 당장 칠천 원 수형을 받고 오천구백오십 원 소절수를 떼어주었습니다. 따로 일백오 원짜리를 구문으로 올챙이한테 떼어준 것은 물론이구요.

　강 씨와 올챙이를 돌려보내고 나니까, 드디어 오늘도 구백사십오 원을 벌었다는 만족에 배는 불룩 일어섭니다.

　간밤에 창식이 윤 주사가 마작으로 사천오백 원을 폈고, 종수가 이천 원짜리 수형을 병호한테 야바위당했고, 이백여 원어치 요리를 먹었고, 그러고도 오래잖아 돈 이천 원을 뺏으러 올 테고 하니, 윤 직원 영감이 벌었다고 좋아하는 구백여 원의 열 곱절 가까운 구천여 원이 날아갔고 한즉, 그것은 결국 옴팡 장사**요, 이를테면 만리장성의 한 귀퉁이가 좀이 먹는 것이겠는데, 그러나 윤 직원 영감이야 시방 그것을 알 턱이 없던 것입니다.

　다시 그리고, 이따가 저녁에 춘심이를 사랑하게 될 행복에 이르러서는 침이 흥건히 괴어 방금 뚜―우 오정 소리를 듣고도 이어 점심을 먹으러 들어갈 여념이 없이, 술에 취하듯 푹신 취해버렸습니다.

　마침 그때입니다. 마당에서 별안간 뚜벅뚜벅 들리는 구두 소리에 무심코

---

* 포크.

** 이익을 못 보고 크게 밑지는 장사.

미닫이의 유리쪽으로 내다보노라니까, 웬 양복 가랑이가 펄쩍거리고 달려들지를 않는다구요!

어떻게도 놀랐는지, 벌떡 일어서서 안으로 피해 들어갈 체세를 가집니다.

요마적* 양복쟁이라고는 좀처럼 찾아오는 법이 없지만, 어찌하다가 더러 찾아온다 치면 세상 그거같이 싫고 겁나는 것은 없습니다.

사람은 누구 없이 뱀을 섬뻑 만나면 대개는 깜작 놀라 몸이 오싹해지고, 반사적으로 적의와 경계의 자세를 취합니다.

이것은 우리의 오래오랜 조상, 즉 사전史前 인류가 파충류의 전성시대에 그들의 위협 밑에서 수백만 년을 항상 공포와 투쟁과 경계를 하고 살아오는 동안, 그것이 어언간 한 개의 본능이 되어졌고, 그러한 조상의 피가 시방도 우리 인류의 몸에 흐르고 있는 때문이라고 말하는 학자가 있습니다.

그럴듯한 해석이고 한데, 윤 직원 영감이 양복쟁이가 찾아오게 되면 우선 먼저 놀라 우선 먼저 피하려 드는 것도 그와 비슷한 것이라고 하겠습니다.

기미년 이후 한동안, 소위 양복 청년이라는 별명을 듣는 사람들한테 그놈 새애까만 육혈포 부리 앞에 가슴패기를 겨냥 대고 앉아 혼비백산, 돈을 뺏기던 일…… 그렇게 돈 뺏기고 혼이 나고 하고서도, 다시 경찰서의 사람들한테 이실고실 참고 심문을 당하느라고 땀을 뻘뻘 흘리던 일…….

지방의 유수한 명망가라고 해서 그네들과 무슨 연락이 있을 혐의는 아니었고, 범인 수사에 필요한 심문을 하던 것인데, 일 당하던 당장 혼백이

---

* 지나간 동안의 아주 가까운 때.

나갔던 윤 직원 영감이라 대답이 자꾸만 외착*이 나곤 해서 피차에 수고로웠습니다.

치가 떨리고 이가 갈리는 게, 언제고 섬뻑 찾아드는 양복쟁이던 것입니다.

그러한 위험객 말고도, 다시 생명보험회사의 외교원······.

누구나 돈냥 있는 사람은 다 겪어본 시달림이지만, 윤 직원 영감도 많이 당했습니다.

하기야 윤 직원 영감 당자는 나이 많으니까 가입할 자격이 없기 때문에, 가로되 자제 몫으로, 가로되 손자 몫으로, 가로되 무슨 몫으로, 이렇게 조릅니다.

윤 직원 영감의 대답은 매우 신랄해서

"게 여보! 원 아무런들 날더러 자식 손자 보험 걸어놓구서, 그것 타 돈 먹자구 그것덜 죽기 배래구 앉었으람 말이오?"

이렇습니다. 그러나 그만 소리에 퇴각할 사람들이 아니요, 찰거머리처럼 붙어 앉아서는 쫀드윽쫀득 졸라댑니다.

이처럼 파기증**을 생으로 내주는 게 역시, 불쑥 찾아오는 양복쟁이던 것입니다. 그리고 그다음이 기부를 받으러 오는 패······.

대개 민간의 교육 사업이나 또는 임시 임시의 빈민 혹은 이재민의 구제 사업인데, 그들이 찾아와서는 사연을 주욱 이야기한 후, 그러니 영감께서도······ 이렇게 청을 합니다.

윤 직원 영감은 다 듣고 나서는, 시침 뚜욱 따고 대답입니다.

"예에! 거 다아 존 일이지요. 히여야 허구말구요······ 그런디 나넌 시방

---

* 착오가 생겨 서로 어그러짐.
** 계약, 약속 따위를 깨뜨리고 싶은 마음.

나대루 수십 년지간 해마닥 수수백 명을 구제허구 있으닝개루, 그런 기부나 구제에넌 참예를 안 히여두 죄루 가던 않얼 티닝개루 구만둘라우!"

"네에! 거 참 매우 장하십니다! 사업은 무슨 사업이신지요?"

객은 듣던 바와는 다르다고 탄복해서, 아무튼 그 사업 내용을 수인사로라도 물어볼밖에요.

"예에…… 내가 시방 한 만석가량 추수를 허우. 그러구 작인이 천 명 가까이 되지요. 그러닝개 천 명 가까운 작인덜한티다가 논을 주어서, 농사를 히여 먹구살게 허녕 게 구제허구넌 큰 구제 아니오?"

이 말에 웬만한 사람은 속으로 웃고 진작 말머리를 돌리겠지만, 좀 귀가 무딘 패는 더욱 탄복을 하여 묻습니다.

"네에! 그러면 근 천 명 되는 소작인들한테 소작료를 받지 않으시구, 논을 무료루 내주시는군요? 네에! 허어!"

"아—니, 안 받으면 나넌 어떻게 허구? ……원 참…… 여보 글씨, 제논 각구 앉어서 도지(소작료)두 안 받구 그냥 지여먹으라구 내주넌 그런 빙신 천치두 있다우?"

윤 직원 영감은 이렇게 당당히 나무랍니다.

듣는 사람은 분반噴飯*할 난센스나 또는 농담으로 돌리겠지만, 윤 직원 영감 당자는 절대로 엄숙합니다.

지주가 소작인에게 토지를 소작으로 주는 것은 큰 선심이요, 따라서 그들을 구제하는 적선이라는 것이 윤 직원 영감의 지론이던 것입니다. 윤 직원 영감의 신경으로는 결코 무리가 아닙니다. 논이 나의 소유라는 결정적 주장도 크지만 소작 경쟁이 언제고 심하여, 논 한 자리를 두고서 김 서

---

* 참을 수 없어 웃음이 터져 나옴.

방 최 서방 이 서방 채 서방 이렇게 여럿이, 제각기 서로 얻어 부치려고 청을 대다가는 필경 그중의 한 사람에게로 권리가 떨어지고 마는데, 김 서방이나 혹은 이 서방이나 또는 채 서방이나에게로 줄 수 있는 논을 최 서방 너를 준 것은 지주 된 내 뜻이니까, 더욱이나 내가 네게 적선을 한 것이 아니냐? ……이것이 윤 직원 영감의 소작권에 의한 자선사업의 방법론입니다.

윤 직원 영감은 그리하여 자기가 찬미하는, 가령 경찰행정 같은 그런 방면의 사업에다가 자진하여 무도장 건축비를 기부한다든지 하는 외에는 소위 민간 측의 사업이나 구제에는 절대로 피천* 한 푼 내놓질 않는 주의 요, 안 할 사람인데, 번번이들 찾아와서는 졸라대고 성가시게 하고 하는 게 누군고 하면, 역시 양복쟁이던 것입니다.

이와 같이, 시골서 이래로 근 이십 년 각종 양복쟁이에게 위협과 폐해와 졸경을 치르던 윤 직원 영감인지라, 인류의 조상이 수백만 년 동안 파충류와 싸우고 사느라 그들을 대적하고 경계하고 하는 본능이 생겨 그 피가 시방 우리의 몸에까지 흐르고 있듯이, 윤 직원 영감도 양복쟁이라면 덮어놓고 적의가 솟고, 덮어놓고 싫어하는 제이의 본능이 생겨졌습니다.

윤 직원 영감은 그래서 방금 뚜벅거리고 달려드는 양복가래쟁이를 보자마자, 엣 뜨거라고 벌떡 일어서서 뒷문을 열고 안으로 피신을 하려는 참인데, 그러나 시기는 이미 늦어 양복쟁이가 앞 미닫이를 연 것이 더 빨랐습니다.

화가 나서 홱 돌려다보니까, 요행으로 낯선 양복쟁이가 아닌 게 안심은 되었지만, 속아 놀란 것이 그담에는 속이 상합니다.

* 매우 적은 액수의 돈.

"야, 이 잡어 뽑을 놈아, 지침이나 좀 허구 댕기라!"

방금 동소문 밖 ××원 별장의, 그야말로 주지육림으로부터 돌아오는 종숩니다.

욕은 담배 한 대 피우는 정도로 언제나 먹어두는 것, 아무렇지도 않아 하고 조부에게 절을 한자리 꾸벅, 무릎을 꿇고 앉습니다.

"무엇허러 또 올라왔냐?"

"볼일두 좀 있구, 그래서……."

"볼일이랑 게 별것 있간디? 매양 돈이나 뺏으러 쫓아왔지? ……권연시리 돈 소리 헐라거던 아예 내 눈앞으 뵈지두 말구 가빼리라!"

이렇게 발등걸이를 당하고 보니, 종수는 마치 샘고누*의 첫 구멍을 막힌 격이라 말문이 어디로 열릴 바를 몰라 잠시 고개만 숙이고 대답이 없습니다.

"대체 너넌 그년의 군순지 막걸린지넌 어떻게 되넌 심이냐? 심이!"

화가 아니 났더라도 짐짓 난 체해야 할 판, 이윽고 재떨이에 담뱃대를 땅따앙, 음성도 역정스럽던 그대로 딴 조목을 들어 지천을 합니다.

"……응? 그놈의 군수 하나 바래다가 고손자 × 패겠다, 네엔장맞일!"

십 년 계획이라 속은 말짱하면서도, 주마가편이라니 재촉을 해, 십 년보다 더 속히 되면 속히 될수록 좋은 노릇이니까요. 그러나 이 말에서 종수는 언뜻 돈 발라낼 꾀가 생각이 났습니다.

"그건 염려 없어요. 그리잖어두 이번에 그 일 때문에 겸사겸사해서……."

"응? 거 듣너니 반간 소리다! ……그리서? 다 되았냐?"

---

* 땅이나 종이에 말밭을 그리고 두 편으로 나누어 말을 많이 따거나 길을 막는 것을 다투는 놀이인 '고누'의 하나.

단박 풀어져서 좋아합니다. 참으로, 애기같이 천진난만한 할아버집니다.

"오라잖어서 본관 사령은 나올려나 봐요!"

"그리여? 참말이냐?"

"네에."

"그렇다면 작히나 좋겠냐! 그런디 그담에, 참말루 군수는 은제 되냐?"

"그건 본관이 된 댐엔, 다아 쉬어요!"

"그렇더래두 몇 해 있어야 될 것인디?"

"한 사오 년이! ……그런데 저어……."

"응?"

"이번에 계제에 한 이천 원 좀 들여야 일이 수나롭겠어요!"

"그러면 그렇지! 그러면 그리여!"

윤 직원 영감은 펄쩍 뜁니다. 마침 옛날의 그 혼란스럽던 판임관, 그리고 그 윗길 주임관, 그들의 금테 두른 양복, 금장식한 칼, 이런 것을 손자 종수에게 입혀놓고 양반의 위풍을 떨치는 장면을 연상하면서, 비록 시방은 그러한 제복이 없어는 졌을망정 판임관이면 금테가 한 줄, 다시 주임관으로 군수가 되면 금테가 두 줄, 이렇대서 한참 좋아하는 판인데 밉살머리스럽게 돈 소리를 내놓고 앉았으니, 고만 정이 떨어지고, 또다시 부아가 버럭 나던 것입니다.

"……잡어 뽑을 놈! 권연시리 돈이나 협잡질헐라닝개루, 시방 쫓아 올라와서넌, 씩둑꺽둑, 날 돌라먹을라구 그러지야? 누가 네 속 모를 줄 아냐? 글씨 일 다아 되얐다면서 무슨 돈이 이천 원이나 드냐? 들기를……."

"지가 쓸려구 그리는 게 아니에요!"

"늬가 안 쓰구, 그러면 여산 중놈이 쓴다냐?"

"선삿감으루 금강석 반질 하나 살려구 그래요!"

"뭐어? ……아—니 세상에 이천 원짜리 반지가 어디 있으며, 또오 있다구 치더래두, 그 사람은 그걸 손꾸락으다 찌구 베락을 맞이라구, 이천 원짜리 반지를 사다가 슨사를 헌담 말이냐? 죽으머넌 썩을 놈의 손꾸락으다가, 아무리 귀골이기루서니 이천 원짜리를 찌다께, 베락 맞일 짓이 아니여! 나넌 보닝개루 구 원 십 전짜리두 버젓허니 좋기만 허더라…… 대체 누가 조작이냐. 네 소견이냐? 누가 시켜서 그러냐?"

"군수 영감이 그리세요. 저 거시키, 요전번 올라왔을 때 마침 지전 씰 만났었는데, 할아버지두 잘 아시잖어요? 왜 저 총독부 내무국에 있는 그 지전 씨!"

"그래서?"

"구경을 나온 길인지, 부인허구 아이들을 모두 데리구 미쓰꼬시루 들어오는 걸 만났더래요. 퍽 반가워하면서, 제 말두 묻구, 잊어버리던 아니 했노라구…… 그러면서 같이 산볼 하자구 해서 미쓰꼬시 안을 여기저기 둘러보는데, 마침 귀금속부에 갔다가 지전 씨 부인이 이천 원짜리 금강석 반지를 내논 것을 보더니, 퍽 가지구퍼 하더래나요? 그러니깐 지전 씨가 웃으면서, 나두 사주구는 싶어두 어디 돈이 있느냐구. 그러니깐 부인이 여간 섭섭해하는 기색이 아니더래요. 그런 때 군수 영감은 재갸가 돈만 있었으면 단박 사서 선살 했으면, 다른 때 만 원을 들인 것보다두 생색이 더 나겠는데, 원체 재갸한테는 지닌 게 없기두 했지만 큰돈이라 생심을 못 했다구……."

"그러닝개루 그걸 너더러 사서 지전 씨네 집으다가 슨사를 허라더람 말이여?"

"네에, 마침 또 꼭지가 물러가는 눈치구 하니깐, 이 계제에 그래뒀으면 유리할 것 같다구요……."

윤 직원 영감은 말없이 담배만 빽빽 빨고 있습니다. 어떻게 생각하면 정말 같기도 합니다. 또 어떻게 생각하면 종수의 야바위 같기도 합니다. 그러나 거짓말이 아닌 것을 거짓말로 잘못 넘겨짚고서 그 벼락 맞을 선사를 않고 보면 일을 낭패시키는 것이 될 테니, 차라리 속는 셈 잡고 돈을 내느니만 같지 못하겠다는 생각이 마침내 들고 말았습니다.

"모르겠다! 나는 시방 돈이래야 톡톡 털어서 천 원밖으 읎으닝개, 그놈만 갖다가 무얼 사주던지 말던지, 네 소견대루 헐라먼 히여라. 나는 모른다!"

자기 말대로 나라에 바치는 세납도 에누리를 하거든, 종수가 청구하는 운동비를 어찌 깎지 않겠습니까.

그러나 종수는 조부의 그러한 성미를 잘 알기 때문에 한 자국 더 뛰어, 천 원 소용을 이천 원으로 불렀으니 종수가 선숩니다.

윤 직원 영감은 대복이를 불러, 천 원 소절수를 씌어 도장을 찍어 아주 현금으로 찾아다가 종수를 주라고 시킵니다. 그러면서 속으로, 오늘 구백 사십오 원 번 것이 오십오 원 새끼까지 치어가지고 도로 나가는구나 생각하니, 매우 섭섭하고 허망했습니다.

15. 망진자亡秦者는 호야胡也니라

일찍이 윤 직원 영감은 그의 소싯적 윤두꺼비 시절에, 자기 부친 말대가리 윤용규가 화적의 손에 무참히 맞아 죽은 시체 옆에 서서, 노적이 불타느라고 화광이 충천한 하늘을 우러러

"이놈의 세상, 언제나 망하려느냐?"

"우리만 빼놓고 어서 망해라!"

하고 부르짖은 적이 있겠다요.

이미 반세기 전, 그리고 그것은 당시의 나한테 불리한 세상에 대한 격분된 저주요, 겸하여 웅장한 투쟁의 선언이었습니다.

해서 윤 직원 영감은 과연 승리를 했겠다요. 그런데…….

식구들은 시아버지 윤 직원 영감이 보기가 싫은 건넌방 고 씨만 빼놓고, 서울아씨, 태식이, 뒤채의 두 동서, 모두 안방에 모여 종수를 맞이하는 예를 표하고, 그들의 옹위 아래 윤 직원 영감과 종수는 각기 아랫목과 뒷벽 앞으로 갈라 앉았습니다. 방금 점심 밥상을 받을 참입니다.

"너 경손 애비, 부디 정신 채리라……!"

윤 직원 영감이 종수더러 곰곰이 훈계를 하던 것입니다. 안식구가 있는 데라 점잖게 경손 애비지요.

"……정신을 채리야 헐 것이 늬가 암만히여두 네 아우 종학이만 못히여! 종학이는 그놈이 재주두 있고, 착실히여서, 너치름 허랑허지두 않고 그럴뿐더러 내년 내후년이머넌 대학교를 졸업허잖냐? 내후년이지?"

"네."

"그렇지? 응, 그래, 내후년이면 대학교 졸업을 허구 나와서, 삼 년이나 다직 사 년만 찌들어 나머넌 그놈은 지가 목적헌, 요새 그 목적이란 소리 잘 쓰더구나, 응? 목적…… 목적헌 경부가 되야각구서, 경찰서장이 된담 말이다! 응? 알겄어."

"네."

"그러닝개루 너두 정신을 바싹 채리각구서, 어서어서 군수가 되야야 않겄냐? ……아, 동생 놈은 버젓한 경찰서장인디, 형 놈은 게우 군서기를

댕기구 있담! 남부끄러서 어쩔 티여? 웅? ……아 글씨, 군수 되구 경찰서
장 되구 허머넌, 느덜 좋구 느덜 호강이지 머, 그 호강 날 주냐? 내가 이
렇기 아등아등 잔소리를 허넌 것두 다 느덜 위히여서 그러지, 나는 파리
족통만치두 상관없어야! 알어듣냐?"

"네—"

"그놈 종학이는 참말루 쓰겄어! 그놈이 어려서버텀두 워너니 나를 자
별허게 따르구, 재주두 있구 착실허구, 커서두 내 말을 잘 듣구…… 내가
그놈 하나넌 꼭 믿넌다, 꼭 믿어. 작년 올루 들어서 그놈이 돈을 어찌 좀
히피 쓰기는 허넝가 부더라마는, 그것두 허기사 네게다 대머는 안 쓰는
심이지. 사내자식이 너처럼 허랑허지만 말구서, 제 줏대만 실헐 양이면
돈을 좀 써두 괜찮언 법이여…… 그리서 지난달에두 오백 원 꼭 쓸디가
있다구 편지히였길래, 두말 않고 보내주었다!"

마침 이때, 마당에서 헴헴, 점잖은 밭은기침 소리가 납니다. 창식이 윤
주사가 조금 아까야 일어나서, 간밤에 동경서 온 전보 때문에 억지로 억
지로 큰댁 행보를 하던 것입니다.

윤 주사는 토방으로 내려서는 아들 종수더러 언제 왔느냐고 심상히 알
은체를 하면서, 역시 토방으로 내려서는 두 며느리의 삼가로운 무언의 인
사와, 마루까지만 나선 이복 누이동생 서울아씨의 입인사를 받으면서, 방
으로 들어가서는 부친 윤 직원 영감한테 절을 한자리 꾸부리고서, 아들
종수한테 한자리 절과, 이복동생 태식이한테 경례를 받은 후, 비로소 한
옆으로 꿇어앉습니다.

"해가 서쪽으서 뜨겄구나?"

윤 직원 영감은 아들의 이렇듯 부르지도 않은 걸음을, 더욱이나 안방에
까지 들어온 것을 이상타고 꼬집는 소립니다.

"······멋허러 오냐? 돈 달라러 오지?"

"동경서 전보가 왔는데요······."

지체를 바꾸어 윤 주사를 점잖고 너그러운 아버지로, 윤 직원 영감을 속 사납고 경망스러운 어린 아들로 둘러놓았으면 꼬옥 맞겠습니다.

"동경서? 전보?"

"종학이 놈이 경시청에 붙잽혔다구요!"

"으엉?"

외치는 소리도 컸거니와 엉덩이를 꿍— 찧는 바람에, 하마 방구들이 내려앉을 뻔했습니다. 모여 선 온 식구가 제가끔 정도에 따라 제각기 놀란 것은 물론이구요.

윤 직원 영감은 마치 묵직한 몽치로 뒤통수를 얻어맞은 양, 정신이 멍—해서 입을 벌리고 눈만 휘둥그랬지, 한동안 말을 못 하고 꼼짝도 않습니다.

그러다가 이윽고 으르렁거리면서 잔뜩 쪼글트리고 앉습니다.

"거, 웬 소리냐? 으응? 으응? ······거 웬 소리여? 으응? 으응?"

"그놈 동무가 친 전본가 본데, 전보가 돼서 자세는 모르겠습니다."

윤 주사는 조끼 호주머니에서 간밤의 그 전보를 꺼내어 부친한테 올립니다. 윤 직원 영감은 채듯 전보를 받아 쓰윽 들여다보더니 커다랗게 읽습니다. 물론 원문은 일문이니까 몰라보고, 윤 주사네 서사 민 서방이 번역한 그대로지요.

"종학, 사상 관계로, 경시청에 피검······ 이라니? 이게 무슨 소리다냐?"

"종학이가 사상 관계로 경시청에 붙잽혔다는 뜻일 테지요!"

"사상 관계라니?"

"그놈이 사회주의에 참예를······."

"으엉?"

아까보다 더 크게 외치면서 벌떡 뒤로 나동그라질 뻔하다가 겨우 몸을 가눕니다.

윤 직원 영감은 먼저에는 몽치로 뒤통수를 얻어맞은 것같이 멍했지만, 이번에는 앉아 있는 땅이 지함을 해서 수천 길 밑으로 꺼져 내려가는 듯 정신이 아찔했습니다.

그러나 그것은 결단코 자기가 믿고 사랑하고 하는 종학이의 신상을 여겨서가 아닙니다.

윤 직원 영감은 시방 종학이가 사회주의를 한다는 그 한 가지 사실이 진실로 옛날의 드세던 부랑당패가 백 길 천 길로 침노하는 그것보다도 더 분하고, 물론 무서웠던 것입니다.

진나라를 망할 자 호胡(오랑캐)라는 예언을 듣고서 변방을 막으려 만리장성을 쌓던 진시황 그는, 진나라를 망한 자 호胡가 아니요, 그의 자식 호해胡亥임을 눈으로 보지 못하고 죽었으니, 오히려 행복이라 하겠습니다.

"사회주의라니? 으응? 으응?"

윤 직원 영감은 사뭇 사람을 아무나 하나 잡아먹을 듯, 집이 떠나게 큰소리로 포효를 합니다.

"······으응? 그놈이 사회주의를 허다니! 으응? 그게, 참말이냐? 참말이여?"

"허긴 그놈이 작년 여름 방학에 나왔을 때버틈 그런 기미가 좀 뵈긴 했어요!"

"그러머넌 참말이구나! 그러머넌 참말이여, 으응!"

윤 직원 영감은 이마로, 얼굴로 땀이 방울방울 배어 오릅니다.

"······그런 쳐 죽일 놈이, 깎어 죽여두 아깝잖을 놈이! 그놈이 경찰서장

허라닝개루, 생판 사회주의 허다가 뎁다 경찰서에 잽혀? 으응? ……
오—사육시를 헐 놈이, 그놈이 그게 어디 당헌 것이라구 지가 사회주의
를 히여? 부잣놈의 자식이 무엇이 대껴서 부랑당패에 들어?"

아무도 숨도 크게 쉬지 못하고, 고개를 떨어뜨리고 섰기 아니면 앉았을
뿐, 윤 직원 영감이 잠깐 말을 그치자 방 안은 물을 친 듯이 조용합니다.

"……오죽이나 좋은 세상이여? 오죽이나……."

윤 직원 영감은 팔을 부르걷은 주먹으로 방바닥을 땅— 치면서 성난
황소가 영각*을 하듯 고함을 지릅니다.

"화적패가 있너냐아? 부랑당 같은 수령들이 있너냐? ……재산이 있대
야 도적놈의 것이요, 목숨은 파리 목숨 같던 말세넌 다 지내가고오……
자 부아라, 거리거리 순사요, 골골마다 공명헌 정사政事, 오죽이나 좋은 세
상이여…… 남은 수십만 명 동병動兵을 히여서, 우리 조선 놈 보호히여주
니, 오죽이나 고마운 세상이여? 으응? ……제 것 지니고 앉어서 편안허게
살 태평 세상, 이걸 태평천하라구 허는 것이여, 태평천하! ……그런디 이
런 태평천하에 태어난 부잣놈의 자식이, 더군다나 왜 지가 떵떵거리구 편
안허게 살 것이지, 어찌서 지가 세상 망쳐놀 부랑당패에 참섭을 헌담 말이
여, 으응?"

땅— 방바닥을 치면서 벌떡 일어섭니다. 그 몸짓이 어떻게도 요란스
럽고 괄괄한지, 방금 발광이 되는가 싶습니다. 아닌 게 아니라 모여 선 가
권들은 방바닥 치는 소리에도 놀랐지만, 이 어른이 혹시 상성**이 되지나
않는가 하는 의구의 빛이 눈에 나타남을 가리지 못합니다.

---

* 소가 길게 우는 소리.
** 본래의 성질을 잃어버리고 전혀 다른 사람처럼 됨.

"……착착 깎어 죽일 놈! ……그놈을 내가 핀지히여서, 백 년 지녁을 살리라구 헐걸! 백 년 지녁 살리라구 헐 테여…… 오냐, 그놈을 삼천 석 거리는 직분(분재)히여줄라구 히였더니, 오—냐, 그놈 삼천 석거리를 톡 톡 팔어서, 경찰서으다가, 사회주의 허는 놈 잡어 가두는 경찰서으다가 주어버릴걸! 으응, 죽일 놈!"

마지막의 으응 죽일 놈 소리는 차라리 울음소리에 가깝습니다.

"……이 태평천하에! 이 태평천하에……."

쿵쿵 발을 구르면서 마루로 나가고, 꿇어앉었던 윤 주사와 종수도 따라 일어섭니다.

"……그놈이, 만석꾼의 집 자식이, 세상 망쳐놀 사회주의 부랑당패에 참섭을 히여. 으응, 죽일 놈! 죽일 놈!"

연해 부르짖는 죽일 놈 소리가 차차로 사랑께로 멀리 사라집니다. 그러나 몹시 사나운 그 포효가 뒤에 처져 있는 가권들의 귀에는 어쩐지 암담한 여운이 스며들어, 가득히 어둔 얼굴들을 면면상고,* 말할 바를 잊고, 몸 둘 곳을 둘러보게 합니다. 마치 장수의 죽음을 만난 군졸들처럼…….

—『태평천하』, 동지사, 1948.

---

* 아무 말 없이 서로 얼굴만 바라봄.

레디메이드 인생

1

"머 어데 빈자리가 있어야지."

K사장은 안락의자에 푹신 파묻힌 몸을 뒤로 벌―떡 제치며 하품을 하듯이 신어붓잖게* 대답을 한다. 미상불 그는 두 팔을 쭉― 내뻗고 기지개라도 한번 쓰고 싶은 것을 겨우 참는 눈치다.

이 K사장과 둥근 탁자를 사이에 두고 공손히 마주 앉아 얼굴에는 '나는 선배인 선생님을 극히 존경하고 앙모합니다' 하는 비굴한 미소를 띠고 있는 구변 없는 구변을 다하여 직업 동냥의 구걸 문구를 기다랗게 늘어놓던 P…… P는 그러나 취직 운동에 백전백패의 노졸인지라 K씨의 힘 아니 드는 한마디의 거절에도 새삼스럽게 실망도 아니 한다. 대답이 그렇게 나왔으니 인제 더 졸라도 별수가 없는 것이지만 허실 삼아 한마디 더 해보는 것이다.

"글쎄올시다, 그러시다면 지금 당장 어떻게 해줍시사고 무리하게 조를 수야 있겠습니까마는…… 그러면 이담에 결원이 있다든지 하면 그때는

---

* 마음에 차지 않아 언짢거나 대수롭지 않게.

꼭……."

　이렇게 말하고 P는 지금까지 외면하였던 얼굴을 돌리어 K사장을 조심성 있게 바라보았다. 그러나 K사장은 위선 고개를 좌우로 두어 번 흔들고는 여전히 하품 섞인 대답을 한다.

　"결원이 그렇게 나나 어데…… 그러고 간혹가다가 결원이 난다더래도 유력한 후보자가 몇십 명씩 밀려 있어서……."

　P는 아무 말도 아니하고 고개를 숙였다. 인제는 영영 틀어진 것이다. 안녕히 계십시오, 하고 일어서는 것밖에는 별수가 없다.

　별수가 없이 되었으니 "네 그렇습니까" 하고 선선히 일어서야 할 것이지만 지금까지에의 은근히 모시고 있던 태도에 비하여 그것이 너무 낮이 간지러운 표변임을 알기 때문에 실망이나 하는 체하고 잠시 더 앉아 있는 것이다.

　"거 참 큰일들 났어."

　K사장은 P가 낙심해하는 것을 보고 별로 밑천이 들지 아니하는 일이라서 알뜰히 걱정을 나누어준다.

　"저렇게 좋은 청년들이 일거리가 없어서 저렇게들 애를 쓰니."

　P는 속으로 코똥을 '흥' 하고 뀌었으나 아무 대답도 아니하였다. K사장은 P가 이미 더 조르지 아니하리라고 안심한지라 먼저 하품 섞어 "빈자리가 있어야지" 하던 신어붓잖은 태도는 버리고 그가 늘 흉중에 묻어두었다가 청년들에게 한바탕씩 해 들려주는 훈화를 꺼낸다.

　"그렇지만 내가 늘 말하는 것인데…… 저렇게 취직만 하려고 애를 쓸게 아니야. 도회지에서 월급 생활을 하려고 할 것만이 아니라 농촌으로 돌아가서……."

　"농촌으로 돌아가서 무얼 합니까?"

P는 말중동을 갈라 불쑥 반문하였다. 그는 기왕 취직 운동은 글러진 것이니 속 시원하게 시비라도 해보고 싶은 것이다.

"허! 저게 다 모르는 소리야…… 조선은 농업국이요 농민이 전 인구의 팔 할이나 되니까 조선 문제는 즉 농촌 문제라고 볼 수가 있는데, 아 지금 농촌에서 할 일이 오죽이나 많다구?"

"저는 그 말씀 잘 못 알아듣겠는데요. 저희 같은 사람이 농촌에 가서 할 일이 있을 것 같잖습니다."

"그럴 리가 있나! 가령 응…… 저……."

K 사장은 응…… 저…… 하고 더듬으면서 곧 대답을 하지 못한다. 그것은 무리가 아니다.

그가 구직하러 오는 지식청년들에게 농촌으로 돌아가 농촌 사업을 하라는 것과 (다음에 또 꺼내는 일거리를 만들라는 것은) 결코 현실에서 출발한 이론적 근거가 있는 것이 아니었었다. 그저 지식 계급의 구직꾼이 넘치는 것을 보고 막연히 "농촌으로 돌아가라", "일을 만들어라"고 해왔을 따름이다. 따라서 거기에 대한 구체적 플랜이 있는 것도 아니었던 것이다. 한편으로는 한 행셋거리로, 또 한편으로는 구직꾼 격퇴의 수단으로 자룡이 헌 창 쓰듯 썼을 뿐이지—

그리하여 그동안까지는 대개는 그 막연한 설교를 들은 성 만 성하고 물러가는 것이 그들의 행투였었는데, 오늘 이 P에게만은 그렇지가 아니하여 불가불 구체적 설명을 해주어야 하게 말머리가 돌아선 것이다. 그래서 그는 떠듬떠듬 생각해가면서 생각나는 대로 주워섬기는 것이다.

"가령 응…… 저…… 문맹 퇴치 운동도 있지. 농민의 구 할은 언문도 모른단 말이야! 그리고 생활 개선 운동도 좋고…… 헌신적으로."

"헌신적으로요?"

"그렇지…… 할 테면 헌신적으로 해야지."

"무얼 먹고 헌신적으로 그런 사업을 합니까? ……먹을 것이 있어서 그런 농촌 사업이라도 할 신세라면 이렇게 취직을 못 해서 애를 쓰겠습니까?"

"허! 그게 안된 생각이야…… 자기가 먹고살 재산이 있으면서 사회를 위해서 일도 아니하고 번들번들 논다는 것은 그것은 타락된 생각이야."

P는 K사장이 억담을 내세우는 것을 보고 속으로 싱그레 웃었다.

"그렇지만 지금 조선 농촌에서는 문맹 퇴치니 생활 개선이니 합네 하고 손끝이 하―얀 대학이나 전문학교 졸업생들이 몰켜오는 것을 그다지 반겨하기는커녕 머릿살을 앓을 것입니다…… 농민이 우매하다든지 문화가 뒤떨어졌다든지 또 생활이 비참한 것이 근본 원인이 기역 니은을 모른다든가 생활 개선을 할 줄 몰라서 그런 것이 아니니까요. 그리고 조선의 지식청년들이 모두 그런 인도주의자가 되어집니까?"

"되면 되지 안 될 건 무어야?"

"그건 인도주의란 그것이 한개 공상이니까 그렇겠지요."

"허허…… 그러면 P군은 ××주의잔가?"

"되다가 찌부러진 찌스레깁*니다. 철저한 ××주의자라면 이렇게 선생님한테 와서 취직 운동도 아니 합니다."

"못써! 그렇게 과격한 사상으로 기울어서야 쓰나…… 정 농촌으로 돌아가기가 싫거든 서울서라도 몇 사람 맘 맞는 사람이 모여서 무슨 일을― 조선에 신문이 모자라니 신문을 하나 경영하든지, 또 조고맣게 하자면 잡지 같은 것도 좋고, 또 영리사업도 좋고…… 그러면 취직 운동 하

---

* 찌스레기. 쓸 만하거나 값어치 있는 것을 골라낸 나머지.

는 것보담 훨씬 낫잖은가?"

"줄 줄이야 압니다마는 누가 돈을 내놉니까?"

"그거야 성의 있게 하면 자연 돈도 생기는 거지."

P는 엉터리없는 수작을 더 하기가 싫어 웬만큼 말을 끊고 일어섰다.

속에 있는 말을 어느 정도까지 활활 해준 것이 시원은 하나 또 취직이 글렀구나 생각하니 입안에서 쓴침이 고여 나온다.

복도에서 편집국장 C를 만났다. P는 C와 자별히 사이가 가까운 터였다.

"사장 만나러 왔소?"

C가 묻는 것이다.

"아니."

P는 거짓말을 하였다. 그는 지금 K사장을 만나 거절당한 이야기를 하기가 어쩐지 창피하기도 할 뿐 아니라 또 전부터 C더러 K사장에게 자기의 취직 운동을 부탁해왔던 터인데 직접 이렇게 찾아와서 만났다고 하기가 혐의쩍기도 하여 시치미를 뚝 뗀 것이다.

"아주 단념하오."

C 자기에게 부탁한 취직 운동을 단념하란 말이다. 그러면 벌써 C가 K사장에게 이야기를 하였고 그 결과 일이 틀어진 것을 P는 모르고 와서 헛노릇을 한바탕한 것이다. P는 먼저 C를 만나보지 아니하고 K사장을 만난 것을 후회하였다. C는 잠깐 멈췄던 말을 계속한다.

"어제 아침에 사장더러 P군의 사정이 퍽 난처하니 어떻게 생각해봐 주면 좋겠다고 여러 말을 했다가 코 뗐소. 신문사가 구제기관이 아닌데 남의 사정 난처한 것을 어떻게 하라느냐고 그럽디다…… 하기야 그게 옳은 말이지만."

신문사가 구제기관이 아니라고 한다는 그 말이 P의 머리에는 침 끝으로 찌르는 것같이 정신이 들게 울렸다.

"흥! 망할 자식들!"

P는 혼잣말로 이렇게 두덜거리며 C와 작별도 아니하고 밖으로 나와버렸다.

2

P는 광화문 네거리의 기념비각 옆에서 발길을 멈추고 망설였다. 어디로 갈까 하는 것이다.

봄 하늘이 맑게 개었다. 햇볕이 살이 올라 포근히 온몸을 싸고돈다. 덕석* 같은 겨울 외투를 벗어버리고 말쑥말쑥하게 새로 지은 경쾌한 춘추복의 젊은이들이 봄볕처럼 명랑하게 오고 가고 한다.

멋쟁이로 차린 여자들의 목도리가 나비같이 보드랍게 나부낀다. 그 오동보동한 비단 다리를 바라다보노라니 P는 전에 먹던 치킨 커스 생각이 났다.

창을 활활 열어젖힌 전차 속의 봄 사람들을 보니 P도 전차를 잡아타고 교외나 나가고 싶었다. 그러나 크림 맛을 못 본 지 몇 달이 된 낡은 구두, 고기작거린 동복 바지, 양편 포켓이 오뉴월 쇠불알같이 축 처진 양복저고리, 땟국 묻은 와이셔츠와 배배 꼬인 넥타이, 엿장수가 이 전어치 주마던 낡은 모자, 이렇게 아래로부터 훑어 올려 보며 생각하니 교외의 산보는커녕 얼핏 돌아가서 차라리 이불을 뒤쓰고 드러눕고만 싶었다.

마침 기념비각 앞에 자동차 하나가 머물더니 서양 사람 내외가 내린다.

---

* 추울 때 소의 등을 덮어주는 멍석.

그들은 사내가 설명을 하고 여자가 듣고 하면서 기념비각을 앞뒤로 구경한다. 여자는 사진까지 찍는다.

대원군이 만일 이 꼴을 본다면…… 이렇게 생각하매 P는 저절로 미소가 입가에 떠올랐다.

3

대원군은 한말의 '돈키호테'였다. 그는 바가지를 쓰고 벼락을 막으려 하였다. 바가지는 여지없이 부스러졌다. 역사는 조선이라는 조그마한 땅덩이나마 너무 오래 뒤떨어뜨려놓지 아니하였다.

갑신정변의 싹이 트기 시작하여가지고 일한합방의 급격한 역사적 변천을 거치어 자유주의의 사조는 기미년에 비로소 확실한 걸음을 내디뎠다.

자유주의의 새로운 깃발을 내건 '시민'의 기세는 등등하였다.

"양반? 홍! 누구는 발이 하나길래 너희만 양발(반)이라느냐?"

"법률의 앞에서는 만인이 평등이다."

"돈…… 돈이 있으면 무어든지 할 수 있다."

신흥 부르주아지는 민주주의의 간판을 이용하여 노동자 농민의 등을 어루만지고 경제적으로 유력한 봉건 귀족과 악수를 하는 동시에 지식 계급을 대량으로 주문하였다.

유자천금遺子千金이 불여교자일권서不如敎子一券書*라는 봉건 시대의 진리가 자유주의의 세례를 받아 일단의 더 발전된 얼굴로 민중을 열광시켰다.

"배워라. 글을 배워라…… 지식만 있으면 누구나 양반이 되고 잘살 수

---

* 자식에게 천금을 남기는 것이 한 권의 책을 가르치는 것만 못하다.

가 있다."

이러한 정열의 외침이 방방곡곡에서 소스라쳐 일어났다.

신문과 잡지가 붓이 닳도록 향학열을 고취하고 피가 끓는 지사들이 향촌으로 돌아다니며 삼촌의 혀를 놀리어 권학을 부르짖었다.

"배워라. 배워야 한다. 상놈도 배우면 양반이 된다."

"가르쳐라. 논밭을 팔고 집을 팔아서라도 가르쳐라. 그나마도 못하면 고학이라도 해야 한다."

"공자왈 맹자왈은 이미 시대가 늦었다. 상투를 깎고 신학문을 배워라."

"야학을 설치하여라."

재등齋藤* 총독이 문화정치의 간판을 내걸고 골골이 학교를 증설하였다.

보통학교의 교장이 감발을 하고 촌으로 돌아다니며 입학을 권유하였다. 생도에게는 월사금을 받기는커녕 교과서와 학용품을 대어주었다.

민간의 유지는 돈을 걷어 학교를 세웠다. 민립대학도 생기려다가 말았다. 청년회에서 야학을 설시하였다. 갈돕회**가 생겨 갈돕만주 외우는 소리가 서울의 신풍경을 이루었고 일반은 고학생을 존경하였다.

여학생이라는 새 숙어가 생기고 신여성이라는 새 여인이 생겨났다.

이와 같이 조선의 관민이 일치되어 민중의 지식 정도를 높이는 데 진력을 하였다. 즉 그들 관민이 일치되어 계획한 조선의 문화 정도는 급속도로 높아갔다.

그리하여 민중의 지식 보급에 애쓴 보람은 나타났다.

면서기를 공급하고 순사를 공급하고 군청 고원을 공급하고 간이농업학

---

* 사이토.
** 1921년 여름 창단된 고학생 자치 단체.

교 출신의 농사 개량 기수를 공급하였다.

은행원이 생기고 회사 사원이 생겼다. 학교 교원이 생기고 교회의 목사가 생겼다.

신문기자가 생기고 잡지기자가 생겼다. 민중의 지식 정도가 높았으니 신문 잡지 독자가 부쩍 늘고 의사와 변호사의 벌이가 윤택하여졌다.

소설가가 원고료를 얻어먹고 미술가가 그림을 팔아먹고 음악가가 광대의 천호賤號에서 벗어났다.

인쇄소와 책 장사가 세월을 만나고 양복점 구둣방이 늘비하여졌다.

연애결혼에 목사님의 부수입이 생기고 문화주택을 짓느라고 청부업자가 부자가 되었다. 그리하여 부르주아지는 '가보'*를 잡고, 공부한 일부의 지식군은 진주(다섯 끗)를 잡았다.

그러나 노동자와 농민은 무대를 잡았다. 그들에게는 조선의 문화의 향상이나 민족적 발전이나가 도리어 무거운 짐을 지워주었을지언정 덜어주지는 아니하였다. 그들은 배[梨] 주고 속 얻어먹은 셈이다.

〔※원문 20여 자 삭제〕

인텔리…… 인텔리 중에도 아무런 손끝의 기술이 없이 대학이나 전문학교의 졸업 증서 한 장을, 또는 조그마한 보통 상식을 가진 직업 없는 인텔리…… 해마다 천여 명씩 늘어가는 인텔리…… 뱀을 본 것은 이들 인텔리다.

부르주아지의 모든 기관이 포화 상태가 되어 더 수요가 아니 되니 그들은 결국 꾐을 받아 나무에 올라갔다가 흔들리는 셈이다. 개밥의 도토리다.

인텔리가 아니 되었으면 차라리 〔※원문 7~8자 삭제〕 노동자가 되었을

---

* 노름에서 '아홉 끗'을 이르는 일본말.

것인데 인텔리인지라 그 속에는 들어갔다가도 도로 달아 나오는 것이 구십구 퍼센트다. 그 나머지는 모두 어깨가 축 처진 무직 인텔리요, 무기력한 문화 예비군 속에서 푸른 한숨만 쉬는 초상집의 주인 없는 개들이다. 레디메이드 인생이다.

4
"제—길!"

P는 혼자 두덜거리며 지금까지 섰던 기념비각 옆을 떠났다.

〔※원문 80여 자 삭제〕

P는 자기 자신이고 세상의 모든 일이고 모두 짜증이 나고 원수스러웠다.

광화문 큰 거리를 총독부 쪽으로 어실어실 걸어가노라니 그의 그림자가 짤막하게 앞에 누워 간다. P는 그 자기의 그림자를 콱 밟고 싶었다. 그러나 발을 내디디면 그림자도 그만큼 앞으로 더 나가곤 한다. 이 그림자와 자기 자신에서, 그리고 그림자를 밟으려는 자기 자신과 앞으로 달아나는 그림자에서 P는 자기의 이중인격의 모순상을 발견하였다.

동십자각 옆에까지 온 P는 그 건너편 담배 가게 앞으로 갔다.

"담배 한 갑 주시오."

하고 돈을 꺼내려니까 담배 가게 주인이

"네, 마콥니까?"

묻는다.

P는 담배 가게 주인을 한번 거듭떠보고 다시 자기의 행색을 내려 훑어보다가 심술이 버쩍 났다. 그래서 잔돈으로 꺼내려던 것을 일부러 일 원

짜리로 꺼내 드는데 담배 가게 주인은 벌써 마코 한 갑 위에다 성냥을 받쳐 내민다.

"해태 주어요."

P는 돈을 들이밀면서 볼먹은 소리를 질렀다. 그러나 담배 가게 주인은 그저 무신경하게 "네—" 하고는 마코를 해태로 바꾸어 주고 팔십오 전을 거슬러다 준다.

P는 저편이 무렴해하지 아니하는 것이 더욱 얄미웠다.

그는 해태 한 개를 꺼내어 붙여 물고 다시 전찻길을 건너 개천가로 해서 올라갔다. 인제는 포켓 속에 남은 것이 꼭 삼 원하고 동전 몇 푼이다. 엊그제 겨울 외투를 사 원에 잡혀서 생긴 것이다.

방세와 전깃불 값이 두 달이나 밀렸다. 삼 원은 방세 한 달 치를 주고 일 원에서 전등 삯 한 달 치를 주고도 싶었으나 그러고 나면 그 나머지로 설렁탕이나 호떡을 사 먹어도 하루밖에는 못 지낸다. 그래 그대로 넣어두고 한 이틀 지내는 동안에 일 원이 거진 달아났던 판인데 공연한 객기를 부리느라고 당치도 아니한 해태를 샀기 때문에 이제는 일 원 돈은 완전히 달아나고 삼 원만 남은 것이다.

P는 포켓 속에 손을 넣고 잔돈과 지폐를 섞어 삼 원 남은 돈을 만지작거렸다. 그러면서 왼편 손으로는 손가락을 꼽아가며 삼 원을 곱쟁이 쳐보았다.

육 원 십이 원 이십사 원 사십팔 원 구십육 원 일백구십이 원. 팔 원 모자라는 이백 원…… 사백 원 팔백 원 일천육백 원 삼천이백 원 육천 사백 원 일만 이천팔백 원. 팔백 원은 떼어버리고 이만 사천 원 사만 팔천 원 구만 육천 원 십구만 이천 원 삼십팔만 사천 원 칠십육만 팔천 원 일백오십삼만 육천 원…….

삼 원을 열여덟 번만 곱집으면 일백오십만 원이 된다. 일백오십만 원 그놈이 있으면…… 이렇게 생각하매 어깨가 으쓱해졌다.

삼 원의 열여덟 곱쟁이가 일백오십만 원이니 퍽 쉬운 것이다…… 그놈만 있으면 백만 원을 들여서 오십 전짜리 십육 페이지 신문을 하나 했으면 위선 K 사장의 엉엉 우는 꼴을 볼 수가 있을 것이다.

그러나 아쉬운 대로 십오만 원만 있어도, 일만 오천 원 아니 일천오백 원만 있어도, 아니 일백오십 원만 있어도, 십오 원만 있어도 위선 방세와 전등 삯을 주고 한 달은 살아가겠다.

P는 한숨을 내쉬었다. 한 달? 한 달만 살고 나면 그담은 어떻게 하나? ……그래도 몇백 원은 있어야지, 아니 몇천 원은, 아니 몇만 원은…….

P는 늘 하는 버릇으로 이런 터무니없는 공상을 되풀이하였다.

그는 최근 이러한 공상을 하면서부터 취직을 시들하게 여겼다.

취직이 된댔자 사오십 원이나 오륙십 원의 월급이다. 그것을 가지고 빠듯빠듯 살아간들 무슨 아기자기한 재미가 있을 턱도 없는 것이다.

가령 근실히 해서 월괘저금* 같은 것도 하고 집도 장만하고 여편네도 생기고 사장이나 중역들의 눈에 들어 지위도 부장쯤으로는 올라가고, 그리하여 생활의 근거도 안정이 되고 하면 지금 같은 곤란은 당하지 아니하겠지만, 그러나 P에게는 아직도 젊은 때의 야심이 있어 그러한 고식된 안정이나 명색 없는 생활은 도리어 피하고 싶었던 것이다. 좀 더 남의 눈에 띄며 좀 더 재미있고 그리고 자유로운 생활—

물론 그는 지금이라도 누가 한 달에 삼십 원만 줄 테니 와서 일을 해달라면 마치 주린 개가 고기를 보고 덤비듯이 덮어놓고 덤벼들 것이다. 그

---

* 매달 정해놓고 하는 저축.

러나 속으로는 그와 딴판으로 배포를 부리고 있는 것이다.

P가 삼청동으로 올라가느라고 건춘문 앞까지 이르렀을 때에 저편에서 말쑥하게 봄 치장을 한 여자 하나가 마주 내려왔다.

역시 삼청동 근처에 사는 여자인지 P와는 가끔 마주치는 여자다.

P는 그 여자와 만날 때마다 일부러 눈 익혀 보지 아니하는 체는 하면서도 실상은 고비샅샅 관찰을 하였고, 그리고 속으로는 연애라도 좀 했으면 하던 터였다. 무엇보다도 동그스름한 얼굴에 이목구비가 모두 모지지 아니하고 얼굴의 윤곽이 둥글듯이 모가 나지 아니한 것, 그래서 맘자리도 그렇게 동글려니 하는 것이 P의 마음을 끈 것이다.

그 여자는 자주 만나는 이 협수룩한 양복쟁이—P를 먼빛으로도 알아보았는지 처녀다운 조심스러운 몸매로 길을 가로 비켜 가까이 왔다.

P는 고개를 꼿꼿이 쳐들고 앞만 쳐다보면서도 속으로는

'저 여자가 지금 내 옆으로 다가와서 조그만 소리로 정답게 구애를 한다면? 사뭇 들이안긴다면? ……어쩔꼬?'

이런 생각을 하면서 히죽이 웃는데 여자는 벌써 지나쳐버렸다.

"흥! 어쩌긴 무얼 어째? ……이년아, 일없다는데 왜 이래! 하고 발길로 칵 차 내던지지."

하고 P는 어깨를 으쓱하였다.

삼청동 꼭대기에 있는 집—집이 아니라 사글세로 든 행랑방—에 돌아왔다. 객지에 혼자 있으니 웬만하면 하숙에 있을 것이로되 밥값이 밀리고 그것에 졸릴 것이 무서워 P는 방을 얻어가지고 있던 것이다.

먹는 것이야 수중에 돈이 있는 때에 따라 호떡도 설렁탕도 백화점의 런치도, 그렇잖고 몇 끼씩 굶기도 하여 대중이 없었다.

볕 구경을 잘 못 해서 겨울에도 곰팡이 슬고 이불을 며칠씩 그대로 펴두는 방바닥에서는 먼지가 풀씬풀씬 올랐다.

하도 어설퍼 앉으려고도 아니하고 방 가운데 우두커니 서서 있노라니까 안방문 여닫는 소리가 들리며 주인 노파가 나와서 캑 하고 기침을 한다. P는 또 방세 졸릴 일이 아득하였다.

그러나 노파는 방세보다도 우선 편지 한 장을 들이밀어준다. 고향의 형에게서 온 것이다.

편지를 뜯어 읽고 난 P는 말가웃이나 되게 한숨을 푸— 내쉬었다. 그러고는 편지를 박박 찢어버렸다.

5

편지의 요건은 P의 아들에 관한 것이다.

P에게는 연전에 갈린 아내와 사이에 생긴 창선이라는 아들이 있다. 금년에 아홉 살이다.

아내와 갈릴 때에 저편에서 다만 어린애만이라도 주었으면 그것을 데리고 길러가는 재미로 혼자 사는 세상에 낙을 붙이겠다고 사정하였다. 그리고 적어도 중학까지는 마치게 하겠다는 것이었다.

그렇게 했으면 P도 한짐을 덜었을 것이다. 그러나 그는 듣지 아니하였다.

어릴 적부터 소박데기 어미의 손에서 아비의 원망과 푸념을 들어가면서 자란 자식은 자란 뒤에 그 아비에게 호감을 가지지 못한다. P는 자식을 꼭 찾고 싶은 것은 아니나 아무튼 장성하면 아비라고 찾아올 터인데 그때에 P는 이미 늙고 자식은 팔팔하게 젊은 놈이 옛날에 제 어미를 소박한 아비라서 아니꼽게 군다면 그것은 차마 못 당할 노릇이다.

이러한 생각으로 P는 창선이를 내주지 아니한 것이다. 그러나 빼앗아 놓고 보니 이제 겨우 너댓 살밖에 아니 먹은 것을 자기 손으로 어찌할 수가 없다. 그리하여 할 수 없이 어렵사리 지내는 그 형에게 맡기어놓고 다시 서울로 올라온 것이다. 보통학교에 다닐 나이가 되면 서울로 데려오겠다고 해두고.

P의 형은 작년에 조카를 보통학교에 입학시켰다. 그러나 극빈 축에 드는 집안인지라 몇 푼 아니 되는 월사금과 학비를 대지 못하여 중도에 퇴학시켰다. 애초에 입학시킬 상의로 P에게 편지를 했을 때에 P는 공부 같은 것은 시켰자 소용이 없으니 차라리 뼈가 보드라운 때부터 생일(노동)을 시키라고 하였다. P의 형은 그러나 백부의 도리로나 집안의 체면으로나 창선이를 생일을 시킬 수가 없었다. 차라리 자기 손에 두어 헐벗기고 헐입히면서 공부도 시키지 못하느니 제 아비인 P더러 데려가라고 작년부터 편지를 하던 터이다.

금년도 입학 시기가 당하매 P의 형은 P에게 누차 편지를 하였다. 금년에 입학을 시키지 못하면 명년에는 학령이 초과되어 들여주지 아니할 것이니 어서 데려다가 공부를 시키라는 것이다.

그 어린것이 굶기를 먹듯 하고 재주는 있으면서 남의 집 아이들이 학교에 다니는 것을 부러워하는 꼴은 차마 애처로워 볼 수가 없다. 차라리 이 꼴 저 꼴 보지 아니하는 것이 속이나 편하겠다.

이번 편지에는 이러한 구절이 있고 끝에 가서

여비가 몇 원 변통되면 차를 태우고 전보를 칠 테니 정거장에 나와 데려가거라. 나도 웬만하면 객지에 혼자 있는 너에게 어린 자식을 떠맡기듯이 보내겠느냐마는 잘못하다가 그것을 굶겨 죽이겠기에 생각다 못해 단행하는 것이다.

이러한 말이 쓰여 있었다.

P는 박박 찢은 편지를 돌돌 뭉쳐 방구석에 내던지고 한숨을 푸— 내쉬었다.

인제는 자식을 데리고 있기가 피할 수 없이 되었는데, 어떻게 했으면 좋을까 하는 것이다. 그는 형이 원망스럽고 아니꼬웠다.

굳이 제 아비를 따라 보낸다는 것이 아니라 부등부등 공부를 시키라는 것 때문이다. 기왕 서울로 보내나 시골서 데리고 있으나 고생시키기는 일반이니 차라리 시골서 일찍부터 생일이나 시켰으면 P에게는 여러 가지로 좋을 것이었다.

"흥! 체면! 공부! 죽여도 인텔리는 만들잖는다."

P는 혼자 이렇게 두덜거렸다.

"집에서 온 편지유? 무슨 걱정이 생겼수?"

말거리를 찾지 못하여 머뭇거리고 섰던 안방 노인이 동정이나 하는 듯이 이렇게 묻는다.

"아니요."

P는 마지못해 코대답을 하였다.

"필경 무슨 걱정이 생긴 게구려!"

노인은 자기의 말거리를 만들려고, 아니라는데도 이렇게 걱정을 내어놓는다.

"그게 모다 가난한 탓이지…… 저렇게 젊고 똑똑한 이가 저게 모다 가난한 탓이야! 어데 구실(직업) 자리 말한다더니 아직 아니 됐수?"

"네, 아직……."

"거 큰일 났구려! 어서 돼야 할 텐데…… 나도 꼭 죽겠수…… 이 늙은 것이! ……돈 좀 마련되잖았수?"

"네, 아직 좀……."

"저걸 어쩌나! 오늘은 물값이야 전깃불값이야 사뭇 받으러 달려들 텐데!"

"메칠만 더 미루십시오. 설마하니 마나님이야 아니 드리겠습니까……."

"아무렴! 실수야 없을 줄 알지만 내가 하도 옹색하니깐 그러는 거지……."

P는 노인이 지껄이게 두어두고 혼자 생각하였다. 전에 아는 집에서 셋방을 얻어 들었을 때에는 두 달이고 석 달이고 세가 밀려야 조르는 법이 없었다.

밀려도 조르지 아니하는 아는 집…… 이것이 P는 도리어 미안해서 이곳으로 옮겨 온 것이다. 옮겨 와가지고 막상 졸림질을 당하니 미안해도 졸리지는 아니하던 옛집이 그리워지는 것이다.

노인이 문을 가로막고 서서 수다스러운 소리로 더 지껄이려고 하는데 마침 P의 동무 M과 H가 찾아왔다.

"어데 나가나?"

M이 그렇잖아도 벌씸한 코를 한 번 더 벌씸하고 사이 벌어진 앞니를 내보이며 싱꿋 웃는다.

몸집은 M과 같이 통통하지만 키가 작아 M의 뒤에 가려 섰던 H가 옆으로 나서며

"안녕합시요."

하고 인사를 한다.

　P는 싱긋이 웃었다. 이 M과 H는 같은 하숙에 있는데 두 사람은 곧잘 같이 돌아다닌다. 같이 가는 것을 나란히 세워놓고 보면 하나는 키가 커서 우뚝하고 하나는 키가 작아서 납작 붙어 가는 것 같다.

　얼굴도 M은 우둘부둘한 게 정객 타입으로 생겼고— 잘못하면 복싱 링에 내세워도 좋겠고—H는 안존한 게 사무원 타입이다.

　일상의 언행을 보아도 H는 무슨 이야기가 자기 전문인 법률에 관한 것에 다다르면 육법전서의 조목을 따르르 외우면서 이러고저러고 하다고 설명을 하고, M은 동경서 학생 ××에 제휴를 했던 만큼, 그리고 전문이 정경과인 만큼 좌익 진영에서 쓰는 어투가 그대로 나온다.

　

"여전히 모다 동색春色이 창연하군!"

　P는 두 사람의 특특한 겨울 양복을 보고, 그리고 자기의 행색을 내려 보며 웃었다.

　M이 신을 벗고 들어와 먼지 앉은 책상 위에 걸터앉으며

　"춘래불사춘일세."

하고 한마디 외운다. H도 따라 들어와 한편에 앉으며 한마디 한다.

　"아직 괜찮아…… 거리에서 보니까 동복 입은 사람이 많데……."

　"괜찮기는 무어 괜찮아…… 우리가 길로 돌아다니니까 사방에서 아이구 아야! 소리가 들리데."

　"왜?"

　"봄이 발밑에서 짓밟히느라고."

　"하하하하."

　세 사람은 소리를 내어 웃었다.

　"참 시험 본 것 어떻게 되었소?"

P는 H가 일전에 총독부에서 본 고원 채용 시험을 생각하고 물어보았다.

"말두 마시우…… 인제는 꼭 들어앉어 공부나 해가지고 변호사 시험이나 치겠소."

사람이 별로 변통성도 없고 그렇다고 여기저기 반연*도 없어 취직이 여의하게 되지 못하는 것을 볼 때에 P는 가엾은 생각이 늘 들곤 하였다.

"가만있게…… 어서 변호사 시험만 파스하게. 그러면 인제 내가 백만 원짜리 주식회사를 조직해가지고 자네를 법률 고문으로 모셔 옴세."

이것은 M이 늘 농 삼아 하는 농담이다. M도 일 년 동안이나 취직 운동을 하면서 지냈건만 그는 되레 배포가 유하다. 조금 더 재바르게 했으면 M은 벌써 취직이 되었을는지도 모르나 그는 타고난 배포와 그리고 남에게 아유구용**을 하기 싫어하는 성질로 말하자면 취직 전선의 낙오자다.

별로 만나야 할 일도 없다. 그러나 제가끔 혼자 있으면 우울해지니까 이렇게 서로 찾으며 자주 만나게 된다.

만나 앉아서 이야기라도 지껄이면 그동안만은 명랑하여진다. 지금 서울 안에 P니 M이니 H니와 매일 만나 하는 일 없이 돌아다니고 주머니 구석에 돈푼 있으면 서로 털어 선술잔이나 먹고 하는 룸펜의 패가 수없이 많다.

무어나 일을 맡겼으면 불이 번쩍 일게 해낼 팔팔한 젊은 사람들이다. 그렇건만 그들은 몸을 비비 꼬고 있다.

아무 데도 용납지 못하는 사람들이다. ××적 ××에서 그들을 불러들이기에는 ××적 ××의 주관적 정세가 너무도 미약하다. 그것은 그들의

* 얽히어 맺어지는 인연.
** 남에게 아첨하여 구차스럽게 굶. 또는 그런 행동.

몇 부분이 동경서 학생으로 있을 시절에는 그 속에서 활발하게 ××을 계속하던 것이 조선에 나오면서 탈리되는 것으로 보아 그러한 해석을 내리지 아니할 수가 없다.

그렇다고 부르주아의 기성 문화 기관에 들어가자니 그곳에서는 수요를 찾지 아니한다. 레디메이드로 된 존재들이니 아무 때라도 저편에서 필요해야만 몇씩 사들여 간다.

M이 마코를 꺼내놓고 붙여 문다. P는 포켓 속에 들어 있는 해태를 차마 내놓기가 낯이 따가워 M의 마코를 집어 당겼다.

〔※원문 80여 자 삭제〕

P는 설명을 시작한다. P 자신 그러한 장난 비슷한 공상은 하면서 일단 해보라고 하면 주저할 것이지만 어쨌거나 그랬으면 통쾌하리라는 것이다.

"먼점 경무국에 들어가서 아주 까놓고 이야기를 한단 말이야. 우리가 지금 대상으로 하는 것은 총독부가 아니라 조선의 소위 민간 칙 유지들이니까 간섭을 말어달라고."

"그러면 관허 메이데이로구만."

"그래 관허도 좋아…… 그래가지고는 기에다가는 무어라고 쓰느냐 하면 '우리에게 향학열을 고취한 놈이 누구냐?'……어때?"

"좋―지!"

"인텔리에게 직업을 대라…… 이렇게 노래를 지어 부르거든."

〔※원문 10여 자 삭제〕

"응…… 유지와 명사의 가면을 박탈시키라고…… 한 몇십 명이 그렇게 데모를 한단 말이야!"

"하하하하."

M은 이렇게 웃고 H는 신어붓잖게 핀잔을 준다.

"드끄럽소, 여보…… 아 글쎄 멀끔멀끔한 양복쟁이들이 종로 네거리로 기를 받고 그렇게 다녀봐! 애들이 와서 나 광고지 한 장 주, 하잖나."

"하하하하."

"허허허허."

창밖에서 냉이 장수가 싸구려 소리를 외치고 지나간다. M이 그에 응하여

"이크! 봄을 떰펑하는구나!"

"흥, 경제학자라 달르군…… 참 우리 하숙에서는 채소를 좀 멕여주어야지!"

"밥값을 잘 내보지."

"그도 그렇지만."

"나는 석 달 치 밀렸네."

"나도 그렇게 될걸."

"그러니까 나처럼 이렇게 아파트 생활을 해요."

이것은 P의 말이다. 아파트라고 말해놓고도 서글퍼서 허허 웃었다.

"조선식 아파트! 그렇지만 우리가 아파트 생활을 했다면 아마 두어 달 전에 굶어 죽었을걸."

"나는 돈을 보면 초면 인사를 해야 되겠네…… 본 지가 하도 오라서 낯을 잊었어."

"여보게."

하고 M이 의젓하게 H를 달군다.

"돈 구경한 지 오래됐다지?"

"응."

"존 수가 있네."

"멋?"

"자네 책 좀 삼사三四 구락부에 보내세."

"싫으이."

"자네 돈 구경하고…… 구경하고 나서 그놈으로 한잔 먹고……."

"한잔 말이 났으니 말이지 요즘 같으면 술이나 실컨 먹고 주정이라도
했으면 속이 시언하겠네."

"그러니까 말이야…… 가세. 가서 다섯 권만 잽혀."

"일없다."

"내가 찾아주지."

"흥."

"정말이야."

"싫여."

6

그날 밤.

P와 M은 H를 졸라 그의 법률책을 잽혀 돈 육 원을 만들어가지고 나섰다.

선술집에 가서 엔간히 취하도록 먹은 뒤에 C라는 카페에 가서 술 두 병
을 놓고 자정이 되도록 노닥거렸다.

그곳에서 나올 때는 육 원 돈이 이 원 남았다. 이 원의 처치를 생각하던
세 사람은 일제히 동관으로 가기로 하였다.

세 사람이 모두 다리가 비틀거렸다. 그중에도 P는 더욱 취하였다.

널리리 가락으로 들어박힌 갈보집.

다 쓰러져가는 초가집을 세 사람이 아는 집 들어서듯이 쑥쑥 들어서니

"들어옵시오."

"어서 옵시오."

라고 머리 땋은 계집애와 배가 북통 같은 애 밴 계집이 마루로 나선다.

P가 무심결에 해태곽을 꺼내어 붙여 무니까 머리 땋은 계집애가 P의 목을 걸싸안고 볼에다 입을 쪽 맞추더니

"나도 하나."

하고 손을 벌린다. P는 기가 막혀 담뱃곽을 내미는데 H와 M은 박수를 하며

"부라보!"

하고 굉장하게 큰 소리로 외친다.

건넌방에 들어가 앉으니 마루에서 따그락따그락 소리가 난다.

배부른 계집은 푸대접을 받고 머리 땋은 계집애가 H와 M의 손으로 옮아 다니면서 주물린다. 깩깩 소리를 지르며 엄살을 한다. 말을 붙이고 대답을 주고받고 하는 것이 H와 M은 전에 한번 와본 집인 듯하다.

술상이 들어왔다.

잔은 사발만 한데 술주전자는 눈알만 하다. 술을 부어놓으니 M이 척 받아놓고는 노래를 투정한다. 계집애는 그보다 더 약아 제가 그 술을 쪽 들이마시고는 빈 잔만 M의 입에 대어준다.

P는 자숫물*같이 밍밍한 술을 두어 잔 받아먹는 동안에 비위가 콱 거슬려서 진정하느라고 드러누웠다.

H가 계집애를 무릎에 올려놓고 신이 나게 노래를 부른다. 물론 고저도 장단도 맞지 아니하는 노래다.

M이 애 밴 계집을 실컷 시달려주다가 머리 땋은 계집애를 빼앗아 가더

---

* '개숫물'의 방언.

니 귀에 대고 무어라고 속삭거린다. 그러면서 둘이서 연해 P를 건너다보며 싱긋벙긋 웃는다.

조금 있다가 계집애가 P에게로 오더니 귀에다 입을 대고 속삭인다.

"저이가 나더러 당신하고 오늘 저녁…… 응 어때?"

"그래라."

P는 불쑥 성난 것처럼 대답했다.

"아이! 승거워!"

계집애는 P를 한번 꼬집어주고 다시 M에게로 달아났다.

M에게로 가서 또 무어라고 속삭거리더니 재차 와가지고는 귓속말을 한다.

"자고 가, 응."

"그래 글쎄."

"꼭."

"응."

"정말."

"응."

술은 네 주전자가 들어왔는데 세 사람 손님은 두서너 잔씩밖에 아니 먹었다. 그 나머지는 다 저희가 먹었다. 계집애가 술이 곤주가 되게 취해가지고 해롱해롱 까분다.

술값을 치르는 것을 보고 P도 따라 일어섰다. M이 몸뚱이로 슬쩍 밀어서 방 안으로 들여보내고 뒤에서 계집애가 양복 뒷깃을 잡아당긴다.

"그래라, 자고 간다."

P는 방 가운데 벌떡 드러누웠다.

"너희 집이 어데냐?"

계집애가 옆에 와서 앉는 것을 보고 P가 물었다.

"××도 ××."

"언제 왔니?"

"작년에."

P는 몸을 일으켰다. 또 속이 왈칵 뒤집혀 좀 더 진정하려고 하는 생각인데 계집애가 콱 밀어뜨린다.

"나이 몇 살이냐?"

"열여덟."

"부모는?"

"부모가 있으면 여기서 이 짓을 해?"

"왜 이 짓이 나쁘냐?"

"흥…… 나도 사람이야."

"에―꾸! 나는 네가 신선인 줄 알았더니 인제 알고 보니까 사람이로구나!"

"드끄러!"

계집애는 눈을 쪽 흘기고는 갑자기 웃으면서 P의 목을 그러안는다.

"자고 가, 응."

"우리 마누라한테 자볼기 맞고 쫓겨난다."

"그러면 내한테 와서 나하고 살지…… 여기 내 빚 팔십 원만 물어주면……."

"팔십 원이냐?"

"응."

"가겠다."

P가 또 일어나려는 것을 계집이 껴안고 놓지 아니한다.

"자고 가…… 내가 반했어."

"아서라."

"정말!"

"놓아."

"아니야, 안 놓아. 자고 가요, 응…… 자고…… 나 돈 좀 주어."

"돈? 내가 돈이 있어 보이니?"

"돈 소리가 절렁절렁 나는데?"

미상불 P의 포켓 속에서는 아까부터 잔돈 소리가 가끔 잘랑거렸다.

"자고 나 돈 조―꼼 주고 가, 응."

"얼마나?"

"암만도 좋아…… 오십 전도, 아니 이십 전도."

계집애의 말이 떨어지기도 전에 P는 불에 덴 것같이 벌떡 일어섰다. 일어서면서 그는 포켓 속에 손을 넣어 있는 대로 돈을 움켜쥐어 방바닥에 홱 내던졌다. 일 원짜리 지전 두 장과 백통전이 방바닥에 요란스럽게 흐트러진다.

"아따 돈!"

해 던지고는 P는 뛰어나왔다. 그의 눈에는 눈물이 고였다.

7

P는 정조적으로 순진한 사나이가 아니다. 열네 살 때에 소꿉질 같은 장가를 갔고 그 뒤 동경 가서 있을 동안에 거기 여자와 살림도 하였다.

조선에 돌아와 직업을 가지고 있는 사이에 기생과 사귀어 한동안 죽을 둥 살 둥 모르게 지내기도 하였다.

그 밖에도 정 두어 지낸 여자가 두엇 더 있다. 그러나 삼십이 되도록 지금까지 유곽을 가거나 은근짜 집을 가거나 동관의 색주가 집에 가서 잠자리를 한 일은 없다.

그것은 P의 괴벽이다. 어떠한 여자를 물론하고 그가 정이 들지 아니한 여자이면 절대로 관계를 아니한다는 것이다.

그 대신 한번 P의 눈에 들고 따라서 정이 들면 아무것도 돌아보지 아니하고 심각한 열정에 맡기어 완전히 그 여자를 움켜쥐어 버리며 또한 그 여자에게 전부를 내주어 버린다. 그리하여 그는 늘 'All or nothing'을 말한다.

이것이 처세상 퍽 이롭지 못한 것을 P도 잘 안다. 또 공연한 승벽이요 고집인 줄 알건만 그는 그것을 고치지 못한다.

이날 밤에도 그는 그 계집애를 조금도 어떻게 하겠다는 생각은 나지 아니하였다.

술 취한 끝에 속이 괴로우니까 진정을 하자는 판인데 "오십 전 아니 이십 전도 좋아." 하는 소리에 버쩍 흥분이 된 것이다.

너무도 인간이 단작스럽고 악착스러운 것 같았다. P가 노상 보고 듣는 세상이 돈을 중간에 놓고 악착스럽게 으등으등하는 것임을 모르는 바는 아니나 정조 대가로 일금 이십 전을 요구하는 것은 처음 보았다.

P는 그러한 여자가 정조를 파는 데 무신경한 것도 잘 알고 있으며, 따라서 그것이 비도덕이니 어쩌니 하는 것도 아니다.

그의 관점과 해석은 그런 것보다 더 나아간 입장에 있었다.

그러나 '이십 전만 주어도' 소리에는 이것저것 생각하고 헤아릴 나위도 없었다. 더럽고 얄미우면서 그러면서도 눈물이 고였다. 삼 원쯤 되는 전 재산을 털어 내던지고 정신없이 뛰어나온 것이다.

술 취한 P를 혼자 남겨둔 H와 M은 골목에 기다리고 서서 있었다. P가 뛰어나오는 것을 보고 그들은 위선 농을 건넨다.

"한턱하오."

"장가간 턱 하게."

P는 고개를 흔들었다. 그리고 멍하니 서서 생각을 하였다.

다분의 가면 밑에서 꿈틀거리는 인도주의에 몹시 증오를 느끼는 P는 이날 밤 자기의 행동을 어떻게 해석할지 몰라 괴로워하였다.

내일을 굶어야 할 그 돈이지만 돈이 아까운 것이 아니다. 정조 값으로 이십 전을 주어도 좋다는데 왜 정조는 퇴하고 돈만 있는 대로 다 떨어 주었는가? 왜 눈에 눈물은 고였는가?

8

P는 머리가 떵하고 속이 뉘엿거리어 정신을 차릴 수가 없었다. 그는 두 친구에게 인사도 변변히 하지 아니하고 코를 베인 듯이 삼청동으로 올라 왔다. 어서 바삐 좀 드러눕고만 싶었던 것이다.

아무리 방구들은 차고 지저분하게 늘어놓았어도 제 처소는 반가운 것이다. 더구나 몸이 괴로울 때는!

P는 누더기 양복이나마 벗으려고도 아니하고 그대로 펴두었던 이부자리 속에 몸을 파묻었다. 드러누우니 취기가 새삼스레 더하여 영영 옷 벗을 생각도 잊어버리고 그대로 잠이 들었다.

얼마를 자고 났는지 괴로워 부대끼다 못하여 잠이 깨었을 때는 목이 타는 듯이 말랐다.

물은 없다. 물이 없어 못 먹는다고 생각하니 목은 더 말랐다.

밤은 어느 때나 되었는지 짐작할 수가 없다. 전등은 그대로 켜져 있다. 밖에서는 사람 지나다니는 발소리도 들리지 아니한다. 전차 갈리는 소리도 들리지 아니하고 가끔가다가 자동차의 경적이 딴 세상의 소리같이 감감하게 들려온다.

밤이 깊지 아니했으면 잠긴 안대문을 두드려 주인 노인에게라도 물을 청하겠지만 이 깊은 밤에 그리하기도 미안하다. 그것도 방세나 여일하게 내었을세 말이지 얼굴 대하기를 이편에서 피하는 판에 차마 못 할 일이다.

물지게 장수의 삐득거리는 소리가 들리나 하고 귀를 기울였으나 감감히 소리가 없다.

목은 더욱더욱 말라 들어온다. 입술이 바싹 마르고 입안이 침기가 없고 목구멍이 바삭바삭 소리가 날 듯이 마르고, 그러고는 창자 속까지 말라 내려가는 듯하다.

방금 미칠 듯하다.

눈앞에 용용하게 흘러가는 푸른 한강이 어릿어릿하고 쏴— 쏟아지는 수통 꼭지가 보이는 듯하다.

P는 배고픈 고비는 많이 겪어보았으나 이대도록도 목마른 참은 당하기 처음이다.

배는 고프면 기운이 없고 착 가라앉을 뿐이었지만 목이 극도로 마름에는 금시 미치고 후덕후덕 날뛸 것 같다.

일어나서 삼청동 꼭대기로 올라가면 산골짜기의 물도 있고 또 우물도 있기는 하다. 그러나 이 어두운 밤에 어디가 어디인지 보이지 아니할 테고 또 우물에는 두레박도 없을 것이다.

겨우겨우 참아가며 몇 시간을 삐대었다. 실상 한 시간도 못 되는 동안이지만 P에게는 여러 시간인 듯만 싶었다.

그런 뒤에 겨우 물지게 소리를 듣고 그는 수통 있는 곳을 찾아 뛰어나갔다.

사정 이야기도 변변히 하지 아니하고 쏟아지는 수통 꼭지에 매달려 한 동이는 되리시피 냉수를 들이켰다. 물장수가 어이가 없어 멀끔히 쳐다보고만 있다가 P의 꾸벅하고 돌아서는 등 뒤에다 혀를 끌끌 찬다.

밥보다도 더 다급하게 그립던 물을 실컷 들이켜고 나니 찌뿌등하게 엉킨 듯 불쾌하던 취기도 적이 걷히고 정신이 말쑥하여졌다.

P는 새삼스레 양복을 벗어 던지고 다시 자리에 파묻혔다. 인제는 잠이 십 리나 달아나고 눈이 초랑초랑하여진다. 그러면서 어젯밤 일이 머리에 떠오른다.

그것은 마치 못 먹을 것을 먹은 것처럼 께름칙한 기억이다. 아무렇게나 씻어 넘겨버리재도, 그러나 머리 한구석에 박혀가지고 사라지려 하지 아니하는 어룽(반점)과 같다. 어떻게 해서라도 시원스러운 해석을 내리고라야 마음이 놓일 것 같다.

정조 대가로 일금 이십 전을 부르는 여자…….

방금 세상에는 한 번 정조를 빼앗긴 것으로 목숨을 버려 자살하는 여자가 있다. 그러는 한편 '이십 전도 좋소' 하는 여자가 있다.

여자의 정조가 그것을 잃었다고 자살을 하도록 그다지도 고귀한 것이라면 '이십 전에도 팔겠소' 하는 여자가 눈을 멀끔멀끔 뜨고 살아 있는 사실은 무엇으로 설명할 것인가?

또 정조를 '이십 전에도 팔겠소' 하는 여자가 있도록 그것이 아무렇지도 아니한 것이라면 그것을 한 번 빼앗긴 때문에 생명을 내버리는 여자가 있는 것은 무엇으로 설명할 것인가?

이 두 여자가 모두 건전한 양심의 소유자라고 볼 수는 없다.

그러나 그 가운데 나무라기로 들면 차라리 정조를 빼앗긴 것으로 자살한 여자를 나무랄 것이지 '이십 전에 팔겠소' 하는 여자는 나무랄 수가 없다.

열여섯 살부터 시작하여 이래 삼 년이나 색주가 집으로 굴러다니는 여자다.

언제 누구에게 귀 떨어진 도덕 관념이나 정당한 인생관을 얻어들은 적이 없을 것이다.

술잔을 들고 앉아 한 잔이라도 오는 손님에게 더 먹여 한 푼어치라도 주인의 수입을 도와주면 칭찬이 오니 그만이다.

"고년 어여쁘다. 나하고 ××."

하고 손님이 말하면 그에 좇아 비록 조발早發일지언정 생리적 만족을 얻는 한편 그야말로 단돈 이십 전이라도 벌면 그만이다.

옆에서 그것을 시키기는 할지언정 그것이 나쁘다고 가르쳐주는 사람이 있을 턱이 없는 것이다. 사실 일반 매춘부가 정조적으로 양심을 가진 듯이 보인다는 것은 그 대부분이 되레 한 가식에 지나지 못하는 것이다.

그것은 그들에게 있어서 일종의 정당성을 가진 노동인 것이다.

그러니까 그것을 보고 불쌍하다고 여기고 동정을 하는 것은 위문이 폐문이다.

지금 세상은 정당한 성도덕이 서서 있는 때도 아니다.

그것은 한 세대에 여러 가지의 시대사조가 얼크러져 있는 때문이다. 그러니까 여자의 정조에 대하여도 일률적으로 선악과 시비를 가릴 수는 없는 것이다.

하룻밤 몸값으로다 '이십 전도 좋소' 하는 여자, 그에게는 다른 사람이 갖는 성도덕도 없고 따라서 자신을 타락이라서 슬퍼하지도 아니한다.

그 여자 자신을 나무랄 필요도 없는 것이요, 동정할 며리도 없는 것이다. 그 여자 자신은 결코 불쌍한 사람이 아니다.

예수의 사랑(?)도 아무리 그 사랑이 크고 넓다 했을지언정 그것은 '불쌍한 사람', '죄지은 사람'에게 미칠 수 있는 것이다.

'불쌍하지 아니한', '죄짓지 아니한' 동관의 색주가 계집애에게는 누구의 동정이나 사랑도 일없는 것이다.

'뭣? 관념적이라고?'

그렇다. 관념적이라도 할 수 없다. 그러나 그것은 그 여자의 주관을 객관화한 것이다. 그러니까 그것은 한 엄연한 현실이다.

〔※원문 30여 자 삭제〕

또 그 병적 현실에 메스를 대는 것은 집단의 역사적 문제이지만 룸펜 인텔리의 결벽과 흥분쯤으로는 문제도 되지 아니한다.

다만 취객이 삼 원 각수를 던져주었음으로 해서 그 여자는 감격 없는 기쁨을 맛보았을 뿐일 것이다.

'이게 웬 떡이냐…… 어제 저녁에 꿈이 갠찮더니 이런 땡을 잡을 영으루 그랬구나…… 웬 얼간망둥이냐.'

그 계집애는 응당 그렇게밖에는 더 생각되지 아니하였을 것이다. 그것이 결코 무리가 없는 당연한 일이다.

P는 여기까지 생각하고 입맛 쓴 고소를 띠었다.

'흥! 되지 못하게…… 장님이 눈병 앓는 사람더러 불쌍하다고 한 셈인가.'

P는 돌아누우면서 혀를 끌끌 찼다.

9

일천구백삼십사년의 이 세상에도 기적이 있다.

그것은 P가 굶어 죽지 아니한 것이다. 그는 최근 일주일 동안 돈이 생긴 데가 없다. 잡힐 것도 없었고 어디서 벌이한 적도 없다.

그렇다고 남의 집 문 앞에 가서 밥 한술 주시오 하고 구걸한 일도 없고 남의 것을 훔치지도 아니하였다.

그러나 그동안 굶어 죽지 아니하였다. 야위기는 하였지만 그래도 멀쩡하게 살아 있다. P와 같은 인생을 이 세상에 하나도 없이 싹 치운다면 근로하는 사람이 조금은 편해질는지도 모른다.

P가 소부르주아 축에 끼이는 인텔리가 아니요 노동자였더라면 그동안 거지가 되었거나 비상수단을 썼을 것이다. 그러나 그에게는 그러한 용기도 없다. 그러면서도 죽지 아니하고 살아 있다. 그렇지만 죽기보다도 더 귀찮은 일은 그를 잠시도 해방시켜주지 아니한다.

그의 아들 창선이를 올려 보낸다고 어제 편지가 왔고 오늘은 내일 아침에 경성역에 당도한다는 전보까지 왔다.

오정 때 전보를 받은 P는 갑자기 정신이 난 듯이 쩔쩔매고 돌아다니며 돈 마련을 하였다. 최소한도 이십 원은…… 하고 돌아다닌 것이 석양 때 겨우 십오 원이 변통되었다.

종로에서 풍로니 냄비니 양재기니 숟갈이니 무어니 해서 살림 나부랭이를 간단하게 장만하여가지고 올라오는 길에 전에 잡지사에 있을 때 안 ××인쇄소의 문선과장을 찾아갔다.

월급도 일없고 다만 일만 가르쳐주면 그만이니 어린아이 하나를 써달라고 졸라대었다.

A라는 그 문선과장은 요리조리 칭탈*을 하던 끝에—그는 P가 누구 친

한 사람의 집 어린애를 천거하는 줄 알았던 것이다—

"보통학교나 마쳤나요?"

하고 물었다.

"아—니요."

P는 솔직하게 대답하였다.

"나이 몇인데?"

"아홉 살."

"아홉 살?"

A는 놀라 반문을 하는 것이다.

"기왕 일을 배울 테면 아주 어려서부터 배워야지요."

"그래도 너무 어려서 원…… 뉘 집 애요?"

"내 자식 놈이랍니다."

P는 그래도 약간 얼굴이 붉어짐을 깨달았다. A는 이 말에 가장 놀라운 일을 보겠다는 듯이 입만 벌리고 한참이나 P를 물끄러미 바라다본다.

"왜? 내 자식이라고 공장에 못 보내란 법 있답디까?"

"아—니, 정말 그래요?"

"정말 아니고?"

"괜히 실없는 소리! ……자제라고 해야 들여줄 테니까 그러시지?"

"아니, 그건 그렇잖아요. 내 자식 놈요."

"그럼 왜 공부를 시키잖구?"

"인쇄소 일 배우는 것도 공부지."

"그건 그렇지만 학교에 보내야지."

---

* 무엇 때문이라고 핑계를 댐.

"학교에 보낼 처지도 못 되고 또 보낸댔자 사람 구실도 못 할 테니까……."

"거 참 모를 일이오…… 우리 같은 놈은 이 짓을 해가면서도 자식을 공부시키느라고 애를 쓰는데 되려 공부시킬 줄 아는 양반이 보통학교도 아니 마친 자제를 공장엘 보내요?"

"내가 학교 공부를 해본 나머지 그게 못쓰겠으니까 자식은 딴 공부를 시키겠다는 것이지요."

"글쎄 정 그러시다면 내가 내 자식 진배없이 잘 데리고 있으면서 일이나 착실히 가르쳐드리리다마는…… 원 너무 어린데 애차랍잖애요?"

"애차라운 거야 애비 된 내가 더하지오만 그것이 제게는 약이니까……."

P는 당부와 치하를 하고 인쇄소를 나왔다. 한짐 벗어놓은 것같이 몸이 가뜬하고 마음이 느긋하였다.

그는 집으로 올라가는 길에 싸전에 쌀 한 말을 부탁하고 호배추도 몇 통 사들였다. 그렁저렁 오 원을 썼다.

십 원 남은 중에 주인 노인에게 육 원을 내주니 입이 귀밑까지 째어진다. 그 끝에 P가 사 온 호배추를 내주며 김치를 담가달라고 하니 선선히 응낙한다. 그리고 자식을 데리고 자취를 하겠다니까 깍두기야 간장이야 된장 같은 것을 아까운 줄 모르고 날라다 주곤 한다.

10

이튿날 전에 없이 첫새벽에 일어난 P는 서투른 솜씨로 화로밥을 지어놓고 정거장으로 나갔다.

그의 형에게서 온 편지에 S라는 고향 사람이 서울 올라오는 길에 따라

보낸다고 했으니까 P는 창선이보다도 더 낯이 익은 S를 찾았다.

과연 차가 식식거리고 들어서매 인간을 뱉어 내놓는 찻간에서 S가 창선이를 데리고 두리번거리며 내려왔다.

어디서 생겼는지 새까만 고구라 양복을 입고 이화표 붙은 학생 모자를 쓰고 거기다가 보따리를 하나 지고 무엇 꾸린 것을 손에 들고 차에서 내리는 어린아이…… 저게 내 자식이라 생각하니 P는 어쩐지 속으로 얼굴이 붉어지며 한편 가엾기도 하였다.

S가 두 손에 짐을 가득 들고 두리번거리다가 가까이 온 P를 보고 반겨 소리를 지른다. 창선이가 모자를 벗고 학교식으로 경례를 한다. 얼굴을 자세히 보니 네댓 살 적에 보던 것보다 더한층 저의 외가를 닮았다. P는 그것이 몹시 불만하였다.

"그새 재미나 좋았나?"

S의 하는 첫인사다.

"멀 그저 그렇지…… 괜한 산 짐을 지고 오느라고 애썼네."

P는 이렇게 인사 겸 치하를 하였다.

"원 천만에! ……그 애가 나이는 어려도 어떻게 속이 찼는지…… 너 늬 아버지 알아보겠니?"

S는 창선이를 돌아보며 웃는다. 창선이는 고개를 숙이고 수줍은지 아무 대답도 아니 한다.

P는 S와 창선이를 데리고 구름다리로 올라왔다.

"저의 외할머니가 저 양복이야 떡이야 모다 해가지고 자네 댁에까지 오셨더라네…… 오서서 어제 떠나는데 정거장까지 나오셨는데 여러 가지 신신당부를 하시데…… 자네에게 전하라고."

S는 P가 그다지 듣고 싶지도 아니한 이야기를 뒤따라오며 늘어놓는다.

그의 가슴에는 옛날의 반감이 솟쳐 올랐다.

"별걱정 다 하든 게로군…… 내 자식 내가 어련히 할까 버 쫓아다니며 그래!"

"그래도 노인들이라 어데 그런가…… 객지에서 혼자 있는데 데리고 있기 정 불편하거든 당신에게로 도루 보내게 하라고 그러시데……."

"그 집에 내 자식이 무슨 상관이 있어서 보내라는 거야? ……보낼 테면 그때 데려왔을라구……."

P는 그것이 모두 그와 갈린 아내의 조종인 줄 알기 때문에 더구나 심정이 났다. 화가 나는 대로 하면 어린아이가 입고 온 양복도 벗겨 내던지고 싶었으나 꿀꺽 참았다.

11

일찍 맛보아보지 못한 새살림을 P는 시작하였다.

창선이가 도착한 날 밤.

창선이는 아랫목에서 색색 잠을 자고 있다. 외롭게 꿈을 꾸고 있으려니 생각하매 전에 없던 애정이 솟아오르는 듯하였다.

이튿날 아침 일찍 창선이를 데리고 ××인쇄소에 가서 A에게 맡기고 안 내키는 발길을 돌이켜 나오는 P는 혼자 중얼거렸다.

"레디메이드 인생이 비로소 겨우 임자를 만나 팔리었구나."

—《신동아》, 1934. 5~7.

치숙痴叔

　우리 아저씨 말이지요? 아따 저 거시키, 한참 당년에 무엇이냐 그놈의 것, 사회주의라더냐 막덕*이라더냐, 그걸 하다 징역 살고 나와서 폐병으로 시방 앓고 누웠는 우리 오촌 고모부 그 양반……

　머, 말도 마시오. 대체 사람이 어쩌면 글쎄…… 내 원!

　신세 간데없지요.

　자, 십 년 적공, 대학교까지 공부한 것 풀어먹지도 못했지요. 좋은 청춘 어영부영 다 보냈지요. 신분에는 전과자라는 붉은 도장 찍혔지요. 몸에는 몹쓸 병까지 들었지요.

　이 신세를 해가지굴랑은 굴속 같은 오두막집 단칸 셋방 구석에서 사시장철 밤이나 낮이나 눈 따악 감고 드러누웠군요.

　재산이 어디 집 터전인들 있을 턱이 있나요. 서발막대** 내저어야 짚검불 하나 걸리는 것 없는 철빈인데.

　우리 아주머니가, 그래도 그 아주머니가, 어질고 얌전해서 그 알량한 남편 양반 받드느라 삯바느질이야 남의 집 품빨래야 화장품 장사야, 그

---

* 마르크스주의를 믿는 사람이나 행위를 낮추어 부르는 말.
** 매우 긴 막대를 강조하여 이름.

칙살스러운 벌이를 해다가 겨우겨우 목구멍에 풀칠을 하지요.

어디루 대나 그 양반은 죽는 게 두루 좋은 일인데 죽지도 아니해요.

우리 아주머니가 불쌍해요. 아, 진작 한 나이라도 젊어서 팔자를 고치는 게 아니라, 무슨 놈의 우난 후분*을 바라고 있다가 끝끝내 고생을 하는지.

근 이십 년 소박을 당했지요.

이십 년을 설운 청춘 한숨으로 보내고서 다 늦게야 송장 여대치게 생긴 그 양반을 그래도 남편이라고 모셔다가는 병수발 들랴, 먹고살랴, 애자진 하고** 다니는 걸 보면 참말 가엾어요.

그게 무슨 죄다짐이람? 팔자 팔자 하지만 왜 팔자를 고치지를 못하고 서 그래요. 우리 죄선 구식 부인네들은 다 문명을 못 하고 깨지를 못해서 그러지.

그 양반이 한시바삐 죽기나 했으면 우리 아주머니는 차라리 신세 편하 리다.

심덕 좋겠다 솜씨 얌전하겠다 하니, 어디 가선들 자기 일신 몸 가누고 편안히 못 지내요?

가만있자, 열여섯 살에 아저씨네 집으로 시집을 갔다니깐, 그게 내가 세 살 적이니 꼬박 열여덟 해로군. 열여덟 해면 이십 년 아니오.

그때 우리 아저씨 양반은 나이 어리기도 했지만, 공부를 한답시고 서울로 동경으로 십여 년이나 돌아다녔고, 조금 자라서 색시 재미를 알 만하니까는 누가 이쁘달까 봐 이혼하자고 아주머니를 친정으로 쫓고는 통히 불고***를 하고……

* 사람의 평생을 셋으로 나눈 마지막 부분. 늙은 뒤의 운수나 처지를 이른다.
** 자진하여 애를 쓰고.
*** 돌보지 않음.

공부를 다 마치고 오더니만, 그담에는 그놈의 짓에 들입다 발광해 다니면서 명색 학생 출신이라는 딴 여편네를 얻어 살았지요. 그 여편네는 나도 몇 번 보았지만 쌍판대기라고 별반 출 수도 없이 생겼습디다. 그 인물로 남의 첩이야? 일색 소박은 있어도 박색 소박은 없다더니, 사실 소박맞은 우리 아주머니가 그 여편네게다 대면 월등 이뻤다우.

그래 그 뒤에, 그 양반은 필경 붙들려 가서 오 년이나 전중이를 살았지요. 그동안에 아주머니는 시집이고 친정이고 모두 폭 망해서 의지가지없이 됐지요.

그러니 어떻게 해요? 자칫하면 굶어 죽을 판인데.

할 수 없이 얻어먹고 살기도 해야 하려니와, 또 아저씨 나오는 것도 기다려야 한다고 나를 반연 삼아 서울로 올라왔더군요. 그게 그러니까 아저씨가 나오던 그 전해로군.

그때 내가 나이는 어려도 두루 날뛴 보람이 있어서 이내 구라다상네 식모로 들어갔지요.

그 무렵에 참 내가 아주머니더러 여러 번 권면을 했지요. 그러지 말고 개가를 가라고. 글쎄 어린 소견에도 보기에 퍽 딱하고 민망합디다.

계제에 마침 또 좋은 자리가 있었고요. 미네상이라고 미쓰꼬시 앞에서 바나나 다다끼우리*를 하는 인데 사람이 퍽 좋아요.

우리 집 다이쇼(주인)도 잘 알고 하는데, 그이가 늘 나더러 죄선 오깜상**하고 살았으면 좋겠다고, 중매 서달라고 그래쌓어요.

돈은 모아둔 게 없어도 다 벌어먹고 살 만하니까 그런 사람 만나서 살

---

* 일본어로 '노점상 등의 싸구려 팔기'를 말함.
** 오카미상. 일본어로 '남의 아내, 여주인'을 뜻함.

면 아주머니도 신세 편할 게 아니라구요?

그런 걸 글쎄 몇 번 말해도 숭헌 소리 말라고 들질 않는 걸 어떡하나요.

아무튼 그런 것 말고라도 참, 흰 말이 아니라 이날 이때까지 내가 그 아주머니 뒤도 많이 보아주었다우. 또 나도 그럴 만한 은공이 없잖아 있구요.

내가 일곱 살에 부모를 잃었지요. 그러고 나서 의탁할 곳이 없이 됐는데 그때 마침 소박을 맞고 친정살이를 하는 그 아주머니가 나를 데려다가 길러주었지요.

그때만 해도 그 집이 그다지 군색하게 지내진 않았으니깐요. 아주머니도 아주머니지만 증조할머니며 할아버지도 슬하에 딴 자손이 없어서 나를 퍽 귀애하겠지요.

열두 살까지 그 집에서 자랐군요.

사 년이나마 보통학교도 다녔고.

아마 모르면 몰라도 그 집안이 그렇게 치패하지만 안 했으면 나도 그냥 붙어 있어서 시방쯤은 전문학교까지는 다녔으리다.

이런 은공이 있으니까 나도 그걸 저버리지 않고 그래서 내 깜냥에는 갚을 만치 갚노라고 갚은 셈이지요.

하기야 요새도 간혹 아주머니가 찾아와서 양식 없다는 사정을 더러 하곤 하는데 실토정* 말이지 좀 성가시기는 해요.

그러는 족족 그 수응을 하자면 내 일을 못 하겠는걸. 그래 대개 잘라 떼기는 하지요.

그렇지만 그 밖에, 가령 양 명절 때면 고깃근이라도 사 보낸다든지, 또

---

* 사정이나 심정을 솔직하게 말함.

오면가면 들러 이야기 낱이라도 한다든지 그런 건 결단코 범연히 하진 않으니까요.

아무튼 그래서 아주머니는 꼬박 일 년 동안 구라다상네 집 오마니로 있으면서 월급 오 원씩 받는 걸 그대로 고스란히 저금을 하고, 또 틈틈이 삯바느질을 맡아다가 조금씩 벌어 보태고 또 나올 무렵에 구라다상네 양주가 퍽 기특하다고 돈 칠 원을 상급으로 주고 그런 게 이럭저럭 돈 백 원이나 존존히 됐지요.

그 돈으로 방 한 칸 얻고 살림 나부랭이도 조금 장만하고 그래놓고서 마침 그 알량꼴량한 서방님이 놓여나오니까 그리로 모셔 들였지요.

놓여나오는 날 나도 가서 보았지만 가막소 문 앞에 막 나서자 아주머니가 기다리고 있으니까 그래도 눈물이 핑— 돌던데요.

전에 그렇게도 죽을 동 살 동 모르고 좋아하던 첩년은 꼴도 안 뵈구요. 남의 첩년이란 건 다 그런 거지요 뭐.

우리 아저씨 양반은 혹시 그 여편네가 오지 않았나 하고 사방을 휘휘 둘러보던데요. 속이 그렇게 없다니까. 여편네는커녕 아주머니하고 나하고 그 외는 어리친 개새끼 한 마리 없더라.

그래 막 자동차에 올라타려다가 피를 토했지요. 나중에 들었지만 가막소 안에서 달포 전부터 토혈을 했다나 봐요.

그래 다 죽어가는 반송장을 업어 오다시피 해다가 뉘어놓고. 그날부터 아주머니는 불철주야로 할 짓 못 할 짓 다 해가면서 부스대고 날뛴 덕에 병도 차차로 차도가 있고 그러더니 인제는 완구히 살아는 났지요. 뭐 참 시방은 용 꼴인걸요, 용 꼴.

부인네 정성이 무서운 겝디다.

꼬박 삼 년이군. 나 같으면 돌아가신 부모가 살아 오신대도 그 짓 못

해요.

자, 그러니 말이지요. 우리 아저씨라는 양반이 작히나 양심이 있고 다 그럴 양이면, 어허 내가 어서 바삐 몸이 충실해져서, 어서 바삐 돈을 벌어다가 저 아내를 편안히 거느리고 이 은공과 전날의 죄를 갚아야 하겠구나…… 이런 맘을 먹어야 할 게 아니라구요?

아주머니의 은공을 갚자면 발에 흙이 묻을세라 업고 다녀도 참 못다 갚지요.

그러고저러고 간에 자기도 인제는 속 차려야지요. 하기야 속을 차려서 무얼 하재도 전과자니까 관리나 또 회사 같은 데는 들어가지 못하겠지만, 그야 자기가 저지른 일인 걸 누구를 원망할 일도 아니고, 그러니 막 벗어부치고 노동이라도 해야지요.

대학교 출신이 막벌이 노동이란 게 꼴 가관이지만 그래도 할 수 없지, 뭐.

그런 걸 보고 가만히 나를 생각하면, 만약 우리 종조할아버지네 집안이 그렇게 치패를 안 해서 나도 전문학교를 졸업을 했으면, 혹시 우리 아저씨 모양이 됐을지도 모를 테니 차라리 공부 많이 않고서 이 길로 들어선 게 다행이다…… 이런 생각이 들어요.

사실 우리 아저씨 양반은 대학교까지 졸업하고도 인제는 기껏 해먹을 거란 막벌이 노동밖에 없는데, 보통학교 사 년 겨우 다니고서도 시방 앞길이 환히 트인 내게다 대면 고쓰까이*만도 못하지요.

아, 그런데 글쎄 막벌이 노동을 하고 어쩌고 하기는커녕 조금 바시시 살아날 만하니까 이 주책꾸러기 양반이 무슨 맘보를 먹는고 하니, 내 참 기가 막혀!

---

* 일본어로 '심부름하는 아이, 사환'을 뜻함.

아니, 그놈의 것하고는 무슨 대천지원수가 졌단 말인지, 어쨌다고 그걸 끝끝내 하지 못해서 그 발광인고?

그러나마 그게 밥이 생기는 노릇이란 말인지? 명예를 얻는 노릇이란 말인지. 필경은, 붙잡혀 가서 징역 사는 놈음?

아마 그놈의 것이 아편하고 꼭 같은가 봐요. 그렇기에 한번 맛을 들이면 끊지를 못하지요?

그렇지만 실상 알고 보면 그게 그다지 재미가 난다거나 맛이 있다거나 그런 것도 아니더군 그래요. 부랑당패던데요. 하릴없이 부랑당팹디다.

저— 서양 어디선가, 일하기 싫어하는 게으름뱅이 몇 놈이 양지쪽에 모여 앉아서 놀고먹을 궁리를 했더라나요. 우리 집 다이쇼가 다 자상하게 이야기를 해줍디다.

게, 그 녀석들이 서로 구누*를 하기를, 자 이 세상에는 부자가 있고 가난한 사람이 있고 하니 그건 도무지 공평한 일이 아니다. 사람이란 건 이목구비하며 사지육신을 꼭 같이 타고났는데, 누구는 부자로 잘살고 누구는 가난하다니 그게 될 말이냐. 그러니 부자가 가진 것을 우리 가난한 사람들하고 다 같이 고르게 노나 먹어야 경우가 옳다.

야— 그거 옳은 말이다. 야— 그 말 좋다. 자— 노나 먹자.

아, 이렇게 설도를 해가지고 우 하니 들고일어났다는군요.

아—니, 그러니 그게 생 날부랑당 놈의 짓이 아니고 무어요?

사람이란 것은 제가끔 분지복**이 있어서 기수***를 잘 타고나든지 부지런하면 부자가 되는 법이요, 복록을 못 타고나든지 게으른 놈은 가난하

---

* 못마땅해 혼자 군소리함.
** 각자 타고난 복.
*** 저절로 오고 가고 한다는 길흉화복의 운수.

게 사는 법이요, 다 이렇게 마련인데, 그거야말로 공평한 천리인 것을, 됩다 불공평하다니 될 말이오? 그러고서 억지로 남의 것을 뺏어먹자고 들다니 그놈들이 부랑당이지 무어요.

짓이 부랑당 짓일 뿐 아니라, 또 만약에 그러기로 들면 게으른 놈은 점점 더 게으름만 부리고 쫓아다니면서 부자 사람네가 가진 것만 뺏어먹을 테니 이 세상은 통으로 도적놈의 판이 될 게 아니오? 그나마, 부자 사람네가 모아둔 걸 다 뺏기고 더는 못 먹여내는 날이면 그때는 이 세상 망하는 날이 아니오?

저마다 남이 농사지어놓으면 그걸 뺏어먹으려고 일 않고 번둥번둥 놀 것이고 남이 옷감 짜놓으면 그걸 뺏어다가 입으려고 번둥번둥 놀 것이고 그럴 테니 대체 곡식이며 옷감이며 그런 것이 다 어디서 나올 데가 있어야지요. 세상 망할밖에!

글쎄 그놈의 짓이 그렇게 세상 망쳐놀 장본인 줄은 모르고서 가난한 놈들, 그중에도 일하기 싫은 게으름뱅이들이 위선 당장 부자 사람네 것을 뺏어먹는다니까 거기 혹해가지굴랑 너도나도 와하니 참섭을 했다는구려.

바로 저 아라사가 그랬대요.

그래서 아니나 다를까 농군들이 곡식을 안 만들기 때문에 사람이 수만 명씩 굶어 죽는다는구려. 빠안한 이치지 뭐.

위선 먹기는 곶감이 달다고 그 지랄들을 했다가 잘코사니야!

아 그런데 그 못된 놈의 풍습이 삽시간에 동서양 각국 안 간 데 없이 퍼져가지굴랑 한동안 내지에도 마구 굉장히 드세게 돌아다녔고 내지가 그러니까 멋도 모르는 죄선 영감상들도 덩달아서 그 숭내를 냈다나요.

그렇지만 시방은 그새 나라에서 엄하게 밝히고 금하고 한 덕에 많이 너끔해졌고 그런 마음 먹는 사람은 별반 없다나 봐요.

그럴 게지 글쎄. 아 해서 좋을 양이면야 나라에선들 왜 금하며 무슨 원수가 졌다고 붙잡아다가 징역을 살리나요.

좋고 유익한 것이면 나라에서 도리어 장려하고, 잘할라치면 상급도 주고 그러잖아요.

활동사진이며 스모며 만자이*며 또 왓쇼왓쇼**랄지 세이레이 낭아시***랄지 라디오 체조랄지 그런 건 다 유익한 일이니까 나라에서 설도도 하고 그러잖아요.

나라라는 게 무언데? 그런 걸 다 잘 분간해서 이럴 건 이러고 저럴 건 저러라고 지시하고, 그 덕에 백성들은 제각기 제 분수대로 편안히 살도록 애써주는 게 나라 아니오?

그놈의 것 사회주의만 하더라도 나라에서 금하질 않고 저희가 하는 대로 둬두었어 보아? 시방쯤 세상이 무엇이 됐을지…….

다른 사람들도 낭패 본 사람이 많았겠지만, 위선 나만 하더라도 글쎄 어쩔 뻔했어! 아무 일도 다 틀리고 뒤죽박죽이지.

내 이상과 계획은 이렇거든요.

우리 집 다이쇼가 나를 자별히 귀애하고 신용을 하니깐 인제 한 십 년만 더 있으면 한밑천 들여서 따로 장사를 시켜줄 그런 눈치거든요.

그러거들랑 그것을 언덕 삼아가지고 나는 삼십 년 동안 예순 살 환갑까지만 장사를 해서 꼭 십만 원을 모을 작정이지요. 십만 원이면 죄선 부자로 쳐도 천석꾼이니, 뭐 떵떵거리고 살 게 아니라구요?

그리고 우리 다이쇼도 한 말이 있고 하니까, 나는 내지인 규수한테로

---

* 일본어로 '만담'을 가리킴.
** 신을 모신 가마를 메고 가며 내는 영차영차 같은 소리. 또는 그런 행사가 있던 축제.
*** 7월에 있는 일본의 불교 행사인 '나가시'를 말함.

장가를 들래요. 다이쇼가 다 알아서 얌전한 자리를 골라 중매까지 서준다고 그랬어요.

내지 여자가 참 좋지요.

나는 죄선 여자는 거저 주어도 싫어요.

구식 여자는 얌전은 해도 무식해서 내지인하고 교제하는 데 안됐고, 신식 여자는 식자나 들었다는 게 건방져서 못쓰고, 도무지 그래서 죄선 여자는 신식이고 구식이고 다 제바리*여요.

내지 여자가 참 좋지 뭐. 인물이 개개 일자로 이쁘겠다, 얌전하겠다, 상냥하겠다, 지식이 있어도 건방지지 않겠다, 좀이나 좋아!

그리고 내지 여자한테 장가만 드는 게 아니라 성명도 내지인 성명으로 갈고 집도 내지인 집에서 살고 옷도 내지 옷을 입고 밥도 내지식으로 먹고 아이들도 내지인 이름을 지어서 내지인 학교에 보내고…….

내지인 학교라야지 죄선 학교는 너절해서 아이들 버려놓기나 꼭 알맞지요.

그리고 나도 죄선말은 싹 걷어치우고 국어만 쓰고요.

이렇게 다 생활 법식부터도 내지인처럼 해야만 돈도 내지인처럼 잘 모으게 되거든요.

내 이상이며 계획은 이래서, 그 십만 원짜리 큰 부자가 바로 내다뵈고 그리로 난 길이 환하게 트이고 해서 나는 시방 열심으로 길을 가고 있는데, 글쎄 그 미쳐 살미** 든 놈들이 세상 망쳐버릴 사회주의를 하려 드니, 내가 소름이 끼칠 게 아니라구요? 말만 들어도 끔찍하지!

---

* 막일꾼들이 자기의 불만을 나타낼 때 하는 말.
** 미쳐 삶.

세상이 망해서 뒤집히면 그래 나는 어쩌란 말인고? 아무것도 다 허사가 될 테니 그런 억울할 데가 있더람?

머 참, 우리 집 다이쇼 말이 일일이 지당해요.

여느 절도나 강도나 사기나 그런 죄는 도적이면 도적을 해 가는 그 당장, 그 돈만 축을 내니까 오히려 죄가 가볍지만, 그놈의 것 사회주의인지 지랄인지는 온 세상을 뒤죽박죽을 만들어놓고 나라를 통째로 소란하게 하니까 도저히 용서할 수가 없대요.

용서라니! 나 같으면 그런 놈들은 모조리 쓸어다가 마구 그저 그냥······.

그런 일을 생각하면 털어놓고 말이지 우리 아저씨나 그 양반도 여간 불측스러 뵈질 안 해요. 사실 아주머니만 아니면 내가 무슨 천주학이라고, 나쁜 병까지 앓는 그 양반을 찾아다니나요. 죽는대도 코도 안 풀어 붙일걸.

그러나마 전자의 죄상을 다 회개를 하고 못된 마음을 씻어버렸을 새 말이지, 머 흰 개 꼬리 삼 년이라더냐, 종시 그 모양일걸요.

그러니깐 그게 밉살머리스러워서, 더러 들렀다가 혹시 마주 앉아도 위정 뼈끝 저린 소리나 내쏘아 주고, 말을 따잡아가지굴랑 꼼짝 못하게시리 몰아세 주곤 하지요.

저번에도 한번 혼을 단단히 내주었지요. 아, 그랬더니 아주머니더러 한다는 소리가 그 녀석 사람 버렸더라고, 아무짝에도 못 쓰게 길이 들었더라고 그러더라나요.

내 원, 그 소리를 듣고 하도 어처구니가 없어서!

대체 사람도 유만부동이지, 그 아저씨가 나더러 사람 버렸느니 아무짝에도 못 쓰게 길이 들었느니 하더라니, 원 입이 몇 개나 되면 그런 소리가 나오는 구멍도 있누?

죄선 벙어리가 다 말을 해도 나 같으면 할 말 없겠더구먼서도, 하면 다 말인 줄 아나 봐?

이를테면 그게 명색 훈계 비슷한 거렷다? 내게다가 맞대놓고 그런 소리를 하다가는 되잡혀서 혼이 날 테니까 슬며시 아주머니더러 이르란 요량이든 게지?

기가 막혀서…… 하느님이 사람의 콧구멍 두 개로 마련하기 참 다행이야.

글쎄 아무려면 내가 자기처럼 다 공부는 못 하고 남의 집 고조*〔小僧〕노릇으로, 반또**〔番頭〕노릇으로, 이렇게 굴러먹을값이 이래 보여도 표창을 두 번이나 받은 모범 점원이요, 남들이 똑똑하고 재주 있고 얌전하다고 칭찬이 놀랍고 앞길이 환히 트인 유망한 청년인데, 그래 자기 눈에는 내가 버린 놈이고 아무짝에도 못 쓰게 길이 든 놈으로 보였단 말이지?

하하, 오 옳지! 거 참 그렇겠군. 자기는 자기 하는 짓이 옳으니까, 남이 하는 짓은 다 글렀단 말이렷다?

그러니까 나도 자기처럼 그놈의 것 사회주원지 급살 맞을 것인지나 하다가 징역이나 살고 전과자나 되고 폐병이나 앓고 다 그랬더라면 사람 버리지도 않고 아무짝에도 못 쓰게 길든 놈도 아니고 그럴 뻔했군그래!

홍! 참…….

제 밑 구린 줄 모르고서 남더러 어쩌구저쩌구한다는 게 꼭 우리 아저씨 그 양반을 두고 이른 말인가 봐.

---

* 나이 어린 남자 점원.
** 일본어로 '상점 지배인'을 뜻함.

그날도 실상 이랬더라우. 혼을 내주었더니 아주머니더러 그런 소리를 하더란 그날 말이오.

그날이 마침 내가 쉬는 날이기에 아주머니더러 할 이야기도 있고 해서 아침결에 좀 들렀더니, 아주머니는 남의 혼인집으로 바느질을 해주러 갔다고 없고, 아저씨 양반만 여전히 아랫목에 가서 드러누웠어요.

그런데 보니깐 어디서 모두 뒤져냈는지, 머리맡에다가 헌 언문 잡지를 수북이 쌓아놓고는 그걸 뒤져요.

그래 나도 심심 삼아 한 권 집어 들고 떠들어 보았더니, 머 읽을 맛이 나야지요.

대체 죄선 사람들은 잡지 하나를 해도 어찌 모두 그 꼬락서니로 해놓는지.

사진도 없지요, 망가(만화)도 없지요.

그러고는 맨판 까탈스러운 한문 글자로다가 처박아놓으니 그걸 누구더러 보란 말인고?

더구나 우리 같은 놈은 언문도 그런대로 뜯어보기는 보아도 읽기에 여간만 폐롭지가 않아요.

그러니 어려운 언문하고 까다로운 한문하고를 섞어서 쓴 글은 뜻을 몰라 못 보지요. 언문으로만 쓴 것은 소설 나부랭인데, 읽기가 힘이 들 뿐 아니라 또 죄선 사람이 쓴 소설이란 건 재미가 있어야죠. 나는 죄선 신문이나 죄선 잡지하구는 담쌓고 남 된 지 오랜걸요.

잡지야 뭐 《껑구》*나 《쇼넹구라부》** 덮어먹을 잡지가 있나요. 참 좋아요.

---

* 일제 강점기의 잡지로 'King'을 의미함.
** 청소년을 대상으로 한 일본의 월간지. '소년 클럽'이라는 뜻.

한문 글자마다 가나*를 달아놓았으니 어떤 대문을 척 펴 들어도 술술 내리읽고 뜻을 행하니 알 수가 있지요.

그리고 어떤 대문을 읽어도 유익한 교훈이나 재미나는 소설이지요.

소설 참 재미있어요. 그중에도 기꾸지깡** 소설! ……어쩌면 그렇게도 아기자기하고도 달콤하고도 재미가 있는지. 그리고 요시까와 에이찌, 그의 소설은 진쩐바라바라***하는 지다이모노(시대물)인데 마구 어깻바람이 나구요.

소설이 모두 그렇게 재미가 있지요. 망가가 많지요. 사진이 많지요. 그러고도 값은 좀 헐하나요. 십오 전이면 바로 그 전달 치를 사 볼 수 있고 보고 나서는 오 전에 도로 파는데요.

잡지도 기왕 하려거든 그렇게나 해야지, 죄선 사람들은 제엔장 큰소리는 곧잘 하더구면서도 잡지 하나 반반한 거 못 만들어내니!

그날도 글쎄 잡지가 그 꼴이라, 아예 글은 볼 멋도 없고 해서 혹시 망가나 사진이라도 있을까 하고 책장을 후르르 넘기노라니깐 마침 아저씨 이름이 있겠나요! 하도 신통해서 쓰윽 펴 들고 보았더니 제목이 첫 줄은 경제, 사회…… 무엇 어쩌구 잔주를 달아놨겠지요.

그것만 보아도 벌써 그럴듯해요. 경제는 아저씨가 대학교에서 경제를 배웠다니까 경제 속은 잘 알 것이고 또 사회는, 그것 역시 사회주의를 했으니까 그 속도 잘 알 것이고 그러니까 경제하고 사회주의하고 어떻게 서로 관계가 되는 것이며 어느 편이 옳다는 것이며 그런 소리를 썼을 게 분명해요.

---

* 일본 고유의 글자.
** 기쿠지 칸[菊池寬]. 일본 대정 시대의 유명한 작가.
*** 일본어로 칼날이 부딪치는 소리를 표현한 의성어.

머, 보나 안 보나 속이야 빠안하지요. 대학교까지 가설랑 경제를 배우고도 돈 모을 생각은 않고서 사회주의만 하고 다닌 양반이라 경제가 그르고 사회주의가 옳다고 우겨댔을 거니까요.

아무렇든 아저씨가 쓴 글이라는 게 신기해서 좀 보아볼 양으로 쓰윽 훑어봤지요. 그러나 웬걸 읽어먹을 재주가 있나요.

글자는 아주 어려운 자만 아니면 대강 알기는 알겠는데, 붙여보아야 대체 무슨 뜻인지를 알 수가 있어야지요.

속이 상하기에 읽어보자던 건 작파하고서 아저씨를 좀 따잡고 몰아셀 양으로 그 대목을 차악 펴놨지요.

"아저씨?"

"왜 그러니?"

"아저씨가 여기다가 경제 무어라구 쓰구 또, 사회 무어라구 썼는데, 그러면 그게 경제를 하란 뜻이오? 사회주의를 하란 뜻이오?"

"뭐?"

못 알아듣고 뚜렛뚜렛해요. 자기가 쓰고도 오래돼서 다 잊어버렸거나, 혹시 내가 말을 너무 까다롭게 내기 때문에 섬뻑 대답이 안 나왔거나 그랬겠지요. 그래 다시 조곤조곤 따졌지요.

"아저씨…… 경제란 것은 돈 모아서 부자 되라는 것 아니요? 그런데, 사회주의란 것은 모아둔 부자 사람의 돈을 뺏어 쓰는 거 아니요?"

"이 애가 시방!"

"아—니, 들어보세요."

"너, 그런 경제학, 그런 사회주의 어디서 배웠니?"

"배우나마나, 경제란 건 돈 많이 벌어서 애껴 쓰구, 나머지 모아두는 게 경제 아니요?"

"그건 보통, 경제한다는 뜻으루 쓰는 경제고, 경제학이니 경제적이니 하는 건 또 다르다."

"다를 게 무어요? 경제는 돈 모으는 것이고, 그러니까 경제학이면 돈 모으는 학문이지요."

"아니란다. 혹시 이재학理財學이라면 돈 모으는 학문이라고 해도 근리할지 모르지만 경제학은 그런 게 아니란다."

"아—니, 그렇다면 아저씨 대학교 잘못 다녔소. 경제 못하는 경제학 공부를 오 년이나 했으니 그게 무어란 말이오? 아저씨가 대학교까지 다니면서 경제 공부를 하구두 왜 돈을 못 모으나 했더니, 인제 보니깐 공부를 잘못해서 그랬군요!"

"공부를 잘못했다? 허허, 그랬을는지도 모르겠다. 옳다, 네 말이 옳아!"

이거 봐요 글쎄. 단박 꼼짝 못하잖나. 암만 대학교를 다니고, 속에는 육조를 배포했어도 그렇다니깐 글쎄…….

"아저씨?"

"왜 그러니?"

"그러면 아저씨는 대학교를 다니면서 돈 모아 부자 되는 경제 공부를 한 게 아니라 모아둔 부자 사람의 돈 뺏어 쓰는 사회주의 공부를 했으니 말이지요……."

"너는 사회주의가 무얼루 알구서 그러니?"

"내가 그까짓 걸 몰라요?"

한바탕 주욱 설명을 했지요.

내 얼굴만 물끄러미 올려다보고 누웠더니 피쓱 한번 웃어요. 그러고는 그 양반이 하는 소리겠다요.

"그게 사회주의냐? 부랑당이지."

"아―니, 그럼 아저씨두 사회주의가 부랑당인 줄은 아시는구려?"

"내가 언제 사회주의가 부랑당이랬니?"

"방금 그리잖었어요?"

"글쎄, 그건 사회주의가 아니라 부랑당이란 그 말이다."

"거 보시우! 사회주의란 것은 그렇게 날부랑당이어요. 아저씨두 그렇다구 하면서 아니래시요?"

"이 애가 시방 입심 겨룸을 하재나!"

이거 봐요. 또 꼼짝 못하지요? 다아 이래요 글쎄…….

"아저씨?"

"왜 그러니?"

"아저씨두 맘 달리 잡수시요."

"건 어떻게 하는 말이냐?"

"걱정 안 되시우?"

"날 같은 사람이 걱정이 무슨 걱정이냐? 나는 네가 걱정이더라."

"나는 뭐 버젓하게 요량이 있는걸요."

"어떻게?"

"이만저만한가요!"

또 한바탕 주욱 설명을 했지요. 이야기를 다 듣더니 그 양반 한다는 소리 좀 보아요.

"너두 딱한 사람이다!"

"왜요?"

"……"

"아―니, 어째서 딱하다구 그러시우?"

"……."

"네? 아저씨?"

"……."

"아저씨?"

"왜 그래?"

"내가 딱하다구 그러셨지요?"

"아니다, 나 혼자 한 말이다."

"그래두……."

"이 애?"

"네?"

"사람이란 것은 누구를 물론허구 말이다, 아첨하는 것같이 더러운 게 없느니라."

"아첨이요?"

"저— 위로는 제왕, 밑으로는 걸인, 그 모든 사람이 위선 시방 이 제도의 이 세상에서 말이다, 제가끔 제 분수대루 살아가는 데 있어서 말이다, 제 개성을 속여가면서꺼정 생활에다가 아첨하는 것같이 더러운 것이 없고, 그런 사람같이 가련한 사람은 없느니라. 사람이란 건 밥 두 그릇이 하필 밥 한 그릇보다 더 배가 부른 건 아니니까."

"그건 무슨 뜻인데요?"

"네가 일본인 여자와 결혼을 해서 성명까지 갈고 모든 생활 법도를 일본화하겠다는 것이 말이다."

"네, 그게 좋잖어요?"

"그것이 말이다, 진실로 깊은 교양이나 어진 지혜의 판단에서 우러나온 것이라면 그도 모를 노릇이겠지. 그렇지만 나는 보매, 네가 그런다는 것은 다른 뜻으로 그러는 것 같다."

"다른 뜻이라니요?"

"네 주인의 비위를 맞추고, 이웃의 비위를 맞추고 하자고……."

"그야 물론이지요! 다이쇼의 신용을 받아야 하고, 이웃 내지인들하구
도 좋게 지내야지요. 그래야 할 게 아니겠어요?"

"……."

"아저씨는 아직두 세상 물정을 모르시요. 나이는 나보담 많구 대학교
공부까지 했어도 일찌감치 고생살이를 한 나만큼 세상 물정은 모릅니다.
시방이 어느 세상인데 그러시우?"

"이 애?"

"네?"

"네가 방금 세상 물정이랬지?"

"네."

"앞길이 환하니 트였다구 그랬지?"

"네."

"환갑까지 십만 원 모은다구 그랬지?"

"네."

"네가 말하는 세상 물정하구 내가 말하려는 세상 물정하구 내용이 다
르기도 하지만, 세상 물정이란 건 그야말로 그리 만만한 게 아니다."

"네?"

"사람이란 건 제아무리 날구 뛰어도 이 세상에 형적 없이 그러나 세차
게 주욱 흘러가는 힘, 그게 말하자면 세상 물정이겠는데, 결국 그것의 지
배하에서 그것을 따라가지 별수가 없는 거다."

"네?"

"쉽게 말하면 계획이나 기회를 아무리 억지루 만들어놓아도 결과가 뜻대루는 안 된단 말이다."

"젠장, 아저씨두…… 요전 《낑구》라는 잡지에두 보니까, 나뽀레옹이라는 서양 영웅이 그랬답디다. 기회는 제가 만든다구. 그리고 불가능이란 말은 바보의 사전에서나 찾을 글자라구요. 아 자꾸자꾸 계획하구 기회를 만들구 해서 분투 노력해나가면 이 세상일 안 되는 일이 어디 있나요? 한번 실패하거든 갑절 용기를 내가지구 다시 일어서지요. 칠전팔기 모르시요?"

"나폴레옹도 세상 물정에 순응할 때는 성공했어도, 그것에 거슬리다가 실패를 했더란다. 너는 칠전팔기해서 성공한 몇 사람만 보았지, 여덟 번 일어섰다가 아홉 번째 가서 영영 쓰러지구는 다시 일지 못한 숱한 사람이 있는 건 모르는구나?"

"그래두 두구 보시우. 나는 천하 없어두 성공하구 말 테니…… 아저씨는 그래서 더구나 못써요? 일해보기두 전에 안 될 줄로 낙심 먼저 하구……."

"하늘은 꼭 올라가 보구래야만 높은 줄 아니?"

원 마지막 가서는 할 소리가 없으니 동에도 닿지 않는* 비유를 가져다 둘러대는 걸 보아. 그게 어디 당한 말인구? 안 올라가 보면 뭐 하늘 높은 줄 모를 천하 멍텅구리도 있을까? 그만 해두려다가 심심하기에 또 말을 시켰지요.

"아저씨?"

"왜 그래?"

---

* '동'은 사물과 사물을 잇는 마디 또는 사물의 조리를 뜻한다. 따라서 사리에 맞지 않는 엉뚱한 소리라는 의미.

"아저씨는 인제 몸 다아 충실해지면 어떡허실려우?"

"무얼?"

"장차……."

"장차?"

"어떡허실 작정이세요?"

"작정이 새삼스럽게 무슨 작정이냐?"

"그럼 아저씨는 아무 작정 없이 살어가시우?"

"없기는?"

"있어요?"

"있잖구?"

"무언데요?"

"그새 지내오던 대루……."

"그러면 저 거시키 무엇이냐 도루 또 그걸?……"

"그렇겠지."

"아저씨?"

"……."

"아저씨?"

"왜 그래?"

"인젠 그만두시우."

"그만두라구?"

"네."

"누가 심심소일루 그리는 줄 아느냐?"

"그렇잖구요?"

"……."

"아저씨?"

"……."

"아저씨?"

"왜 그래?"

"아저씨 올에 몇이지요?"

"서른셋."

"그러니 인제는 그만큼 해두고 맘잡어서 집안일 할 나이두 아니오?"

"집안일은 해서 무얼 하나?"

"그렇기루 들면 그 짓은 해서 또 무얼 하나요?"

"무얼 하려구 하는 게 아니란다."

"그럼, 아무 희망이나 목적이 없으면서 그래요?"

"목적? 희망?"

"네."

"개인의 목적이나 희망은 문제가 다르니까…… 문제가 안 되니까……."

"원, 그런 법도 있나요?"

"법?"

"그럼요!"

"법이라……!"

"아저씨?"

"……."

"아저씨?"

"왜 그래?"

"아주머니가 고맙잖습디까?"

"고맙지."

"불쌍하지요?"

"불쌍? 그렇지 불쌍하다면 불쌍한 사람이지!"

"그런 줄은 아시느만?"

"알지."

"알면서 그러시우."

"고생을 낙으로, 그놈 쓰라린 맛을 씹고 씹고 하면서 그것에서 단맛을 알아내는 사람도 있느니라. 사람도 있는 게 아니라, 사람마다 무슨 일에고 진정과 정신을 꼬박 거기다가만 쓰면 그렇게 되는 법이니라.* 그러니까 그쯤 되면 그때는 고생이 낙이지. 너의 아주머니만 두고 보더래도 고생이 고생이면서 고생이 아니고 고생하는 게 낙이란다."

"그렇다고 아저씨는 그걸 다행히만 여기시우?"

"아—니."

"그러거들랑 아저씨두 아주머니한테 그 은공을 더러는 갚어야 옳을 게 아니오?"

"글쎄, 은공을 모르는 건 아니지만……."

"그러니 인제 병이나 확실히 다아 나신 뒤엘라컨……."

"바뻐서 원……."

글쎄 이 한다는 소리 좀 보지요? 시치미 뚜욱 따고 누워서 바쁘다는군요!

사람 속 차릴 여망 없어요. 그저 어디로 대나 손톱만치도 쓸모는 없고 남한데 사폐만 끼치고, 세상에 해독만 끼칠 사람이니, 머 하루바삐 죽어야 해요. 죽어야 하고 또 죽어서 마땅해요. 그런데 글쎄 죽지를 않고 꼼지

---

* "사람마다 ~법이니라"는 《동아일보》(1938. 3. 14)를 참고하여 삽입함.

락꼼지락, 도로 살아나니 성화라구는, 내…….

—『잘난 사람들』, 민중서관, 1948.

미스터 방

　주인과 나그네가 한가지로 술이 거나하니 취하였다. 주인은 미스터 방, 나그네는 주인의 고향 사람 백 주사.

　주인 미스터 방은 술이 거나하여감을 따라, 그러지 않아도 이즈음 의기 자못 양양한 참인데 거기다 술까지 들어간 판이고 보니, 가뜩이나 기운이 불끈불끈 솟고 하늘이 바로 돈짝만 한 것 같은 모양이었다.

　"내 참, 머, 흰 말이 아니라 참, 거칠 것 없어, 거칠 것. 흥, 어느 눔이 아, 어느 눔이 날 뭐라구 허며, 날 괄시헐 눔이 어딨어, 지끔 이 천지에. 흥 참, 어림없지, 어림없어."

　누가 옆에서 저를 무어라고를 하며 괄시를 한단 말인지, 공연히 연방 그 툭 나온 눈방울을 부리부리 왼편으로 삼십 도는 넉넉 삐뚤어진 코를 벌씸벌씸해가면서 그래쌓는 것이었었다.

　"내 참, 이래뵈두, 응, 동양 삼국 물 다 먹어 본 방삼ヵ드복이우. 청얼淸語 뭇허나, 일얼 뭇허나, 영어야 뭐 말할 것두 없구……"

하다가, 생각난 듯이 맥주컵을 들어 벌컥벌컥 단숨에 다 마신다. 그러고는 시꺼면 손등으로 입술을 쓱, 손가락으로 김치 쪽을 늘름 한 점, 그러던 버릇이, 미스터 방이요, 신사요, 방 선생으로도 불리어지는 시방도, 무심

중 절로 나와, 손등으로 입술의 맥주 거품을 쓱 씻고, 손가락으로 라조기 한 점을 집어다 으득으득 씹는다.

"술은 참, 맥주가 술입넨다……."

어느 놈이 만일 무어라고 시비를 하거나 괄시를 한다면 당장 그 라조기를 씹듯이 으득으득 잡아 씹기라도 할 듯이 괄괄하던 결기가, 그러다 별안간 어디로 가고서 이번엔 맥주 추앙이 나오던 것이다.

"술두 미국 사람네가 문명했죠. 죄선 사람은 안직두 멀었어."

"멀구말구. 아직두 멀었지."

쥐 상호의 대추씨만 한 얼굴에 앙상한 노랑 수염 백 주사가, 병을 들어 주인의 빈 컵에다 따르면서 그렇게 맞장구를 쳐 보비위를 한다.

"아, 백상두 좀 드슈."

"난 과해."

"괜히 그리셔. 백상 주량을 다아 아는데. 만난 진 오랐어두."

"다아 젊었을 적 말이지, 지금은……."

"올에 참 몇이시지?"

"갑술생 마흔여덟 아닌가!"

"그럼 나버담 열한 살 위시군. 그래두 백상은 안 늙으신 심야. 허허허허."

"안 늙는 게 다 무언가. 머리 신 걸 보게!"

"건 조백이시지."

백 주사는 흔연히 수작을 하면서 내색은 아니하나, 어심*엔 미스터 방이 괘씸하기 짝이 없었다.

---

* 마음속.

향리의 예법으로, 십 년 장이면 절하고 뵈어야 한다. 무릎 꿇고 앉아야 하고, 말은 깍듯이 공대를 해야 한다. 그 앞에서 주초酒草가 당치 않고, 막 부득이한 경우면 모로 앉아 잔을 마셔야 한다. 그런 것을, 마치 제 연갑 친구나 타관 나그네게나 하는 것처럼, 백상이니, 술 드슈, 조백이시지 하고 말버릇이 고약해, 발 개키고 앉아서 정면하고 술을 먹어, 담배 뻐끔뻐끔 피워, 이런 괘씸할 도리가 없었다.

또 나이도 나이려니와, 문벌이나 지체를 가지고 논한다면, 이건 도저히 용서할 수 없는 일이었다.

이래 보여도 나는 삼대조가 진사를 하였고(그 첩지가 시방도 버젓이 있다) 오대조가 호조판서를 지냈고(족보에 그렇게 분명히 올라 있다) 칠대조가 영의정을 지냈고(역시 족보에 그렇게 분명히 올라 있다) 이런 명문거족의 집안이었다. 또 내 십이촌이 ××군수요, 그 십이촌의 아들이 만주국 ××현 ××촌 촌장이요 하였다. 또 그리고, 시방은 원수의 독립인지 막덕인지 때문에 다 그렇게 되었다지만, 아무튼 두 달 전까지도 어느 놈 그 앞에서 기침 한번 크게 못 하던 백부장——훈팔八*등에, ××경찰서 경제계 주임이던 백부장의 어르신네 이 백 주사가 아닌가. 두 달 전 그때만 같았어도

"이놈!"

하고 호통을 하여 당장 물고를 내련만, 그 좋은 세상이 어디로 가고 이 지경이란 말인지 몰랐다.

하여튼 그만치나 혼란스러운 백 주사에다 대면 미스터 방의 근지야 아주 보잘 것이 없었다.

---

* 일제 강점기에 일본 정부가 내린 작위의 하나.

미스터 방의 증조가 타관에서 떠들어온 명색 없는 사람이었다. 그 조부가 고을의 아전을 다녔다. 그 아비가 짚신 장수였다. 칠십에, 고로롱고로롱 아직도 살아 있지만, 시방도 짚신 곱게 삼기로 고을에서 첫째가는 방 첨지가 바로 그였다. 그리고 이 방삼복이는……

먹고 자고 꿍꿍 일하고, 자식새끼 만들고 할 줄밖에는 모르는 상일꾼(농부)이었다. 그러나마 삼십을 바라보도록 남의 집 머슴살이로, 이 집 저 집 살고 다니는 코삐뚤이 삼복이었다. 물론 낫 놓고 기역자도 못 그리는 판무식이었다.

상일꾼일 바엔 남의 세토(소작) 마지기라도 얻어 제 농사를 짓는 것이 아니라, 삼십을 바라보도록 남의 집 머슴살이만 하고 다니던 코삐뚤이 삼복이가 하루아침 무슨 생각이 났던지, 돈벌이를 간답시고, 조석이 간데없는 부모에게다 처자식 떠맡기고는 훌쩍 일본으로 떠나버렸다. 그것이 열두 해 전.

떠난 지 칠팔 년을 별반 신통한 벌이도 못 하는지, 돈 한 푼 보내는 싹도 없더니, 하루는 느닷없이 중국 상해에 와 있노라 기별이 전해져 왔다. 그러고는 감감 소식이 없다가 삼 년 만에 퍼뜩 고향엘 돌아왔다. 십여 년을, 저의 말마따나 동양 삼국 물 골고루 먹고 다녔으면서, 별로이 때가 벗은 것도 없어 보이고, 행색은 해어진 양복 누더기에 볼 꿰어진 구두짝을 꿰고 들어서는 모양이, 군데군데 김질은 하였으나 빨아 다린 무명 고의적삼을 입고 고향을 떠날 적보다 차라리 초라한 것 같았다.

늙은 어미 아비와 젊은 가속이 뼈품으로 버는 것을 얻어먹으며 굶으며 하면서 한 일 년 빈둥거리고 놀더니, 적이 회심이 들었는지, 이번엔 처자식 데리고 서울로 올라왔다.

서울로 올라와서는 현저동 비탈의 다 찌부러진 행랑방을 얻어 살면서,

처음 일 년은 용산 있는 연합군 포로수용소엘 다니며 입에 풀칠을 하였고——이 동안 그는 상해에서 귀로 익힌 토막 영어가 조금 더 진보되었고.

다시 일 년이나는, 그것 역시 상해에서 익힌 것을 밑천 삼아 구두 직공으로 구둣방엘 다니며 그럭저럭 살았고. 그러다 일본이 싸움에 지느라고 구두를 너무 해트려 가죽이 동이 나서 구둣방이 너나없이 문을 닫는 바람에, 할 수 없이 이번엔 궤짝 한 개 걸머지고 신기료장수로 나서고 말았다.

골목골목 돌아다니며 혹은 종로 복판의 한길에 가 앉아 신기료장수를 하자니, 자연 서울 온 고향 사람의 눈에 종종 뜨일밖에. 소식이 고향에 퍼지자, 누구 한 사람 칭찬은 없고 저마다 빈정거리는 소리뿐이었다.

"일본으로, 청국으로, 십여 년 타국 바람 쏘이고 온 놈이 겨우 고거야?"

"부전자전이로구면. 아범은 짚신 장수, 자식은 구두 깁는 장수."

"아마 신발 명당에다 무덤을 썼든감."

이렇듯 근지는 미천하고 속에 든 것 없고, 가랑이가 찢어지게 가난하고, 생화生貨*라는 것이 고작 거리에 앉아 오는 사람 가는 사람 해어지고 고린내 나는 구두짝 꿰매어 주고 징 박아주고 닦아주고 하는 천업이고 하던, 그 코뻬뚤이 삼복이었다.

'흥, 개구리가 올챙이 적을 못 생각한다더니, 발칙한 놈, 고얀 놈.'

백 주사는 생각하자니 속으로 이렇게 분개스럽지 않을 수가 없었다.

그러나 일변으로는, 그러던 코뻬뚤이 삼복이가 그야말로 선영이 명당엘 들었단 말인지, 무슨 조화를 지녔단 말인지, 불과 몇 달지간에 이렇게 훌륭히 되고, 부자가 되고, 미씨다 방인지 구리다 방인지가 되고 하여가지고는 갖은 호강 다 하며 천하에 무서울 것이 없고, 기강이 나서 막 이

---

* 먹고사는 데 도움이 되는 벌이나 직업.

러니, 한편 생각하면 신기하기도 하고 부럽기도 하고 또한 안타깝기도 하였다.

'사람의 운수란 참 모를 일이야.'

백 주사는 속으로 절절히 이렇게 탄복도 아니치 못하였다.

코삐뚤이 삼복의 이 눈부신 발신은, 그러나 백 주사가 희한히 여기는 것처럼 무슨 명당바람이 났다거나 조화를 지녔다거나 그런 신기한 곡절이 있는 바가 아니요, 지극히 간단하고도 수월한 것이었다. 다못* 몸에 지닌 재주 가운데 총기가 좀 좋아서 일찍이 영어 마디나 익힌 것을 잊어버리지 아니하였다는 일종의 특수 조건이 없던 바는 아니지만.

천구백사십오년 팔월 십오일, 역사적인 날.

이날도 신기료장수 방삼복은 종로의 공원 건너편 응달에 앉아서 구두징을 박으면서 해방의 날을 맞이하였다. 그러나 삼복은 감격한 줄도 기쁜 줄도 모르겠었다. 지나가는 행인이 서로 모르던 사람끼리면서 덤쑥 서로 껴안고 기뻐하고 눈물을 흘리고 하는 것이 삼복은 속을 모르겠고 차라리 쑥스러 보일 따름이었다. 몰려 닫는 군중이 오히려 성가시고, 만세 소리가 귀가 아파 이맛살이 찌푸려질 지경이었다.

몰려다니고 만세를 부르고 하기에 미쳐 날뛰느라고 정신이 없어, 손님이 없어, 손님이 부적 줄었다.

"우랄질! 독립이 배부른가?"

이렇게 그는 두런거리면서 반감이 솟았다.

이삼일 지나면서부터야 삼복에게도 삼복에게다운 해방의 혜택이 나누

---

* '다만'의 방언.

어졌다.

십 전이나 십오 전에 박아주던 징을, 오십 전을 받아도 눈을 부라리는 순사를 볼 수가 없었다. 순사가 없어졌다면야 활개를 쳐가면서 무슨 짓을 하여도 상관이 없고 무서울 것이 없던 것이었다.

"옳아, 그렇다면 독립도 할 만한 건가 보다."

삼복은 징 열 개를 박아주고 오 원을 받아 넣으면서 이렇게 속으로 중얼거리기까지 하였다.

그러나 며칠이 못 가서 삼복은 다시금 해방을 저주하여야 하였다. 삼복이 저 혼자만 돈을 더 받으며, 더 받아 상관이 없는 것이 아니라, 첫째 도가都家들이 제 맘대로 재료값을 올리던 것이었었다. 징, 가죽, 고무, 실 모두가 오 곱 십 곱 비싸졌다. 그러니 신기료장수는 손님한테 아무리 비싸게 받는댔자 재료를 비싼 값으로 사야 하니, 결국 도가만 살찌울 뿐이지 소득은 전과 크게 다를 것이 없었다.

"이런 옘병헐! 그눔에 경제겐 다 어디루 가 뒈졌어. 독립은 우라진다구 독립을 헌담."

석양 때 신기료 궤짝 어깨에 멘 채 홧김에 막걸리청으로 들어가, 서너 사발 들이켜고는 그는 이렇게 게걸거렸다.

그럭저럭 구월도 열흘이 되고, 서울 거리에는 미국 병정이 꼬마차와 함께 그득히 퍼졌다.

그 미국 병정들이, 거리를 구경하면서 혹은 물건을 사려면서 말이 서로 통하지를 못하여 답답해하는 양을 보고 삼복은 무릎을 탁 쳤다.

그러나 슬플진저, 땟국과 땀에 찌든 이 누더기를 걸치고는 가망이 없을 말이었다.

'무슨 도리가 없을까?'

반일을 궁리를 하다가 정오 때에야 한 줄기 서광을 얻었다.

총총히 집으로 돌아가, 마누라를 시켜 구두 고치는 연장 일습과 재료 남은 것에다 이불이며 헌 옷가지해서 한 짐을 동네 아는 가게에다 맡기고는 한 달 기한으로 돈 백 원을 서푼 변으로 취해 오게 하였다.

그 돈 백 원을 가지고 삼복은 흔한 넝마전으로 가서, 백 원 돈이 꼭 차는 한도까지에 양복이란 명색 한 벌과 모자를 샀다. 신발은 부득이 안방 사람의 병정구두 사 신은 것을 이다음 창갈이를 거저 해주겠다는 조건으로 닷새만 제 것과 바꾸어 신기로 하였다.

이튿날 아침 느지감치, 새로 장만한 헌 양복 헌 모자에 헌 구두로써 궤짝 멘 신기료장수보다는 제법 말쑥하여진 차림을 차리고 마악 나서려는데, 간밤부터 통통 부어가지고는 시중도 말대꾸도 잘 아니하던 애꾸쟁이 마누라가 와락 양복 뒷자락을 움켜쥐고 늘어진다.

"바른대루 대요."

"이게 별안간 미쳤나?"

"요 막난아, 반해가지군 이력허구 찾아가는 고년이 어떤 년야? 응?"

"속을 모르거든 밥값을 내지 말랬어, 요 맹추야."

"날 죽이구 가지, 거전 못 가."

"이년아, 너 이랬단, 내 인제 둔 벌문, 증말 첩 얻는다."

"오냐 잘한다. 날 죽여라, 날⋯⋯."

"아, 이 우라 주리땔 앵길 년이⋯⋯."

한주먹 보기 좋게 갈겨 넘어뜨리고는, 찌부러진 오두막집을 나서 종로로 향을 잡았다.

노예도 노예 이전이면 상전을 선택할 자유를 가지는 수도 있다고.

삼복은 종로서 전차를 내려 동쪽으로 천천히 걸으면서 물색을 하였다.

생김새가 맘씨 좋아 보이고, 여느 병정이 아니라 장교쯤 가는 이라야 할 것이었다.

청년회관 앞에서 담뱃대를 사고 있는 하나가, 몸집이 부대하고 여느 병정은 아닌 듯하고, 얼굴이 자못 선량하여 보이는 게 선뜻 마음에 들었다. 구경하는 체하고 넌지시 그 옆으로 가 섰다.

미국 장교는 담뱃대를 집어 들고 기물스러워하면서 연방 들여다보다가 값이 얼마냐고

"하우 머취? 하우 머취?"

하고 묻는다.

담뱃대 장수 영감은, 삼십 원이라고 소래기만 지른다.

알아들을 턱이 없어 고개를 깨웃거리면서 다시금 하우 머취만 찾는 것을, 기회 좋을시고라고, 삼복이가 나직이

"더티 원."

하여주었다.

홱 돌려다보더니

"오, 캔 유 스피크?"

하면서 사뭇 그러안을 듯이 반가워하는 양이라니. 아스러지도록 손을 잡고 흔드는 데는 질색할 뻔하였다.

직업이 있느냐고 물었다. 방금 실직하였노라고 대답하였다.

그럼, 내 통역이 되어주겠느냐고 물었다. 그러겠노라고 대답하였다.

이 자리에서 신기료장수 코삐뚤이 삼복이 미스터 방으로 승차를 하여, S라는 미국 주둔군 소위의 통역이 되었다. 주급 십오 불(이백사십 원)가량의.

거진 매일같이 미스터 방은 S 소위를, 낮에는 거리의 구경으로, 밤이면 계집 있는 술집으로 인도하였다.

한번은 탑골공원의 사리탑을 구경하면서, 얼마나 오랜 것이냐고 S 소위가 물었다. 미스터 방은 언젠가, 수천 년 된 것이란 말을 들었기 때문에, 투 따우샌드 이얼스라고 대답하였다.

또 한번은, 경회루를 구경하면서 무엇 하던 건물이냐고 물었다. 미스터 방은 서슴지 않고

"킹 듀링크 와인 앤드 딴쓰 앤드 씽, 위드 땐써."

라고 대답하였다. 임금이 기생 데리고 술 마시고, 춤추고 노래 부르고 하던 집이란 뜻이었다.

내가 보기엔, 조선 여자의 옷이 퍽 아름답고 점잖스럽던데, 어째서 양장들을 하는지 모르겠다고 S 소위가 물었다. 미스터 방은 여자들이 서양 사람한테로 시집을 가고파서 그런다고 대답하였다.

서울역을 비롯하여 거리에 분뇨가 범람한 것을 보고, 혹시 조선 가옥에는 변소가 없느냐고 S 소위가 물었다. 미스터 방은, 있기야 집집마다 다 있느니라고 대답하였다.

썩 좋은 조선 그림을 한 장 사고 싶다고 하여서, 문지방 위에다 흔히들 붙이는 사슴이 불로초를 물고, 신선이 앉았고 한 것을 오 원에 한 장 사주었다.

제일 재미있고 유명한 소설이 무엇이냐고 물어서, 『추월색』이라고 대답하였고, 그럼 그것을 한 권 사고 싶다고 하여서, 여러 날 사러 다니다 못해 동네 노마네 집에 치*를 이 원에 사주었다. 이 밖에도 미스터 방은 S 소위에게 조선을 소개한 공로가 여러 가지로 많으나 대강은 그러하였다.

그 공로에 정비례해서, 미스터 방은 나날이 훌륭하여져갔다. 팔일오 이

---

* '물건 또는 대상'을 일컫는 '치'가 붙어 '집의 것'을 뜻함.

전에 어떤 은행의 중역의 사택이라던 지금의 이 집으로, 현저동 그 집에서 옮아오기는 S 소위의 통역이 되는 사흘 후였다. 위아래층을 다 양식 절반 일본식 절반으로 꾸민 호화스러운 저택이었다. 정원엔 때마침 단풍과 가을 화초가 아름다웠고, 연못에선 잉어가 뛰놀고 하였다.

시방 주객이 앉아 술을 마시는 방은, 앞은 노대가 딸리고 햇볕 잘 들고 밝아서, 여러 방 가운데 제일 좋은 방이었다. 그러나 방 안에는 벽에 그림 한 장 붙어 있는 바 아니요, 방에 알맞은 가구 한 벌 놓여 있는 바 아니요, 단지 방일 따름이어서, 싱겁게 넓기만 하였다. 그렇지만 미스터 방은 실내의 장식 같은 것쯤 그다지 관심할 줄을 아직은 몰랐다.

처음엔 식모를 두었다. 그다음엔 침모를 두었다. 그다음엔 손심부름할 계집아이를 두었다.

하루에도 방 선생을 찾는 이가 여러 패씩 있었다. 그들의 대개는 자동차를 타고 오고, 인력거짜리도 흔치 않았다. 그렇게 찾아오는 그들은 결단코 빈손으로 오는 법이 드물었다. 좋은 양과자 상자 밑바닥에는 으레껏 따로이 뿌듯한 봉투가 들었곤 하였다.

미스터 방의, 신기료장수 코삐뚤이 삼복이로부터의 발신 경로란 이렇듯 심히 간단하고 순조로운 것이었다.

주인 미스터 방이 백 주사의 컵에다 술을 따르려고 병을 집어 들다가

"오이, 기미꼬."

하고 아래층으로 대고 부른다.

"심부럼 갔어요."

애꾸쟁이 마누라의 꼬챙이 같은 대답.

"안주 어떻게 됐어?"

"글쎄, 안주 시키러 갔어요."

"증종 있지?"

"……."

층계 밟는 소리가 나더니, 퍼머넌트한 머리가 나오고, 좁디좁은 이마에 이어서 애꾸눈이 나오고, 분 바른 얼굴이 나오고, 원피스 입은 커다란 젖통의 가슴이 나오고, 마지막 비단 양말 신은 두리기둥 같은 두 다리가 나오고 한다.

"서 주사가 이거 두구 갑디다."

들고 올라온 각봉투 한 장을 남편에게 건네준다.

"어디?"

그러면서 받아 봉을 뜯는다. 소절수 한 장이 나온다. 액면 만 원짜리다.

미스터 방은 성을 벌컥 내면서

"겨우 둔 만 원야?"

하고 소절수를 다다미 바닥에다 홱 내던진다.

"내가 알우?"

"우랄질 자식, 어디 보자. 그래 전, 걸 십만 원에 불하 맡아다 백만 원 하난 냉겨먹을 테문서, 그래 겨우 둔 만 원야? 엠병헐 자식, 내가 엠피MP 헌테 말 한마디문, 전 어느 지경 갈지 모를 줄 모르구서."

"정종으루 가져와요?"

"내 말 한마디에 죽을 눔이 살아나구, 살 눔이 죽구 허는 줄을 모르구서. 홍, 이 자식 경 좀 쳐봐라…… 증종 따근허게 데와. 날두 산산허구 허니."

새로이 안주가 오고, 따끈한 정종으로 술이 몇 잔 더 오락가락하고 나서였다.

백 주사는 마침내 진작부터 벼르던 이야기를 꺼내었다.

백 주사의 아들 백선봉은, 순사 임명장을 받아 쥐면서부터 시작하여 팔일오 그 전날까지 칠 년 동안, 세 곳 주재소와 두 곳 경찰서를 전근하여 다니면서, 이백 석 추수의 토지와, 만 원짜리 저금통장과, 만 원어치가 넘는 옷이며 비단과, 역시 만 원어치가 넘는 여편네의 패물과를 장만하였다.

남들은 주린 창자를 졸라맬 때 그의 광에는 옥 같은 정백미가 몇 가마니씩 쌓였고, 반년 일 년을 남들은 구경도 못 하는 고기와 생선이 끼니마다 상에 오르지 않는 날이 없었다.

××경찰서의 경제계 주임으로 있던 마지막 이 년 동안은 더욱더 호화판이었다. 팔일오 그날 밤, 군중이 그의 집을 습격하였을 때에 쏟아져 나온 물건이 쌀 말고도

광목 여섯 통

고무신 스물세 켤레

지까다비 여덟 켤레

빨랫비누 세 궤짝

양말 오십 타

정종 열세 병

설탕 한 부대

이렇게 있었더란다. 만 원어치 여편네의 패물과, 만 원어치의 옷감이며 비단과 만 원짜리 저금통장은 고만두고 말이었다.

물건 하나 없이 죄다 빼앗기고, 집과 세간은 조각도 못 쓰게 산산 다 부서지고, 백선봉은 팔이 부러지고, 첩은 머리가 절반이나 뽑히고, 겨우겨우 목숨만 살아 본집으로 도망해 왔다.

일변 고을에서는 백 주사가 자식이 그런 짓을 해서 산 토지를 가지고 동네 사람한테 거만히 굴고, 작인들한테 팔 할 가까운 도지를 받고, 고리대금을 하고 하였대서, 백선봉이 도망해 와 눕는 그날 밤, 그의 본집인 백 주사의 집을 습격하였다.

집과 세간 죄다 부수고, 백선봉이 보낸 통제배급물자 숱한 것 죄다 빼앗기고, 가족들은 죽을 매를 맞고, 백선봉은 처가로, 백 주사는 서울로 각기 피신하여 목숨만 우선 보전하였다.

백 주사는 비싼 여관밥을 사 먹으면서, 울적히 거리를 오락가락, 어떻게 하면 이 분풀이를 할까, 어떻게 하면 빼앗긴 돈과 물건을 도로 다 찾을까 하고 궁리를 하던 것이나, 아무런 묘책도 없었다.

그러자 오늘은 우연히 이 미스터 방을 만났다. 종로를 지향 없이 거니는데, 지나가던 자동차가 스르르 멈추면서, 서양 사람과 같이 탔던 신사 양반 하나가 내려서더니, 어쩌다 눈이 마주치자

"아, 백 주사 아니신가요?"

하고 반기는 것이었다.

자세히 보니, 무어 길바닥에서 신기료장수를 한다던 코삐뚤이 삼복이가 분명하였다.

"자네가, 저, 저, 방, 방……."

"네, 삼복입니다."

"아, 건데, 자네가……."

"허, 살 때가 됐답니다."

그러고는 내 집으루 갑시다 하고 잡아끄는 대로 끌리어온 것이었다.

의표하며, 집하며, 식모에 침모에 계집 하인까지 부리면서 사는 것하며, 신수가 훤히 트여가지고 말도 제법 의젓하여진 것 같은 것이며, 진소

위 개천에서 용이 났다고 할 것인지.

옛날의 영화가 꿈이 되고, 일조에 몰락하여 가뜩이나 초상집 개처럼 초라한 자기가 또 한 번 어깨가 옴츠러듦을 느끼지 아니치 못하였다. 그런데다 이 녀석이, 언제 적 저라고 무엄스럽게 굴어 심히 불쾌하였고, 그래서 엔간히 자리를 털고 일어설 생각이 몇 번이나 나지 아니한 것도 아니었다. 그러나 참았다.

보아하니 큰 세도를 부리는 것이 분명하였다. 잘만 하면 그 힘을 빌려 분풀이와 빼앗긴 재물을 도로 찾을 여망이 있을 듯싶었다. 분풀이를 하고, 더구나 재물을 도로 찾고 하는 것이라면야, 코삐뚤이 삼복이는 말고, 그보다 더한 놈한테라도 머리 숙이는 것쯤 상관할 바 아니었다.

"그러니, 여보게 미씨다 방······."

있는 말 없는 말 보태가며 일장 경과 설명을 한 후에 백 주사는 끝을 맺기를

"어쨌든지 그놈들을 말이네. 그놈들을 한 놈 냉기지 말구섬 죄다 붙잡아다가 말이네. 괴수 놈들일랑 목을 썰어 죽이구, 다른 놈들일랑 뼉다구가 부러지두룩 두들겨주구. 꿇수앉히구 항복받구. 그리구 빼앗긴 것 일일이 도루 다 찾구. 집허구 세간 처부신 것 말끔 다 물리구······ 그렇게만 해준다면, 내, 내, 재산 절반 노나 주문세, 절반. 응, 여보게 미씨다 방."

"염려 마슈."

미스터 방은 선뜻 쾌한 대답이었다.

"진정인가?"

"머, 지금 당장이래두, 내 입 한 번만 떨어진다 치면, 기관총 들멘 엠피가 백 명이구 천 명이구 들끓어 내려가서, 들이 쑥밭을 만들어놉니다, 쑥

밭을."

"고마우이!"

백 주사는 복수하여지는 광경을 서언히 연상하면서, 미스터 방의 손목을 덥쑥 잡는다.

"백골난망이겠네."

"놈들을 깡그리 죽여놀 테니, 보슈."

"자네라면야 어련하겠나."

"흰 말이 아니라 참 이승만 박사두 내 말 한마디면, 고만 다 제바리유."

미스터 방은 그러고는 냉수 그릇을 집어 한 모금 물고 꿀쩍꿀쩍 양치를 한다. 웬 버릇인지, 하여간 그는 미스터 방이 된 뒤로, 술을 먹으면서 양치하는 버릇이 생겼다.

양치한 물을 처치하려고 휘휘 둘러보다, 일어서서 노대로 성큼성큼 나간다. 노대는 현관 정통 위였다.

미스터 방이 그 걸쭉한 양칫물을 노대 아래로 아낌없이 좍 배앝는 바로 그 순간이었다. 그 순간이 공교롭게도, 마침 그를 찾으러 온 S소위가 현관으로 일단 들어서려다 말고(미스터 방이 노대로 나오는 기척이 들렸기 때문에) 뒤로 서너 걸음 도로 물러나

"헬로."

부르면서 웃는 얼굴을 쳐드는 순간과 그만 일치가 되었다.

"에구머니!"

놀라 질겁을 하였으나 이미 배앝아진 양칫물은 퀴퀴한 냄새와 더불어 백절폭포로 내리쏟아져 웃으면서 쳐드는 S소위의 얼굴 정통에 가 좍르르.

"유 데빌!"

이 기급할 자식이라고 S 소위는 주먹질을 하면서 고함을 질렀고. 그 주먹이 처든 채 그대로 있다가, 일변 허둥지둥 버선발로 뛰쳐나와 손바닥을 싹싹 비비는 미스터 방의 턱을

"상놈의 자식!"

하면서 철컥 어퍼컷으로 한 대 갈겼더라고.

—『잘난 사람들』, 민중서관, 1948.

논 이야기

1

일인들이 토지와 그 밖에 온갖 재산을 죄다 그대로 내놓고 보따리 하나에 몸만 쫓겨 가게 되었다는 이야기를 듣는 한 생원은 어깨가 우쭐하였다.

"거 보슈 송 생원, 인전 들, 내 생각 나시지?"

한 생원은 허연 탑삭부리에 묻힌 쪼글쪼글한 얼굴이 위아래 다섯 대밖에 안 남은 누—런 이빨과 함께 흐물흐물 웃는다.

"그러면 그렇지, 글쎄 놈들이 제아무리 영악하기로소니 논에다 네 귀탱이 말뚝 박구섬 인도깨비처럼, 어여차 어여차, 땅을 떠가지구 갈 재주야 있을 이치가 있나요?"

한 생원은 참으로 일본이 항복을 하였고, 조선은 독립이 되었다는 그날—팔월 십오일 적보다도 신이 나는 소식이었다. 자기가 한 말(예언)이 꿈결같이도 이렇게 와 들어맞다니…… 그리고 자기가 한 말대로, 자기가 일인에게 팔아넘긴 땅이 꿈결같이도 도로 자기의 것이 되게 되었다니…… 이런 세상에 신기하고 희한할 도리라고는 없었다.

조선이 독립이 되었다는 팔월 십오일, 그때는 한 생원은 섬뻑 만세를 부르고 싶은 생각이 나지 않았어도, 이번에는 저절로 만세 소리가 나와지려고 하였다.

팔월 십오일 적에 마을에서는 젊은 사람들이 설도*를 하여 태극기를 만들고, 닭을 추렴하고, 술을 사고 하여놓고 조촐히 만세를 불렀다.

한 생원은 그 자리에 참례를 하지 아니하였다. 남들이 가서 같이 만세를 부르자고 하였으나 한 생원은 조선이 독립이 되었다는 것이 별양 반가운 줄을 모르겠었다. 그저 덤덤할 뿐이었다.

물론 일본이 항복을 하였으니 전쟁은 끝이 난 것이요, 전쟁이 끝이 났으니 벼 공출을 비롯하여 솔뿌리 공출이야, 마초 공출이야, 채소 공출이야, 가지가지의 그 억울하고 성가신 공출이 없어지고 말 것이었다.

또, 열여덟 살배기 손자 놈 용길이가 징용에 뽑혀 나갈 염려가 없을 터이었다. 얼마나 한 생원은, 일찍이 아비를 여의고, 늙은 손으로 여태껏 길러온 외톨 손자 놈 용길이가 징용에 뽑히지 말게 하려고, 구장**과 면의 노무계 직원과, 부락 담당 직원에게 굽은 허리를 굽실거리며 건사를 물고 하였던고. 굶는 끼니를 더 굶어가면서 그들에게 쌀을 보내어주기, 그들이 마을에 얼찐하면 부랴부랴 청해다 씨암탉 잡고 술대접하기, 한참 농사일이 몰릴 때라도, 내 농사는 손이 늦어도 용길이를 시켜 그들의 논에 모 심고 김매어주고 하기. 이 노릇에 흰머리가 도로 검어질 지경이요, 빚은 고패***가 넘도록 지고 하였다.

하던 것이 인제는 전쟁이 끝이 났으니, 징용 이자는 싹 씻은 듯 없어질 것. 마음 턱 놓고 두 발 쭉 뻗고 잠을 자도 좋았다.

이런 일을 생각하면 한 생원도 미상불 다행스럽지 아니한 것은 아니었

---

* 설두. 앞장서서 일을 주선함.
** 예전에 시골 동네의 우두머리를 이르던 말.
*** 고비. 일이 되어가는 과정에서 가장 중요한 단계나 대목. 또는 막다른 절정.

다. 그러나 오직 그뿐이었다.

독립?

신통할 것이 없었다.

독립이 되기로서니, 가난뱅이 농투성이가 별안간 나으리 주사 될 리 만무하였다. 가난뱅이 농투성이가 남의 세토(소작) 얻어 비지땀 흘려가면서 일 년 농사지어 절반도 넘는 도지(소작료) 물고 나머지로 굶으며 먹으며 연명이나 하여가기는 독립이 되거나 말거나 매양 일반일 터이었다.

공출이야 징용이야 하여서 살기가 더럭 어려워지기는 전쟁이 나면서부터였다. 전쟁이 나기 전에는 일 년 농사지어 작정한 도지 실수 않고 물면 모자라나따나 아무 시비와 성가심 없이 내 것 삼아 놓고 먹을 수가 있었다.

징용도 전쟁이 나기 전에는 없던 풍도였다. 마음 놓고 일을 하였고, 그것으로써 그만이었지, 달리는 근심 걱정 될 것이 없었다.

전쟁 사품에 생겨난 공출이니 징용이니 하는 것이 전쟁이 끝이 남으로써 없어진 다음에야 독립이 되기 전 일본 정치 밑에서도 남의 세토 얻어 도지 물고 나머지나 천신하는 가난뱅이 농투성이에서 벗어날 것이 없을진대, 한갓 전쟁이 끝이 나서 공출과 징용이 없어진 것이 다행일 따름이지, 독립이 되었다고 만세를 부르며 날뛰고 할 흥이 한 생원으로는 나는 것이 없었다.

일인에게 빼앗겼던 나라를 도로 찾고, 그래서 우리도 다시 나라가 있게 되었다는 이 잔주*도, 역시 한 생원에게는 시쁘듬한** 것이었다. 한 생원은 나라를 도로 찾는다는 것은 구한국 시절로 다시 돌아가는 것으로밖에

---

* 큰 주석 아래에 더 자세히 단 주석.
** 시쁘듬하다. 매우 마음에 차지 않아 시들하거나 싫증난 기색이 있다.

는 달리는 생각할 수가 없었다.

한 생원네는 한 생원의 아버지의 부지런으로 장만한 열서 마지기와 일곱 마지기의 두 자리 논이 있었다. 선대의 유업도 아니요, 공문서空文書(무등기) 땅을 거저주운 것도 아니요, 뻐젓이 값을 내고 산 것이었다. 하되 그 돈은 체계나 돈놀이(고리대금업)로 모은 돈이 아니요, 품삯 받아 푼푼이 모으고 악의악식하면서 모은 돈이었다. 피와 땀이 어린 땅이었다.

그 피땀 어린 논 두 자리에서, 열서 마지기를 한 생원네는 산 지 겨우 오 년 만에 고을 원(군수)에게 빼앗겨버렸다.

지금으로부터 오십 년 전, 갑오 을미 병신 하는 병신년, 한 생원의 나이 스물한 살 적이었다.

그 안해 을미년 늦은 가을에 김 아무라는 원이 동학란에 도망 뺀 원 대신으로 새로이 도임을 해 와서, 동학의 잔당을 비질하듯 잡아 죽였다.

피비린내 나는 살육이 이듬해 병신년 봄까지 계속되었고, 그리고 여름…… 인제는 다 지났거니 하여 겨우 안도를 한 참인데, 한태수(한 생원의 아버지)가 원두막에서 동헌으로 붙잡혀 가 옥에 갇히었다. 혐의는 동학에 가담하였다는 것이었다.

한태수는 전혀 동학에 가담한 일이 없었다. 그의 말대로 하면, 동학 근처에도 가보지 아니한 사람이었다.

옥에 가두어놓고는 매일 끌어내다 실토를 하라고, 동류의 성명을 불라고, 주리를 틀면서 문초를 하였다. 육십이 넘은 늙은 정강이가 살이 으깨어지고 뼈가 아스러졌다.

나중 가서야 어찌 될값에 당장의 아픔을 견디다 못하여 동학에 가담하였노라고 자복을 하였다. 입에서 나오는 대로 아는 사람의 이름을 불렀다.

불린 일곱 사람이 잡혀 들어와 같은 문초를 받았다. 처음에는들 내뻗었으나 원체 아픔을 이기지 못하여 자복을 하였다.

남은 것은 처형을 하는 것뿐이었다.

하루는 이방이, 한태수의 아내와 아들(한 생원)을 조용히 불렀다.

이방은 모자더러, 좌우간 살려낼 도리를 하여야 않느냐고 하였다.

모자는 엎드려 빌면서, 제발 이방님 덕택에 목숨만 살려지이다고 하였다.

"꼭 한 가지 묘책이 있기는 있는데…… 그럼 내가 시키는 대로 할 테냐?"

"불 속이라도 뛰어 들어가겠습니다."

"논문서를 가져오느라. 사또께다 바쳐라."

"논문서를요?"

"아까우냐?"

"……."

"가장이나 애비의 목숨보다 논이 더 소중하냐?"

"그 땅이 다른 땅과도 달라서……."

"정히 그렇게 아깝거던 고만두는 것이고."

"논문서만 가져다 바치면 정녕 모면을 할까요?"

"아니 될 노릇을 시킬까?"

"그럼 이 길로 나가서 가지고 오겠습니다."

"밤에 조용히 내아(관사)로 오도록 하여라. 나도 와서 있을 테니. 그러고 네 논이 두 자리가 있겠다?"

"네."

"열서 마지기와 일곱 마지기."

"네."

"그 열서 마지기를 가지고 오느라."

"열서 마지기를요?"

"아까우냐?"

"……."

"아깝거들랑 고만두려무나."

"그걸 바치고 나면 소인네는 논 겨우 일곱 마지기를 가지고 수다한 권솔에 살아갈 방도가……."

"당장 가장이나 애비의 목숨은 어데로 갔던지?"

"……."

"땅이야 다시 장만도 할 수가 있는 것이 아니냐?"

모자는 서로 돌아보면서 말하였다.

"바칩시다."

"바치자."

사흘 만에 한태수는 놓여나왔다. 다른 일곱 명도 이방이 각기 사이에 들어, 각기 얼마씩의 땅을 바치고 놓여나왔다.

그 뒤 경술년에 일본이 조선을 합방하여 나라는 망하였다.

사람들이 나라 망한 것을 원통히 여길 때, 한 생원*은

"그깐 놈의 나라, 시언히 잘 망했지."

하였다. 한 생원 같은 사람으로는 나라란 백성에게 고통이지, 하나도 고마운 것이 아니었다. 또 꼭 있어야 할 요긴한 것도 아니었다.

그런 나라라는 것을 도로 찾았다고 하여 섬뻑 감격이 일지 아니한 것도 일변 의당한 노릇이라 할 것이었다.

---

* 원문은 '한독원'임.

논 스무 마지기에서 열서 마지기를 빼앗기고 나니, 원통한 것도 원통한 것이지만, 앞으로 일이 딱하였다. 논이나 겨우 일곱 마지기를 가지고는 어림도 없었다.

하릴없이 남의 세토를 얻어 그 보충을 하여야 하였다. 그러나 남의 세토는 도지를 물어야 하는 것이라, 힘은 내 논을 지을 때와 마찬가지로 들면서도 가을에 가서 차지를 하기는 절반이 못 되는 것이었다. 그렇지만 그렇다고 남의 세토를 소작 아니 할 수는 없었다.

이리하여 한 생원네는 나라 명색이 망하지 않고 내 나라로 있을 적부터 가난한 소작농이었다.

경술년 나라가 망하고, 삼십육 년 동안 일본의 다스림 밑에서도 같은 가난한 소작농이었다.

그리고 속담에 남의 불에 게 잡기로, 남의 덕에 나라를 도로 찾기는 하였다지만 한국 말년의 나라만을 여겨 그 나라가 오죽할 리 없고, 여전히 남의 세토나 지어 먹는 가난한 소작농이기는 일반일 것이라고 한 생원은 생각하던 것이었다.

일본이 항복을 하던 바로 전의 삼사 년에, 공출이야 징용이야 하면서 별안간 군색함과 불안이 생겼던 것이지, 그 밖에는 나라가 망하여 없어지고서 일본의 속국 백성으로 사는 것이 경술년 이전 나라가 있어가지고 조선 백성으로 살 적보다 별양 못할 것이 한 생원에게는 없었다. 여전히 남의 세토를 지어, 절반 이상이나 도지를 물고 그 나머지를 천신하는 가난한 소작인이요, 순사나 일인이나 면서기들의 교만과 압박보다 못할 것도 없거니와 더할 것도 없었다.

독립이 된 이 앞으로도, 그것이 천지개벽이 아닌 이상 가난한 농투성이가 느닷없이 부자 장자 될 이치가 없는 것이요, 원·아전·토반이나 일본

놈 대신에, 만만하고 가난한 농투성이를 핍박하는 '권세 있는 양반들'이 생겨날 것이요 할 것이매, 빼앗겼던 나라를 도로 찾아 다시금 조선 백성이 되었다는 것이 조금도 신통하거나 반가울 것이 없었다.

원과 토반과 아전이 있어, 토색질이나 하고 붙잡아다 때리기나 하고 교만이나 피우고, 하되 세미稅米(납세)는 국가의 이름으로 꼬박꼬박 받아 가면서 백성은 죽어야 모른 체를 하고 하는 나라의 백성으로도 살아보았다.

천하 오랑캐, 아비와 자식이 맞담배질을 하고, 남매간에 혼인을 하고, 뱀을 먹고 하는 왜인들이, 저희가 주인이랍시고서 교만을 부리고 순사와 헌병은 칼바람에 조선 사람을 개 돼지 대접을 하고, 공출을 내어라 징용을 나가거라 야미*를 하지 마라 하면서 볶아대고, 또 일본이 우리나라다, 나는 일본 백성이다, 이런 도무지 그럴 마음이 우러나지를 않는 억지 춘향이 노릇을 시키고 하는 나라의 백성으로도 살아보았다.

결국 그러고 보니 나라라고 하는 것은 내 나라였건 남의 나라였건 있었댔자 백성에게 고통이나 주자는 것이지, 유익하고 고마울 것은 조금도 없는 물건이었다. 따라서 앞으로도 새 나라는 말고 더한 것이라도, 있어서 요긴할 것도 없어서 아쉬울 일도 없을 것이었다.

2

신해년…… 경술합방 바로 이듬해였다. 한 생원——때의 젊은 한덕문——은 빼앗기고 남은 논 일곱 마지기를 불가불 팔아야 할 형편에 이르렀다.

---

* 뒷거래.

칠팔 명이나 되는 권솔인데, 내 논 일곱 마지기에다 남의 논이나 몇 마지기를 소작하여가지고는 여간한 규모와 악의악식이 아니고서는 도저히 현상 유지를 하기가 어려웠다.

한덕문은 그 부친과는 달라 살림 규모가 없었다. 사람이 좀 허황하고 헤픈 편이었다.

부친 한태수가 죽고, 대신 당가산當家産*을 한 지 불과 오륙 년에 한덕문은 힘에 넘치는 빚을 졌다.

이 빚은 단순히 살림에 보태느라고만 진 빚은 아니었다.

한덕문은 허황하고 헤픈 값을 하느라고, 술과 노름을 쑬쑬히 좋아하였다.

일 년 농사를 지어야 일 년 가계가 번연히 모자라는데, 거기다 술을 먹고 노름을 하니, 늘어가느니 빚밖에는 있을 것이 없었다.

빚은 갚아야 되었다.

팔 것이라고는 논 일곱 마지기 그것뿐이었다.

한덕문이 빚을 이리 틀어막고 저리 틀어막고, 오늘로 밀고 내일로 밀고 하여오던 끝에, 마침내는 더 꼼짝을 할 도리가 없어 논을 팔기로 작정을 대었을 무렵에, 그러자 용말〔龍田〕 사는 일인 길천吉川이가 요새로 바싹 땅을 많이 사들인다는 소문이 들리었다. 그리고 값으로 말하여도, 썩 좋은 상답이면 한 마지기(이백 평)에 스무 냥으로 스물닷 냥(이십 냥 이상 이십오 냥=사 원 이상 오 원)까지 내고, 아주 박토라도 열 냥(이 원) 안짝은 없다고 하였다.

땅마지기나 가진 인근의 다른 농민들도 다들 그러하였지만, 한덕문은

---

* 재산을 맡음.

그중에서도 귀가 반짝 뜨였다.

시세의 갑절이었다.

고래실논*으로, 개똥배미** 상지상답이라야 한 마지기에 열 냥으로 열두어 냥(이 원에서 이 원 사오십 전)이요, 땅 나쁜 것은 기지개 써야 닷 냥(일 원)이었다.

'팔자!'

한덕문은 작정을 하였다.

일곱 마지기 논이 상지상답은 못 되어도 상답은 되니, 잘하면 열 냥은 받을 것. 열 냥이면 이 칠 십사 일백마흔 냥(이십팔 원).

빚이 이럭저럭 한 오십 냥(십 원) 되니, 그것을 갚고 나면 아흔 냥(십팔 원)이 남아. 아흔 냥을 가지고 도로 논을 장만해. 판 일곱 마지기만 한 토리***의 논을 사더라도 아홉 마지기를 살 수가 있어.

결국 논 한번 팔고 사고 하는 노름에, 빚 오십 냥 거저 갚고도, 논은 두 마지기가 늘어 아홉 마지기가 생기는 판이 아니냐.

이런 어수룩한 노름을 아니 하잘 머리가 없는 것이었다.

양친은 이미 다 없은 때요, 한덕문 그가 대주(호주)였으므로, 혼자서 일을 결단하여도 간섭을 받을 일은 없었다.

곡우 머리의 어느 날 한덕문은 맨발 짚신 풀상투에 삿갓 쓰고 곰방대 물고, 마을에서 십 리 상거의 용말 출입을 나갔다. 일인 길천이가 적실히 그렇게 후한 값으로 논을 사는지 진가를 알아보자 함이었다.

금강 어구의 항구 군산에서 시작되어, 동북간방東北間方으로 임피읍을

---

* 바닥이 깊고 물길이 좋아 기름진 논.
** 집 앞이나 집터에 붙어 있는 논.
*** 메마르거나 기름진 흙의 성질.

지나 용말로 나온 한길이, 용말 동쪽 변두리에서 솜리〔梳里〕로 가는 길과 황등장터(황등시)로 가는 길의 두 갈래 길로 갈리는, 그 샅에 가 전주집이라는 주모가 업을 하고 있는 주막이 오도카니 호올로 놓여 있었다.

한덕문은 전주집과는 생소치 아니한 사이였다.

마당이자 바로 한길인, 그 마당 앞에 섰는 한 그루의 실버들이 한창 푸르른 전주집네 주막, 살진 봄볕이 드리운 마루에 나란히 걸터앉아 세상 물정 이야기, 피차간 살아가는 이야기, 훨씬 한담을 하던 끝에 한덕문이 지날말처럼 넌지시 물었다.

"참, 저, 일인 길천이가 요새 땅을 많이 산다구?"

"많얼 게 아니라, 그 녀석이 아마, 이 근처 일판을, 땅이라구 생긴 건 깡그리 쓸어 사자는 배폰가 봅디다!"

"헛소문은 아니루구면?"

"달리 큰 배포가 있던지, 그렇잖으면 그 녀석이 상성(발광)을 했던지."

"……?"

"한 서방 으런두 속내 아는배, 이 근처 논이 물 걱정 가뭄 걱정 없구, 한 마지기에 넉 섬은 먹는 논이라야 열 냥(이 원)이 상값 아니우? 그런 걸 글쎄, 녀석은 스무 냥 스물댓 냥을 퍼 주구 사는구랴. 제 마석(한 두락에 한 석)두 못 먹는 자갈 바탕의 박토라두, 논 명색이면 열 냥 안짝 잽히는 건 없구."

"허긴 값이나 그렇게 월등히 많이 내야 일인한테 논을 팔지, 그렇잖구서야 누가."

"제엔장, 나두 진작에 논이나 시늉만 생긴 거라두 몇 섬지기 장만해두 었드라면, 이런 판에 큰 횡잴 했지."

"그래, 많이들 와 파나?"

"대가릴 싸구 덤벼든답디다. 한 서방 으런두 논 좀 파시구랴? 이런 때 안 팔구, 언제 팔우?"

"팔 논이 있나!"

이유와 조건의 어떠함을 물론하고 농민이 논을 판다는 것은 남의 앞에 심히 떳떳스럽지 못한 일이었다. 번연히 내일모레면 다 알게 될 값이라도, 되도록 그런 기색을 숨기려고 드는 것이 통정이었다.

뚜벅뚜벅 말굽 소리가 나더니, 말 탄 길천이가 주막 앞을 지난다. 언제나 그러하듯이, 깜장 됫박모자(중산모자)에 깜장 복장(양복: 쓰메에리*)을 입고, 깜장 목 깊은 구두를 신고 허리에는 육혈포를 차고 하였다.

한덕문은 길에서 몇 차례 본 적이 있어 그가 길천인 줄을 안다.

"어디 갔다 와요?"

전주집이 웃으면서 알은체를 하는 것을, 길천은 웃지도 않으면서

"응, 조—기. 우리, 나쁜 사레미 자바리 갔소 왔소."

길천의 차인꾼이요 통역꾼이요 한 백남술이가 밧줄로 결박을 지은 촌 젊은 사람 하나를 앞참 세우고 뒤미처 나타났다.

죄수(?)는 상투가 풀어지고 발기발기 찢긴 옷과 면상으로 피가 묻고 한 것으로 보아, 한바탕 늘씬 두들겨 맞은 것이 역력하였다.

"어디 갔다 오시우?"

전주집이 이번에는 백남술더러 인사로 묻는다.

백남술은 분연히

"남의 돈 집어먹구 도망 댕기는 놈은 죽어 싸지."

하면서 죄수에게 잔뜩 눈을 흘긴다.

---

* 깃 높이가 4센티미터쯤 되어 목을 둘러 바싹 여미게 지은 양복. 학생복으로 많이 지음.

그러고 나서 전주집더러

"댕겨오께시니 닭이나 한 마리 잡구 해놓게나. 놈을 붙잡느라구 한 승강 했더니 목이 컬컬허이."

그러느라고 잠깐 한눈을 파는 순간이었다. 죄수가 밧줄 한끝 붙잡힌 것을 홱 뿌리치면서 몸을 날려 쏜살같이 오던 길로 내뺀다.

"엇!"

백남술이 병신처럼 놀라다 이내 죄수의 뒤를 쫓는다.

길천의 탄 말이 두 앞발을 번쩍 들어 머리를 돌리면서 땅을 차고 달린다. 그러면서 길천의 손에서 육혈포가 땅…… 풀씬 연기가 나면서 재우쳐 땅…….

죄수는 그러나 첫 한 방에 그대로 길바닥에 가 동그라진다. 같은 순간 버선발로 뛰어 내려간 전주집이 에구머니 비명을 지른다.

죄수는 백남술에게 박승 한끝을 다시 붙잡히어 일어난다. 길천은 피스톨 사격의 명인은 아니었다.

일인에게 빚을 쓰는 것을 왜채라고 하고, 이 젊은 친구는 왜채를 쓰고서 갚지 아니하고, 몸을 피해 다니다가 붙잡힌 사람이었다.

길천은 백남술이가

"이 사람은 논이 몇 마지기가 있소."

하고 조사 보고를 하면, 서슴지 아니하고 왜채를 주곤 한다. 이자도 항용 체계나 장변*보다 헐하였다.

빚을 주는 데는 무른 것 같아도, 받는 데는 무서웠다.

기한이 지나기를 기다려, 채무자를 제 집으로 데려다 감금을 하고, 사

---

* 장에서 꾸는 돈의 이자.

형私刑으로써 빚 채근을 하였다.

부형이나 처자가 돈을 가지고 와서 빚을 갚는 날까지 감금과 사형을 늦추지 아니하였다.

논문서를 가지고 오는 자리는 '우대'를 하였다. 이자를 탕감하고 본전만 쳐서 논으로 받는 것이었다. 논이 있는 사람은, 돈을 두어두고도 즐기어 논으로 갚고 하였다.

한덕문은 다시 끌려가고 있는 죄수의 뒷모양을 우두커니 바라다보면서

'제엔장, 양반 호랑이도 지질한데, 우환 중에 왜놈 호랑이까지 들어와서 이 등쌀이니, 갈수록 죽어나는 건 만만한 백성뿐이로구나!'

'쯧, 번연히 알면서 왜채를 쓰는 사람이 잘못이지, 누구를 원망하나.'

'참새가 방앗간을 거저 지날까. 이왕 외상술이라도 한잔 먹고 일어설까, 어떡헐까?'

이런 생각을 하고 앉았는 차에, 생각잖이, 외가 편으로 아저씨뻘 되는 윤 첨지가 퍼뜩 거기에 당도하였다. 윤 첨지는 황등장터에서 제 논 섬지기나 지니고 탁신히 사는 농민이었다.

아저씨 웬일이시냐고. 조카 잘 있었더냐고. 항용 하는 인사가 끝난 후에, 이 동네 사는 길천이라는 일인이 값을 후히 내고 땅을 사들인다는 소문이 있으니 적실하냐고 아까 한덕문이 전주집더러 묻던 말을 윤 첨지가 한덕문더러 물었다.

그렇단다는 한덕문의 대답에, 윤 첨지는 이윽고 생각을 하고 있더니 혼잣말같이

"그럼 나두 이왕 궐厥한테다 팔아야 하겠군."

하다가 한덕문더러

"황등이까지 가서두 살까? 예서 이십 리나 되는데."

하고 묻는다.

"글쎄요…… 건데 논은 어째 파실 영으루?"

"허, 그거 온 참…… 저어 공주 한밭(대전)서 무안 목포루 철로(철도)가 새루 나는데, 그것이 계룡산 앞을 지나 연산·팥거리(두계)루 해서 논메(논산)·강경으루 나와가지구, 황등장터를 지나게 된다네그려."

"그런데요?"

"그런데 철로가 난다 치면 그 십 리 안짝은 논을 죄 버리게 된다는 거야."

"어째서요?"

"차가 댕기는 바람에 땅이 울려가지구 모를 심어두 뿌릴 제대루 잡지 못하구 해서, 벼가 자라질 못한다네그려!"

"무슨 그럴 리가……."

"건 조카가 속을 몰라 하는 소리지. 속을 몰라 하는 소린 것이, 나두 작년 정월에 공주 한밭엘 갔다, 그놈 차가 철로 위루 달리는 걸 구경했지만, 아 그 쇳덩이루 만든 집채 더미 같은 시꺼먼 수레가 찻길 위루 벼락 치듯 달리는데, 땅바닥이 사뭇 움죽움죽하드라니깐! 여승 지동(지진)이야…… 그러니, 땅이 그렇게 지동하듯 사철 들이 울리니, 근처 논이 모가 뿌리를 잡을 것이며, 자라기를 할 것인가?"

"……."

듣고 보니 미상불 근리한 말이었다.

"몰랐으면이어니와, 알구두 그대루 있겠던가? 그래 좀 덜 받더래두 팔 아넘길 영으루 하구 있는데, 소문을 들으니 길천이라는 손이 요새 값을 시세보담 갑절씩이나 내구 논을 산다데나그려. 정녕 그렇다면 철로 조간이 아니라두 팔아가지구 딴 데루 가서 판 논 갑절 되는 논을 장만함 직두 한 노릇인데, 항차……."

"철로가 그렇게 난다는 건 아주 적실한가요?"

"말끔 다 측량을 하구, 말뚝을 박아놓구 한걸…… 황등장터 그 일판은 그래, 논들을 못 팔아 난리가 났다니까."

3

일인 길천이에게 일곱 마지기 논을 일백마흔 냥(이십팔 원)에 판 것과, 그중 쉰 냥(십 원)은 빚을 갚은 것, 이것까지는 한덕문의 예산대로 되었다.

그러나 나머지 아흔 냥(십팔 원)으로 판 논 일곱 마지기보다 토리가 못하지 아니한 논으로 두 마지기가 더한 아홉 마지기를 삼으로써 빚 쉰 냥은 공으로 갚고, 그러고도 논이 두 마지기가 붙게 된다던 것은 완전히 허사가 되고 말았다.

아무도 한덕문에게 상답 한 마지기를 열 냥씩에 팔려는 사람은 없었다. 이왕 일인 길천이에게 팔면 그 갑절 스무 냥씩을 받는 고로 말이었다.

필경 돈 아흔 냥은 한덕문의 수중에서 한 반년 동안 구르는 동안 스실사실 다 없어지고 말았다.

이리하여 한덕문은 논 일곱 마지기로 겨우 빚 쉰 냥을 갚고는, 아무것도 남은 것이 없이 손 싹싹 털고 나선 셈이었다.

친구가 있어 한덕문을 책하면서 물었다.

"어떡허자구 논을 판단 말인가?"

"인제 두구 보게나."

"무얼 두구 보아?"

"일인들이 다 쫓겨 가면, 그 땅 도로 내 것 되지 갈 데 있던가?"

"쫓겨 갈 놈이 논을 사겠나?"

"저이 놈들이 천지 운수를 안다든가?"

"자네는 아나?"

"두구 보래두 그래."

한덕문은 혼자 속으로는 아뿔싸, 논이라야 단지 그것뿐인 것을 팔고서, 인제는 송곳 꽂을 땅도 없으니 이 노릇을 어찌한단 말이냐고, 심히 후회하여 마지아니하였다.

그러면서도 남더러는 그렇게 배포 있이 장담을 탕탕 하였다.

한덕문은 장차에 일인들이 쫓겨 가리라는 것을 확언할 아무런 근거도 가진 것이 없었다. 따라서 자신도 없었다. 오직 그는 논을 판 명예롭지 못함과 어리석음을 싸기 위하여, 그런 희떠운 소리를 한 것일 따름이었다.

한덕문이, 일인들이 다 쫓겨 가면 그 논이 도로 제 것이 될 터이라서 논을 팔았다고 한다더라, 이 소문이 한 입 두 입 퍼지자, 듣는 사람마다 그의 희떠움을, 혹은 실없음을 웃었다.

하는 양을 보느라고 위정

"자네 논 팔았다면서?"

한다 치면

"팔았지."

"어째서?"

"돈이 좀 아쉬어서."

"돈이 아쉽다구 논을 팔구서 어떡하자구?"

"일인들이 다 쫓겨 가면 그 논 도루 내 것 되지 갈 데 있나?"

"일인들이 쫓겨 간다든가?"

"그럼 백 년 살까?"

또 누구는 수작을 바꾸어

"일인들이 쫓겨 간다지?"

한다 치면

"그럼!"

"언제쯤 쫓겨 가는구?"

"건 쫓겨 가는 때 보아야 알지."

"에구 요 맹추야, 요 허풍선이야. 우리나라 상감님을 쫓어내구 저이가 왕 노릇을 하는데 쫓겨 가?"

"자넨 그럼 일인들이 안 쫓겨 가구 영영 그대루 있으면 좋을 건 무언 가?"

"좋기루 할 말이야 일러 무얼 하겠나만, 우리 좋구푼 대루 세상일이 돼 준다던가?"

"그래두 인제 내 말을 일를 때가 오너니."

"괘―니, 논 팔구섬 할 말 없거들랑, 국으루 잠자꾸 가만히나 있어요."

"체에. 내 논 내가 팔아먹는데, 죄 될 일 있니?"

"걸 누가 죄라니?"

"길천이한테 논 팔아먹은 놈이 한덕문이 하나뿐인감?"

"누가 논 판 걸 나무래? 희면 장담을 하니깐 그리는 거지."

"희면 장담인지 아닌지 두구 보잔 말야."

이로부터 한덕문은 그 말로 인하여 마을과 인근에서 아주 호가 났고, 어느 겨를인지 그것이 한 속담까지 되었다.

가령 어떤 엉뚱한 계획을 세운다든지 허랑한 일을 시작하여놓고서는, 천연스럽게 성공을 자신한다든지, 결과를 기다린다든지 하는 사람이 있 다 치면

"흥, 한덕문이 길천이게다 논 팔아먹던 대 났구나."

하고 비웃곤 하는 것이었었다.

　그 후 그 속담은, 삼십오 년을 두고 전하여 내려왔다. 전하여 내려올 뿐만이 아니었다. 일본 제국주의의 조선에 있어서의 지반이 해가 갈수록 완구한 것이 되어감을 따라, 더욱이 만주사변 때부터 시작하여 중일전쟁을 거쳐 태평양 전쟁으로 일이 거창하게 벌어진 결과, 전쟁 수단으로서 조선의 가치는 안으로 밖으로, 적극적으로 소극적으로, 나날이 더 커감을 좇아, 일본이 조선에다 박은 뿌리는 더욱 깊이 뻗어 들어가고, 가지와 잎은 더욱 무성하여서, 일본이 조선으로부터 물러간다는 것은 독립과 한가지로 나날이 더 잠꼬대 같은 생각이던 것처럼 되어버려 감을 따라, 그래서 한덕문의 장담하던 '일인들이 다 쫓겨 가면……' 이 말이, 해가 가고 날이 갈수록 속절없이 무색하여감을 따라, 그와 반비례하여, 그 말의 속담으로서의 가치와 효과만이 멸하지 않고 찬란히 빛을 내었다.

　바로 팔월 십사일까지도 그러하였다. 팔월 십사일까지도

　"흥, 한덕문이 길천이한테 논 팔아먹던 대 났구나."

는 당당히 행세를 하였다.

　그랬던 것이, 팔월 십오일에 일본이 항복을 하고, 조선은 독립(실상은 우선 해방)이 되고 하였다. 그리고 며칠 아니하여 '일인들이 토지와 그 밖 온갖 재산을 죄다 그대로 내어놓고 보따리 하나에 몸만 쫓겨 가게 되었다'는 데까지 이르렀다.

　한 생원의

　"일인들이 다 쫓겨 가면……."

은 이리하여 부득불 빛이 화안하여지고 반대로

　"한덕문이 길천이한테 논 팔아먹던 대 났구나."

는 그만 얼굴이 벌게서 납작하고 말 수밖에 없었다.

4

"여보슈 송 생원?"

한 생원이 허연 탑삭부리에 묻힌 쪼글쪼글한 얼굴이 위아래 다섯 대밖에 안 남은 누런 이빨과 함께 흐물흐물 자꾸만 웃어지는 웃음을 언제까지고 거두지 못하면서, 그러다 별안간 송 생원의 팔을 잡아 흔들면서 아주 긴하게

"우리 독립 만세 한번 부르실까?"

"남 다아 부르구 난 댐에, 건 불러 무얼 허우?"

송 생원은 한 생원과 달라 길천이한테 팔아먹은 논도 없으려니와, 따라서 일인들이 쫓겨 가더라도 도로 찾을 논도 없었다.

"송 생원, 접때 마을에서 만세를 부를 제, 나가 부르셨던가?"

"난 그날, 허리가 아파 꼼짝 못하구 누었었는걸."

"나두 그날 고만 못 불렀어."

"아따 못 불렀으면 못 불렀지, 늙은것들이 만세 좀 아니 불렀기루 귀양살이 보내겠수?"

"난 그래두 좀 섭섭해 그랬지요…… 그럼 송 생원 우리 술 한잔 자실까?"

"술이나 한잔 사주신다면."

"주막으루 나갑시다."

두 늙은이가 지팡이를 짚고 마을에 단 한 집밖에 없는 주막으로 나갔다.

"에구머니, 독립두 되구 볼 거야. 영감님들이 술을 다 자시러 오시구."

이십 년이나 여기서 주막을 하느라고 인제는 중늙은이가 된 주모 판쇠네가, 손님을 환영이라기보다 다뿍 걱정스러워한다.

"미리서 외상인 줄이나 알구, 술 좀 주게나."

한 생원이 그러면서 술청으로 들어가 앉는 것을, 송 생원도 따라 들어가 앉으면서 주모더러

"외상 두둑히 드리게. 수가 나섰다네."

"독립되는 운덤에 어느 고을 원님이나 한자리 해 가시는감?"

"원님을 걸 누가 성가시게, 흐흐……."

한 생원은 그러다 다시

"거, 안주가 무어 좀 있나?"

"안주두 벤벤찮구 술두 막걸린 없구, 소주뿐인걸, 노인네들이 소주 잡숫구 어떡허시게."

"아따 오줌은 우리가 아니 싸리."

젊었을 적에는 동이술을 사양치 아니하던 영감들이었다. 그러나 둘이가 다 내일모레가 칠십. 더구나 자주자주는 술을 입에 대지 않던 차에, 싱겁다고는 하지만 소주를 칠팔 잔씩이나 하였으니 과음일 수밖에 없었다.

송 생원은 그대로 술청에 쓰러져 과연 소변을 지리기까지 하였다.

한 생원은 송 생원보다는 아직 기운이 조금은 좋은 덕에, 정신을 놓거나 몸을 가누지 못할 지경은 아니었다.

"우리 논을 좀 보러 가야지, 우리 논을. 서른다섯 해 만에 우리 논을 보러 간단 말야, 흐흐흐."

비틀거리면서 한 생원은 술청으로부터 나온다.

주모 판쇠네가 성화가 나서

"방으루 들어가 누었다, 술 깨신 댐에 가세요. 노인네들 술 드렸다구 날 또 욕허게 됐구면."

"논 보러 가, 논. 길천이게다 판 우리 논. 호호호, 서른다섯 해 만에 도루 찾은, 우리 일곱 마지기 논, 호호호."

"글쎄 논은 이댐에 보러 가시면 어디루 가요?"

"날, 희떤 소리 한다구들 웃었지. 미친놈이라구 웃었지, 들. 호호, 서른다섯 해 만에 내 말이 들어맞일 줄을 누가 알았어? 호호호."

말은 혀 꼬부라진 소리로, 몸은 위태로이 비틀거리면서, 한 생원은 지팡이를 휘젓고 밖으로 나간다. 나가다 동네 젊은 사람과 마주쳤다.

"아, 한 생원 웬일이세요?"

"논 보러 간다, 논. 호호호, 너두 이 녀석, 한덕문이 길천이한테 논 팔아먹던 대 났구나, 그런 소리 더러 했었지? 인제두 그런 소리가 나오까?"

"취하셨군요."

"나, 외상술 먹었지. 논 찾았은깐 또 팔아서 술값 갚으면 고만이지. 그럼 한 서른다섯 해 만에 또 내 것 되겠지, 호호호. 그렇지만 인전 안 팔지, 안 팔아. 우리 용길이 놈 물려줘여지, 우리 용길이 놈."

"참, 용길이 요새 있죠?"

"있지. 길천이한테 팔아먹었을까?"

"저, 읍내 사는 영남이가 산판 하날 사서 벌목을 하는데, 이 동네 사람들더러 와 남구 비어주구, 그 대신 우죽(지엽枝葉)* 가져가라구 하니, 용길이두 며칠 보내서 땔나무나 좀 장만하시죠."

"걸 누가…… 논을 도루 찾았는데."

---

* 나무나 대나무의 우두머리에 있는 가지.

"논만 찾으면 땔나문 없어두 사시나요?"

"논두 없어두 서른다섯 해나 살지 않었느냐?"

"허허 참. 그러지 마시구 며칠 보내세요. 어서서 다 비어버려야 할 텐데, 도무지 사람을 못 구해 그러니, 절더러 부디 그럭허두룩 서둘러달라구, 영남이가 여간만 부탁을 해싸여죠. 아, 바루 동네서 가찹겠다, 져 나르기 수얼허구…… 요 위 가잿골 있는 길천농장 멧갓*이래요."

"무어?"

한 생원은 별안간 정신이 번쩍 나면서 대어든다.

"가잿골 있는 길천농장 멧갓이라구?"

"네."

"네라니? 그 멧갓이…… 가마안자, 아니, 그 멧갓이 뉘 멧갓이길래?"

"길천농장 멧갓 아네요? 걸, 영남이가 일인들이 이번에 거들이 나는 바람에 농장 산림 감독하던 강 서방한테 샀대요."

"하, 이런 도적놈들, 이런 천하 불한당 놈들. 그래, 지끔두 벌목을 하구 있더냐?"

"오늘버틈 시작했다나 봐요."

"하, 이런 천하 날불한당 놈들이."

한 생원은 천방지축으로 가잿골을 향하여 비틀걸음을 친다.

솔은 잘 자라지 않고, 개간하여 밭을 만들자 하니 힘이 부치고 하여, 이름만 멧갓이지, 있으나 마나 한 멧갓 한 자리가 있었다. 한 삼천 평 될까 말까, 그다지 크지도 못한 것이었다.

이 멧갓을 한 생원은 길천이에게다 논을 팔던 이듬해지 그 이듬해지,

---

* 나무를 함부로 베지 못하게 가꾸는 산. 산을 예스럽게 이르는 '메'의 방언.

돈은 아쉽고 한 판에 또한 어수룩이 비싼 값으로 팔아넘겼다.

길천은 그 멧갓에다 낙엽송을 심어, 삼십여 년이 지난 지금 와서는 아주 한다하는 산림이 되었다.

늙은이의 총기요, 논을 도로 찾게 되었다는 것에만 정신이 팔려, 깜빡 멧갓 생각은 미처 아직 못 하였던 모양이었다.

마침 전신줏감의 쪽쪽 곧은 낙엽송이 총총들이 섰다. 베기에 아까워 보이는 나무였다.

한 서넛이나가 한편에서부터 깡그리 베어 눕히고, 일변 우죽을 치고 한다.

"이놈, 이 불한당 놈들. 이 멧갓 벌목한다는 놈이 어떤 놈이냐?"

비틀거리면서 고함을 치고 쫓아오는 한 생원을, 사람들은 영문을 몰라 일하던 손을 멈추고 뻐언히 바라다보고 섰다.

"이놈 너루구나?"

한 생원은 영남이라는 읍내 사람 벌목 주인 앞으로 달려들면서, 한 대 갈길 듯이 지팡이를 둘러멘다.

명색이 읍 사람이라서, 촌 농투성이에게 무단히 해거*를 당하면서 공수하거나 늙은이 대접을 하려고는 않는다.

"아니, 이 늙은이가 환장을 했나? 왜 그러는 거야, 왜."

"이놈, 네가 왜, 이 멧갓을 손을 대느냐?"

"무슨 상관여?"

"어째 이놈아 상관이 없느냐?"

"뉘 멧갓이길래?"

---

* 괴상하고 얄궂은 짓.

"내 멧갓이다. 한덕문이 멧갓이다. 이놈아."

"허허, 내 별꼴 다 보니. 괜시리 술잔 든질렀거들랑, 고히 삭히진 아녀구서, 나이 깨 먹은 것이, 왜 남 일하는 데 와서 이 행학야 행학이. 늙은인 다리 뻭다구 부러지지 말란 법 있나?"

"오냐, 이놈, 날 죽여라. 너구 나구 죽자."

"대체 내력을 말을 해요. 무엇 때문에 이 야룐지, 내력을 말을 해요."

"이 멧갓이 그새까진 길천이 것이라두, 조선이 독립됐은깐 인전 내 것이란 말야, 이놈아."

"조선이 독립이 됐는데, 어째 길천이 멧갓이 한덕문이 것이 되는구?"

"길천인, 일인들은, 땅을 죄다 내놓구 간깐, 그전 임자가 도루 차지하는 게 옳지, 무슨 말이냐?"

"오오, 이녁이 이 멧갓을 전에 길천이한테다 팔았다?"

"그래서."

"그랬으니깐, 일인들이 땅을 다 내놓구 가니깐, 이녁은 팔았던 땅을 공짜루 도루 차지하겠다?"

"그래서."

"그 개 뭣 같은 소리 인전 엔간치 해두구, 어서 없어져버려요. 난 뼈젓이 길천농장 산림관리인 강태식이한테 시퍼런 돈 이천 환 주구서 계약서 받구 샀어요. 강태식인 길천이가 해준 위임장 가지구 팔구. 돈 내구 산 사람이 임자지, 저 옛날 돈 받구 팔아먹은 사람이 임잘까?"

팔일오 직후, 낡은 법이 없어지고 새로운 영이 서기 전, 혼란한 틈을 타서, 잇속에 눈이 밝은 무리들이 일본인 농장이나 회사의 관리자와 부동이 되어가지고, 일인의 재산을 부당 처분하여 배를 불린 일이 허다하였다. 이 산판 사건도 그런 것의 하나였다.

5

그 뒤 훨씬 지나서

일인의 재산을 조선 사람에게 판다, 이런 소문이 들렸다.

사실이라고 한다면 한 생원은 그 논 일곱 마지기를 돈을 내고 사지 않고서는 도로 차지할 수가 없을 판이었다. 물론 한 생원에게는 그런 재력이 없거니와, 도대체 전의 임자가 있는데, 그것을 아무나에게 판다는 것이 한 생원으로 보기에는 불합리한 처사였다.

한 생원은 분이 나서 두 주먹을 쥐고 구장에게로 쫓아갔다.

"그래 일인들이 죄다 내놓구 가는 것을, 백성들더러 돈을 내구 사라구 마련을 했다면서?"

"아직 자세힌 모르겠어두, 아마 그렇게 되기가 쉬우리라구들 하드군요."

해방 후에 새로 난 구장의 대답이었다.

"그런 놈의 법이 어딨단 말인가? 그래, 누가 그렇게 마련을 했는구?"

"나라에서 그랬을 테죠."

"나라?"

"우리 조선 나라요."

"나라가 다 무어 말라비틀어진 거야? 나라 명색이 내게 무얼 해준 게 있길래, 이번엔 일인이 내놓구 가는 내 땅을 저이가 팔아먹으려구 들어? 그게 나라야?"

"일인의 재산이 우리 조선 나라 재산이 되는 거야 당연한 일이죠."

"당연?"

"그렇죠."

"흥, 가만 둬두면 저절루 백성의 것이 될 걸 나라 명색은 가만히 앉었다 어디서 툭 튀어나와 가지구, 걸 뺏어서 팔아먹어? 그따위 행사가 어딨다든가?"

"한 생원은 그 논이랑 멧갓이랑 길천이한테 돈을 받구 파섰으니깐 임자로 말하면 길천이지 한 생원인가요?"

"암만 팔았어두, 길천이가 내놓구 쫓겨 갔은깐, 도루 내 것이 돼야 옳지, 무슨 말야. 걸, 무슨 탁에 나라가 뺏을 영으루 들어?"

"한 생원한테 뺏는 게 아니라, 길천이한테 뺏는 거랍니다."

"홍, 둘러다 대긴 잘들 허이. 공동묘지 가보게나. 핑계 없는 무덤 있던가? 저, 병신년에 원(군수) 놈 김가가 우리 논 열두 마지기 뺏을 제두 핑곈 다 있었드라네."

"좌우간, 아직 그렇게 지레 염렬 하실 게 아니라, 기대리구 있느라면 나라에서 다 억울치 않두룩 처단을 하겠죠."

"일없네. 난 오늘버틈 도루 나라 없는 백성이네. 제길 삼십육 년두 나라 없이 살아왔을려드냐. 아—니 글쎄, 나라가 있으면 백성한테 무얼 좀 고마운 노릇을 해주어야, 백성두 나라를 믿구, 나라에다 마음을 붙이구 살지. 독립이 됐다면서 고작 그래, 백성이 차지할 땅 뺏어서 팔아먹는 게 나라 명색야?"

그러고는 털고 일어서면서 혼잣말로

"독립됐다구 했을 제, 내, 만세 안 부르기, 잘했지."

—『잘난 사람들』, 민중서관, 1948.

소설 안 쓰는 변명

채만식

1

K군.

잊지 아니하고 소식 전해주니 고맙소. 이것은 아무나 편지 서두에 체면과 습관으로 인사 삼아 쓰는 항투의 말이 아니라 진심으로 아슴찮아서* 하는 치하요.

내가 왜 이런 새삼스러운 소리를 할까마는, 그런 것이 아니라 얼마 전 내가 퍽 정다워하는 친구 한두 사람을 잃어버렸는데 거기에 생각하기조차 몹시 불쾌한 여운이 아예 스러지지 아니하는 때문이오. 도덕군자나 또는 장자長者들이 설교하는 그러한 숭고(?)한 교우지명交友之銘 같은 것은 나는 모르오. 나는 다만 이렇게 생각하오.

벗의 단처를 알되 허물하지 아니하고 다직해서 일종의 애교를 보게 되어야 하고, 그 장처는 공리적으로 이용하려 아니하고 일종의 심미적 만족감으로써 대하는 그러한 지경에까지 이르러야만 참된 우정이라고 할 수 있다…… 고.

---

* 아슴찮다. '고맙다'의 방언.

이렇게 말하면 이상이나 주장 같지만 그것보다 앞서 사실이 그러하오.

부자 사람에게 참된 친구가 별로 없는 것, 시정의 평범한 사람들 사이에 흡사 남녀 간의 연정과 같이 전부를 초월한 진실한 우정의 실례가 허다함이 그를 설명해주고 있소.

이러한 어떻게 보면 패설 같은 교우관을 가지고 있는 나인지라 이번에 나와 틈이 벌어진 그 한두 사람의 친구의 일에 대해서도 역시 그에 준한 해석을 하지 아니할 수가 없었소.

"이용할 수 있는 세간적 공리 가치가 없어지니까 인간적 단점을 구실 삼아 나를 멀리하려는 것이 아닌가 해서……."

그래서 나는 불쾌하단 말이오. 그러나 정에 약한 나는 그래도 그 친구들을 잊지 못하며 그러한 해석이 송구해서 제발 나의 오해이었으면 하고 마음에 바람을 가지오.

좌우간 그러하던 차인데 군이 이곳저곳 부탁해서 내 처소를 수소문해 가지고 알뜰히 편지를 해준 것이 가슴에 스미도록 고마웠소.

그래서 정작 하려던 말을 제쳐놓고 이렇게 기다란 탈선을 하게 된 것이오.

"왜 창작을 하지 아니하느냐?"고. 그리고 "남은 훨훨 앞을 서서 줄달음질을 쳐 가는데"라고 K 군, 군은 말해주었소.

군이 말해주지 아니해도 나는 퍽 초조하고 있소.

나와 동년대에 나왔던 작가들은 제가끔 그만한 활동을 하여서 그만한 지반을 쌓아놓고 있소.

그뿐 아니라 나보다 훨씬 뒤늦게 나온 작가들도 눈부시게 날뛰어서 모두 문단적 지위를 하루하루 높이고 있소.

그러한 것을 보면 야심은 없지도 아니한 나로서 차를 놓치고는 빈 정거장에 우두커니 서서 달아나는 차 꽁무니만 바라보고 있는 듯한 안타까움과 초조에 가뜩이나 가슬가슬해진 신경이 못 견디게 자극이 되오.

그런 때에는 그러면 나도 어서 바삐 소설 쓰기를 시작해야 하겠다. 자시방부터 자 원고지를, 자 만년필을 하고 서둘러보오.

그러나 그다음에는 무슨 발작이 지나간 다음 순간처럼 맥이 풀리어 그대로 방바닥에 네 활개를 펴고 드러누워 버리오. 그러고는 머리끝이, 그중에도 왼편 야관지*가 끌로 파내는 것같이 들씬거리고 아파서 견딜 수가 없소.

이 머리 아픈 것 참 질색이오.

무엇을 골똘하게 생각한다든지 또는 수필이나 잡문 나부랭이라도 하룻밤 앉아서 몇 시간 쓴다든지 하고 나면 그냥 머리 아프기가 시작되어가지고는 그날 밤은 말할 것도 없이 앞으로 3, 4일씩은 그대로 계속해서 아프고 또 밤잠을 자지 못하오.

다른 건강도 건강이려니와 '신경쇠약'에는 꼼짝할 수가 없소.

그러나 이것은 한 조그마한 원인은 될지언정 결정적 중대 원인은 아니오.

2

K군.

소설이라는 것이 시대나 사회, 즉 현실을 떠나 순전히 머릿속에서 장만한 이야기를 펜으로 그려놓는 것이라면야 퍽 쉽겠지요.

---

* '볼'(뺨의 한가운데)의 방언.

그러나 그러한 것이야 어디 참된 문학이 될 수 있소?

오늘날 리얼리즘의 소리가 높은 것은 그 때문이라오.

그런데 그 현실이라는 것이 나에게는 너무도 벅차오.

나—한 개의 소시민—의 체험하는 현실은 도무지 보잘것이 없소. 박봉의 신문 기자 생활이 아니면 수입 전무의 룸펜.

그래서 나의 현실이라는 것은 나의 스케일이 좁고 깊이가 얕은 '생활'에서 오는 아주 빈약한 것에 지나지 못하오.

이 사회 이 시대에 있어서의 현실은 한개 소시민의 우울한 생활에 비하면 거기에는 실로 눈에서 불이 번쩍 나는 다이내믹한 열熱과 역力의 작용이 있는 커다란 역사적 현실이오.

고리끼의 이러한 말이 생각나오.

"요즘 그들 가운데 누구(부르주아 문학자)는 작가에게 이렇게 말했다. '작가인 것은 자네의 개인적 사업이지 내게는 관계없다'고…… 이것은 가장 유독한 난센스다. 문학은 결코 스탕달이나 레프 톨스토이의 개인 사업은 아니었다. 그것은 언제든지 시대의 사업이었고 나라 계급의 사업이었다. 고대 희랍·로마의 문학, 이태리의 문예부흥, 엘리자베스 시대의 문학, 데카당·상징파의 문학은 존재했어도 누가 에스킬로스, 셰익스피어, 단테의 문학에 대해서는 말하지 아니한다. 19에서 20세기의 노서아 문학자의 형(스타일)이 무섭게 여러 가지지만 우리가 말하는 것은 시대의 드라마 희비극을 반영하는 예술로서의 문학이지 개인으로서의 푸시킨이나 고리끼나 레스코프나 체호프의 문학은 아니다."

이것은 나쯤으로 앉아서 옳다 그르다고 할 것도 없이 적절한 말이오.

물론 그렇다고 나도 그러한 위대한 문학을 나을 수 있다는 돈키호테식 자신을 고스란히 가지고 있음은 아니나 적어도 그러고 싶다는 열과 그러해야 한다는 양심만은 잃지 아니했소.

그것조차 과대망상증일는지 모르겠으나 나로서는 버릴 수 없는 집착이니 어찌할 수가 없소— 혓바닥은 짧아도 침은 멀리 뱉는다고나 할는지.

그래 좌우간 이 거대한 파도와 같은 현실에 대해 미력하나마 사회학자다운 관찰과 연구…… 이것이 정말로 벅차오.

가령 시방 조선의 인심이 물 끓듯이 끓게 해놓은 '금'에 대한 것만 가지고 봅시다. 나는 벌써 2, 3년 전에 그것을 한 개의 소설로 쓰려고 내 깐에는 몹시도 애를 썼소.

그러나 한 사람의 광업가가 처음 산에서 석금이면 석금, 또 들에서 사금이면 사금의 광을 발견한 것으로부터 시작하여 맨 나중 현대 공업의 한 호화판인 제련소나 그렇지 아니하고 사광부砂鑛夫의 '함지'에서 그 싯누런 황금이 비로소 나타나는 그동안까지의 모든 작업·수속·활동 등의 천 가지 만 가지의 '일'을 나는 도저히 5, 60원에 밤과 낮으로 목이 매인 신문기자 생활로나 또는 밥값에 몰리는 무수입의 룸펜으로서는 알아내려도 알아낼 수 없는 어려운 '학문'이었소.

내게 만일 반년 동안만 아무것도 생활에는 거리낌이 없이 '금'을 연구할 여유가 있었다면 나는 참으로 좋은 학문을 가졌음을 기뻐했을 것이오.

그러나 나는 오로지 생활의 채찍에 못 견디어 주둥이를 땅에 끌며 냄새를 찾아 헤매는 개와도 같이 우울한 그날그날을 실로 견딜 수 없는 권태 속에서 지내왔고 지금도 그러하오.

"아무것도 없는 오늘."

이 햄릿 같은 '오늘'이 그저 날마다 찾아오기만 하오. 만일 날이 밝지 아니하는 날이 하루라도 있어준다면 나는 없는 소를 열 마리만 잡아서라도 하나님(!)께 감사하는 제사를 지내리다.

3

K군.

그래서 나는 아무리 생각하여도 월급쟁이로만 뱅뱅 돌다가는 소설은커녕 그 근처에 어른거리지도 못하겠다고 늘 궁리를 하던 끝에 불행 중에도 다행으로 신문 기자란 직업을 내놓게 되었을 때 한 기쁜 희망을 가지게 되었소.

'인제 문학에 죄 정력을 쓸 수 있겠다'고…….

그러나 거기에는 준비가 필요했소. 눈에다 넣어도 아프지 아니하게 주는 원고료만을 믿고는 마음대로 문학을 하기는커녕 그날그날 밥을 먹기도 부족하오. 그래서 아직 2, 3년이고 5, 6년이고 그리 늦지는 아니하니 무슨 짓을 해서든지 조금 돈을 벌자. (허허 웃지 마오.)

그래놓고 나서 그놈을 먹어가면서 그때에 소설을 쓰기 시작하자.

이것은 어른의 동화이었소. 돈이라는 것은 돈을 모을 수 있는 사람에게만 모아지지 나 같은 사람에게는 모아지지 아니한다는 것을 내가 깨닫기에 나는 그다지 힘은 들지 아니했소.

상말로 '천 냥 만 냥'을 하고 다니다가 허허 웃고는 이처럼 당세의 두문동杜門洞인 이 하숙에 들어 엎드린 지가 장근 두 달이 되어요.

그러니 지금 새삼스럽게 다만 몇 푼 안 되는 원고료로 밥만 얻어먹자고 되지도 않은 소설을 마구 대고 써내자니 그것은 죽어도 할 수가 없고 그리고 또 한 가지 중대한 조건이 있소.

현실이니 리얼리즘이니 하지만, 그러니 똑바른 현실을 현실대로 파악하여가지고 그것으로 재료 삼는 것이 소설을 쓰는 데 큰 기초가 되는 것이오. 따라서 중대한 소인素因이야 되는 것이지만, 그러나 현실을 현실대로 그러만 놓았자 그것은 한 개의 사건에 불과하오.

여기서 '무엇을?'과 한가지로 '어떻게?'의 문제를 다른 사람들은 해결한 듯이 보이오.

그러나 나는 그것을 알지 못하오. 그래서 자꾸만 보고 생각하고 하지만 머리가 둔한 탓인지 아직도 알 수가 없소.

—유물변증법적 창작 방법에서 ××××적 리얼리즘에서 ××적 로맨티즘에서…….

이렇게 문명한 문예평론가들은 예민하게 송구영신을 하건만 작가, 그 중에도 머리가 둔한 야만인인 나는 글자를 아는 덕에 그것이 무슨 소리인지쯤은 알겠으나 높다고 여긴다든지 하물며 그대로 추종해서 그 법으로 창작을 할 수는 없고.

『용감한 병정 슈베이크』란 소설을 보면 슈베이크가 심문을 받는데 "나는 관허 백치랍니다." 하고 웃지도 아니하는 장면이 있고, 군도 거리낄 것 없이 나더러 바보라고 물으면 "응 나는 저능아야." 하고 대답하지요.

K군.

나는 아직도 문학을 버릴 생각은 없고 답답하다 못해 에잇 집어치울까 보다고 해 던지는 때도 없지는 아니하지만, 마치 정든 사람을 허물도 없이 버리지 못하는 것처럼 버리지는 못하오.

이렇게 잡고 늘어져 나가면서 혹은 한평생 이 지경일는지는 그것도 또 모르겠지마는 인제 쓰기는 쓰지요.

써보아서 그것이 되지 아니한 것이면 그때에는 정말 붓을 꺾어버리고 문학과 영결을 하겠소.

그리한댔자 물론 아무 일도 없소.

군이 그야말로 마당 터지는데 솔뿌리 걱정을 하듯이 나 한 사람 소설을 쓰지 아니한다든가 또는 문학과 영결을 한다더라도 문단은 손損 볼 것도 없고 더구나 '문단을 위해서'는 아무렇지도 아니하오.

문단에는 시방 큰 재주와 많은 공부를 쌓은 신인들이 나날이 나오고 있소.

4

앞으로 얼마 아니 가서 조선 문단은 단연 그들의 눈부신 무대가 되어가지고 좋은 꽃들이 환히 필 터요.

끝으로 지금 내 처지에 있어가지고 남에게 참고될 권언을 한다는 것은 퍽 외람된 일이요마는 군이 고전을 연구하는 데서부터 재출발하겠다는 것은 나도 찬성이라고 해두겠소.

그중에도 『춘향전』은 우리가 문학을 뜻하는 때에 반드시 한 번은 속속들이 씹어 맛볼 무한한 가치가 있다고 나는 생각하오. 나도 전에 『춘향전』을 고본古本을 비롯해서 몇 종 어름어름 읽기는 했으나 다시 한 번 잘 읽으려 하는데 군이 수집해서 다 보고 난 끝이면 내게도 좀 보내주면 좋겠소.

영국의 셰익스피어의 여러 작품, 일본의 『원씨물어源氏物語』*와 아울러 『춘향전』도 그것들에 겨눌 만한 귀중한 고전이오.

이 말은 결코 완고스러운 어느 한편 사람들처럼 궁여窮餘**에 들고 나서서 자랑을 하였다는 그런 수작이 아니라 참되게 평가해서 하는 말이오.

아마 『춘향전』 하나만 잘 연구하재도 한 사람의 문학자의 필생의 사업으로는 넉넉할 줄 아오.

---

* 11세기 초 일본인 여류 작가가 쓴 장편 소설 『겐지 이야기』.
** 궁한 나머지. 괴로운 판국.

이것은 조선의 젊은 영문학도들이 도서관에 들어박혀서 엘리자베스 왕조의 문학을 연구하느라고 먼지를 먹고 있느니보다는 또한 훨씬 유익할 줄 아오. 누구 한 사람 『춘향전』의 진가를 충분하게 우리에게 연구해 보여준 사람은 없으면서, 비교적 인연도 멀거니와 또 세계적으로 이미 그 연구가 완성되어 있는 셰익스피어에만 열중이 되어 있는 젊은이가 더러 있는 것을 보았기에 하는 말이오.

좌우간 그렇게 해서 군의 손으로 『춘향전』이 더 좋은 극본이 되어가지고 그야말로 금상첨화가 되어 세상에 나온다면 그보다 더 기쁜 일은 없겠소.

다만 부탁은 그것이 극히 어려운 것이라는 것을 말해두오.

전번에 극작가 유치진 씨가 《조선일보》에 『춘향전』을 각색 발표하였는데, 그것을 전부 보지 못하였으니까 시방 앉아서 어떻다고 말하기는 어려우나 『춘향전』은 다른 것과도 달리 그것 자신이 위에서 말한 대로 높은 문학적 가치를 가지고 있는 때문에 잘못하면 되레 좋은 고전을 망신시키기가 쉽소. 마치 금강산의 풍경을 붓으로 써내기가 매우 어렵듯이—

다음

야담 문학의 번성에 대한 나의 의견인데, 그 야담 문학의 번성을 군은 마치 원수나 만난 것처럼 저주하지만 내 생각 같아서는 그렇게 흥분할 필요는 없을 듯하오.

야담 문학이 문학일 수 있느냐 없느냐, 또 그것이 사회적으로 어떠한 파문을 일으키느냐 하는 것은 잠시 접어놓고 군도 보고 나도 보고 하는 대로 야담 문학이 그처럼 작금양년에 이르러 세차게 번성하는 것만은 싫어도 속일 수는 없는 한 엄연한 사실이오.

유명한 갈릴레오가 "그래도 지구는 도는걸!"이라고 한 말을 역으로 이용해서 "아무리 그래도 야담 문학이 지금 번성한걸" 그냥 턱없이 욕이나 하고 흥분이나 해버린다면 그것은 그 법왕(이름은 잊었소마는)같이 무지한 폭군이 되고 마오.

그러니까 우리는 무엇보다도 그것을 냉정하게 '실재'한 것으로 허하고 그리고 그 조건을 캐보아야 하오.

5

야담 문학은 그저 한 말로 하면 민중이 좋아하는 데 그 발생과 성장의 근거가 있고, 민중은 격에 맞은 문학적 작품보다는 야담 문학을 더 재미있어 하고, 그러니까 저널리즘은 그 성장을 자극시켜서 오늘의 번성을 보게 된 것이오.

그것은 일본 문단의 강담講談이나 그보다 조금만 더 문학적 모습을 닮은 대중 소설이 크게 번성한 것을 보면 알 수가 있소.

군은 값 헐한 센티의 유행가에 이마를 찌푸렸지요? 그러나 그것은 군뿐이오. 보통의 웬만한 친구나 시골 사람이나 중학생 들은 그 유행가가 퍽 좋은 것이오.

이러한 유행가와 야담 소설 이것이 없이는 민중은 퍽 심심하오. 그런 것을 듣고 읽고 하면 그들은 퍽 즐겁고 재미가 있소. 그러니까 유행가의 레코드는 잘 팔리고 야담 잡지와 신문의 야담 소설이 환영을 받으오. 이러한 것을 덮어놓고 무시해서야 되겠소?

그러나 그렇다고 나는 야담 문학이나 유행가를 옹호 변명하는 것은 아니오. 다만 중간을 약하고 결론으로 "민중이 그러한 야담 문학과 손을 끊고 이편으로 오도록 좋은 소설을 쓰라"고 할 따름이오.

또 소위 본격 소설을 쓰던 사람들이 그것을 버리고 보다 야담 문학으로 도라웃한다고 군은 분개하지만 그것을 분개하는 군의 순심純心이 가여우나 매우 우습소.

무릇 소위 본격 소설이라고 하는 기성 사회의 문학의 길이란 두 가지밖에 없으니 하나는 신심리주의에로 나가는 것과 하나는 사실史實에서 재료를 얻어 느끼고 조금 붓끝을 고친 야담 소설의 그것이오.

물론 두 가지가 다 문학의 정도는 아니나 그러한 한 개의 대세라는 데에서는 한 문학청년의 분개나 한탄이나 흥분이나 저주로는 막아낼 수 없는 일이오.

인제 두고 보오마는 군더러 보아란 듯이 야담 문학은 앞으로 한동안은 더 잘 번성할 터이니—

이렇게 길어져서 편집자가 싫어하겠으니 이만큼 하여두고 끊겠소.

서울도 시방 첫여름이 한창 무르녹아 가오. 가끔 하숙을 나가서 종묘 뒤등으로 난 샛길을 거니노라면—나는 이 길을 걷기를 퍽 좋아하오—하루라도 고궁 안의 나뭇잎의 푸른빛이 무게 있게 짙어가오. 그럴수록 고궁의 낡은 단청은 더욱 낡아 보이오.

그러한 것을 보면서 그 길을 거니노라면 역사를 발밑에 밟고 지나가는 것 같아서 퍽 유유하고 침착해지오.

군도 어서 바삐 그 솜씨가 늘어 역작의 선물을 가지고 문단에 데뷔하기를 빌며 이만—

—《조선일보》, 1936. 5. 26~30.

채만식 형의 문학적 모습

백철*

내가 백능 채만식 형을 처음 만난 것은 바로 1931년 12월의 어느 날 경운동에 있던 개벽사에서였다고 생각한다.

그해 봄에 학교를 나온 나는 약 반년 나머지를 그대로 동경 거리에서 뒹굴었다. (그때는 룸펜 생활 하는 것을 하나의 행세처럼 여기는 기풍이 있었다. 특히 지식인들의 생활 태도가 그러했다.) 그러다가 직장이랍시고 결정되어 서울로 돌아오게 된 것이 12월이었는데, 직장이란 27원의 월급, 그것도 달마다 잘 나오지도 않는 개벽사의 기자 자리였다.

그때 채만식 형은 개벽사에서 내는 《혜성》지의 편집 책임자로 있었으니까 말하자면 새로 입사한 나의 상관이었다.

그때 회사에서 만난 채 형의 첫인상은 수척한 체질에 얼굴이 뾰족하고 몹시 신경질로 쳐다보였다. 과연 같이 일을 해보니 여간 괴까다로운 친구가 아니었다. 첫째 그의 냉랭한 표정 때문에 처음엔 좀처럼 친근하기가 어려운 데다가 그에겐 어딘지 사람을 꼬집어대는 취미가 있었다. 일을 하는 데서도 타협이 없고 톡톡 쏘아붙였다. "이것도 기사라고 썼소!" 남의

---

* 백철白鐵(1908~1985). 평론가. 본명은 세철世哲. 저서로 『조선 신문학 사조사』, 『문학 개론』 등이 있다.

원고를 수지手紙 조각처럼 마루에 내동댕이를 쳤다. 그러면 자연 이쪽도 가만있게 되지 않아서 옥신각신 시비가 오가고 하루에 한두 차례씩은 으레 그와 동료 간에 말다툼이 있기가 일쑤였다.

그러나 얼마 동안 그와 같이 일을 하는 동안에 나는 차츰 그의 성미를 이해하게 되었다. 그의 인간성이 너무 뾰족한 것은 사실이었으나 그 때문에 그를 비난할 일은 아니었다. 그의 본질은 의외로 인정적인 사람으로서 나는 지적이면서도 어떤 특수한 체온을 느끼게 되었다. 사람과 타협하지 않는 것, 이것도 그의 깨끗한 어떤 결벽성이 하는 수 없이 행동에 나타나는 것이었다. 말하자면 잘되지 않는 것, 옳지 않은 것, 일체의 세속적인 것을 미워하고 용서하지 않는 그의 모럴과 같은 것이었다.

그 대신 채 형은 중시할 것과 존중할 것을 알고 있었다. 그때 나는 학교를 졸업 맞고 곧 돌아온 때문에, 아직 세태에 물들지 않은 순수성을 그는 좋아했고 또 그 때문에 나를 아껴주고 내가 문단에 나가는 데 있어서도 한 걸음 앞에서 나를 여간 친절하게 이끌어준 사람이 아니다. 지금도 나는 개벽사 시절을 돌아보아 생각할 때엔 그의 내게 대한 깊은 인정미가 스며드는 것을 느끼는 것이다. 채 형의 그런 지적인 성격, 타협을 허하지 않는 결벽성 등을 아는 일과, 그의 문학적인 모습을 보는 일과는 역시 떠날 수 없는 관계의 것인 줄 안다.

채 형을 생각할 땐 웬일인지 먼저 그가 쓴 촌극의 생각이 난다. 촌극은 그가 즐겨서 쓴 하나의 작품 형식이었다. 특히 초기의 작품엔 촌극이 많다. 예를 들면 1931년 《신동아》지(12월호)에 발표한 「조그만한 기업가」, 1932년의 동지同誌 2월호의 「행랑 들창에서 들리는 소리」 같은 것을 그때 《혜성》지나 기타 월간지상에 많이 발표했는데 이런 촌극, 혹은 소품적인 대화 소설들은 길어서 200자 10장 정도, 짧으면 4장 정도의 것들이었다.

그런데 사실은 이 시절의 그 촌극들은 문학 작품으로선 그렇게 좋은 것이 아니었다. 살을 저며낸 생선 가시처럼 뼈다귀만 앙상한 모양을 연상케 하는 것이었는데, 내게 그 촌극과 채 형이 연상적으로 회상되는 것은 그의 육체적인 조건 때문인지 모른다. 또 하나는 촌극이란 작품 형식과 그의 문학 기질의 일면을 볼 수 있는 것이다. 적은 형식이기 때문에 여기엔 방법과 표현에 있어서 기지가 요구되었는데 그 특질이 촌극들에 충분히 나타나 있었던 것이다.

채 형은 곧 촌극을 버리고 단편 소설로 옮아갔는데 여기서도 작품의 바탕으로 된 것은 마찬가지이다. 결국 그의 촌극과 단편 소설과 몇 개의 희곡 속에 주로 일관해서 특질이 된 것은 풍자성이다. 이 풍자성은 단편 소설로 들어서면서 더 뚜렷하게 나타났다. 초기의 것으로 예를 고르면 1934년대에 발표한 「인테리와 빈대떡」(《신동아》 4월호), 「레디메이드 인생」(동지 9월호) 같은 것인데 여기서 그는 지식인의 실업 시대를 사회상으로 해서 대조적인 풍자성을 가한 것이다. 여기서 시작한 그의 풍자 문학은 그의 1936년 《조광》지 9월호에 발표한 「소망」, 1937년 5월 《조선문학》지의 「예수나 믿었더면」, 1938년 《조광》지에 연재한 『천하태평춘』 등인데 이 여러 작품에 와서는 그 현실, 사회상에 대한 비판은 간접적인 것으로 객관화되면서 풍자 소설로선 차츰 원숙한 경지를 이루고 있었다. 그때 1936년 이후의 이 땅의 현실이란 것은 일제의 대륙 침략 전쟁 밑에서 급박한 험악상을 나타내고 있던 것으로서 채 형과 같이 일체의 부정과 타협을 불허한 작가의 눈으로 볼 때에 그것은 벌써 정상의 인간 사회가 아니고 일종의 하등 동물들이 흙탕물 속에서 떠노는 군충群蟲의 세계였다. 그 하등 사회의 현상을 작자는 여러 가지의 각도에서, 혹은 멸시하고 혹은 자조하고 혹은 연민하고 했던 것이다.

채 형은 그와 같이 풍속 소설을 개척한 작가로서 우리 현대문학사상의 독특한 공로의 지위를 독점하고 있는 것이다. 본시 우리 고전 문학의 특질 중의 하나가 해학일 수밖에 없었다면, 이 특질을 하나의 중요한 전통으로서 현대 문학상에 가져다 살린 의미가 크다면, 의식적으로 했든 무의식적으로 했든 간에 채 형은 우리 문학의 중요한 일면을 살려서 성공한 사람이다. 또 오늘과 같이 우리 문학이 대면하고 있는 사회상이란 것이 그처럼 추속*한 것이라면 현재의 작품 세계도 확실히 풍자 방면에서 큰 경지를 찾을 수 있는 것인데, 여기서 우리는 한번 옷깃을 여미고 채만식 문학의 경지를 검토 재평가할 것이 요구되는 줄 생각한다.

이 풍자 문학의 방면 밖으로 채만식에겐 또 하나의 작품 세계가 있다. 그것은 풍자와 같이 간접으로 사회상을 비판하는 것이 아니고 거기 대한 정면 공격을 한 태도이다. 그가 작가로서 입센을 좋아했는지 나는 알지 못한다. 하지만 그가 '노라'라는 주인공에게 특별한 애정을 느낀 것은 사실이다. 그것은 '노라'가 부패 허위의 사회에 있어서 그것과 대립하고 싸우는 정의의 여주인공인 때문이다. 그는 1935년에 『인형의 집을 나와서』라는 장편 소설을 《조선일보》지에 연재했는데 이것은 이 땅의 현대 사회에 있어서 정의를 신뢰하는 여주인공의 행방을 추적한 작품이다. 이 작품이 채 형의 첫 번 장편 소설인데 그만치 작품으로선 대단히 생경한 것이지만 그의 작품 의도만은 충분히 나타나 있었으며 또 그것은 대단히 귀중한 것임에 틀림이 없었다. 결국 이런 작품 태도도 먼저 본 그 풍자 문학과 전연 이질의 것이 아니며 필경 하나의 본질이 두 개의 면에서 표현된 것밖에 아무것도 아니었던 것이다. 이 계열에 속하는 작품이 단편 소설과

---

* 더럽고 지저분하고 속됨.

희곡에도 추가된 것이 많다. 그 두 가지의 태도가 일종의 병용과 조화를 이루어서 나타난 것이 그 뒤에 나온 장편 소설 『탁류』이다. 『탁류』에서 그는 일 대시장大市場의 사회를 조상俎上*에 놓고 그것을 분석 비판하는 데 실로 놀랄 만한 작가 수완을 발휘하여 우리 장편소설사상 커다란 자리를 차지하였던 것이다.

채는 나로 보면 특히 해방 뒤 문학계에서 큰 기대가 되는 작가이었는데, 그가 대전大戰의 시대를 기다리지 않고 세상을 떠난 것은 일 우인友人으로서 내 개인의 애석한 심정보다도 우리 문학계를 위해서 크게 안타까워해야 할 일이다.

−《자유문학》, 1956. 8.

---

* 도마 위.

작가 연보

1902년	전북 옥구 임피臨陂에서 출생.
1910년	임피보통학교 입학.
1914년	임피보통학교를 졸업하고 서당에서 한문을 수학함.
1918년	중앙고보中央高普 입학.
1920년	중앙고보 3학년 재학 중 결혼.
1922년	중앙고보를 졸업하고 와세다早稻田 대학 부속 제일와세다 고등학원 문과 입학.
1923년	와세다 고등학원 중퇴. 「과도기過渡期」 탈고.
1924년	와세다 고등학원에서 제적됨. 경기 강화의 사립학교 교원으로 취직.
	단편 「세 길로」가 《조선문단朝鮮文壇》에 추천되어 등단.
1925년	동아일보사 정치부 기자로 입사.
1926년	동아일보사 퇴사.
1930년	개벽사開闢社 입사.
1933년	개벽사를 그만두고 조선일보사 입사. 장편 『인형의 집을 나와서』를 《조선일보》에 연재.
1934년	단편 「레디메이드 인생」 발표.
1936년	조선일보사를 퇴사하고 개성으로 이사.
1937년	장편 『탁류濁流』를 《조선일보》에 연재.
1938년	장편 『천하태평춘天下太平春』을 《조광》에 연재. 단편 「치숙」 발표.
1939년	『채만식 단편집』 간행. 『탁류』 출간.
1940년	안양으로 거처를 옮김. 『천하태평춘』을 개작한 『태평천하』 출간.
1941년	광장리廣壯里로 이사. 『금金의 정열情熱』 출간.
1943년	중편집 『배비장裴裨將』, 단편집 『집』 출간.
1945년	전북 임피로 낙향하여 해방을 맞음. 해방 후 서울로 이거移居.
1946년	「맹순사」, 「역로」, 「미스터 방方」, 「논 이야기」 발표. 중편집 『허생전』, 『제향날』 간행. 전북 임피로 다시 낙향.
1947년	이리(현재 익산)로 거처를 옮김. 『아름다운 새벽』 출간.
1948년	「민족의 죄인」 발표. 단편집 『잘난 사람들』, 『당랑의 전설』 출간.
1950년	폐환으로 영면. 옥구군 임피면 선영에 안장.

한국현대문학전집6-채만식 작품선

태평천하

지은이 ∣ 채만식
엮은이 ∣ 김경수
펴낸이 ∣ 김영정

초판 1쇄 펴낸날 2010년 11월 1일
초판 4쇄 펴낸날 2020년 6월 10일

펴낸곳 ∣ (주)현대문학
등록번호 ∣ 제1-452호
주소 ∣ 06532 서울시 서초구 신반포로 321(잠원동, 미래엔)
전화 ∣ 02-2017-0280
팩스 ∣ 02-516-5433
홈페이지 ∣ www.hdmh.co.kr

ⓒ 2010, 현대문학

ISBN 978-89-7275-476-3 04810
세트 978-89-7275-470-1

* 책값은 뒤표지에 있습니다.